KB077276

레드 스패로우 4

PALACE OF TREASON

레드
스패로우 4

PALACE OF TREASON
배반의 궁전

제이슨 매튜스 지음
박산호 옮김

오픈하우스

존경하는 나의 형 윌리엄에게

일러두기

1. 작은따옴표(' ')는 강조하는 부분에만 표시했다. 특히 작중인물이 마음속으로 한 말 중에서, 원서 서체가 바뀌는 부분만을 작은따옴표로 묶었다. 그 외에 마음속으로 한 말은 따로 구분 짓지 않았다.
2. 외국 인명, 지명은 외래어표기법을 따르되 일부는 관용적인 표기를 따랐다.
3. 책, 신문, 잡지는 『 』, 단편과 시는 「 」, 영화와 노래 제목은 〈 〉로 묶어 표기했다.

21

아테네 지부. 게이블과 포사이스는 방음실에 말없이 앉아 네이트를 기다리고 있었다. 두 사람이 60센티미터 거리를 사이에 두고 서로 마주보고 앉아 한마디도 안 하고 있는 건 터무니없고(아니, 소름 끼치지만), 문이 열렸을 때는 절대 말해선 안 된다. 1분 후에 네이트가 파일이 가득 든 금속 미결 서류함을 들고 방음실로 들어왔다. 그는 20ft(컨테이너 표준 규격-옮긴이) 트레일러의 다른 모든 부품들처럼 투명 합성수지로 제작된 마찰 레버를 돌리느라 문을 괴롭혔다. 문의 개스킷이 방에서 흘러나가는 마지막 공기를 눌러 담으면서 쾅 하고 닫히는 소리에 귀가 아팠다. 곧 방 안의 공기는 묵직하고 커피처럼 흐려질 것이다.

"리릭은 어젯밤 어땠나?" 포사이스가 물었다.

"바위를 언덕 위로 굴려 올리는 것 같았죠. 항상 그렇듯이 자존심이 하늘을 찔러서." 네이트가 대답했다. 그러곤 서류함에서 폴더들을 꺼내서 테이블 위에 늘어놨다.

"제9부서에서 예산 서류들도 가져왔나? 국방부에서 요청했어." 포사이스가 물었다.

"워싱턴에서 예산을 세울 때라 그 물렁한 인간들이 자기들 예산 잡는 걸 합리화하려고 그러는 거야." 게이블이 말했다.

"아니요. 제가 물어봤더니 리릭이 더 좋은 걸 가져왔다고 하더군요." 네이트는 파일 하나를 열어서 2.5센티미터 두께의 제본된 책자를 꺼내 포사이스에게 쓱 내밀었다.

“이건 대체 뭐야?” 게이블이 물었다. 포사이스가 그 소책자를 휙휙 넘겼다.

“이건 중국의 J-20 스텔스 전투기의 프레임이 없는 투명 덮개를 GRU의 제9부서가 비밀리에 구매한 기밀 보고서입니다.” 네이트는 표지에 있는 러시아어 제목을 읽으면서 말했다. “리릭은 러시아 공군이 자기네 T-50에 그 투명 덮개를 쓸 거라고 말했습니다. 그걸 쓰면 가시성과 전방 표시 장치가 개선되고, 스피드를 높여 파일럿이 전투기 밖으로 튕겨 나갔을 때도 생존율이 높아집니다.”

포사이스가 게이블을 바라봤다. “공군에서 이걸 들으면 좋아하겠어.” 그는 책자를 다시 네이트에게 밀었다. “이런 정보는 거부하지 않지.”

“리릭이 지금 이런 걸 가져온다는 건 좋은 신호죠.” 게이블이 포사이스에게 말했다.

“‘좋은 신호’라니 무슨 뜻입니까?” 네이트가 물었다.

“다른 문제는 없었어? 뭔가 갑자기 달라진 느낌은 없었어?”

네이트는 두피가 서늘해지면서 경고음이 울리는 게 느껴졌다.

“대체 두 분이서 지금 무슨 말씀을 하시는 겁니까?”

“디바가 어젯밤 스라크 메시지를 세 개 보냈어. 네가 리릭을 만나려고 감시 탐지 루트를 달리러 나간 후에 들어왔어. 거기 모스크바 작전 요원이 있는 거 알지?” 포사이스가 모스크바에서 들어온 메시지들을 네이트에게 읽으라고 주면서 물었다.

“네, 한나 아처. 당찬 요원이죠.” ‘벌거벗은 한나, 사정없이 헝클어진 머리, 내 어깨에 발을 올린 한나, 그래, 당차지.' "메세지가 세 개라고요?" 네이트가 말했다.

"메시지는 전부 다섯 개야. 한나라는 요원 말로는 오늘 밤 디바에게서 스라크 메시지가 두 개 더 올 거라고 했어. 그 요원이 디바에게 메시지를 받자마자 대사관으로 들어가서 우리에게 보내기로 했어." 게이블은 짧게 깎은 머리를 손으로 쓸어내렸다. "이틀 밤 연속 메시지를 받으러 가다니. 그 목장 소녀가 배짱이 두둑한 걸. 그 아가씨 모스크바 근무를 끝내면 우리 지부로 데려와야겠어." 게이블이 말했다.

'맙소사, 그러면 정말 완벽하겠군.' 네이트는 그렇게 생각하면서 메시지를 읽는 동안 고개를 들지 않았다. 첫 번째 메시지를 반쯤 읽었을 때 네이트는 고개를 들었다. "센터에서 리릭을 안다고요? 벤포드 부장님은 뭐라고 했습니까?" 그가 말했다.

"하수관에 쥐새끼 한 마리가 있다고." 게이블이 말했다.

"러시아인들이 트리톤이라는 암호명을 가진 자와 이야기를 하고 있어. 그자가 리릭에 대해 알아냈고. 거기 두 번째 메시지에 있어. 우린 대개 본부의 방첩 사건에 관련된 정보는 읽지 않지만, 디바가 그 정보를 가져왔기 때문에, 벤포드가 우리 지부도 알아야겠다고 생각한 거야." 포사이스는 고개를 흔들었다.

"그러니까 벤포드에게 문제가 생긴 거지. 그리고 러시아 놈들도 자신들에게 문제가 있는 걸 알았고. 이제 우리는, 좀 더 정확히 말하면 너에게 문제가 생긴 거야. 네가 맡은 정보원이 위험해졌어."

"러시아 부서가 걱정하고 있어. 벤포드 말로는 추진하던 작전 하나를 잃은 것 같다고 하더군. 남미에 있던 러시아 장교가 고국으로 소환됐대."

포사이스가 말했다.

"삼재가 겹친다고 하더니만. 이게 우연일 가능성은 희박해." 게이블이 말했다.

"그리고 디바 역시 큰 위험에 처했을 수 있어. 디바에 대한 메시지가 아테네, 비엔나, 랭글리를 오가며 빈번하게 나왔으니까. 디바에 대한 정보를 얼마나 많은 사람들이 읽었을지 아무도 몰라." 포사이스가 말했다.

"트리톤 개자식을 잡는 게 쉽지 않아. 본부에 돌아다니는 리릭의 정보를 읽은 게 고작 천 명밖에 안 되거든. 모두 입 싼 얼간이들이지." 게이블은 네이트가 어젯밤 챙겨온 소책자를 향해 고개를 끄덕였다. "국방부, 공군, 군사 기업들, 백악관, 위원회들."

"벤포드가 앞으로 바빠질 거야." 포사이스가 말했다.

"둘 다 빼내야 해요." 네이트는 이미 세 발 앞서나가면서, 어서 차로 뛰어가서 리릭을 데려오고 싶은 마음을 누르며 진정하려고 애썼다. "우린 장군을 아테네에서 당장 빼낼 수 있어요. 모스크바에서 도미니카를 빼오는 건……"

"도미니카가 이번 주에 아테네에 올 거야. 먼저 이발부터 하라고 미리 말해주는 거야." 게이블이 말했다.

네이트는 메시지들을 휙휙 넘겨서, 디바가 라인 KR에 대한 정보와 아테네로 방첩 수사를 하러 출장을 온다는 메시지를 찾아냈다.

"디바는 모스크바로 돌아간 후로 탁월한 성과를 내고 있어. 일급 크렘린 정보, 내부첩자들, 방첩 단서들, 이란 거래." 포사이스가 말했다.

"하지만 도미니카에게 위험에 대해 말해야 해." 게이블은 네이트가 손에 쥐고 있는 메시지를 보며 살짝 떠는 걸 보고 말했다.

“도미니카의 다양한 보고서로 봐서, 내 짐작에 자기 부서에서 다른 정보 접근권을 갖고 있는 사람을 포섭하고 있는 것 같아. 도대체 몇 명이랑 자고 있는지 궁금하군. 정말 간도 크지.” 게이블이 말했다.

네이트는 그를 보고 힘없이 웃었다. “비행기에서 디바와 리릭을 소개시켜줄 수도 있겠어요. 둘이 와이오밍에서 같이 말 타는 법을 배울 수도 있고.” 네이트가 말했다.

“진정해. 우린 지금 어떤 상황인지 확실히 몰라. 디바는 라인 KR에 있는데 그녀가 데리고 있는 정보원이 적어도 한 명은 있는 것 같아. 도미니카가 오면 조심스럽게 이야기해서 어떤 상황인지 보자고. 벤포드가 다음 주에 여기 와서 다 같이 이야기할 거야.” 포사이스가 말했다.

“리릭은요? 리릭의 정체가 발각됐어요. 리릭이 준 정보는 상당히 구체적이란 말입니다.” 네이트가 말했다.

“놈들은 리릭이 모스크바에 있다고 생각하고 있어. 그들이 리릭을 모스크바로 불러들이지 않는 한 조금 기다릴 여유는 있어. 하지만 리릭을 탈출시킬 경우를 대비해서 오밤중에 춤을 출 준비는 해놔. 장소들, 안가들, 안전 신호들 다.”

“그건 다 준비해놨어요. 하지만 문제가 하나 있어요.”

“너의 그 고통스러운 얼굴 말고 또 있어?” 게이블이 물었다.

네이트는 그의 말을 무시했다. “문제는 제가 리릭에게 예산 서류를 가져다달라고 부탁했다는 겁니다. 그걸 부탁한 게 이번이 세 번째예요. 리릭에게 그 서류가 없는 것도 아니에요. 그는 대사관의 빌어먹을 GRU 직원이잖아요.”

“다음번엔 리릭의 엉덩이를 걷어차겠다는 소리야?” 게이블이 말했다.

"물론이죠. 나머지도 다 말할 거예요. 그에 대한 랭글리의 신임, 자식들의 추억, 푸틴에게 복수하는 것. 리릭은 다 이해하고 있어요."

"저들이 벌써 리릭에게 손을 썼다는 소리야?" 게이블이 말했다.

"아니요. 그 노인은 아직도 기밀 서류들을 쇼핑백에 담아 가지고 와요. 아주 끝내주는 정보들을 가지고 옵니다. 그리고 매번 더 나아지고 있죠." 네이트가 말했다. "문제는 기분 내킬 때 자기가 원하는 것만 가져온다는 겁니다."

"자네가 상대하는 러시아 정보원은 장군이야. 그 사람은 과거에 모든 걸 자기 뜻대로 하던 사람이라고. 그는 위기에 처했을 때 우리에게 왔어. 하지만 이제는 자네가 그의 삶이야. 자넨 그와 친밀한 관계를 잘 다져가고 있어. 그 노인은 다시 활짝 피어나서 힘이 넘친다고. 노인 통제 잘해, 특히 지금은." 포사이스가 말했다.

"그게 문제예요. 장군은 자존심이 붉은 광장만큼이나 거대해요. 우리와 처음 만났을 때 자기가 바닥까지 추락한 상태였다는 걸 잊어버린 것 같아요. 탈출하라고 해도 말을 들을지 잘 모르겠어요."

"흠, 먼저 부드럽게 이야길 시작해. 겁주지 말고 준비시키라고." 포사이스가 말했다.

"한 가지는 확실하네." 게이블이 하품을 하면서 머리 위로 팔을 길게 뻗었다. "놈들이 그를 고국의 수족관으로 부른다면, 거기선 GRU 본부를 그렇게 불러. 이를테면 상의할 게 있다든지, 새로 고위직을 준다든지, 진급 후보 명단에 올린다든지, 아니면 그의 대고모 나타샤가 계단에서 굴러떨어졌다든지, 아무튼 어떤 이유로든 그 수족관 정문으로 들어가면, 그길로 영영 안녕인 거야."

이틀 후 밤에 네이트는 아테네 시내에서 멀리 떨어진 히메투스 산의 어두워진 동쪽 산비탈 위에 있는 평범한 글리카네라 자치체의 대리석이 깔린 보도를 리릭과 같이 걸었다. 그곳은 러시아 관리가 살거나 쇼핑할 거라고는 전혀 생각도 못한 곳이었다. 하얗고 동그란 전구가 달린 가로등 불빛이 비치는 대리석을 따라 약간 경사가 진 오르막길을 걸어가다 작은 교회의 열어놓은 문으로 새어나오는 향냄새를 지나쳤다. 둘이 말없이 계속 걸어서 텅 빈 길을 지나 소나무 숲속으로 들어가자 향내는 사라지고 야생 오레가노의 향기가 풍겼다.

리릭은 검은 바지에 나일론 점퍼를 입은 네이트와 대조적으로 짙은 색 양복에 흰 셔츠를 입고 검은 넥타이를 맸다. 네이트는 그날 밤 다른 때보다 훨씬 더 길게 감시 탐지 루트를 달렸다. 센터가 이제 리릭이라는 암호명을 가진 CIA 정보원의 존재를 알고 있다고 한 디바의 정보 때문에 네이트는 큰 충격을 받고 흔들렸다. 그는 장군과 만나는 자리에 미행 없이 나타나겠다고 결심했고, 예정에 없이 보자고 불러서 늙은 군인을 겁먹게 하지 않았기를 빌었다. 리릭은 뭐 그럴 리도 없지만. 네이트는 소나무 숲에 있는 벤치에서 기다리면서, 나뭇가지들 사이를 보며 리릭이 오는 걸 주시했다. 밤이 깊어서 지나가는 행인도 없었고, 어두운 실루엣의 어슬렁거리는 차들도 없었고, 체리처럼 끝이 붉게 타들어가는 담배도 보이지 않았다. 아무도 없다. 이제 본론으로 들어간다.

센터에서 CIA 정보원으로 해외 군사 기술 구매 정보를 열람할 수 있는 GRU 정보원에 대해 알고 있을지 모른다고 네이트가 말했을 때 장군의 조용한 발소리는 단 1초도 느려지지 않았다. 리릭은 담배에 불을 붙이면서 고개를 한쪽으로 기울여 네이트를 봤다. "그들이 정확히 뭘 아는 거야?"

리릭이 말했다.

"며칠 지나면 더 자세히 알게 될 겁니다. 지금 저들이 가지고 있는 정보는 별로 자세하진 않은 것 같습니다." 네이트가 말했다. 그는 자신이 방금 한 말이 설득력이 없다는 걸 알고 있었다.

"부서에 대한 구체적인 정보가 없다는 거야, 아니면 계급에 대한 정보?" 리릭이 말했다. 그는 뒷짐을 지고 입에 담배를 물고 있었다. 완전히 밤 산책을 하러 나온 자세였다.

"부서나 계급에 대한 구체적인 정보는 없었습니다. 하지만 센터는 아테네에서 그런 일이 일어났을 거라는 건 알고 있습니다. 그러면 수사 범위가 위험할 정도로 좁아지게 됩니다." 네이트가 말했다.

리릭이 별거 아니라는 듯이 손을 저었다. "군대에서 복무해본 사람은 서커스를 보고 웃지 않는 법이야. 나는 GRU 방첩부에 있는 광대들을 아주 잘 알아. 그 자식들은 줄에 매놓은 염소 한 마리도 못 잡을 놈들이야." 리릭은 한량처럼 밤하늘에 대고 담배 연기를 뿜었다.

"FSB나 SVR은 어떻습니까? 그들이 수사에 관여할까요?" 네이트가 물었다.

리릭은 어깨를 으쓱했다.

"해외 첩보라면 SVR이 개입할 수도 있겠지. 그게 모스크바에서 일어났으면 FSB가 조사할 거고. 하지만 GRU는 주도권을 뺏기지 않으려고 죽어라 저항할 거야. 모두 서로 이득을 보겠다고 요란하게 떠들면서 한 입 먹어보려고 하겠지, 비둘기 떼처럼." 그들은 보도 끝에 다다랐고 고개를 들어 봤다. 히메투스의 융기선이 맞은편에서 환하게 빛나는 도시의 불빛들을 배경으로 까맣게 떠올랐다. 그들은 돌아서서 다시 천천히 그 길을 내려왔다. 이제 둘의 만남에 7분이란 시간제한은 없었다. 모스크바 규칙은 이제 따르지 않는다, 아직까지는. 하지만 모퉁이를 돌아가면 모스크바만큼이나 큰 위험이 도사리고 있었다. 바삭바삭한 생선 튀김의 뜨거운 기름 냄새와 스코달리아(마늘 소스) 냄새가 언덕 밑의 보이지 않는 선술집에서 소나무 숲 사이로 흘러왔는데 갑자기 냄새가 강하게 났다가 희미해졌다.

"장군님, 만약 수사가 너무 좁혀지면 미국으로 오는 것도 고려해주세요." 네이트가 말했다.

리릭이 곁눈질로 그를 봤다. "망명하란 말이야? 서방으로 도망치라고?" 그는 멈춰서 네이트를 봤다. 마늘 냄새가 풍기는 이곳은 아주 고요했다. 소나무 위에서 아무것도 움직이지 않았다. "난 도망치려고 자네와 이 모든 걸 시작한 게 아니야. 게다가 난 안전해. 자네도 알게 될 거야." 리릭이 말했다.

네이트가 장군의 어깨에 손을 얹었다. "도망이라는 생각은 전혀 한 적이 없었습니다. 전 그저 명예로운 은퇴에 대한 이야기를 하고 있는 겁니다. 평화롭고 편안한 인생이요."

"말도 안 되는 소리." 리릭이 네 번째 담배에 불을 붙이며 말했다.

"우린 장군님의 전문적인 지식이 우리에게 계속 가치가 있다고 생각해요. 군사와 과학 문제에서 우리에게 조언해주실 수 있잖아요." 네이트가 그에게 은퇴 계획을 설득하려고 애를 쓰면서 말했다. 그다음에는 마이애미의 퐁텐블로 리조트 객실에 딸린 특혜들을 말할지도 모르겠군.

"난 어디에 있건 자네 조직을 지원하고 조언해줄 거야. 그동안 우리의 공동 작업이 마음에 들었고, 자네의 프로 정신이 좋았어. 아주 좋았어."

리릭의 자신감과 자존심은 하나도 흔들리지 않았다. 네이트는 그 비누 거품을 터트리고 싶은 충동이 일었다. "장군님이 검은 돌고래에 계시면 공동 작업을 계속할 수 없어요." 네이트가 조용히 말했다. 네이트가 카자흐스탄 국경 근처에 있는 러시아 최악의 감옥인 제6호 연방 교소도를 언급하자 리릭이 고개를 홱 치켜들었다. 네이트는 감옥에서의 생활은 리릭이 예상할 수 있는 처벌의 발끝에도 미치지 못할 거라는 걸 알고 있었다.

"제발 부탁드려요. 제가 지금 말한 걸 고려해보세요, 장군님. 지나치게 불안해할 필요도 없지만, 장군님과 저는 새 인생, 새 시작을 준비해둬야 합니다. 그건 수치스러운 게 아닙니다."

리릭은 아무런 언질도 주지 않은 채 어깨만 으쓱했다. '이 장군이 귀중한 정보원이긴 하지만 마블은 아니야. 난 절대로 이 노인을 삼촌이라고 부르지 않을 거야.' 네이트는 생각했다.

"자네가 말한 걸 고려하겠어. 하지만 내 조국에서 도망치고 싶지 않아. 그들이 한 짓에 대가를 치르는 것처럼, 난 아직도 '로디나', 내 조국에 충성하고 있어." 리릭이 말했다.

네이트는 아무 말도 하지 않았다. 이건 정보원들이 하는 전형적인 합리화이자 해가 뜨기 전 고요한 시간에 자신이 저지른 배반을 생각할 때 고통스러워지는 양심에 바르는 연고와 같다. 리릭은 평소처럼 익숙하게 담배 꽁초를 비벼 흩뜨리고 있었다. 이제 길의 끝에 가까워지고 있었다. 거기에 가면 찢어져야 한다. 네이트는 지친 마음으로 다시 밖으로 가는 감시 탐지 루트를 달리고, 걷고, 버스를 세 번 갈아타서 이 지역을 벗어나 숨겨둔 차로 가는 것을 생각했다. 리릭이 멈춰서 그를 정면으로 보고 섰다.

"내가 기꺼이 자네와 작전을 계속하겠다는 내 뜻을 보고할 때, 자네 본부의 보안 실패에 대해 내가 유감스럽게 생각한다는 말도 전해줘. 하지만 우린 계속 만날 거야."

"감사합니다, 장군님." 네이트는 스타 병에 걸린 이 정보원에게 조금 지치는 걸 느끼면서 말했다. 이제 헤어져서 이 지역을 벗어나야 할 시간이었다. "비상 미팅을 요청할 지역 전화번호를 아직 가지고 계시죠?"

리릭이 고개를 끄덕였다.

"어떻게 하는지 절차가 기억나세요? 도청이 안 되는 전화로 걸어야 합니다. 호텔이나 레스토랑이나 바 같은 곳. 그리고 아무 말도 하지 마세요."

"자네가 한 말 다 기억하고 있어. 난 연필로 송화구를 톡톡 칠 거야. 그건 솔로비요프라는 뜻이지." 리릭은 자신의 가슴을 가볍게 두드렸다. "암호명 보가티르가 긴급 미팅을 요청하고 있다. 다소 원시적인 방법이긴 한데. GRU 요원들은 고도의 주파수 도약 방식 핸드폰으로 정보원들과 커뮤니케이션을 하거든." 리릭이 말했다.

"장군님. 단순한 게 좋아요. 지상 전화선과 무언의 신호가 보안엔 최고예요." 네이트가 말했다. '장군님, 당신의 GRU는 우리 FBI와 NSA(미국 국가안보국)가 자기네 주파수 도약 방식 엉덩이 안에 기어들어와 있는 걸 알면 바지에 똥을 쌀 겁니다.' 네이트는 생각했다.

"무슨 이유든 전화하세요." 네이트는 리릭이 집중하라고 그의 어깨에 손을 대고 말했다. "저는 약속대로 여기서 항상 보던 시간에 3일 연속 나올 겁니다."

리릭이 고개를 끄덕였다.

"그리고 장군님, 이걸 가볍게 생각하지 마세요. 제발 조심하세요. 저를 위해 그렇게 해주세요. 모스크바에서 어떤 이유로든 장군님을 소환하면, 곧바로 제게 전화하세요. 아셨죠?"

리릭이 네이트의 손을 다독였다. 네이트는 장군의 손을 잡고 그의 눈을 봤다.

"장군님, 아셨죠?" 그가 말했다.

"다 라드노." 리릭이 말했다. 잘 알아들었어. 네이트가 그와 악수했다.

"신과 같이 가세요." 네이트가 그렇게 말하고 거리를 향해 돌아섰다.

"잠깐만." 장군이 양복 주머니에서 봉투를 하나 꺼냈다. "컴퓨터 디스크야. 자네가 요구한 대로 제9부서 예산." 그는 네이트에게 미소를 지어 보였다.

바로 그 순간 담당 요원의 권위를 인정하는 정보원의 의지라는 추가 흔들리며 둘 사이에 균형이 잡혔다. 하지만 그게 얼마나 갈까?

스코달리아를 곁들인 대구 튀김
물에 적신 빵과 다진 마늘, 간 후추, 올리브 오일, 레드 와인 식초를 섞어서 진한 소스를 만든다. 밀가루와 달걀, 맥주, 식초, 우조(그리스의 술—옮긴이) 한 방울을 섞어서 만든 반죽을 입힌 대구를 센 불에 재빨리 튀겨서 소스와 같이 낸다.

22

도미니카가 아테네로 떠나기 전까지 시간이 별로 없었다. 하지만 오늘 아침 야세네보의 라인 KR 복도에서 뭔가 일어나고 있었다. 하급 장교들이 호들갑을 떨면서 복도 끝에 있는 큰 회의실을 들락날락거리고 있었다. 도미니카가 안을 들여다봤다. 먼지가 퀴퀴하게 끼고 여기저기 이가 빠진 자작나무 회의 테이블은 깨끗했고, 한가운데 묵직한 유리 재떨이 네 개가 일정한 간격으로 놓여 있었다. 사이드보드 위엔 산화된 알루미늄 물병들이 있었다. 회의실 벽은 칙칙한 회색과 파란색이 섞인 펠트 천으로 둘려 있었고, 해진 파란색 카펫이 바닥을 덮었고, 물 얼룩이 진 방음 타일들이 천장에 깔려 있었다. '라인 KR 회의실은 정말 쓰레기장이야.' 도미니카는 생각했다. 4층에 있는 국장의 우아한 회의실처럼 전자 방음 처리가 된 것도 아니고, 야세네보 1층 로비에서 조금 떨어져 있는 강당처럼 웅장하지도 않다.

하지만 이 지저분하고 작은 방에는 그만의 역사가 있었다. 도미니카는 미국에서 체포돼서 추방된 열한 명의 SVR 불법 요원들이(그들은 시애틀에서 뉴욕과 보스턴까지 여러 도시에 깊숙이 침투해 있었다) 모스크바로 돌아와 바로 이 방에서 수치스러운 임무 보고를 했던 걸 알고 있었다. 그 후에 그들은 당시 수상이었던 푸틴과 손을 잡고 애국적인 노래들을 부르면서 조국의 품에서 그들의 남은 가짜 경력과 인생을 생각했다.

회의실을 둘러본 도미니카는 잠시 자신은 어떤 유산을 남기게 될지 궁금했다. 반역과 탈주 죄로 25년이라는(이걸 스탈린의 4반세기라고 부르는 사람들도 아직 있다) 금고형을 선고받은 채 적국인 서방으로 도망친 비열한 배신자로 기억될 것인가, 아니면 앞선 사람들처럼 묘표도 없는 묘지에 묻히게 될까.

도미니카가 문간에 서 있는 걸 보고 하급 장교 하나가 뒤꿈치를 딱 붙인 채 차렷 자세로 섰다. 라인 KR의 그 어떤 사람도 파란 눈의 새 대위를 별로 본 적이 없었다. 하지만 평소 야세네보에 떠도는 소문은 많았다. 해외 작전들, 미국인들에게 훔친 가치를 헤아릴 수 없이 중요한 서류들, 아테네에서 체포됐고, CIA에 구금됐다가 금의환향했다는 소문. 다른 사람들이 속삭이는 이야기들은 그보다 더 어둡고, 공개적으로 말할 수 없는 것이었다. 그녀가 러시아인이나 외국인이나 할 것 없이 남자들을 죽였고, 콘학교(그러니까 사람들에게 잘 알려져 있지 않은 스패로우 학교)를 나왔고, 레포르토보 감옥에 갇혔지만 거기 있던 심문자들의 고문에서 살아남았다고. 소문이든 아니든 저런 레이저 같은 파란 눈의 여자와 재미를 볼 생각은 절대 금물이다.

"무슨 일이야?" 도미니카가 말했다. 그녀의 목소리에 또 다른 하급 장교 둘이 하던 일을 멈추고 그녀를 봤다.

"대위님, 좋은 아침입니다." 첫 번째 하급 장교가 말했다. 그의 머리 주위에 초록색 불빛이 소용돌이치고 있었다. 불안에 두려움이 섞여 초록색이 더 환해졌다. 이런 게 처음 있는 일도 아니었다. 도미니카는 사람들이 자기를 두려워하고 있다는 걸 어렴풋이 알아챘다. 이것이 바로 타르처럼 검은 푸틴 정권이 국민에게 한 짓이다. 어쩌다 그녀의 조국 러시아가 이렇게 돼버렸을까.

"좋은 아침." 도미니카가 말했다. 그 젊은 세 청년은 아무도 눈을 깜박이지 않았다. 입을 여는 사람도 없었다. 도미니카는 그들을 보고, 회의실 테이블을 보고, 다시 첫 번째 장교를 봤다. 그녀는 그와 눈을 마주치자 습관적으로 한쪽 눈썹을 추켜올렸다. 그 젊은 남자는 충격을 받은 것처럼 움찔했다.

"앗, 죄송합니다, 대위님. 대령님이 정오에 할 미팅 준비를 하라고 지시하셨습니다." 도미니카는 그 미팅을 누구와 하는 건지 묻지 않을 것이다. 그건 중요하지 않았다. 그녀는 예브게니 덕분에 이미 알고 있었다. 그녀는 주가노프가 그녀에겐 아무 말도 하지 않았다는 걸 불쾌한 심정으로 되새겼다. 그녀는 세 장교에게 고개를 끄덕여 보이고 회의실을 나왔다. 옅은 노란색 페인트가 칠해져 있고 아래쪽엔 30년에 걸쳐 우편물과 장비를 넣은 수레바퀴에 긁힌 검은 자국들이 있는 복도를 걸어갔다.

도미니카는 주가노프의 사무실 문에 대고 사납게 노크를 한 번 하고 나서 문을 밀어 열었다. 그는 책상 위에 있는 서류를 보다가 고개를 들었다. 예브게니는 팔걸이가 없는 작은 의자에 앉아 노란색 안개에 만족스럽게 감싸여 있었는데 그녀가 문 안으로 들어오자 그 안개가 순간적으로 확 타올랐다. 어젯밤 그와 같이 있었던 건 시련이었다. 그가 아파트를 나간 후에 시트를 창밖으로 흔들어서 거기 묻은 꼬부랑 털들을 다 털어내야 했다.

의자에 털썩 앉아 있는 의기양양한 예브게니를 보자 도미니카의 가슴속에 있는 익숙한 분노의 칵테일에 불꽃이 일면서 가슴을 조였다가, 고동치면서 위로 올라와 목을 찔러대고 있었다. 그녀가 예브게니와 하고 있는 짓은 이런 이유가 아니라면 도저히 생각도 할 수 없는(자유의지를 가진 여자라면 누구나) 일이었다. 건강한 성욕이 있고, 진심을 다해 사랑하는 사람이 있는 여자라면 도저히 그렇게 하지 못할 것이다. 보스들은 그녀를 끝내주게 잘 가르쳤다. 그들은 그녀의 귀를 막아 그의 콧구멍에서 나는 씩씩거리는 소리를 듣지 않고, 코를 막아 그의 귀 뒤에서 나는 시큼한 하수구 같은 냄새를 맡지 않고, 눈을 흐릿하게 만들어 그의 가지색 입술에서 떨어지는 은색 침을 무시할 수 있게 훈련시켰다. 그들은 그녀에게 파문을 일으키지 않은 채 하수관으로 쓱 들어가는 법을 가르쳤다. 그것은 사랑이 아니었고, 섹스도 아니었고, 짓궂은 연인과 신나게 즐긴 것도 아니었다. 그것은 일이고, 노동이고, 직업이고, 의무였다.

도미니카는 재빨리 한 발을 예브게니의 의자 옆으로 밀고 들어가면서 그의 두개골 속에 있는 2.5센티미터 크기의 한 점을 노리고 손가락 관절로 관자놀이를 후려쳤다. 그의 눈이 돌아가더니 머리가 옆으로 푹 꺾였다. 그녀는 멈추지 않고 책상 옆으로 돌아가 주가노프의 찻주전자 손잡이 같은 귀에 손톱을 찔러 박고 그의 얼굴을 책상에 대고 한 번, 두 번 쳐서 곤죽으로 만든 후에, 그 얼굴을 옆으로 조금 돌려 그의 눈구멍을 책상 모서리에 대고 내리칠 것이다. 압지 위로 눈에서 액체가 뿜어져 나왔다. 그녀가 귀를 놓아주자 주가노프의 엉망이 된 얼굴이 책상 밑으로 스르륵 떨어졌다.

"좋은 아침입니다, 대령님." 도미니카가 머릿속을 비우고 재킷을 바로잡으며 말했다. 그는 책상 위에 있는 서류들을 내려다보다가 다시 고개를 들어 그녀를 봤다. 주가노프의 머리가 어딘지 이상했다. 포마드를 바른 모양인데 머리가 한쪽으로 기울어져 있었다. 조울증이 있는 사이코 특유의 예민함으로 주가노프는 도미니카가 자기의 머리를 보고 있는 걸 알았다. 검은 박쥐 날개가 미세하게 부풀어 올랐다. 예브게니는 계속 능글맞게 웃고 있었다.

"예고로바." 주가노프가 말했다. 대위도 붙이지 않고 그냥 예고로바라고 불렀다.

"대령님, 오늘 대 회의실에서 회의 준비를 하고 있는 걸 봤습니다. 오늘 회의 일정이 잡혀 있나요?"

주가노프는 꼼짝도 하지 않고 앉아서 마치 그 말에 대꾸를 해야 하나, 말아야 하나 판단하는 것처럼 그녀를 빤히 쳐다봤다. 예브게니는 의자에서 슬쩍 자세를 바꿨다. 어젯밤에 그는 간단하게 그 회의에 대해 그리고 누가 참석할지 그녀에게 말해줬다. 하지만 그녀는 물어봐야 했다. 그녀는 자세한 내용을 알고 있다는 내색을 할 수도 없었고, 관심이 없는 척 그럴듯하게 연기를 할 수도 없었다. 주가노프는 뼈를 깎는 15센티미터 길이의 스테인리스스틸 끌을 만지작거리고 있었다. 그의 책상에 있는 여러 개의 장난감 중 하나였다.

"워싱턴 레지던트가 오늘 센터에 오셔. 어젯밤에 도착하셨어." 주가노프가 마지못해 대답했다.

'율리아 자루비나, 그 재봉사가 왔군.' 도미니카는 생각했다. 전설적인 공작원이자 워싱턴 레지던트. 외국어 학교와 예전 KGB 출신으로, 많이 배웠고, 다중 언어를 구사하고, 크렘린의 감독관이 간섭하기엔 너무 탄탄한 인맥을 가지고 있는 인물. 수십 년에 걸쳐 뛰어난 작전 성공 기록을 보유하고 있고, 우랄의 시골 마을 장의사들이 꿰매서 만드는 시체 자루처럼 포섭한 정보원들이 새어나가지 못하게 단단히 꿰매버리는 재봉사. 푸틴은 작년에 그녀를 워싱턴에 보냈다. 이제 국장직이 거의 그녀의 손안에 들어왔다. '그녀는 새 사건을 논의하려고 모스크바에 돌아왔어.'

"그 회의는요? 우리 부서가 관련된 문제가 있나요?" 도미니카가 물었다.

"자루비나는 워싱턴 레지덴투라의 상태에 대해 보고할 거야. 그곳의 방첩 상황을 검토하고, 정치적인 상황 전개에 대한 평가를 하겠지." 이 좁쌀만 한 놈이 도미니카에게 정보를 감추고 있었다. 고위급 레지던트가 단순히 브리핑이나 하자고 센터에 돌아오진 않는다. 주가노프는 그녀에게 아무것도 말해주지 않을 것이다. 그녀는 예브게니를 봤다. '당신의 빽은 누구지?' 그녀는 그에게 무언의 메시지를 보냈다. 예브게니는 그녀의 눈을 피했다.

"회의는 언제 시작하나요?" 도미니카는 감히 나를 빼놓고 어디 한번 해보라는 식으로 말했다.

"정오." 주가노프가 말했다.

"감사합니다, 대령님." 도미니카가 말했다. 자루비나. 워싱턴 레지덴투라. 라인 KR. '포사이스와 벤포드가 흥미로워하겠어.' 그녀는 생각했다. 그리고 네이트를 떠올리고 그가 얼마나 보고 싶은지 생각했다.

테이블 주위의 얼굴들은 모두 회의실 문을 향해 있었다. 라인 R(분석), 라인 T(기술 지원), 라인 PR(정치), 미국 부서(코르치노이 장군의 예전 부서). 모두 모였다. 주가노프는 문가에 서서 미소를 지어서 이를 드러낸 얼굴로 방문객을 맞았다. 자루비나 레지던트가 방에 들어와 사람들에게 고개를 끄덕여 보이고, 테이블 주위를 돌면서 아는 사람과는 악수를 하고 모르는 사람과는 인사를 했다. 도미니카가 보고 있는 동안 그녀는 사람들과 인사하면서 점점 더 가까이 다가왔다.

자루비나는 쉰 살이 조금 넘어 보였고, 키는 작고 가슴은 풍만했다. 벌꿀색과 밀색이 섞인 머리를 뒤로 넘겨서 쪽을 지어 얼굴을 다 드러냈는데 눈가와 입가에 주름이 패어 있었다. 가끔씩 고르지 않은 검은 치아가 보였는데 그녀 세대엔 전형적인 일이었다. 턱 밑으로 살이 늘어져 있었는데 그 턱 밑 살 때문에 인상이 좀 더 부드러워 보였다. 아몬드 모양의 눈은 반쯤 내리깐 것처럼 보였다(분명 조상 중에 스텝에서 살았던 사람들이 있었을 것이다). 그 눈은 통찰력으로 빛났다. 자루비나는 인사하는 상대를 차분하게 보면서 입가에 다정한 미소를 띠고 있지만, 그녀의 시선은 30초 간격으로 한쪽이나 다른 쪽 혹은 어깨 너머로 향했다. 도미니카는 자루비아가 시베리아의 소나무 숲에 있는 노루보다 훨씬 더 경계하고 있다는 걸 단 10초 만에 알아차렸다.

그녀는 점점 더 가까이 다가오면서 누군가와 이야기를 하고 있었지만, 눈은 도미니카를 보고 있었다. 그녀가 다가오기 전에 공기 중에 압력이 밀려왔고, 이어서 자루비나의 황금빛 아우라가 도미니카를 감쌌다. 노란색, 아니 노란색보다 더 진한 벨벳 같은 노란색에 펄떡이는 독소, 기만, 속임수, 매복, 덫의 기미가 풍겼다. 그 눈이 이제 도미니카를 눈여겨보면서 순간적으로 그녀의 얼굴을 훑고, 계산하고, 저울질하고 있었다. '그녀가 날 들이마시면서 적의 냄새가 나는지 찾고 있어. 내가 색을 읽는 걸 간파할 수 있는 사람이 있다면 이 바바야가(러시아 숲속에 사는 요괴-옮긴이), 이 마귀할멈이 할 수 있을 거야.' 도미니카는 생각했다.

"안녕하세요?" 자루비나가 그녀의 손을 잡으며 말했다. 그녀의 목소리는 저음으로 매끄러웠고, 냄비에 스튜가 보글보글 끓고 있는 부엌에서 말하는 목소리 같았다. 그녀의 손은 부드럽고 따뜻했다. "대위에 대한 이야기는 들었어요. 아주 훌륭하게 이 일을 시작했다니 축하해요." 가슴에 십자가를 긋는 오래된 러시아적 충동이 불쑥 치미는 걸 애써 참으면서, 도미니카는 미소를 지으며 고맙다고 인사를 하고 또다시 목이 조여오는 익숙한 느낌이 들었다. '다 똑같아. 다만 이건 털가죽이 다른 암늑대일 뿐이야. 당신은 무슨 프로젝트를 하고 있지, 재봉사? 당신이 지금 꿰매고 있는 게 뭐야? 그러지 말고 말해봐, 할멈. 당신의 비밀을 말해줘.' 도미니카는 생각했다. 그러다 잠시 정적이 흐른 후 도미니카의 머릿속에서 찰칵 소리가 들렸다. '당신은 내가 누군지 알아? 내 얼음 같은 심장에 뭐가 있는지 알아?' 이렇게 가까이 있으면서 그런 생각을 한다는 건 어리석은 짓이었다.

주가노프가 다가와서 회의를 시작해야 한다고 중얼거리자 자루비나가 돌아서서 그를 따라가면서 눈 뒤에 달린 엑스레이 판에 도미니카의 마지막 이미지를 찍었다. 그녀는 상석에 앉았다.

그 부드러운 목소리와 사람의 넋을 빼놓는 눈으로 자루비나는 테이블에 앉은 사람들에게 워싱턴의 작전 환경에 대해 브리핑했다. 거리는 간헐적으로 감시를 나올 뿐 통제가 느슨한 편이다. FBI들은 다른 일에 정신이 팔려 있다. 미국 행정부는 모스크바와 다시 양국 관계를 정립하면서 어찌할 바를 몰라 당황하고 있다. 모든 단계의 정책 입안자들이 러시아 대사관에 자기만의 연줄을 확보해두려고 열심이다. 그 결과 자루비나의 작전 요원들은 아주 큰 성과를 올리고 있다. 더 중요한 점은 연방 정부의 급여 인상 동결(CIA, FBI, 국방부 직원들을 포함해서) 조치에 모두 분노하면서 어려움을 겪고 있기 때문에 SVR이 정부 전반에 걸쳐 불만을 품은 미국 공무원들을 포섭 대상으로 삼고 접근할 기회가 생겼다. 마지막으로 워싱턴 레지덴투라는 적극적인 방법들과 대중적인 선전으로 백악관이 동부 유럽에 미사일 방어망을 설립하거나, 발트 해에서 우크라이나까지 일어나는 풀뿌리 민주주의 시위들을 지원할 생각을 아예 못하게 하고 있다. 물론 자루비나는 구체적인 작전 사항들은 말하지 않았다(그들이 알 필요가 없었다). 그녀는 그들의 정보 생산, 분석과 기술적 지원이 필요했다. 그녀는 주가노프에게 얼굴을 돌렸다. "그리고 라인 KR의 일급 방첩 검토도 필요해요."

주가노프는 고개를 끄덕였다. "제가 관련된 사항들을 직접 챙기겠습니다." 도미니카는 그가 이미 이 화술 좋은 여자 밑에서 SVR의 부국장이 된 상상을 하고 있음을 알아차렸다.

자루비나는 점이 박힌 통통한 손을 회의 테이블 위에 올려놓고 있었다. 그녀의 손가락들은 가끔 실룩거렸는데 그것만이 유일하게 마음속에서 일어나고 있는 무아의 경지를 표현해주고 있었다. 그녀의 머리를 둘러싼 노란색과 황금색 안개는 왕관 같았다. 그녀는 조용한 목소리로 발표를 계속해서 듣는 사람들을 몰입시켰다. 시간이 흐르면서 그들은 자신의 맥박이 그녀의 맥박에 맞춰 뛰는 걸 느낄 수 있었다. 동지들, 일이 아주 잘되고 있어. 모스크바는 강력해. 크렘린의 정책들과 전 세계적 목표들이 앞당겨 실현되고 있어. 우리는 그 누구의 방해도 받지 않고 해외에서 성공을 거두고 있지. 여전히 러시아 첩보부의 독보적인 능력에 다른 나라들이 부러워해(그녀는 주가노프에게 고개를 끄덕여 보였다). 적들에겐 재앙인 거지. 그녀는 전성기였던 소비에트연방 시절에 대한 언급은 하지 않았다. '그럴 필요가 없겠지.' 도미니카는 생각했다. 이런 연설을 영상으로 담아 보여주면 블라디미르 황제가 기뻐하겠지.

테이블 주위의 사람들은(그중엔 평소에는 아주 현명한 이들도 있었는데) 그 달콤한 말에 홀려 있었다. 도미니카 맞은편에 앉아 있는 예브게니는 차기 국장이 될 온화한 할머니 같은 그 여자를 빤히 보고 있었다. 그는 도미니카가 자기를 쳐다보는 걸 느끼고 고개를 돌렸다. 예브게니는 천천히 도미니카의 얼굴에 집중하기 시작했고, 그녀는 그의 눈빛을 대번에 읽었다. 그의 정욕을 상징하는 칙칙한 노란 구름이 자루비나의 말에 흔들렸다. 그 구름은 이제 색깔이 희미해졌고, 도미니카에 대한 의심과 그가 도미니카와 한 짓에 대한 죄책감과 그가 그녀에게 말한 정보에 대한 공포가 겹쳐 있었다. 도미니카는 순간적으로 경고음이 울리는 걸 느끼면서, 회개하는 예브게니가 나서서 이 모든 죄를 인정할 수도 있다고 불안해했다. 그것이 그녀가 스파이라는 결정적인 증거가 되진 않겠지만, 주가노프와 자루비나는 곧바로 그렇게 생각할 것이다. 그녀는 자신이 문제가 일어날 기미를 보고 겁을 먹는 게 아니라 음울한 결심을 하고 있다는 걸 알아채고 흥미로워졌다. 코르치노이도 마지막 날까지 이런 고도의 스릴을 맛보았을 것이다. 그녀는 예브게니를 진정시켜야 했다. 그렇지 않으면…… 그러면 뭐? 스패로우 학교에서도 여자들에게 섹스로 사람을 죽이는 방법은 가르치지 않았다. 자루비나는 테이블 주위의 얼굴들을 보면서, 기분 좋은 미소를 짓고 있었다. 주가노프가 일어섰다.

"우선 이걸로 회의를 마칩니다. 라인 OT는 남아주세요." 그가 말했다.

나가도 좋다는 말을 들은 요원들이 한 줄로 서서 나가기 시작했는데 그 중에 도미니카도 있었다. 예브게니는 주가노프의 왼쪽 자리에 남아 필기를 하고 있었다. 자루비나는 테이블 맞은편에 있는 요원과 상냥하게 이야기를 나누고 있었지만, 눈으로는 나가는 직원들을 훑어보면서 그들의 얼굴에 숨기고 있는 분노가 있는지 확인하고, 사람들의 얼굴을 기억해 목록으로 만들어두고, 표정들을 평가하면서 말썽거리가 있는지 냄새를 맡고 있었다. 자루비나의 황금색 후광은 차분하면서도 강했다. 이 여자는 한 치의 망설임이나 의혹도 없이 움직인다. 그녀의 유일한 욕구는 사냥해서, 죽이고, 먹이를 주는 것이다.

그녀가 자신의 워싱턴 레지덴투라에서 뭘 계획하고 있건, 라인 T의 기술 요원들이 여기에 있다는 것만으로도 재봉사가 새 정보원인 트리톤을 관리하는 방법을 향상시키려고 할 가능성이 크다. 그 계획의 자세한 내용은 CIA에게 아주 절실히 필요할 텐데. 그녀는 하는 수 없이 출장 가기 전에 예브게니와의 하룻밤을 또 한 번 견뎌야 한다고 자신에게 말했다.

그녀의 사무실로 돌아왔을 때 마르타와 우드란카가 앉아 있었다. 마르타는 항상 그렇듯이 담배를 피우고 있었다. 한탄은 그만해, 스패로우. 마르타가 말했다. 그 오랑우탄을 네 가랑이에 15분만 가둬놓으면 네 아름다운 연인에게 최고의 선물을 주게 될 테니까.

도미니카는 내일 아침 아테네로 떠난다. 지금은 새 스라크 메시지를 작성해서 보내거나, 짐을 싸거나, 장시간 진행될 CIA 보고를 위해 생각을 정리하고, 안가에서 브라톡과 네이트와의 첫 만남을 위해 거리 지도를 보고, 스라크 메시지를 통해 들어온 주소를 확인해야 한다고 스스로에게 말했다. 하지만 그녀는 샤워하며 생긴 수증기가 서린 욕실 거울 앞에 서서 수건으로 가슴을 닦고 있었다. 예브게니는 짜증나게 가슴에 집착한다.

도미니카는 그날 늦게 사무실에서 고개를 숙이고 있는 예브게니의 자리로 가서, 전형적인 스패로우의 기교를 이용해 그의 시선을 끈 후, 찌그러진 미소를 짓는 그에게 미소를 지어 보이고, 그녀가 2주 동안 출장을 가 있을 동안 그가 견딜 수 있게 작별 섹스를 하자는 그의 음탕한 제안에 당혹스러운 척 얼굴을 붉혔다. 적어도 그녀가 먼저 지루하게 교태를 부리며 유혹해야 하는 고역은 면했다. 그녀는 그에게 식사를 차려주고, 그의 식도에 보드카를 부어주고(안타깝게도 기절시킬 정도로 충분하진 않았다), 그와 같이 누워, 그가 땀 흘리는 걸 지켜보면서, 달콤한 말로 그의 기운을 북돋아주고, 그의 몸이 그의 생각대로 따라줄 수 있게 도와주고, 아주 실감나게 신음을 내서 마침내 그녀의 가슴 위에서 등을 구부리고 어깨를 덜덜 떨게 만들었다.

그다음엔 소름이 끼쳐 피부가 오그라드는 30분 동안 이 털북숭이 애벌레와 얼굴을 바짝 댄 채 끌어안고, 스패로우 학교에서는 금성의 오일이라고 부른 정액이 그녀의 가슴에서 말라가는 걸 느끼면서, 그에게 둘이 공유한 비밀들, 그의 미래, 자루비나와 같이 SVR을 책임지게 해주겠다는 미래에 대한 근사한 약속을 속삭였다. 그리고 도미니카는 수염이 까칠한 그 얼굴을 두 손으로 꽉 잡고 엄격하게 말했다. 내가 생각하는 건 당신의 안녕이야. 그러니까 절대 죄책감 느끼지 마. 이 모든 걸 던져버려선 안 돼. 괜히 나서서 고백이랍시고 입을 열면 우린 끝이야. 그들이 보기엔 용서할 수 없는 죄일 뿐이야. 그렇게 되면 우리 관계는 끝이야.

예브게니의 입술에 미소가 더 자주, 오래 머물렀다. 그는 안심했다. 그의 손(손톱은 아주 조금 깨끗했다)이 그녀의 배 밑을 쓸어내렸다. '빌어먹을, 절대 안 돼.' 도미니카는 짜증이 치밀어서 그의 손목을 잡았다. 대신 자신의 손을 그의 배 밑으로 쓸어내리면서, 그의 눈을 봤다. 그의 눈이 점점 커지다, 더 커졌다. '이게 네가 원하는 거야?' 도미니카는 손을 움직이면서 건조하게 생각했다. '이걸로 충분해?' 96번, 모택동 주석의 젓가락 테크닉. 스패로우 학교에서 몇 시간씩 연습하고 나면 손이나 손목이 아파서 그만두는 게 아니라 어깨에 찌르르한 통증이 느껴져서 더 이상 팔을 들 수 없을 때까지, 더 이상 그 기름이 번들거리는 오이를 볼 수 없을 때까지 했다.

도미니카는 아직도 냉 오이 수프 근처에도 안 간다.

예브게니의 아랫입술이 금방이라도 울 것처럼 바르르 떨렸다. 도미니카는 그가 이야기를 할 수 있게 그 교활한 손동작의 속도를 늦춰야 했다.

"아무도…… 몰라." 예브게니는 그녀의 손에 정신을 집중하면서 말했다. "트리톤을 관리하는 데 불법체류자를 사용할 방법을 의논하자고 요구한 건 자루비나였어."

내가 뼈다귀를 엉뚱한 데 던졌군. "흥미롭지만 앞뒤가 맞지 않아." 도미니카가 콧방귀를 뀌며 말했다. "자루비나가 그런 불법체류자와 뭘 하고 싶다는 거야?" 빠르게 그다음에 느리게.

예브게니는 눈을 감고 숨을 죽였다. "자루비나는 머지않아 트리톤의 정체를 알아낼 수 있을 거라고 예상하고 있어. 그러면 트리톤은 개인적인 담당 요원을 만나는 데 동의할 거라고. 그녀는 일주일 아니면 한 달 사이에 그렇게 될 거라고 했어. 그때가 되면 트리톤을 만나서 자리를 잡게 할 거야. 하지만 장기간 트리톤을 담당하는 요원은 공식적인 러시아 외교 기관에 소속된 요원이어선 안 돼. 그래야 더 안전하니까." 그는 길게 한숨을 내뱉었다.

"불법체류자라고?" 그녀는 일어나 앉아서 그 말에 이의를 제기해 더 많은 정보를 끌어내려고 했다. "트리톤처럼 앞으로 중요한 정보원이 될 사람에게 외교관이란 위장 신분도 없는 사람을 붙일 생각을 하는 건 아니겠지?"

"왜 멈췄어?" 예브게니는 몽롱한 눈빛으로 그녀의 손을 내려다보며 말했다. 도미니카의 침대 밑에 도끼 한 자루가 있었다면 그걸 가지고 질문을 다시 시작했을 텐데. "자루비나는 트리톤을 먼저 직접 만나보고 싶어 해."

예브게니가 더듬거렸다. "그래, 그러니까 더 좋다. 계속해. 자루비나는 결국엔 얼굴 없는 불법체류자, 그러니까 미국에서 활동 중인 프로를 트리톤의 담당 요원으로 만들 거야. 그러면 그 작전을 쫓을 수 있는 모든 흔적이 증발될 테니까." '그리고 벤포드는 놈을 잡을 기회가 모두 사라지는 거고.' 도미니카는 생각했다.

"불법체류자 그룹은 불법체류 부서 라인 S의 차장이 망명했을 때 몰살됐잖아." 도미니카는 동시에 여러 가지 일을 하면서 맹렬하게 생각했다. "미국에 있는 라인 S 소속 불법체류자들은 대부분 정체가 탄로 났어. 그 찬장은 텅 비었다고." 도미니카가 말했다.

예브게니가 고개를 흔들었다. 그는 아주 힘겹게 말했다. "자루비나가 그러는데 또 다른 불법체류자 학교가 있대. 테플리 스탄에 있는 그 학교가 아니고, 또 다른 건데 학교도 아니고 그냥 프로그램이래. 아주 작아서 1년에 학생이 한두 명 정도밖에 없다고. 거긴 라인 S의 관리를 받지 않으니까 정체가 탄로 날 위험도 없어. 그 프로그램은 크렘린 소속이야." '그 프로그램에 잠입해서 그들이 미국에 배치되기도 전에 그들의 신원을 밝히면 얼마나 끝내줄까.' 도미니카는 생각했다.

"크렘린이 무슨 생각으로 그런 작전을 지시했지?" 도미니카는 이미 그 답을 알면서 물어봤다. 러시아의 종신 대통령이자 전 KGB 아첨꾼인 파란 눈의 그자는 이 게임을 계속하고 싶지만, 스파이들과 파괴자들을 비밀 지역에서 보냈다가 그의 의도가 전 세계에 알려지는 건 원하지 않았던 것이다. 푸틴의 부하들은 그에게는 모두 언제든 갈아치우고 없애도 되는 대체품에 지나지 않았다. 아니, 이건 그 황제 폐하의 러시아적인 정력을 과시하는 또 다른 수단인 것이다. 예브게니가 움찔했다. 화가 난 도미니카가 아무래도 엉뚱한 곳을 잡아당긴 모양이었다. "자루비나는 굉장히 아는 게 많은 것 같아." 도미니카가 손을 좀 천천히 움직이면서 말했다.

"그걸 다 어떻게 아는지 나도 모르지."

"어쩌면 자루비나가 그 새 불법체류자의 후원자가 되겠군." 도미니카가 혼잣말처럼 하면서 이미 머릿속으로 벤포드에게 보낼 메시지를 작성하고 있었다. 푸틴의 흥분한 흰담비들 중 한 마리의 멘토가 되면 자루비나는 보상을 받을 것이다. SVR의 국장이라는 보상을.

"자루비나는 누구의 멘토도 안 해." 예브게니는 눈꺼풀이 두툼한 눈으로 도미니카의 손을 내려다보며 막연히 말했다. "멈추지 마."

'그 새로운 불법체류자를 언제 미국으로 보낼까? 그들이 구체적인 사람을 뽑았을까? 훈련은 어느 정도까지 진행됐을까? 남자일까, 여자일까? 그녀는 어느 도시에서 살게 될까? 그녀의 직업은 뭘까? 그녀의 전설은 뭘까?' "기분 좋아?" 도미니카가 예브게니의 털이 숭숭 나고 벌름거리는 콧구멍을 보면서 물었다.

"자루비나는 집착이 심해." 예브게니는 눈을 감으며 말했다. 도미니카는 생각보다 예브게니가 사람을 보는 눈이 예리하다는 생각이 들었다. "그녀는 보안을 완벽하게 하라고 고집을 부리고 있어. 트리톤을 가능한 한 아주 짧게 만나고, 그다음에 그 불법체류자를 배정해서 트리톤을 극비로 다루려고 하는 거야. 라인 T가 안전한 커뮤니케이션 장비들을 연구하고 있어. 이 모든 게 라인 KR 밖에서 진행되고 있어. 아무도 알아선 안 되고, 당신조차 알아선 안 돼. 주가노프의 명령이야."

도미니카는 예브게니에게 미소를 지었다. "난 센터의 그 누구에게도 말하지 않을 거야." 그녀가 말했다. 그녀는 팔을 좀 더 빨리 움직여서 손에 쥐고 있는 작은 망치를 흔들어댔다.

"나도 알아." 예브게니가 멍하니 말했다. 그의 호흡이 가빠지고 있었다.

"당신, 이러니까 참 섹시하다." 도미니카가 말하면서 이 아이러니한 상황을 생각했다. 예브게니는 갑자기 떨기 시작했다. 그는 뒤로 쓰러져서 뒤통수를 베개에 대고 신음했다. 30초가 지나서 눈을 떴고, 호흡도 느려졌다.

"아주 긴 2주가 되겠어." 그가 헐떡거리며 말했다.

'2주는 금방 지나가. 우드란카가 침실 구석에서 말했다.'

"2주는 금방 지나가." 도미니카가 말했다.

냉 오이 수프
껍질을 벗기고 씨를 뺀 오이, 골파, 작게 썬 완숙한 달걀, 신선한 딜, 사워크림과 물을 섞어서 믹서에 넣고 알갱이가 씹힐 정도로 갈아서 수프로 만든다. 거기에 익힌 햄을 네모 모양으로 잘라서 넣어도 된다. 양념을 한 후에 차갑게 식혀 딜이나 박하를 고명으로 뿌려 낸다.

23

한나 아처는 바빴다. 지난주에 4일 동안 그녀는 다섯 시간, 여섯 시간, 네 시간, 세 시간씩 감시 탐지 루트를 달렸는데, 그날 미행이 따라붙었는지 자신의 상황을 파악하는 것뿐만 아니라 그녀를 감시하는 눈이 몇이나 있는지 보고 거리에서 어떤 종류의 감시가 따라붙을 것인지를 파악하는 감을 키우기 위해서였다. 그녀는 FSB 감시 순위 명단에서 아래쪽에 있을 가능성이 컸지만, 모스크바에 도착한 후로 그녀를 감시하는 수준이 조금씩 높아지고 있는 걸 봤다. 어떤 FSB 데스크 직원이 아마 그녀의 파일을 들어서 '외국인' 박스의 '활동 감시' 파일에 넣은 게 분명했다.

모스크바 지부장이 짜증내는 걸 느끼면서 한나는 정기적으로 거리에서 본 것들을 자세하게 적어서 본부에 보냈다. 스록모턴은 이곳의 보안 상황에 대한 보고는 자신이 해야 한다고 생각했지만, 한나는 예의를 갖춰 그에게 양보하는 대신 벤포드의 지시에 따라 매주 직접 보고서를 보냈다. 지부장은 화가 났지만 벤포드 부장의 불같은 성미를 알기 때문에 가만히 있었다. 모스크바 지부장의 심기 따위엔 신경 쓰지 않는 벤포드와 한나는 둘 다 감시 활동이 방첩 위험의 정교한 지표라는 걸 알고 있었다. 러시아인들이 꼬리를 바짝 세우고 있는지, 그들이 냄새를 맡았는지, 그들이 줄을 당기고 있지는 않은지 그 지표로 알 수 있었다. 그리고 벤포드는 이제 디바에 대해 걱정을 해야 할 처지였다.

한나가 맡은 임무는 정해진 날에 그냥 차를 타고 돌아다니면서 그녀가 직접 모스크바 주변에 묻어놓은 스라크 수신기 중 하나에서 나오는 메시지를 로딩하거나 삭제하는 것이었지만, 어떤 종류의 미행이 따라오는지, 어느 정도 거리를 두고 따라오는지, 그들이 지치고 지루해졌거나 짜증이 났는지, 잘 놀라는지 알아야 했다. 미행이 붙은 상황에서 눈에 보이지 않는 스라크가 있는 곳들을 지나치는 것은 정보원과 직접 만나는 것과는 비할 수 없는 일이었지만, 여전히 완벽하게 해내야 하는 일이었다. 그녀는 어깨를 펴고 똑바로 정면을 보며 백미러를 얼른 확인하고 나서, 정확히 약속된 시간에 아무렇지도 않게 가방에 손을 넣어 장치를 조작하면서도, 그곳을 지나면 갑자기 속도를 내지 않도록 조심해야 했다. 그리고 앞에 가는 모스크바 차는 들이받지 않는 게 좋다(기술적인 부분에 능통한 감시팀이 그런 사소한 기회를 기다리고 있다). 그리고 차선을 바꿔서 차 3대를 먼저 보낸 후에 차 안에서 쌍안경으로 미행을 확인해야 한다.

그녀는 거리를 사랑했다. 날씨는 살 떨리게 춥지만 창문을 내린 채 거리의 리듬에 잠겨 거리의 소리를 듣는 게 너무 좋았다. 그녀는 내부 작전 교관이었던 제이가 미행당하는 작전 요원에게 가끔 일어난다고 말해줬던 일을 경험했다. 그녀가 면도도 안 하고 씻지도 않은 채 계기판 밑에 무전기들을 켜놓은 그 엄숙한 남자들 중 하나가 되는 우아한 상태를 경험한 것이다. 그런 밤이면 미행 차에 옮겨간 그녀의 영혼은 사향 소 같은 남자들이 탄 그 차의 뒷좌석에 말없이 같이 앉아, 찰칵거리는 소리들과 브레이크 소리와 작은 소리로 하는 불경스러운 말을 듣고, 그들이 그날 밤 그녀를 어떻게 따라왔는지 이해했다.

어느 안개 낀 밤에는 그녀와 보조를 맞춰 나란히 달리려고 타이어에서 끼익 소리를 내며 그녀의 옆 차선으로 들어오는 차들의 경고등을 순간적으로 볼 때도 있었다. 또 다른 밤에는 몇 대의 미행 차량이 그녀의 차를 앞뒤로 둘러싸고 달리는 걸 볼 수(아니, 느낄 수) 있었다. 그 순간 그녀는 점점 늘어가는 목록을 머릿속에서 휙휙 넘겼다. '권총을 들고 콧수염을 기른 남자가 있었지. 네가 왼쪽 헤드라이트를 꺼버렸잖아, 심술궂게도. 지난주에 본 빵 트럭도 있었고, 그 트럭은 지붕의 짐칸을 떼어낼 때 거기 묻은 얼룩 좀 닦아라, 인간들아. 교차로가 나오네…… 가수 마틴처럼 생긴 놈이 저기 있구나. 버스 뒤에서 기다리지 그랬어. 괜찮아, 난 너희들이 다 좋아. 자, 여러분이 모두 쉴 수 있게 오늘 밤은 내가 일찍 퇴근할게요.'

최악의 밤은 그들이 거리에 없을 때였다. 그 남자들이 또 다른 토끼를 쫓아 그녀를 버리고 가면 그녀는 초조해지고 외로웠다. 그런 날이면 그녀는 핸들을 꽉 쥐었다. '좋아, 이 개자식들아, 지금 최후의 심판일 수법을 쓰고 있는 거냐? 너무 완벽해서 너희들도 어떻게 했는지 모르는 그런 묘기를 부리고 있는 거야? 우리를 이겨보겠다고 하지만 아무도 그럴 수 없어. 너희들은 디바를 잡아서 죽이려고 애를 쓰고 있지. 면도도 안 한 평퍼짐한 얼굴로 내 정보원을 잡겠다고 하는 걸 막고 있는 게 바로 내 차의 가속 페달과 이렇게 귀엽게 지저귀고 있는 작은 백미러들과 스트론튬으로 무장한 내 질이거든. 그러니까 너희들은 내 정보원을 가질 수 없어. 절대 그런 일은 없을 거야.'

한나는 단조롭게 이어지는 이 빌어먹을 임무 때문에 사람이 좀 이상해진다는 걸 알고 있었다. 본부의 재니스와 벤포드만 봐도 알 수 있었다. 하지만 네이트는 전혀 그렇지 않았고, 적어도 나쁜 면으로 이상하진 않았다. 그녀는 항상 그를 생각했지만, 우정 어린 이메일 하나 보낼 수 없었다. 심지어 내부 보안 메시지조차 보낼 수 없었다. 이미 끝난 사이에 오해할 가능성이 너무 많았다.

그녀는 친구가 필요했다. 규정에 따르면 지부의 다른 요원들은 멀리 해야 했다. 위장 신분을 유지하고, 악영향을 미치는 걸 피하고, 개별 활동의 보안을 유지해야 하기 때문이다. 대사관에서 그녀는 영사관 직원이라는 위장 신분이 있기 때문에 직장 동료는 있었지만 진정한 사회생활을 할 가능성은 전혀 없었다. 모스크바는 사교 클럽 같은 분위기를 낼 수 있는 지부가 아니기 때문에 열여덟 살짜리 미국 해군과라도 놀아나지 않는 한, 한나는 대사관 숙소의 커피 테이블 앞에 있는 킬림(터키 융단의 일종-옮긴이) 방석에 앉아 여섯 명의 성실한 국무부 여비서들과 같이 치즈와 크래커를 먹으면서 새로 나온 조니 미첼의 시디를 들으며 마운트 홀리오크 대학에서 국제학을 전공한 서른일곱 살의 유난히 호들갑스러운 마니가 왜 엄청나게 큰 이니셜 M 자가 새겨진 촌스러운 구슬 목걸이를 하고 있는지 궁금해하며 보냈다.

그만하자. 사무실로 쓰는 트레일러 한쪽에는 버새(수말과 암나귀의 잡종-옮긴이) 같은 지부장이 있고, 반대쪽에는 술에 얼큰하게 취하고 니코틴에 푹 절은 쉰들러가 물구나무서기를 하는 이 모스크바 해외 근무는 이제 18개월 남았다. 그리고 눈빛이 날카로운 FSB 미행 수십 명이 그녀가 밖으로 나와 거리에서 놀길 기다리고 있었다. 한나는 벤포드가 지시한 일을 해냈다. 디바는 스라크를 받아서 모스크바에서 안전하게 CIA와 이야기할 수 있게 됐다. 그것은 위험하면서도 대단한 승리였다. CIA에서 근무를 시작한 지 1년이 되면 휴가를 받을 수 있다. 원하는 곳에서 푹 쉴 수 있는 것이다. 분명 뉴햄프셔에 있는 집에 가겠지만, 어쩌면 다른 곳, 말하자면 태양과 바다도 볼 겸 그리스로 갈지도 모르겠다. 그리고 네이트도 좀 보고?

"안녕, 아빠." 어두운 아파트에 앉아 컴퓨터 화면에서 나오는 불빛에 잠긴 한나가 말했다. 햇빛이 화창한 고향 집의 부엌에서 한나의 부모님이 미소를 짓는 화면이 나왔다. 그곳은 지금 아침 시간이었다.

"한나, 어떻게 지내고 있니? 거기서 따뜻하게 잘 챙겨 입고 있어?" 엄마가 말했다.

"난 잘 지내요, 엄마. 큰 갈색 털모자를 하나 샀어. 끔찍하지만, 아마 사향쥐 털로 만든 것 같은데. 그래도 따뜻해." 한나가 말했다.

"밥은 잘 먹고?" 엄마가 말했다. 엄마는 지난달에 쿠키가 가득 든 상자를 하나 보냈다.

"걱정하지 말아요. 여기 식당엔 없는 게 없어. 땅콩버터, 볼로냐소시지, 벨비타 치즈." 그녀는 손톱으로 손바닥을 눌렀다. 이 터무니없는 수다가 그녀가 할 수 있는 최선이었다. 모스크바로 떠나기 전에 그녀는 부모님에게 어떤 경우든 자신의 일에 대해 언급하거나 물어봐선 안 된다고 말했다. 절대로. 부모님은 그녀가 어디서 일하는지 알고 있었다. 한나가 러시아인들이 항상 듣고 있을 거라고 말했을 때 부모님은 경악하면서 불쾌해했다. 오늘 밤 FSB 기술자들 역시 그녀의 부모님을 보면서, 같은 대화를 듣고 있을 것이다. 하지만 다른 대사관 직원들처럼(이들은 거리낌 없이 하는데) 스카이프를 쓰지 않으면 의심을 사게 되고, 따라서 해석은 한 가지밖에 남지 않는다. '그녀는 스파이야. 감시를 더 붙여.'

"거기 레스토랑은 있니?" 아버지가 물었다. 한나는 미소를 지었다. 아버지는 바보 같은 뉴잉글랜드 촌뜨기 연기를 하고 있었다. '조심해요, 아빠.' 그녀는 생각했다.

"아, 그럼요. 밖에 나가서 러시아 요리들을 맛보러 다니는데 재미있어요. 양과 가지로 만든 차나히라는 음식이 있는데 아주 맛있어요." 한나는 지금 이 대화를 받아 적고 있는 사람이 이 그루지야 수프가 스탈린이 좋아한 음식이었다는 데 주목했을지 궁금했다.

"그건 좀 느끼할 것 같은데." 엄마가 말했다. 맙소사. 한나는 아버지에게 자신이 무슨 일을 하고 있는지, 그녀가 어떻게 선발돼서 굴속에 있는 곰의 수염을 잡아당기고 있는지, 그녀가 어떤 일을 해냈는지 말하고 싶어서 죽을 지경이었다. 아버지가 그녀를 사랑하고 자랑스러워하고 있다는 걸 알고 있었다. 하지만 그녀가 거둔 승리는 축하받을 수 없는 것이었다. "익숙해져야 해." 그녀가 떠나기 전에 벤포드가 말했다. "계속 자신을 희생하다 보면 원래 성격이 나오거든." 그게 무슨 말인지는 모르겠지만.

"이제 그만 가야겠어요. 여긴 늦은 시간이거든요." 한나가 말했다. 그녀는 연결 해제 아이콘을 누르려고 마우스를 잡았다.

"잠은 푹 자야 한다. 뭐 필요한 거 있니? 따뜻한 잠옷, 편한 슬리퍼 같은 거?" 엄마가 말했다. 입을 헤 벌리고 이어폰으로 이 대화를 엿듣고 있는 촌놈들은 내일 편한 슬리퍼에 대한 농담을 해대겠지.

"아뇨, 필요한 건 다 있어요. 다음 주에 또 이야기해요." 한나가 말했다. 엄마가 키스를 보냈고, 일어나서 카메라 앞을 나갔다. 아버지는 계속 남아서 화면으로 그녀를 보고 있었다. '조심해요, 아빠.' 한나가 무언의 메시지를 보냈다.

"너랑 이야기하니 좋구나, 아가. 몸 잘 챙겨라. 사랑한다." 아빠가 말했다.

"안녕, 아빠." 한나가 말했다. '아빠는 지금 놈들 코를 납작하게 해주란 말을 하는 거야. 제가 그러고 있답니다, 아빠.'

본부에서 벤포드는 한나의 메시지들을 읽으며 서늘한 감동을 받았다. 그녀가 일을 아주 잘 해냈다. 디바의 스라크 시스템은 본격적으로 원활하게 작동되고 있었다. 한나는 좋은 지역들을 모두 미리 정찰했고, 감시 탐지 루트를 거의 완벽하게 달렸고, 거리에선 벽돌처럼 듬직하고 믿음직스러웠다. 너무나 자연스럽고 침착해서, 사실 FSB 감시팀은 그녀가 대사관의 하급 직원인 인사부 공무원인 것으로 판단하고 가끔 '확인' 수준의 감시만 배치했다. 대부분의 밤에 미행을 받지 않았다고 그녀는 확신하고 있었다. 그리고 다행스럽게도 그 천치 지부장은 그녀에게 간섭하지 않았다. 벤포드는 스록모턴을 계속 주시할 것이다.

미국의 내부첩자인 트리톤과 리릭의 정체를 알아내려는 러시아인들의 시도에 대한 디바의 보고가 썩은 징두리 벽판을 뜯어내서 흰개미 떼를 드러냈다. 방첩 시스템에 큰 구멍이 발생한 것이다. 벤포드는 모스크바에서 온 메시지들을 다시 매서운 눈빛으로 바라봤다. 트리톤이 에이전시 안에 있다면, 디바 보고서들을 봐선 안 된다. 벤포드가 급히 이 사안을 기밀로 정해서 디바의 메시지를 볼 수 있는 사람을 벤포드 자신과 방첩 부서의 세 요원과 ROD의 새 부장인 단테 헬톤으로 제한했다.

적갈색 머리에, 철테 안경을 쓰고, 방탕한 학자 같은 냉소적인 표정의 헬톤은 공산주의 체제였던 동유럽에서 하급 장교로 경력을 시작해서 부장이 되기엔 상대적으로 젊었다. 한번은 헬톤이 벤포드에게 냉전이 절정에 달했을 때 동유럽 공산권에서 했던 작전들은 모스크바 작전만큼이나 힘든 데다 해당 국가의 요원들이(정보부 간부들과 기획가들부터 시작해서 미행하는 요원들까지) 폴란드(쇼팽)와 체코슬로바키아(프로이트)와 헝가리(핵물리학자인 텔러)와 루마니아(드라큘라 백작)의 화려한 유산을 물려받은 후

손들이라서 더 힘들다는 말을 한 적이 있었다. 그들은 임무에 헌신적이었을 뿐만 아니라 머리가 지독히 좋았다. 헬톤은 살해 압력을 받으면서 폴란드에서 작전을 수행했다. 헬톤을 따라다니던 적국의 미행팀은 그가 계속 능숙하게 그들을 조종하는 데 격분해서 1987년 12월 어느 겨울 밤 그가 몰던 피아트 125의 지붕을 석탄을 뜨는 부삽으로 쳐서 납작하게 만들어놨다. 다음 날 밤 그는 또다시 그 추적자들의 코를 납작하게 해줬다.

벤포드는 정신없이 어질러져 있는 그의 작은 사무실에 시칠리아 출신으로 방첩부의 만물박사인 마저리 살바토레와 헬톤과 같이 앉아 있었다. 벤포드는 이 회의에 1588년 그 지역 마녀들과 같이 염소를 타고 날아갔다고 주장하는 팔레르모의 요정(이탈리아 시칠리아의 민담에 나오는 요정-옮긴이)도 참석했을 거라고 확신했다. 마저리는 복잡한 수수께끼를 풀 수 있었다. 벤포드는 그녀의 통찰력이 필요했다. 같은 이유로 재니스 캘러핸도 호출했다. 재니스가 아직 오지 않아서 벤포드는 짜증이 나 있었다.

"두 분이 괜찮다면, 재니스가 도착하기 전에 미리 할 말이 있습니다." 벤포드는 문 뒤에서 쉴 새 없이 눈을 깜박거리는 비서에게 소리를 질렀다. "재니스에게 당장 오라고 해. 오는 중이면 뛰어오라고 하고." 그는 단테와 마저리가 자신의 그런 태도를 싫어하거나 불편해하는 기색이 있는지 봤지만 그런 건 보이지 않았다. 벤포드는 자신이 괴팍한 괴짜로 유명하다는 걸 알고 있었지만 그런 건 개의치 않았다.

"난 며칠 후에 아테네 지부에 가서 상의하고 디바의 보고에 참석할 겁니다." 벤포드는 초조하게 손가락으로 희끗희끗한 머리를 빗어서 무의식 중에 한쪽 머리를 모호크족처럼 세워놨다. 단테와 마저리는 눈 하나 깜짝하지 않았다.

"러시아 작전의 영웅적인 요원들(모두 은퇴했거나 죽었는데) 중에 현재 디바가 보고하는 그런 광범위한 정보력과 잠재력을 갖추고 있는 사람은 몇 명 없었습니다. 우리는 며칠 후에 있을 이 뜻밖의 기회를 통해 자세한 정보를 받게 될 걸로 예상하고 있습니다." 그때 문이 열렸고, 아이스티처럼 쿨한 재니스가 모피 무늬 랩 원피스에 검은색 지미추 구두를 신은 차림으로 느긋하게 걸어왔다. 벤포드가 그녀를 보고 오만상을 찡그렸다. "왜 이렇게 늦었어?" 벤포드가 말했다. 재니스는 앉을 곳을 찾아 주위를 둘러봤다. 단테와 마저리는 신문과 박스들로 가득 찬 낡은 의자 두 개를 치워서 앉았다. 남은 한 자리(등이 굽은 작은 소파)에는 수많은 파일들이 금방이라도 쏟아질 것처럼 놓여 있었다.

"내가 달리면 원피스가 흘러내리고 신발이 벗겨진단 말이에요, 시몬." 재니스는 건성으로 대답하면서 손으로 머리를 쓸어내리며 주위를 둘러봤다. "당신 사무실에 올 땐 접이식 의자를 하나 가져온다고 하면서 매번 잊어버린단 말이야." 벤포드는 그녀가 앉을 자리를 만드는 걸 지켜봤다. 산사태가 일어난 것처럼 작은 파일 더미가 바닥으로 와르르 쏟아졌다. 재니스가 몸을 숙여서 집으려고 하는 사이에 가슴골이 어마어마하게 드러났다. 단테는 조심스럽게 고개를 돌렸다.

"아까 말했던 것처럼 디바는 마블에 어울리는 후계자일 뿐만 아니라 마블에게 엄청난 선견지명이 있었다는 걸 보여주는 증거입니다. 마블이 저세상에서 편안하길." 벤포드가 말했다. 방이 조용해졌다. 모두 마블의 파일을 읽으면서 이 자리까지 올라온 사람들이었다.

"이제 몇 가지 문제를 고려해야 합니다. 지금은 디바가 이란의 기밀 핵무기 작전에 어떻게 기여하고 있는지 그리고 어떻게 러시아 대통령의 눈에 들었는지에 대해선 논의하지 않겠습니다." 벤포드가 말했다.

"말이 나와서 하는 말인데, 대통령과 친해지는 건 접촉 스포츠(선수들이 신체적인 접촉을 하는 스포츠-옮긴이)와 같아요. 그러다 대통령이 그녀에게 관심을 잃고 소외시키면 정보 접근권을 잃고 목숨이 위험해질 수도 있어요. 푸틴의 아내도 이혼당했잖아요." 마저리가 말했다.

"디바가 대통령이 아끼는 친구가 되면 무수한 가능성이 생겨요." 벤포드가 말했다.

"아끼는 친구라니. 시몬, 그게 정확히 무슨 뜻입니까? 디바가 대통령을 유혹하길 바라는 겁니까?" 단테가 말했다.

"진정해요. 우린 정보원을 보호하는 선에서 이용할 수 있는 건 다 이용할 겁니다." 그는 작은 사무실 안을 노려봤다. 그는 이래서 이 요원들이 좋았다. 그의 눈치를 보지 않고 거침없이 말하니까. 그는 다시 이야기를 시작했고, 시계 장치 같은 그의 두뇌는 작은 톱니바퀴 하나, 키 하나, 래칫 하나 멈추지 않고 끊임없이 돌아가고 있었다.

"같이 검토해봅시다. 첫째, 우리는 러시아인들이 트리톤이라는 암호명을 가진 자로부터 간략한 보고서들을 받기 시작했다는 걸 알고 있어요. 둘째, 러시아인들은 트리톤의 정체에 대해 아직 모르고 있어요. 셋째, 트리톤은 CIA가 군사와 과학 기술 부문 GRU 정보원을 포섭했다는 걸 센터에 알렸어요. 그리고 우리 내부에서 정한 암호명인 리릭도 넘겼고. 넷째, SVR 레지던트인 율리아 자루비나가 트리톤과 정보 교환을 계속하기 위해 우리의 습자지 같은 공군 이중간첩과 계속 만나고 있습니다. 다섯째, 최근에 카라카스에서 포섭된 SVR 정보원이 갑자기 본국으로 불려갔습니다. 그 정보원의 상태는 파악이 안 됐습니다." 그는 주위를 둘러봤다.

"CIA 외부에 있는 사람 중에 리럭이란 암호명을 아는 사람이 있나요?" 마저리가 물었다. 그들 모두 내부에서 정한 암호명은 신성불가침인 걸 알고 있지만, 또한 그 암호명이 관계 부처들의 모임에서 자주 거론된다는 걸 알고 있었다.

"리럭의 보고서를 여러 명이 읽고, 그가 보고한 정보에 대해 자주 회의를 하니까, 그럴 가능성이 있습니다. 맞아요. 리럭이란 암호명은 이 건물 밖에도 아는 사람들이 있습니다." 벤포드가 말했다.

"그리고 디바는 트리톤이란 자가 미국 공군 이중간첩 작전을 이용해서 자루비나에게 메시지를 전달하고 있다고 보고했고요?" 단테가 말했다.

"정확해요. 디바와 이야기할 때 메시지 전달 방식에 대해 더 많은 걸 알 수 있기를 바라고 있습니다." 벤포드가 대답했다.

"알겠습니다. 하지만 그 말은 트리톤이 군부에 있을 수도 있고, 여기 랭글리, 백악관, 국가안전보장회의, 의회 혹은 캘리포니아의 항공 우주 기업들 중에 있을 수도 있다는 거잖아요." 단테가 말했다.

"그것도 맞습니다. 이 내부첩자 사냥은 어쩔 수 없이 상당히 광범위하게 시작될 겁니다. 수사 인력이 충분하지 않다는 점도 고려해야 합니다." 벤포드가 말했다.

"이 일에 몇 달씩 매달려야 할 수도 있어요." 마저리가 그 프로젝트 팀과 손해 평가와 정보 검토를 생각하며 말했다. 이거야말로 엉망진창이군.

"몇 년이 걸릴지도." 벤포드가 말했다.

단테가 마저리를 봤다. "그게 최악이 아니에요. 카라카스 정보원이 본국으로 호출된 게 트리톤 때문이라면, 그자는 이 건물 안에 있다는 뜻입니다. 그 포섭 작전은 아주 최근 일이에요. 그 건은 우리 본부 밖으로 나간

적이 없어요."

"흠, 우리의 카라카스 정보원이 부티르카 감옥의 갈고리에 매달려 있다는 말을 듣지 않는 한 그건 우리가 알 수 없겠죠." 마저리가 말했다.

"그리고 우리는 시간이 없어요." 벤포드가 책상 위에 있는 연필을 만지작거리면서 말했다. "트리톤이 우리 중에 있다면, 그리고 높은 자리에서 여러 분야(군사, 정치, 과학, 지리)의 자료들을 읽고 있다면, 여기서 하는 모든 작전들을 망쳐버릴 수 있습니다."

"그리고 수십 명의 정보원들을 죽이겠죠." 마저리가 말했다. 그녀는 초기 몇 년 동안 중국 작전들을 수행하면서 '돌아오지 않고, 연락도 없고, 위험에 빠진 걸로 추정되는' 정보원들의 이름을 다 외우고 있었다. 그녀는 아직도 가끔 그들 중 몇 명을 떠올렸다. 여기 있는 사람들 모두 그랬다.

벤포드가 단테의 어깨 너머로 재니스를 봤다. 그녀는 마호가니 같은 다리를 꼬고, 소파에 두 팔을 펼친 채 조용히 앉아 있었다.

"뭐 덧붙일 거 없나?" 벤포드가 말했다.

"당연히 있죠. 우린 가능한 한 빨리 이 재수 없는 배신자를 찾아야 해요." 벤포드가 소리 없이 씩씩거리는 건 평소처럼 얼굴이 시뻘개져서 고래고래 소리를 지르는 것보다 더 무시무시했다.

"고맙군, 재니스." 벤포드는 보란 듯이 비꼬면서 말했다. "그걸 어떻게 해야 할까?" 방 안에서 폭탄이 터지기 직전 째깍째깍 돌아가는 시계 소리만 흘렀다.

재니스가 다리 한쪽을 올려 자신의 구두를 꼼꼼히 봤다. "우리가 생각하는 것보다 더 쉬울지도 몰라요." 그녀가 말했다. 벤포드는 의자에서 벌떡 일어나, 자신의 머리를 잡아당겨, 빙빙 돌리고 싶은 충동을 애써 참았다. 그는 본능적으로 재니스(이 친구들 모두)를 몰아붙이지 않았다. 재니스 역시 어두운 철의 장막에 있는 도시들의 골목길을 혼자 걸어 다녔던 시절이 있었다.

"그걸, 우리가, 어떻게, 할 건데?" 벤포드가 말했다.

"감기에는 곡기를 끊고 열을 내게 해야죠." 재니스가 속눈썹 사이로 그를 보면서 트레이드마크인 미소를 날리며 말했다.

차나히 – 스탈린이 좋아한 그루지야 스튜

묵직한 철제 압력솥에 소금, 후추, 오일, 파프리카, 붉은 고춧가루로 밑간을 하고 갈색으로 익혀서 네모로 썬 양고기 덩어리를 넣는다. 거기에 얇게 썬 양파와 마늘을 넣고 물렁해질 때까지 볶은 후에 다진 바질, 파슬리, 딜을 넣고 뭉근히 끓인 토마토, 토마토즙, 레드와인 식초를 넣는다. 네모 모양으로 썬 가지와 감자를 스튜에 얹고 그 위에 물을 붓는다. 뚜껑을 덮고 양고기가 부드러워지고, 채소가 물렁해지고, 국물이 진해질 때까지 약한 불에 뭉근하게 끓인다. 다진 파슬리를 고명으로 뿌려 낸다.

24

"감기에는 곡기를 끊고 열을 내라고? 부디 왜 지금 농사력을 인용하는지 설명해주시지." 단테가 의자에서 몸을 돌리면서 미소를 지었다. 감을 잡은 그는 재니스가 설명해주길 기다렸다.

"시몬, 트리톤이 공군 이중간첩 작전을 써서 정보를 자루비나에게 전할 수 없다면, 그러니까 우리가 감기에 곡기를 끊는다면, 그 자식은 돈줄이 끊겨서 애가 타거나, 자존심이 상하거나, 동기가 뭐든 간에, 우리 때문에 열이 나는 거잖아요. 놈은 위험을 무릅쓰고 자루비나와 직접 만나려 할 거예요."

"그리고 우린 놈을 볼 기회가 생기는 거고." 마저리가 말했다.

"자루비나는 그렇게 호락호락한 상대가 아니야. 그 여자를 거리로 불러내는 게 쉽지 않을 거야." 단테가 말했다.

"일단 놈이 불법체류자 요원과 접선해버리면 우리는 기다란 풀 속에 숨은 트리톤을 찾아낼 수 없어요. 우리 모두 디바의 스라크 메시지를 읽었잖아요. 러시아인들은 우리가 정체도 모르는 불법체류자를 트리톤과 접선시키려고 준비하고 있어요. 그렇게 되면 절대로 놈을 못 찾아요." 재니스가 말했다.

그들은 모두 서로의 얼굴을 봤다. 불법체류자가 오면 문제가 더 커지게 된다. 첩보가 시작된 후로, 민간인으로 위장한 외국 스파이, 다시 말해 그

나라에서 태어난 시민인 척 위장해서 아주 꼼꼼하게 준비한 개인적인 이력을 바탕으로 일상적인 용어를 능숙하게 구사하고, 단조로운 일을 하면서 평범하게 사는 정체불명의 스파이는 적국에 있는 민감한 정보원을 관리하는 완벽한 해법이었다. 그는 공식적인 지위도 없고, 소속된 외교 기관도 없고, 첩보부와 연결된 단서도 없다. 내부첩자 사냥꾼들이 찾을 만한 프로필이 전혀 없는 것이다. 그리고 이 방에 있는 사람들은 모두 러시아인들이 불법체류자들을 준비시켜서 배치하는 분야에선 최고란 걸 알고 있었다.

"재니스 말이 맞아. 공군 이중간첩 작전을 종결시켜야 해. 공군에선 난리를 치겠지만 공군 특수 수사기관인 OSI와 장성급을 접촉해서 막아야지."

"그러면 우리의 배신자는 딜레마에 빠지겠죠. 이중간첩 작전이 없어지면 트리톤이 할 수 있는 선택은 세 가지예요. 정체를 드러내지 않고 반역죄를 저지를 또 다른 방법을 찾든가, 스파이 짓을 그만하든가, 벽장에서 나와서 거리에서 직접 자루비나와 만나든가."

"우리는 레지덴투라에 있는 마음씨 좋은 노부인을 끌어내서, 그녀의 심장박동을 좀 올려준 후에, 사태를 지켜보는 거죠." 재니스가 말했다.

"그건 내가 직접 하지." 벤포드는 벌써 그 가능성들을 생각하면서 말했다. "공군은 펄펄 뛰겠지. 그리고 소스테드 소령은 더 이상 첩보 임무의 스트레스를 견디지 않아도 될 거고. 밤에 첩보 영화 비디오테이프를 쌓아놓고 보는 걸로 만족해야겠지."

재니스가 소파에서 일어나서 원피스를 밑으로 잡아당겨 매무새를 바로 잡았다.

"요즘은 블루레이와 스트리밍으로 영화를 본다고요, 시몬. 비디오의 시대는 갔어요." 재니스가 말했다.

"가다니? 무슨 소리야?" 벤포드가 말했다.

앙주빈은 버지니아 주 콴티코에 있는 OSI 본부에서 미팅을 마치고 CIA 본부로 돌아가는 검은색 SUV 안에 앉아 있었다. 차가 조지 워싱턴 기념 파크웨이 북쪽을 달려 포토맥 강변에 줄줄이 서 있는 싹이 튼 나무들을 휙휙 지나쳐가는 동안, 그는 생각에 잠겨 있었다. 한 시간 전에 그는 입술이 얇은 공군 대령이 소스테드 소령이 하는 이중간첩 작전인 서치라이트가 공군 첩보 참모부장의 명령에 따라 종료됐다는 말을 듣고 공황 발작을 일으킬 뻔한 걸 애써 참아야 했다.

그 대령은 서치라이트 작전이 훌륭하게 시작됐고 러시아 첩보부와 관계를 맺어 좋은 성과를 낼 거라고 기대하고 있었지만 SVR이 소스테드 소령에게 요구한 기밀 프로그램들과 기술에 대한 정보는 절대로 넘겨줄 수 없기 때문에 그 작전을 종료하라는 결정이 내려졌다고 설명해줬다. 러시아인들과 시간이 많이 걸리는 접촉을 해서 얻는 전술적인 이득보다 우리 측에서 중요한 정보를 잃을 가능성이 더 크다는 것이다. 소스테드 소령은 러시아인들과 접촉을 끊고, SVR이 다시 접촉을 시도하면 전부 거부하기로 했다.

이 작전을 기획했던 실무자들과 방첩 요원들은 격분했다. 그들의 황금 같은 이중간첩 작전이 취소된 건 정보부에 만연한 위험을 회피하려는 비겁한 결정이라고 본 것이다. 노트를 바닥에 던지는 사람도 있었고, '겁쟁이들'이라고 중얼거리면서 회의실에서 뛰쳐나간 요원도 있었다. 빨간 머리의 소스테드 소령은 일어서서 동료들에게 펜타곤(그는 '큰집'이라는 표현을 썼다)의 결정은 실망스럽지만, 전략적 고려가 더 중요한 사안이라고 말했다. 이 작전에 참여하게 돼서 영광이었고, 공군과 미 육군의 지속적인 첩보 수집 노력이 미래 우리 국가의 안전을 지키는 데 큰 기여를 하게 될 거라고 확신한다고 말했다. 그가 앉았을 때 누군가 말했다. "그만 개소리는 집어치워, 이 생강 머리야."

앙주빈은 나가는 길에 OSI 장교들에게 고개를 끄덕여 보이면서 계속 침착하게 행동했다. 이건 재앙이었다. 정기적인 가짜 정보 교환 없이는 SVR에게 정보를 전할 손쉬운 방법이 없어진다. 그리고 러시아인들에게 정보를 전달하지 못하면, 놈들이 돈을 주지 않을 것이다. 그는 그 돈이 필요했다. 그리고 아직 복수도 시원하게 못했는데. 그는 간부 회의에서 새 부장으로 취임한 돼지 같은 글로리아를 보면서 그녀가 그의 자리를 빼앗아 간 분노가 목에 걸리는 걸 참아야 했다. 그의 자리를.

그는 어떻게 해야 할지 결정해야 했다. 거리에 나가 자루비나와 만나는 극심한 위험과 지속적인(그리고 점점 더 늘어나는) 돈의 필요성 사이에서 균형을 잡아야 했다. 러시아인들에게 세 번이나 돈을 받아 잔뜩 들뜬 그는 신형 아우디 7(5만 7천 달러)과 브라이틀링 크로노맷 41 손목시계(1만 2천 달러)를 샀고, 벨리즈에서 다이빙을 하며 보낼 휴가(5천 달러)에 돈을 펑펑 썼다. 정부에서 받는 월급으로는 도저히 감당할 수 없다. '빌어먹을.'

러시아인들에게 직접 가는 건 비틀거리며 지뢰밭을 걸어가는 거나 다름없다. 대사관에 걸어 들어갈 수도 없고, 담장 너머로 패키지를 던질 수도 없었다. 위스콘신 대로에 있는 흰 석조 건물인 러시아 대사관과 턴로 도로에 있는 4층짜리 러시아 영사관은 항상 그 주위에 매복하고 있는 FBI

감시팀의 감시를 받고 있다. 그렇다고 전화를 할 수도 없다. 러시아 대사관 전화선들은(수십 개가 있는데) 모두 24시간 모니터되고 있다. 아파트로 찾아가 문을 두드릴 수도 없다. 소수의 엄선된 고위 러시아 외교관들만(자루비나 같은) 대사관 밖에서 살고 있지만, 그 아파트들은 시내 16번가에 있는 러시아 대사의 보 아츠 빌리지 저택을 포함해 모두 감시받고 있다.

그때그때 상황을 봐가며 길에서 우연히 마주치는 건 어떨까? 슈퍼마켓, 서점, 레스토랑? 너무 위험해. FBI 미행팀은 이미 알고 있거나 의심이 가는 SVR 요원들을 무작위로 돌아가면서 추적해서 계획을 세우기가 어렵다. 이렇게 허술하게 미행을 하게 된 건 매년 의회에서 일어나는 예산 수립 드라마에서 정보부의 예산을 줄이라는 명령이 떨어져서 이런 지경이 된 걸 알고 있었다. FBI의 해외 방첩 부서(FCI)는 현장에 배치할 수 있는 미행 인원수를 줄여야 했다. 그렇지 않으면 한정된 기술적 자원으로 러시아 첩보원들이 활동 중인지, 그들이 언제 작전을 벌이고 있는지, 그리고 누구와 만나고 있는지 감을 잡아야 했다. FCI 전문가들은 SVR이 그들을 상대로 한 거리 작전에 얼마나 적은 예산이 배정됐는지 정확히 알고 있다는 걸 알고 심란해하고 있었다. 모스크바도 신문에서 미국의 예산 뉴스를 읽을 수 있다. 러시아인들은 미국인들이 얼마나 약한지 정확히 알고 있는 것이다.

그에겐 아주 약간의 이점인 셈이다. 그렇다 해도 FCI 미행팀이 언제, 누구를 따라다닐지는 아무도 모른다. 따라서 어떤 러시아인이든 공개적으로 만나려고 하는 건 장전된 권총을 가지고 러시안룰렛을 하는 것과 다름없다. 그는 그날 내내 울분에 차서 생각을 하고 또 하다가, 시내 위스콘신 대로에 있는 굿 가이스 클럽에 가서 댄서들을 보고 맥주도 한 잔 마시면서 생각해보기로 했다.

그 클럽은 거리에서 보면 네온사인 하나만 달려 있고, 그 외에는 1820년대 지어진 좁은 연립주택의 평범한 벽돌만(과거의 우아한 연방제 지지 시절의 흔적만 남았다) 보이는 곳으로 번지르르한 피자 가게들, 스시 테이크아웃점, 식품점과 네일 숍들이 늘어선 다 허물어져 가는 상업 지구 안에 있었다. 그는 비둘기와 아스팔트의 세계를 떠나 클럽 안으로 들어가서 잠시 러시아 첩자라는 중단된 경력에 대한 딜레마는 잊기로 했다. 방이 하나뿐인 그 클럽('까놓고 말해서, 여긴 스트립쇼 극장이잖아.' 앙주빈은 생각했다)은 좁지만 깊었다. 앙주빈은 앞문 옆에 앉아 있는 문지기에게 고개를 끄덕여 보이고 방 뒤쪽으로 갔다. 그곳은 평일에도 꽉 차 있었다. 일정한 간격으로 배치된, 주위보다 높고 작은 무대 세 개 모두 공연 중이었다. 앙주빈은 긴 테이블들과 방 끝까지 이어져 있는 벤치 의자들 사이를 요리조리 빠져나갔다. 무대는 투명한 바닥에 설치된 흰 조명을 받아 환하게 빛나고 있었고, 퇴폐적인 그림자들이 여자 무용수들의 몸 위에 비치고 있었다. 투명한 합성수지 기둥이 위쪽까지 빛을 굴절시키고 있었고, 벽에는 전신 거울이 하나 걸려 있었다. 유일하게 있는 다른 조명은 천장의 레일에 달린 붉은색, 오렌지색과 밝은 흰색 스포트라이트뿐이었다. 무대들은 어떤 영화 세트장보다 더 환하게 밝혀져 있었고, 댄서들의 이름이 바 위쪽의 LED 수신용 테이프에 흘러나오고 있었다. 여러 대의 스피커에서 나오는 1980년대와 1990년대 스트리퍼 록 음악들이 클럽을 가득 채우고 있었다.

앙주빈은 뒤쪽에 앉아서 맥주 하나와 특별 할인 시간대에 나오는 작은 샌드위치 하나를 시켰다. 토스트 위에 햄버거를 얹은 샌드위치는 놀랄 정도로 맛있었다. 그가 좋아하는 댄서 하나가 두 번째 무대를 끝내고 그에게 제일 가까운 세 번째 무대로 오고 있었다. 그녀는 스트리퍼 특유의 예리한 눈썰미로 끝에 있는 앙주빈을 본 적이 있었다. 앙주빈은 스포트라이트 밑에 선 그녀를 요모조모 백 번은 뜯어봤다. 그녀의 초록색 눈은 어딘가 끌리는 매력이 있었다. 그리고 몸매도 나쁘지 않았다.

앙주빈의 옆 테이블에는 머리가 크고 뚱뚱한 남자가 평범한 양복을 입고 몇 가닥 남은 머리를 빗어 넘긴 헤어스타일을 하고는 땀을 흘리며 앉아 있었다. 분명 이런 곳을 자주 드나드는 HHS(미국 보건사회복지부-옮긴이)나 HUD(미국 주택도시개발부-옮긴이) 말단 공무원일 것이다. 그의 옆에는 불안해하면서 눈을 깜박이는 좀 더 젊은 남자가 앉아 있었다. 값싼 파란색 셔츠 칼라 위로 툭 불거진 그 뚱보의 머리는 마치 미니 야자나무 같아 보였다. '분명 보건사회복지부 공무원일 거야.' 앙주빈은 생각했다. 세 번째 무대 위 천장에 있는 조명들이 그자의 해져서 번들거리는 양복 어깨와 팔꿈치를 비추는 사이에 그는 그걸 벗어서 의자 등에 걸쳐놨다.

이름이 펠로니인 앙주빈의 댄서(그는 그녀를 자신의 댄서라고 생각하고 싶었다)가 세 번째 무대 위로 올라가서, 뒤에 있는 전신 크기 거울을 유리 닦는 세제와 종이 타월로 닦는 시늉을 하면서, 다리를 쭉 펴고 고개를 허리까지 숙여서 거울 아랫부분을 닦았다. 이건 맛보기 댄스 같은 것이었다. 공연이 끝날 때마다 거울은 손바닥 자국과 키스한 립스틱 자국으로 뒤덮였다.

옆 테이블에 앉은 뚱보가 펠로니의 거울 춤을 보고 웃으면서 그녀의 엉덩이와 지-스트링(음부를 가린 뒤 허리에 묶어 고정하게 된 가느다란 천 조각-옮긴이)을 손으로 가리켰다. '이런 젠장. 내 짐작이 틀린 것 같군. 더 한심하군. 어쩌면 IRS(미국 국세청-옮긴이)일지도 모르겠어.' 뚱보는 〈호텔 캘리포니아〉가 흘러나오고 펠로니가 기둥을 잡고 반쯤 올라갔다가, 다시 거꾸로 천천히, 그러면서도 아주 매끄럽게 내려오기 시작했을 때 비쩍 마른 친구를 팔꿈치로 쿡쿡 찔렀다. 다시 무대에 선 펠로니는 뚱보를 위해 춤을 추기 시작했다. 그는 손가락질을 멈추고 씩 웃었고 이제 그녀를 빤히 쳐다보면서 침을 삼키고 있었다. 앙주빈이 뚱보의 얼굴이 조명을 받아 환하게 빛나는 걸 지켜보는 동안 펠로니는 기둥을 잡고 핑그르르 돌면서 사방에 향수 냄새를 뿌렸다.

공연이 거의 끝나가는 사이에 또 다른 이글스의 노래 〈제임스 딘〉이 나오자 펠로니는 다시 무대를 달구었다. 뚱보 사내가 일어서서 보리스 옐친처럼 어깨를 구부리고 주먹을 쥔 손을 흔들면서 춤을 추는 모습을 앙주빈이 깜짝 놀라서 바라봤다. 그는 '차임스 디이인'이라고 소리를 지르고 있었다. 클럽 반대쪽 문가에 있던 문지기가 의자에서 일어났지만 펠로니가 손을 저었다. 젊은 친구가 뚱보 사내의 팔을 잡아당기자 그는 다시 자리에 앉았다. 공연이 끝난 후에 펠로니가 메리 위도우 코르셋을 입고 살짝 자신의 젖가슴을 들어 코르셋 컵 안에 넣은 후에, 두 남자 사이에 앉았다. 공연이 끝난 댄서들은 항상 테이블로 와서 손님들의 비위를 맞춰 다음번 공연에 팁을 더 받으려고 노력한다.

앙주빈은 이야기는 젊은 남자가 다 하고 있지만, 손톱이 긴 펠로니의 손은 뚱보의 허벅지 안쪽에 있는 걸 볼 수 있었다. 그녀는 둘 중에 누가 위인지 본능적으로 아는 것이다. 의무적으로 하는 5분간의 손님 접대 시간이 지나고, 뚱보가 그녀의 가슴 사이에 지폐를 접어 찔러 넣었고, 두 남자는 일어서서 코트를 입고 클럽을 나갔다.

펠로니가 앙주빈에게 다가오자 그는 일어섰고, 둘은 악수를 했다. 스트리퍼의 세계에서는 존중과 예의라는 이상적인 규칙을 지켜야 한다(그리고 남자들은 여자들을 손으로 만지면 안 된다). 앙주빈은 그녀에게 샴페인 한 병을 살 수 있는 가격의 진저에일을 한 잔 사주고 미소를 지어 보였다. "항상 그렇듯이 멋진 춤이었어요." 그가 말했다. 그는 댄서들이 밖에서 데이트하자는 손님의 청을 거의 받아들이지 않는 걸 알고 있기 때문에 부담 없이 말했다. 게다가 그녀는 한 테이블에 너무 오래 머물러선 안 된다.

"아까 그 두 남자는 러시아인들이에요." 펠로니가 고개를 옆으로 기울이면서 말했다. "위스콘신에 있는 자기네 대사관에서 온 거죠. 뚱보는 영어를 잘 못해요. 그래서 그 작은 남자를 데려왔죠. 팁으로 20달러를 주더군요."

앙주빈이 그녀를 노려봤다. "그들이 러시아인이란 걸 어떻게 알아요?" 그는 요란한 음악 소리에 대고 말했다. 러시아 대사관은 여기서 바로 다음 블록인 위스콘신 대로에 있다. 그의 머리가 돌아가기 시작했다. 펠로니는 스타킹 위쪽에 손을 넣어서 그에게 명함을 한 장 건넸다. S. V. 로가노브, 러시아연방 대사관 공사 카운슬러.

"그게 그 뚱보예요. 그 남자가 춤추는 거 봤어요?" 펠로니가 새끼손가락 손톱으로 명함을 가리키며 말했다. "하지만 작은 남자가 내게 이걸 줬어요. 어떻게 해야 할지 모르는 것 같은 표정이었어요. 명함을 줘야 하나 말아야 하나, 그런 표정." 그녀는 고개를 들어 LED 사인을 봤다. "가서 옷 갈아입어야겠어요. 계속 계실 건가요?" 앙주빈은 멍한 표정으로 그녀를 보면서 생각에 잠겨 있었다.

그는 며칠 동안 SVR과 연락할 방법을 찾느라 골머리를 앓고 있었는데, 이제, 여기서, 그 땀 흘리던 비곗덩어리가 그의 손에 저절로 굴러 들어온 것이다. FBI에게 들키지 않고 러시아인과 우연히 만날 수 있는 많고 많은 장소 중에서 굿 가이스 클럽은 생각도 안 해봤다. 하지만 이건 안 된다. 이건 불가능할뿐더러 안전하지 않다. 누군가 그를 볼지도 모른다. 망할, 여기에 오늘 밤 러시아인들을 미행하러 온 FBI 요원들이 그들과 이야기한 시민들을 보고 있었을 수도 있다.

앙주빈은 이건 러시아인들과 연락을 재개하는 좋은 방법이 아니라고 자신에게 말했다. 만약 스트리퍼들과 음악과 술이 있는 이곳에서 그 뚱보에게 접근하면, 뚱보는 FBI나 CIA가 그를 도발하거나, 협박하려고 매복한 거라고 의심할 것이다. 그는 그에게 건네진 밀봉된 봉투가 함정일지 모른다고 두려워할 것이다. 하지만 그것 말고 또 무슨 방법이 있을까? 거리에서 미친 척하고 만나? 만약 그러다 망치면, 그건 옷깃에 '안녕, 내 이름은 트리톤이야'라는 이름표를 달고 대사관 앞에 나타나는 것과 다를 바 없다. 그건 아니지.

펠로니가 분장실에서 진분홍색 짧은 원피스에 가터벨트를 한 스타킹과 킬힐을 신고 나와서, 앙주빈에게 윙크를 하고, 테이블 사이를 걸어가 방 건너편에 있는 첫 번째 무대 위로 갔다. 그녀는 가다가 자주 멈춰서 단골손님들에게 인사를 하면서, 계속 사람들의 뺨을 톡톡 치고, 머리를 헝클어놓고, 어깨를 손으로 스치면서 갔다. 다른 댄서들도 다 그렇게 하고 있었다. 앙주빈은 혼자 소리 없이 웃었다. '신이 길을 마련해주실 거야.' 그는 생각했다.

그렇게 앙주빈은 포섭과 기밀 작전의 조합을 시작했다. 안달이 난 그는 신속하게 이 지저분한 작전을 진행할 것이다. 그는 작전 요원은 아니었지만, 그쪽 방면으로 아는 것도 많았고, 읽은 것도 많았다. 여자들은 항상 그의 스타일을 좋아했고, 그의 셔츠 소맷부리에 달린 은제 커프스단추에 감탄했고, 그가 입고 있는 캐시미어 재킷의 옷깃을 만져보곤 했다.

그는 바로 여기, 굿 가이스 클럽에서 러시아인들과 접촉하기 위해 펠로니를 중개인으로 포섭하는 작전을 시작했다. 만약 그가 작전 요원들이 쓰는 용어를 더 잘 알았다면 '컷아웃'이라고 했을 것이다. 만약 몸을 가만히 두지 못하고, 땀을 질질 흘리는 늙은 호색한 로가노브가 이 클럽에 정기적으로 온다면, 펠로니가 레지덴투라에게 트리톤이 다시 활동할 준비가 됐다는 걸 알려주고, 약속 시간과 장소를 적은 쪽지를 그 남자에게 줄 것이다. 그리고 동지, 돈도 가져오라고.

만약 FBI가 그날 밤 로가노브를 주시하고 있었다면, 그래서 뭐? 그들은 어둠 속에서 한 테이블 떨어진 곳에 앉아 있었을 것이고, 입고 있는 스포츠 코트를 무릎 위로 덮어서 발기한 걸 감추면서 쇼를 보다가 규칙적으로 주위를 훑어보며 정체불명의 인물이 뚱보와 접촉한 일은 없는 걸 확인했을 것이다. 하지만 댄서들은?

그들은 사방을 돌아다니면서, 손님들과 같이 앉고, 항상 브래지어나 가터벨트 속에 지폐를 쑤셔 넣고, 향수 냄새가 물씬 풍기는 손을 손님의 팔과 어깨 위에 올린다. 펠로니는 FBI에게 들키지 않고도 로가노브에게 망할 놈의 토스터기를 건네줄 수도 있다. 앙주빈이 그 자리에 있을 필요도 없고.

다만 펠로니를 빨리 포섭해야 한다는 사소한 문제가 있다. 그녀는 같이 저녁 식사를 하자는 그의 제안을 받아들였다. 최근에 남자친구와 헤어졌다는 운 좋은 타이밍 덕분에 생각보다 조금 쉬웠다. 그녀는 그를 페르난데즈라고만 불렀는데 그 남자는 본드 흡입 때문에 만성적인 발기 불능이 됐고 그것 때문에 정기적으로 우울증에 빠지는 경향이 있다고 했다. 반년이 지난 후에 펠로니는 글로버 공원이 있는 벤톤 가의 방 두 개짜리 수수한 아파트에서 그를 쫓아냈다.

앙주빈은 펠로니가 그 주소를 말했을 때 눈썹을 추켜올렸다. 그곳은 놀랍게도 러시아 대사관 뒷담에서 불과 0.8킬로미터 떨어진 곳에 있었다. 거기서 단독 주택들과 저층 아파트 블록들이 모여 있는 나무가 많은 동네를 거쳐 가면 대사관이 나온다. 펠로니의 아파트는 운과 수완이 좀 따라준다면 안전한 만남의 장소다. 일정한 시간에 맞춰 메시지나 물건을 전달하거나 신호를 보낼 수 있는 곳, 연방 요원들도 모르고, 앙주빈과는 아무 관련이 없는 전자 메일함을 둘 수 있는 곳이었다. 이제 그녀를 성공적으로 포섭하는 것은 앙주빈에게 세 배쯤 더 중요해졌다.

첫 데이트가 끝나갈 무렵 그녀는 그에게 자신의 본명은 비키 메이필드라고 말했다. 비키는 스물아홉 살로 스트리퍼치고는 나이가 좀 많았지만 기둥 위로 올라갈 때면 배와 다리에 멋지게 잔근육이 잡혔다. 그녀는 키가 컸고 뒤쪽은 짧고 옆머리와 앞머리는 그보다 살짝 길게 자른 금발에(그녀는 이 헤어스타일 덕분에 동안으로 보인다고 생각했다), 신중해 보이는 초록 눈에 턱선이 강했다. 앙주빈은 그녀가 발가벗은 모습을 하도 많이 봐서 외출복을 입은 그녀를 보니 좀 낯설기도 하고 섹시하기도 했다.

그녀는 진짜 선탠을 하면 몸이 골고루 타지 않아서 촌스러워 보인다고 생각해서 스프레이로 뿌리는 인공 선탠을 했다. 그리고 비치볼만 한 거대한 가슴은 이제 스트리퍼 업계에서도 한물가서 보형물을 넣어 적당한 크기로 유방 성형을 했다. 그녀는 8년 동안 춤을 춰서 이 바닥 사정에 훤했고, 관객 중에서 팁을 많이 주는 사람을 알아볼 수 있었다. 남자들을 보면 얼마나 팁을 줄지 대번에 견적이 나왔다. 그녀는 그런 이야기를 들으며 즐거워하는 앙주빈에게 스트리퍼들이 쓰는 은어(5달러, 20달러, 100달러 지폐를 가리키는 말들)에 대해 설명해줬다. 그녀는 그가 세련됐고, 옷을 잘 입는다고 생각했다. 그래서 맘에 드는 남자라고 판단했다.

다음 날 그녀가 일을 나가지 않았기 때문에 앙주빈은 또 같이 저녁을 먹자고 졸랐다. 다음 날 저녁엔 진도가 빨랐다. 비키는 영리하고, 세상 물정을 잘 알고, 시골뜨기 남자친구와 그녀를 유혹하는 도시 남자가 어떻게 다른지 알고 있었다. 그녀는 이야기하는 걸 좋아했고, 앙주빈은 기꺼이 들어줄 용의가 있었다. 그녀는 버지니아의 저지대 출신으로 찢어지게 가난한 집 딸은 아니었지만 밤마다 일을 해야 했다. 대학에도 잠깐 다녔다. 버지니아 대학에 들어갔지만 중퇴했고(거긴 바지에 오줌을 지리는 마마보이들이 너무 많았어요), 펜실베이니아에 있는 하버포드 대학에 들어갔지만 또 중퇴하고(훌쩍거리는 감상적인 시인들이 너무 많았죠), 워싱턴 D.C. 남쪽으로 흘러들어왔다. 그녀는 스트리퍼로 일하기 시작했는데 그때 벌어들이는 돈을 보고 놀랐고(지폐가 뭉텅이로 들어와서), 동거도 여러 번 했는데 남자들은 그녀를 때리거나, 그들을 위해 마약 거래를 하길 바라거나, 그녀가 부업으로 2차도 나가길 원했다. 그녀는 남자들에게 질려서 혼자 아파트를 얻었다. 여전히 거기서도 루저 남자친구들을 상대해야 했지만, 적어도 이젠 그런 놈들은 아파트에서 쫓아낼 수 있었다.

그녀는 클럽에서 앙주빈을 여러 번 보고 돈푼깨나 있어 보인다고 생각했다. 처음에 비키는 그가 유혹하기 쉬운 중년 남자로, 누드 마사지와 섹스에 빠져 있을 거라고 예상했다. 하지만 불어를 유창하게 구사하는 앙주빈은 이야기도 잘 들어주고, 와인을 주문하고, 국무부인가 어딘가 뭐 그런 곳에 근무하고, 그녀의 엉덩이를 주무르려 하지도 않았고, 내킬 때면 꽤 재미있기도 했다. 세 번째 데이트를 하고(그녀는 클럽에서 이틀 연속 춤을 추고 나머지 3일은 쉰다) 저녁을 먹은 후에 그를 자신의 아파트로 초대했다. 둘은 키스를 조금 했지만, 와인을 너무 많이 마신 앙주빈이 소파에서 잠든 걸 보고 담요를 덮어준 후 그녀 혼자 침실로 갔다. 그는 아침에 인스턴트 커피를 들고 그녀를 깨웠다. 그는 아주 다정했고, 둘은 같이 샤워를 하고 이웃 사람들이 쿵쿵거리며 계단을 뛰어 내려가 출근하는 소리를 들으며 거실 바닥에서 섹스했다.

6일째. 비키는 아직 남자친구가 생기는 것을 경계하고 있는 게 분명했지만, 앙주빈이 와인을 한 병 가져왔고 그녀는 요리를 했다. 스테이크와 그녀의 할머니가 요리했던 것처럼 아일랜드풍의 매시트 포테이토와 가게에서 산 애플파이를 준비했다. 그는 자신이 하는 일에 대해 조금 이야기했다. 국무부에서 꽤 높은 자리에 있는데 일종의 외교관이자 러시아 전문가 같은 건데 뭔지 정확히는 몰랐다. 둘은 다시 사랑을 나눴는데 이번에는 침대에서 했고, 몇 년 만에 처음으로 기구가 아닌 인간과 해서 오르가즘을 느꼈다. 그건 좋은 징조라고 그녀는 생각했다. 그는 물론 좀 바보 같고, 웨이터들에게 거만하게 굴고, 자기 몸단장을 하는 데 아주 오랜 시간을 쏟았지만, 일주일 내내 등유 통 속에 오토바이 체인을 담가놓던 전 남자친구 대릴보다는 나았다. 저녁을 요리해주고 잠을 잔 보답으로 앙주빈은 그녀에게 은제 커프스단추를 선물로 줬다. 통신 판매로 산 보석이었지만 비키는 거절하지 않았다.

다음 날 아침 그는 욕실의 화장대에 기대어 서서, 그녀가 욕조 가장자리에 앉아 다리털을 면도하는 걸 보고 있다가 아무렇지도 않게 한 달에 2,700달러인 이 아파트 월세를 내주고 싶다고 말했다.

"왜 내 월세를 내주고 싶은 거죠? 내 말은, 아주 다정한 말이긴 하지만 나도 충분히 벌고 있어요." 비키가 말했다.

앙주빈이 미소를 지었다. "그냥 당신을 위해 뭔가 해주고 싶어서." 그가 말했다. 그는 어서 진도를 빼서 그 망할 놈의 러시아인들과 다시 연락하고 싶었다. 이 포섭 작전은 정말이지 너무너무 오래 걸리고 있다.

"난 당신이 정말 좋아, 비키."

"나도 당신이 좋아요." 비키가 말했다. 어쩌면 그는 그냥 잘해주고 싶은 건지도 모른다.

앙주빈이 화장대에서 몸을 떼서 허리를 숙여 그녀에게 키스했다.

"당신이 면도하는 걸 보는 게 좋아." 그는 뭔가 장난스러운 말을 하려고 애를 쓰면서 말했다.

"내 옆에 앉으면 당신도 해줄 수 있는데?" 비키가 말했다.

"뭐라고?"

"그러지 말고 해봐요. 기분이 아주 섹시하다니까." 비키가 말했다.

"글쎄." 앙주빈은 자신이 본부 체육관 샤워실에서 가랑이 사이와 거시기 털을 싹 밀어버린 모습으로 서 있는 상상을 했다.

"남자들은 달라."

"조심할게요." 비키가 손을 내밀며 말했다. 그녀는 장난스럽게 그를 봤다. "허락해주면 원하는 건 뭐든 다 할게요." 비키가 말했다.

앙주빈은 그녀의 소원을 들어줬다.

로가노브는 일주일 만에 굿 가이스 클럽에 다시 나타났다. 비키가 숨을 헐떡이면서 앙주빈에게 전화를 걸어 그 러시아인이 다시 나타났으니까 어서 오라고 했다. 앙주빈은 비키가 그 러시아인에게 쪽지를 전해줄 때 자신도 거기 있기로 마지막 순간에 결심했다. 사람들로 꽉 찬 클럽 안에서 그의 신분이 밝혀질 위험은 없었고, 비키가 그 봉투를 열어보고 미스터리한 트리톤이 서명한 이해할 수 없는 메시지를 읽어볼까 봐 봉투를 맡기고 싶지 않았다. 그래서 그는 비키에게 그걸 재미있는 게임으로 묘사했다. 그는 국무부에서 엄선한 러시아 외교관들에게 '연락 프로그램'을 실시해서 중요한 세계적 문제들을 토의할 비밀 회담에 그들을 초청하기로 했다는 엉터리 이야기를 만들어냈다. 앙주빈은 아주 은밀하게 그들을 초대해야 한다고(예를 들어 스트리퍼 클럽에서 반쯤 벗은 스트리퍼가 전달하는 식으로) 말했다. 그래야 러시아 관리들이 거기 참석하더라도 모스크바의 '처벌'을 받지 않는다고 설명했다.

물론 완전 헛소리였다. 비키는 미심쩍은 표정으로 그를 보면서 불법적인 일은 하고 싶지 않다고(앙주빈은 그 말을 듣고 그녀가 이 일의 전말을 알고 그의 정보원이 돼서 전적으로 협조할 가능성은 없을 거라는 사실을 우울하게 깨달았다) 말했다. 하지만 그녀는 로가노브 옆에 앉아 입고 있던 검은 새틴 기모노의 흘러내리는 소매에서 작은 봉투를 하나 꺼내 그 러시아 남자에게 몸을 기울이고, 그에게서 풍기는 땀과 익힌 양배추 냄새와 악취가 코를 찌르는 바지 냄새에 코를 찡그리면서 그의 셔츠 주머니에 봉투를 슬쩍 넣었다. 맞은편에 앉아 있던 앙주빈은 뭔가 전달됐다는 기미는 하나도 감지할 수 없었다. 비키는 프로 스파이처럼 능숙했다.

그가 거기 있고 싶었던 또 다른 이유가 있었다. 앙주빈은 그 러시아인이 비키가 그의 주머니에 뭔가 넣는 걸 느꼈을 때 어떻게 반응하는지 보고 싶었다. 다행히 그 남자는 아무 반응도 보이지 않았다. 아마 그의 거대한 젖가슴에 쪽지가 닿는 느낌을 못 느낀 건지도 모르지만, 또 어쩌면 타인에게 쪽지를 받더라도 반응하지 않는 훈련을 받았는지도 모른다. 하지만 대사관으로 돌아와서 봉투를 열었을 때 그 안에 '자루비나에게 전달하시오'라고 적힌 또 다른 봉투를 봤을 때의 표정은 정말 가관이었을 것이다. 워싱턴에 있는 러시아 대사관 직원이라면(대사까지도) 그 노트를 전달하는 걸 단 한 순간도 망설이지 않을 것이다.

공이 굴러가고 있었다. 그날 저녁 비키와 같이 그녀의 아파트에서 샴페인 잔을 짠 하고 마주쳤을 때 앙주빈의 기분은 최고였다. 그는 그녀를 안아 올려 마이클 볼튼이 소프트 록 97에서 출시한《소울 프로바이더》앨범의 〈당신은 사랑을 모를 거야〉란 노래에 맞춰 거실에서 춤을 추었다. 러시아 돈이 다시 들어올 것이다. 그는 이미 자루비나에게 보낼 아테네에 있는 GRU 정보원에 대한 추가 정보를 가지고 있었다. 그는 비키의 눈을 들여다보면서 키스했다. 돈이 더 들어오면 좀 더 사교적으로 재치 있는 여자를 만날 수도 있겠지만, 오늘 밤, 지금 이 순간에는 그녀가 섹시한 몸매를 그에게 밀어붙이고 있었다. 그녀도 그의 목을 껴안고 키스로 화답했다. 그의 몸이 전율했지만, 가랑이 사이로 다시 털이 자라면서 꺼칠꺼칠해서 춤추던 걸 멈추고 긁어야 했다.

칠흑처럼 어두운 밤 앙주빈은 목재 벤치 위에 앉아 기다렸다. 리틀 폴스 공원의 숲이 그를 둘러싸면서 도시의 불빛을 차단하고 있었고, 근처 매사추세츠 대로를 지나는 차 소리가 희미하게 났다. 그는 허리를 구부리고 앉아, 납덩이 같은 긴장이 배를 누르는 걸 느끼면서, 눈을 감고, 이렇게 늦은 한밤중에도 숲에서 잔가지들이 딱딱 부러지고 바스락거리는 소리가 나는 걸 듣고 있었다. 나무들 사이로 웨스트모어랜드 힐스에 있는 주택가의 불빛이 몇 개 깜박이고 있었다. 누가 개를 데리고 산책하기엔 너무 늦은 시간이라는 게 다행이었다. '넌 바보야.' 그는 혼자 생각했다. 그는 시계를 다시 봤다.

앙주빈은 그가 쪽지에 적은 장소에서 러시아인들을 기다리고 있었다. 그는 대담한 공작원이라는 빛나는 경력을 재개할 준비를 하려고 여기 미리 와봤다. 그는 워싱턴 D.C. 주위에 흩어져 있는 남북전쟁 전쟁터 중 한 곳으로 배터리 베일리라고 하는 포병대 요새였으나 이제는 잡초가 무성하게 자라 풀로 뒤덮이고 땅바닥이 움푹 들어간 곳에 앉아 있었다. 이런 전쟁터들은 이제 그냥 작은 언덕이나 드넓은 잔디밭이 됐는데, 개중엔 '사적'이라는 표지판이 꽂혀 있는 곳도 있었지만, 대부분은 이름도 없이 사람들에게 잊혔다. 그는 러시아인들이 이렇게 오래된 요새들이 줄줄이 있는 곳을 보고 좋아할 거라는 걸 알고 있었다. 65개의 미니 공원들, 사람들이 북적거리는 수도에서 정적과 어둠이 있는 작은 오아시스들, 담도 없고, 절대 문을 닫는 법도 없고, 경찰이 순찰을 돌지도 않고, 1864년 남부 연합의 공격으로부터 그들이 지켜낸 조용한 바둑판 모양의 주택가를 통해 쉽게 들어오고 나갈 수 있는 곳. 그리고 이제 새로운 냉전이 진행되면서, 이곳은 이제 워싱턴 교외에서 은밀하게 만나기에 완벽한 장소가 된 것이다.

"안녕하세요?" 풀로 뒤덮인 토루(과거 방어용으로 쌓았던 둑-옮긴이) 반대편 어둠 속에서 부드러운 목소리가 들렸다. "거기 누구 있나요?" 앙주빈은 일어서서 총안으로 걸어가 잉크 같은 검은 어둠 속을 들여다봤다. 작은 여자 하나가 포대(포를 설치해서 쏠 수 있게 만든 시설-옮긴이) 벽 밖의 낮은 흙길에 서 있었는데 잘 보이지 않았다. 그녀가 고개를 들어 그를 봤다.

"내가 길을 잘못 들었는데 당신이 있는 곳으로 올라갈 수가 없을 것 같아요." 그녀는 가벼운 코트를 입고 마치 비가 올 걸 예상한 것처럼 챙이 넓은 모자를 쓰고 있었다.

'이게 누구야? 이 여자가 자루비나야? 그럼 이 한밤중에 자루비나 말고 또 누가 있겠냐?' 앙주빈은 생각했다. 그는 손을 올리고 속삭였다. "거기 기다려요. 내가 내려갈게요." 그는 벽의 틈을 찾아서 걸어가다가, 가파른 작은 길을 하나 찾았고, 잠시 후에 어둠 속에서 그녀 옆에 서 있었다.

"트리톤 씨?" 그 기분 좋은 목소리의 노부인이 말했다. "난 율리아라고 해요. 마침내 이렇게 만나게 돼서 반가워요."

아일랜드 매시트 포테이토
감자 껍질을 벗겨서 부드러워질 때까지 삶는다. 삶은 감자와 버터와 크림을 섞고 부드러워질 때까지 마구 으깬다. 따로 얇게 썬 마늘, 잘게 썬 부추와 가늘고 길게 썬 케일이 부드러워질 때까지 버터에 볶는다. 거기에 후추와 소금으로 간을 한다. 볶은 채소를 매시트 포테이토에 넣고 그 위에 녹은 버터를 올린다.

25

오후 늦게 불어닥친 폭풍우가 아르카디아스 거리에 늘어선 상점들의 차양을 후려쳐 아테네 거리와 보도를 덮은 얇은 대리석 가루들을 청회색 풀처럼 끈적거리게 만들었다. 이어서 돌풍과 함께 쏟아진 소나기가 도시를 씻어 내려 햇빛에 달구어진 흙냄새가 가시고 땅거미가 지면서 공기가 상쾌해졌다. 도미니카는 거기에서 희미한 라벤더 향을 맡았다. 그녀는 머물고 있는 아파트식 호텔 러버블 익스피리언스 4(사랑스러운 경험이라는 이름의 그리스 아테네에 있는 호텔-옮긴이)의 차양 아래 서 있었다. 그곳은 아테네 상업 지구인 암벨로키피에 위치해 있으며, 녹음이 우거진 사이치코에 있는 러시아 대사관과 안가인 '튤립' 사이에 있다. 토니 콜로나키 지구에 있는 CIA가 관리하는 그 안가에서 오늘 밤 네이트와 게이블을 만나기로 했다.

도미니카는 손목시계를 보고 비가 멈추기를 바라며 1분 더 기다렸다. 그녀에겐 우산이 없었다. 있어도 쓰지 않았을 것이다. 아테네 사람들은 우산을 쓰지 않는다. 저녁 도로를 달리는 차들이 속도를 올리고 있었고 불빛이 하나둘 켜지고 있었다. 그녀는 네아 필로세이와 기지의 먼지 낀 동네를 걸어가면서 미행을 확인하는 데 최소한 90분이 걸릴 것으로 계산했다. 거기서 계속 마주치는 얼굴이 있는지 확인하려면 시간이 더 걸릴 것이다. 그 지역은 긴 계단, 일방통행로와 관통 도로로 가득 차 있었다. 그녀는 거기 뒷골목에서 차로 따라붙는 미행팀을 따돌릴 것이고, 걸어서 따라오는 미행이 붙는다면 상황을 봐서 오늘 밤 만남을 중지할 수 있을 것이다. 그녀는 거리를 두고 따라오는 팀이 그녀를 쉽게 찾을 수 없도록 일부러 파란 스커트 위에 진회색 스웨터를 입었다.

도미니카는 사소한 것 하나도 그냥 넘기지 않았다. 그녀의 러시아 동료들과 미국 요원들은 그녀를 미행할 수 있는 능력이 차고도 넘쳤다. 물론 두 팀이 그녀를 미행하는 이유와 그 결과 일어나게 될 일은 현저히 다르겠지만. 미국인들은 그녀의 상황을 확인하기 위해 튤립으로 가는 그녀를 미행하기로 결심할지도 모른다. 정보원 확인은 포섭이 끝난 후에도 멈추지 않는다는 걸 도미니카는 알고 있었다. 어떤 면에서 그들은 정보원의 지속적인 충성과 정보원이 보고하는 정보의 진실성을 전보다 더 열심히 확인한다.

러시아 대사관에 있는 레지덴투라의 감시는 다른 문제였다. 이곳 레지던트는(기량이 뛰어난 고위 간부로 정보부 내에서 플레이보이로 알려진) 일반적인 방첩상의 이유 때문에 그녀에게 미행을 붙이고 싶어 할 것이다. 사실 그보다는 그녀가 아테네에 있는 동안 나중에 그녀에게 불리하게 써먹을 수 있는 짓을 하지 않나 보려고 주가노프가 비밀 감시를 지시했을 가능성이 크다고 도미니카는 음울하게 생각했다. 이 아테네 출장은 미국인들을 만날 수 있는 아주 드물고 소중한 기회였다. 전 세계 적대 지역 내부에서 활동하는 정보원들은 모두 담당 요원들과 다시 접촉할 수 있는 이런 기회를 꿈꾼다. 하지만 동족을 항상 의심하는 자국 정보부 성향 때문에 CIA와 다시 접촉하는 것은 아주 위험한 일이다.

리카비토스 언덕의 소나무들은 밤공기 속에서 상쾌한 냄새가 났는데 특히 그녀가 필로세이 거리에서 자동차 배기가스를 마시고 와서 더 그랬다. 어두운 나무들 사이로 언덕 정상에서 반짝이는 흰 전구의 불빛들과 불이 켜진 세인트 조지 수도원이 잠깐 보였다. 그녀의 감시 탐지 루트에서는 아무것도 나오지 않았다. 반복적으로 보이는 얼굴도 없었고, 이상한 행동을 하는 사람도 없었고, 차선을 바꿔가며 그녀 앞으로 오거나 그녀와 나란히 달리는 차도 없었다.

이제 주위는 아주 어두워졌고 그녀는 도로에서 내려와서 기다리면서 소리를 들었다. 지나가는 차도 없었고, 부르릉 소리를 내며 달리는 스쿠터도 없었다. 소나무 꼭대기 사이로 부는 가벼운 바람이 밑에 있는 도시의 희미한 소음과 섞였다. 그녀는 일정대로 왔고, 가볍게 산책해서 사치스럽고 언덕이 많은 콜로나키를 지나 안가로 갈 수 있었다. 그녀는 의식적으로 머리를 매만지면서, 아파트 문이 열리고 환한 얼굴로 그녀를 맞아주는 친숙한 얼굴들을 보는 상상을 했다. 그녀는 다시 도로로 들어가서, 코니어리의 내리막길로 갔다가 메르코우리로 갔다. 구불구불하고 좁은 거리들은 희미하게 불이 밝혀져 있었고, 아파트 안에서 텔레비전의 파란 불빛이 천장에 비치는 게 보였다. 열어놓은 창문으로 피아노 소리가 흘러나왔다.

도미니카는 거리를 건너 주변을 훑어보면서 바로 뒤가 아니라 미행 거리인 한 블록 뒤를 살펴봤다. 그녀는 클레오메노우스를 따라 빽빽하게 주차된 차들 뒤에 숨어 부드럽게 움직이면서도 여전히 중간중간 머리나 어깨가 불쑥 튀어나오지 않는지 확인했다. 갑자기 계피와 가지 냄새가 났다. 누군가 무사카(잘게 썬 고기와 가지를 넣고 구운 그리스 전통 음식-옮긴이)를 굽고 있었다. 맥박이 조금 빨라지는 사이에 그녀는 오른쪽으로 돌아서, 언덕 위의 마라슬리로 갔다가, 거기서 왼쪽으로 가서 반 블록 올라가 도라스 지구로 가서 다시 소나무 숲이 나오기 전에 있는 마지막 아파트로 갔다. 그리고 어둠 속에서 잠시 기다리면서 소리를 들었다. 그녀는 고개를 들어 지붕 윤곽과 거리 맞은편에 있는 지붕을 본 후에, 어두워진 창문들을 훑어봤다. 움직임은 없었고, 렌즈가 번쩍이지도 않았고, 열린 커튼도 없었다. 그녀가 들어갔을 때 아파트 현관문이 삐걱거리는 소리를 냈다.

작은 엘리베이터는 흔들거리면서 끽끽 소리를 내며 올라가 쾅 소리와 함께 꼭대기 층에 도착했다. 안가 튤립. 안에서는 아무 소리도 나지 않았다. 층계참의 천장에 달린 전구가 시간이 되자 꺼져서 하나도 보이지 않았다. 도미니카는 불을 다시 켤 스위치도 찾을 수 없었고, 불이 비치는 초인종 버튼 같아 보이는 것도 찾을 수 없었다. 그녀는 장님이 돼서 벽을 더듬었다. '바보, 문을 노크해.' 그녀는 생각했다. 하지만 이 아파트가 맞는 곳일까? 그녀가 거리를 제대로 찾아온 것일까? 그녀는 어둠 속에서 더듬더듬 문으로 가서 거기에 귀를 대고 목소리, 접시들이 덜걱이는 소리, 음악소리가 나는지 들었다. 아무 소리도 들리지 않았다.

다시 불이 켜졌을 때 게이블의 두툼한 얼굴이 바로 뒤에 있었다. 아무 소리도 나지 않았고 어둠 속에서 그가 있는 느낌도 전혀 없었는데. 도미니카는 화들짝 놀랄 뻔한 마음을 애써 진정시켰다.

"브라톡, 그 나이치고는 아주 가볍게 움직이네요." 도미니카가 속삭이면서 허리를 똑바로 펴고 엉덩이에 주먹을 댄 채 그녀의 신발이 들어 있는 가방으로 그를 때릴지 말지 고민했다. 그녀가 결정하기 전에, 혹은 게이블이 그녀를 평상시처럼 덥석 안기 전에, 아파트 자물쇠가 한 번, 두 번, 세 번 열리는 소리가 나더니 문이 열렸고 네이트가 실내의 희미한 램프 불빛을 뒤에서 받으며 서 있는 모습이 보였다.

"문지기를 만났군요." 네이트가 말했다.

"이 문지기는 항상 이렇게 사람들 뒤로 몰래 다가오나 보죠?" 도미니카가 말했다.

"그래야 해요. 문지기가 오는 걸 보면 사람들이 다 도망가버리니까." 네이트가 대꾸했다.

도미니카는 네이트를 따라 아파트 안으로 들어갔다. 뒤에서 게이블이 삼중 데드볼트 자물쇠를 다시 잠그는 소리가 들렸다. 그들은 짧은 복도를 걸어갔다. 영국풍의 미니 헌팅 트로피들이 양쪽 벽에 줄줄이 걸려 있었다. 거실은 흰색의 가라앉은 색조로 바닥에는 회색과 흰색이 섞인 대리석이 깔려 있었다. 같은 소재로 만든 커다란 베이지색 조립식 소파와 안락의자들이 방 한가운데 둥그렇게 놓여 있었다. 소파와 의자 옆에 몇 개 있는 작은 테이블마다 놓인 커다란 도자기 램프에서 부드러운 황금색 불빛이 흘러나왔다. '돈 많은 변호사나 은행가 혹은 텔레비전에 나오는 연예인이 고급스럽게 꾸민 거실이군.' 도미니카는 생각했다.

그녀가 돌아서자 두 개의 벽에 걸린 베이지색 커튼이 자동으로 열리면서 통유리 미닫이문이 열리고 지붕 전체를 둘러싼 거대한 테라스가 나왔다. 테라스에도 소파와 의자와 여러 개의 화분이 있었고, 벽에 있는 벽감 속의 전구에서 희미한 불빛이 비치고 있었다. 도미니카는 테라스로 올라가서 불빛이 환하게 빛나는 아테네의 밤 풍경과 멀리서 반짝이는 아크로폴리스 언덕을 봤다. 그 언덕은 평평한 물 위에 떠 있는 보트처럼 도시 위로 솟아 있었다. 그녀 뒤로, 테라스 반대쪽 구석에 리카비토스 언덕의 소나무 숲이 정상을 향해 우뚝 솟아 있었다. 네이트가 그녀 뒤로 천천히 걸어와서 어깨에 손을 얹는 게 느껴졌다. 도미니카가 돌아서자 네이트가 그녀의 입술에 대고 키스를 했다. 익숙하고 달콤한 입술, 그의 입술. '맙소사, 바로 여기서?' 하지만 멈추고 싶지 않았다.

네이트가 뒤로 물러나면서 미소를 지었다. "게이블 선배는 부엌에 있어요. 하지만 곧 나올 거예요. 뭘 좀 마시겠어요?"

그녀는 고개를 흔들었다. "당신이 그리웠어요." 도미니카가 말했다. 그녀가 그의 팔에 손을 얹자, 네이트는 그녀의 손에 자신의 손을 올렸다. 말없는 그 순간, 그들은 헤어졌던 바로 그 자리로 돌아왔다.

'마르타는 발코니 난간에 기대 서 있었다. 기다릴 가치가 있다니까. 항상 그래.'

"당신은 아주 바빴나 봐요. 벤포드, 포사이스, 우리 모두 감동받았어요. 당신의 보고는 대단했어요…… 당신다워요." 그는 속삭였다.

도미니카는 그의 표정을 살펴보고 그의 머리를 둘러싼 후광을 읽어서 진심으로 하는 말이란 걸 알고 웃었다. "여자를 우쭐하게 만드는 법을 제대로 알고 있군요, 자기. 모두에게 할 이야기가 많아요."

오래전에 도미니카는 자신의 담당 요원들(네이트나 다른 누구에게도)에게 예브게니를 유혹했다는 말은 하지 않기로 결심했다. 그녀는 수치스러운 짓은 하나도 하지 않았다. 그건 일이었고, 그걸 해내기 위해 뭐든(뭐든) 하겠다고 결심했지만 그들의 승인은 구하지 않았고, 알만 하다는 그런 표정도 보고 싶지 않았다. 그녀는 그저 예브게니가 주가노프를 두려워하고 믿지 못해서 동맹을 맺었다고 할 것이다. 러시아인들 특유의 음산한 음모라고 말하면 그들은 고개를 끄덕일 것이다. 단지 직감이 뛰어난 브라톡, 현명한 포사이스, 마법사 벤포드, 네이트의 마음은 3초 만에 그녀의 마음을 읽어내겠지만.

"오늘 밤은 몇 시간이나 있을 수 있죠?" 네이트가 물었다. 게이블이 테라스로 스테인리스스틸 음료 카트를 끌고 들어왔다.

"난 러버블 익스피리언스 4 호텔에 묵고 있어요. 정말 놀라운 이름이지만 그 정도면 괜찮은 호텔이에요. 대사관에선 그 호텔을 몰라요. 내가 라인 KR에서 조사하러 나온 전형적인 조사관인 것처럼 대사관은 모르게 하자고 주장했어요. 주가노프가 날 그리스로 보내주는 호의를 베푼 거죠. 2주 동안 레지덴투라에 가야 할 일이 없는 한 대부분 밤마다 시간을 보낼 수 있어요."

"주가노프는 모스크바에 GRU 첩자가 있다고 생각하고 있어요. 그 사건을 조사하는 데 날 빼버리고 싶어서 여기 보낸 거죠." 도미니카가 말했다.

게이블과 네이트는 아무 말도 하지 않았다. 담당 요원들은 정보원과 다른 정보원에 대한 문제를 논의하지 않는다.

"내가 모스크바를 떠나기 전날 밤 자루비나가 워싱턴에서 보고서를 보냈어요. 주가노프는 내가 그걸 알고 있는 걸 몰라요." 도미니카는 게이블에게 잔을 하나 받아서 들었다. "브라톡의 건강을 위해."

"자루비나가 뭐라고 했죠?" 네이트가 물었다. CIA 요원들은 자신들이 짐작하는 답이 나올까 봐 두려워하고 있었다. 산들바람이 소나무 숲 꼭대기를 살짝 흔들어놓고 갔다.

"자루비나가 트리톤이라고 하는 정보원과 접선했어요. 그 남자는 당신의 에이전시 내부에 있는 사람이 분명해요."

"그 메시지에 무슨 내용이 있었죠, 도미니카?" 네이트가 물었다. 그녀는 그의 보라색 후광이 불안해서 고동치는 걸 봤다.

“그들은 이제 당신들이 리릭이라고 부르는 정보원이 여기 아테네에 있다고 의심하고 있어요.” 도미니카가 말했다. 최악의 답이었다.

아파트 안에서 무슨 소리가 들리자 도미니카가 돌아섰다. 벤포드가 테라스로 올라왔다. 그는 그녀가 도착했을 때 부엌에 있었다. 벤포드는 검은 양복을 입고, 넥타이를 비뚤게 매고, 어깨에 키친타월을 걸치고 있었다. 그는 풍미가 있는 쌀을 속에 넣고 포도 잎으로 싼, 올리브 오일이 번들거리는 돌마데스 한 접시를 가져와서 음료 카트 위에 얹었다. 도미니카가 그와 악수했다.

“만나서 반가워요, 도미니카. 잘 지냈어요?” 벤포드가 물었다.

게이블이 와인을 한 잔 더 따랐다. “도미니카가 방금 막……”

“그래, 나도 들었어.” 벤포드는 그렇게 대꾸하고 도미니카를 향해 돌아섰다. “트리톤과 자루비나가 어떻게 만났는지 설명했나요?” ‘이제 이중간첩 채널을 못 쓰게 됐으니 트리톤은 연락할 다른 방법을 찾은 게 분명해. 이 자식 재주 좋네…… 욕심도 있고.’ 벤포드는 생각했다.

“저도 모르겠어요. 메시지는 못 봤어요.” 그녀는 이제 무슨 말이 나올지 알고 있었다.

“그 정보는 어떻게 알아냈죠?” 벤포드가 물었다. 세 사람 모두 그녀를 보고 있었다.

“라인 KR의 주가노프 직속 부하인 예브게니 플레트네브가 말해줬어요.” 도미니카가 말했다.

눈치코치 없는 벤포드가 계속 가차 없이 몰아붙였다. “당신이 스라크 메시지에서, 아마 여섯 번째 메시지였을 텐데, 주가노프가 당신에게 모든 정보를 숨기고 있다고 말했던 것 같은데.” 벤포드가 말했다. 그의 지옥 같은 기억력은 모든 걸 기억하고 있었다. "분명 그의 부하는 당신에게 아무 것도 말하지 말라는 상관의 지시를 따를 텐데."

"하지만 내가 말하게 만들었어요." 그녀는 아무렇지 않게 말했다. "예브게니는 주가노프를 두려워해요. 우린 서로 보호해줄 수 있다고 내가 설득했죠." 그녀는 지금 이 말이 별로 설득력이 없다는 걸 알고 있었다. 벤포드의 파란 눈은 흔들림이 없었다. 그녀는 감히 네이트는 보지도 못했다.

"예브게니는 푸틴이 날 좋게 보고 있는 걸 봤어요. 특히 내가 당신이 제안한 이란에 수로로 배달하는 루트를 제안하고 난 후에요. 벤포드 씨. 예브게니는 내 편이 되는 걸 택한 겁니다. 그는 내가 보호해주길 원해요. 러시아인들은 모두 비슬루지띠샤를 알고 있어요. 그걸 영어로 뭐라고 하죠?"

"아첨한다고요." 네이트가 말했다. 그는 도미니카를 곁눈질로 보고 있었다.

"그 애인을 포섭하는 모험을 하느라 당신이 위험에 노출됐어." 게이블이 말했다.

"그는 내 애인이 아니에요." 도미니카가 너무 빨리 말했다.

"아니, 내 말은 그 남자를 포섭하느라 모험을 했단 소리야." 게이블이 말했다.

"그는 다른 사람에겐 절대 아무 말도 하지 않을 거예요. 이미 내게 너무 많이 말해서 두려워하고 있어요." 그녀가 슬쩍 화제를 돌리면서 말했다.

'아, 이건 정말 끔찍해. 이들의 표정에선 아무것도 읽을 수 없어. 색깔도 차분한데, 모든 걸 다 꿰뚫어 보고 있어. 우드란카가 이빨을 드러내며 웃었다. 넌 그들에게 빚진 게 없어. 설명할 필요도 없고, 사과할 필요도 없어.'

"좋아요. 보안 문제는 나중에 의논합시다. 안으로 들어와서 앉아요. 할 일이 많아요." 벤포드가 말했다.

도미니카는 조용히 옥스퍼드화를 벗고 펌프스로 갈아 신었지만 이제는 그것도 벗어버리고 대리석 커피 테이블에 다른 요원들과 둘러앉아, 서류들을 펼쳐놓고, 램프 불빛을 받으면서 일했다. 그들이 고개를 들었다면 동쪽의 히메투스 산에 달이 떠오르는 걸 봤을 것이다. 밖에서 보면 네 사람은 판매 캠페인이나 홍보 계획을 짜는 동료들처럼 보였을 것이다. 도미니카는 CIA에 포섭된 러시아 정보원이지만 전문가들이 모인 팀의 익명의 팀원으로 변신해, 불가능한 일을 이루고, 불가능한 정보에 접근하고, 난공불락의 적을 상대로 승리를 거두기 위해 노력했다.

CIA 요원들은 메모를 했다. 조용한 대화는 사무적이었지만 화기애애했다. 가끔 껄껄 웃는 소리도 났다. 네이트는 모든 걸 텔론 태블릿에 녹화했다. 벤포드가 SVR 작전들과 스라크 보고서로 들어온 최근 정보들을 모두 포함한 이 협주곡을 지휘하면서 도미니카에게 메시지 번호들을 순서에 맞춰 정리해야 한다고 다시 상기시켰다. 그들은 주가노프, 이란 거래의 최신 현황, 푸틴 대통령, 자루비나와 트리톤의 정체를 밝히는 일에 대해 토론했다. 그녀는 그들이 카라카스에서 한 군사 장교가 최근에 모스크바로 소환된 의심스러운 문제에 대해 하는 이야기를 듣고 알아보겠다고 했다. 네이트는 그녀에게 지리적으로 접근이 용이한 스라크 메시지 장소들을 몇 개 더 추가하자고 했고, 같이 지도를 보면서 장비에 기계적인 결함이 발생할 비상사태를 대비해 직접 만날 수 있는 대체 장소들을 찾았다. 러시아 정보원과 CIA 요원이 모스크바에서 만나는 것은 극히 위험한 일이었다. 그 짧은 만남의 장소로 도미니카는 모스크바가 다 내려다보이는 스패로우 언덕을 지나가는 모스크바 강의 루츠니키 굽이에 있는 숲이 우거진 거대한 공원을 가리켰다. 그곳은 가기도 쉽고, 사람들이 바글거리는 모스크바 국립대학교와 가깝고, 그곳에 들어갔다 나갈 수 있는 길이 천 개는 있었다. '스패로우 언덕이라니, 이건 거짓말이 아니겠군.' 네이트가 생각했다.

게이블이 도미니카가 러시아를 탈출할 경우에 대비해 레드 루트 2, 그녀의 탈출 계획이 들어 있는 책자를 가져왔다. 그들은 그 책을 한 시간 동안 연구했고, 그녀는 시간과 루트, 장소를 몽땅 외웠다. 레드 루트 2 책자와 같이 작은 장비 패키지가 딸려왔는데 게이블이 열어서 도미니카에게 보여줬다. 스패로우 언덕 공원을 약속 장소로 정하는 승인이 떨어지면 그들이 그 장비를 그녀에게 직접 전달할 것이다. 네이트는 이름도 모르는 작전 요원이 도미니카의 생명이 위험한 상태에서 그 숲을 덜거덕 소리를 내며 돌아다닐 생각에 식은땀을 흘리다 그 작전 요원은 면도날처럼 날카로운 한나 아처가 될 거라는 걸 깨달았다. '한나.' 그는 눈을 깜박이면서, 불편해하며, 의자에서 자세를 바꿨다.

벤포드는 소파에 등을 기대고 앉아서, 눈을 반쯤 감은 채, 도미니카가 이야기하는 소리와 밤바람이 커튼을 흔드는 소리를 듣고 있었다. 두 시간이 지난 후에 네이트가 게이블과 같이 부엌에 가서 잔을 더 가져왔다. "도미니카는 정말 물건이야. 대부분의 정보원들은 보고서 하나를 완성하고 두 번째 보고서를 일부 가져오는데. 도미니카는 망할 놈의 싱크대를 통째로 들어내서 가져오고 있어."

"도미니카가 준 정보가 맞다면 그녀가 방금 리릭의 목숨을 구한 겁니다. 그 장군은 이제 제 말을 들어야 해요. 그를 빼내야 합니다."

"내가 너에게 계속 뭐라고 했어? 최상의 작전 보안은 적진에 침투해야 할 수 있다고 했지." 게이블이 말했다.

"예브게니란 놈에게 그런 정보를 끌어냈다니 기적적이죠." 네이트가 부엌 조리대에 기대서서 게이블을 보며 말했다.

"지금 발끈한 거야? 도미니카는 남자들에게 정보를 빼내도록 훈련을 받았어. 그녀에게 대체 뭘 바라는 거야?" 게이블이 말했다.

"아니에요. 단지 그런 식으로 그의 입을 여느라 도미니카가 큰 위험을 지게 됐다는 거죠." 네이트가 말했다.

"그놈하고 잤냐고 도미니카에게 물어볼 거야? 넌 그녀의 담당 요원이야. 넌 그녀에 대한 모든 걸 알고 있어야 해. 그녀가 뭘 알고 있는지, 그 정보를 어떻게 구했는지, 그가 어떤 체위를 가장 좋아하는지." 게이블이 말했다.

네이트가 그를 노려봤다. "선배, 지금 날 열 받게 하려는 거면 성공했어요."

"그래, 예브게니 때문에 도미니카가 임질에 걸리는 일은 없으면 좋겠군."

"닥쳐요, 선배." 네이트가 말했다.

"내가 뭐라고 했어, 애송이? 네가 그녀와 사귀고, 감정적으로 얽히게 되면, 어느 날 너나 아니면 너희 둘 다 맡은 일을 해야 할 암울한 날이 올 거라고 했지? 아마도 그녀가 모스크바에서 한 그런 일 말이야. 하지만 넌 내 말은 귓등으로도 안 듣지."

게이블이 쟁반을 들었다. "결정해. 통찰력이 뛰어난 담당 요원으로 지각 있고 노련하게 정보원을 다룰 건지 아니면 여자에게 맥을 못 춰서 울음을 참는 사춘기 소년처럼 굴 건지."

네이트는 그를 따라서 문을 나갔다. “맙소사, 선배, 그렇게 표현하니까 선택하기가 아주 힘들어지네요.”

차가운 돌마데스
흰 쌀과 파슬리, 딜과 민트, 잘게 썬 양파와 건포도를 준비해 잘 섞는다. 살짝 데친 포도 잎에 섞어놓은 재료를 티스푼으로 한 스푼 넣어서 돌돌 만다. 철제 압력솥 바닥에 포도 잎들을 깔고, 돌마를 빽빽하게 층층으로 쌓아 올린다. 그 위에 물을 살짝 붓고, 올리브 오일을 뿌리고, 버터를 여기저기 올려놓는다. 돌마 위에 묵직한 접시를 올려놓고 뚜껑을 덮은 후에 중불에 올려서 쌀이 익을 때까지 한 시간 정도 익힌다. 차갑게 식혀서 레몬과 같이 낸다.

26

21시에 주가노프는 모스크바 경찰 소유의 작은 관용 트럭인 라다 니바 뒷좌석에 앉아 있었다. 사복을 입은 경찰 기사가 운전석에 앉아 담배를 피우고 있었고, 그 옆에 주가노프의 새 심복인 에바가 꼼짝도 하지 않고, 그들 앞에 한 블록 정도 떨어진 어두운 거리에서 희미하게 불을 밝힌 문을 보고 있었다. 에바는 얇은 운동복 점퍼와 바지를 입었는데, 점퍼 밑에 입은 흰 티셔츠는 메조소프라노의 가슴같이 불룩 튀어나와 팽팽했다. 운전석에 앉은 경사가 초저녁에 그녀에게 담배를 한 대 권했지만 그녀는 그를 보지도 대꾸도 하지 않았다. 그래서 그는 남자같이 생긴 이 여자가 좀 이상하다는 걸 감지하고 그냥 내버려뒀다. 만약 그가 어두운 뿌리 밑에서 뭐가 퍼져 나오고 있는지, 화강암 같은 눈 뒤에 뭐가 있는지, 육상 경기장 같이 두꺼운 허벅지 사이에 뭐가 있는지 알았다면 지프에서 튀어나와 뒤쪽 펜더 옆에서 담배를 피웠을 것이다.

주가노프가 시계를 봤다. 5분 후에 저 문을 열고 모스크바의 골랴노보 북동쪽에 있는 지저분한 4층 아파트로 갈 것이다. 거기에 프랑스 대사관의 문화업무부 2등 서기관인 메들린 디디에가 살고 있다. 그녀는 사실 프랑스의 해외 첩보부인 DGSE(해외안보총국-옮긴이)의 모스크바 지부 지부장으로 러시아 최고의 조선소인 세브마시의 일정 관리 부서 직원인 러시아 남자를 만나고 있었다. DGSE는 이 젊은 모스크바 남자를 1년에 걸쳐 포섭했는데, 러시아 해군의 차세대 탄도 미사일 잠수함에 대한 군사 기밀을 훔치려는 것이 아니라 세브마시에 대한 사업적인 정보를 수집해서 STX 유럽 같은 프랑스 조선소들이 건조한 전함을 좀 더 유리한 조건에 러시아에 팔려고 공작 중이었다.

그 프랑스 방첩팀에 대한 단서는 사소한 것에서 시작됐지만 그러다 상황이 악화됐다. 어느 비 오는 오후에 FSB가 부주의한 디디에를 미행해서 그녀가 세브마시 직원과 레스토랑에서 만나는 걸 봤고, 그다음에 또 만나는 걸 봤고, 또 봤다. 러시아 연방통신정보국에서 포섭 대상과의 작전 진행 상황을 보고하는 DGSE 메시지를 가로챘다. 그때쯤 그 정보원의 집과 직장과 놀러 다니는 곳은 완벽하게 감시 중이었다.

주가노프는 정치 첩보와 산업 첩보의 미묘한 차이에는 신경 쓰지 않았다. 그가 아는 거라곤 외국 첩보부가 모스크바에서 염탐을 하고 있다는 것이고, 푸틴 대통령이 SVR 라인 KR 방첩 부서와 그에게 이 상황을 처리하라고 지시했다는 것뿐이었다. 그 신나는 10분간의 개인 면담 동안(주가노프는 대통령과 미래에 이런 만남을 좀 더 많이 가지겠다고 속으로 다짐했다) 푸틴은 그에게 이 일을 아주 구체적인 방법으로 처리해서 프랑스에게 러시아는 바보가 아니라는 메시지를 보내라고, 곰이 발바닥으로 한 번 후려치면 그들의 작전을 박살낼 수 있으며, 상대 정보원에게 폭력을 쓰지 않는다는 첩보부 간의 오랜 협약이 이런 경우에는 적용되지 않는다는 점을 분명히 보여주라고 지시했다. 푸틴은 주가노프에게 충격과 공포를 만들어내고 거만한 프랑스인들을 무너뜨려서 그들이 협상 테이블에 앉을 때 러시아가 원하는 조건에 맞춰 전함을 팔 수 있게 하라고 지시했다. 러시아가 원하는 조건이란 사실 푸틴이 원하는 조건이고 그 뜻은 푸틴의 비밀 계좌에 수수료를 입금하라는 뜻이었다. 주가노프는 '충격과 공포'까지만 듣고 다음번 비밀 DGSE 미팅을 급습할 계획을 신중하게 짰다.

에바는 지하 감옥에서 데뷔 무대를 치른 후 주가노프가 원하는 방향으로 순조롭게 발전하고 있었지만, 주가노프는 좀 더 유동적인 환경인 거리에서 그녀를 테스트해보고, 의자에 묶여 있거나 테이블 위에 대자로 누워서 묶여 있지 않은 적을 그녀가 어떻게 상대할지 보고 싶었다. "에바." 주가노프가 조용히 말하자 에바는 문을 열고 지프에서 내려서 그의 옆에 섰다. 그녀가 낀 할머니 같은 안경에 가로등 불빛이 비쳤다. 그들은 아파트 현관으로 걸어가서, 재빨리 침침한 계단으로 올라갔다. 에바가 앞장섰는데, 주가노프는 성적인 생각은 전혀 없이 플리스 점퍼 밑에서 움직이는 그녀의 볼기근을 눈여겨봤다. 그녀가 지나간 자리에 더러운 짐승 냄새, 말들과 건초와 헛간 같은 냄새가 풍겼다.

3층 층계참은 칠흑처럼 깜깜했지만 에바는 조용히 복도 끝에 있는 아파트로 걸어가서 어깨를 쫙 펴고 섰다. 그녀는 주가노프를 힐끗 봤고, 그가 고개를 끄덕이자, 조용히 문을 두 번 노크했다. 주가노프는 에바가 지방자치 경찰인 밀리치야처럼 문을 쾅쾅 두드리는 게 아니라 이웃에서 버터를 빌리러 온 것처럼 부드럽게 두드리는 걸 보고 잘했다고 생각했다. 문이 빠끔히 열리더니 한 남자의 얼굴이 나왔다. "전화를 좀 쓰고 싶은데요." 에바가 러시아어로 막 울음을 터트릴 것 같이 절박한 목소리로 말했다.

그 남자가 미처 대답하기도 전에 에바는 어깨로 문을 홱 밀어서 나무문에 달린 체인을 뜯어버렸다. 남자는 문 가장자리에 얼굴을 그대로 맞았다. 주가노프는 에바를 따라 안으로 갔다가 그녀가 바닥에 멍하니 쓰러져 있는 남자를 끌어올리고, 그의 뒤에 서서 한 손을 그의 이마에 대고 다른 손은 그의 턱에 대고 대번에 목을 분질러 젖은 빨랫감처럼 바닥에 쓰러뜨리는 걸 봤다. 부엌에서 또 다른 남자가 나왔다. 셔츠 위에 재킷을 입은 그 남자가 권총을 잡으려고 했지만 에바가 그의 손목을 잡고 뒤로 밀어붙여 부엌 벽으로 끌고 갔다. 주가노프는 접시들이 깨지는 소리와 고함 소리를 들었다. 에바는 얼굴에 피를 묻힌 채 부엌에서 나와 바닥의 양탄자에 피를 뱉어냈다. 주가노프는 부엌에서 그 남자가 바닥에 앉아 목을 쥐고 있는 걸 봤다. 그의 손가락 사이로 피가 뿜어져 나와 반대쪽 벽에 튀고 있었다. 칼날에 새의 부리가 조각된 짧은 리놀륨 나이프 한 자루가 그의 옆 바닥에 있었다. 주가노프는 에바가 주머니에서 그걸 꺼내는 것도 못 봤는데.

에바는 그렇게 그 미팅을 경호해주던 프랑스 경비원들을 해치웠다. 그들이 아파트에 들어온 지 10초 만에 벌어진 일이었다.

그녀가 동맥에서 뿜어져 나온 피로 얼룩진 점퍼를 벗어서 그걸로 얼굴을 닦는 사이에 안경이 불빛을 받아 반짝 빛났다. 주가노프는 그녀의 호흡은 별로 흐트러지지 않았지만, 꽉 끼는 티셔츠 밑에서 젖꼭지가 빳빳하게 일어선 걸 임상학적인 흥미를 가지고 지켜봤다. 그는 그녀의 턱선에 손가락을 하나 대서 바위처럼 차분하게 맥이 뛰고 있는 걸 느꼈다. 주가노프는 손을 들고(조용히 날 따라와) 발끝을 들고 작은 복도를 걸어갔다. 침실 문 밑으로 불빛이 흘러나오고 있었다. 주가노프는 허리에 찬 가죽 권총집에서 MP-443 그라치 자동 권총을 꺼냈다. 그가 문손잡이를 돌리자 안에서 프랑스어로 말하는 목소리가 들렸다. "무슨 소리야?" 주가노프가 문을 밀어서 열었다. 흰 셔츠에 파란 스커트를 입은 메들린 디디에가 침대 옆에 있는 등이 곧은 의자에 앉아 메모지에 필기를 하고 있었다. 러시아 남자는 침대 머리맡 나무판에 기대앉아 있었다. 둘 다 악몽 같은 꼭두각시 인형 한 쌍을 보고 얼어붙었다. 하나는 그에겐 너무 커 보이는 권총을 든 난쟁이 괴물이고, 또 하나는 회색 눈에 감화원 교도원 같은 외모에 젖꼭지는 금고 다이얼처럼 툭 튀어나온 여자가 문으로 들어왔다.

에바는 그 프랑스 여자 뒤로 쓱 미끄러져 가서 애정 어린 몸짓으로 그녀의 목에 한쪽 팔뚝을 감아서 그녀를 일으켜 세워 똑바로 잡고 있었다. 주가노프는 러시아 남자에게 걸어가, 베개를 그의 얼굴에 대고, 그의 머리를 쐈다. 베개에 묻혀 총소리는 나지 않았지만 총이 발사되면서 나온 가스 때문에 베개에서 연기가 피어오르기 시작했다. 디디에가 그 광경을 보면서 몸서리치는 사이에 그 정보원의 얼굴을 가린 베개가 툭 떨어졌다. 말없이 쳐다보는 정보원의 얼굴과 그 뒤의 벽에 튄 피와 체액이 뚝뚝 떨어지고 있었다. 반역자를 처형한 주가노프는 이제 대통령이 지시한 프로그램의 다음 단계로 갔다. 공포를 완성하고, 스파이들 간의 신사협정을 위반하고, 프랑스인들에게 확실한 메시지를 보내는 단계. 주가노프가 그를 지켜보면서 내내 그 프랑스 여자의 목에 가볍게 하지만 지속적으로 압력을 가하고 있던 에바에게 고개를 끄덕여 보였다. 그들이 아파트에 들어온 지 90초 됐다.

메들린 디디에는 마흔여섯 살로 두 아이의 엄마인 유부녀였다. 그녀는 광신적 애국주의자들인 DGSE의 행정직에서 승승장구해왔다. 그녀는 뛰어난 두뇌와 매력적인 외모뿐만 아니라 자신을 따돌리려고 하거나, 승진 대상에서 탈락시키거나, 그 부들부들한 하얀 손을 그녀의 무릎에 대려고 하는 뚱보 관료들과 맞서는 배짱도 있었다. 이목구비가 또렷하고, 촉촉한 갈색 눈에, 검은 머리를 어깨까지 기른 그녀는 뜻밖에 모스크바 지부장이라는 알짜배기 자리에 앉게 됐고 관리직에서 그래왔던 것처럼 작전 부서에서도 큰 성과를 거두겠다고 다짐했다. 세브마시 건은 수영장(DGSE 파리 본부가 근처에 있는 수영 연맹 수영장과 아주 가까워서 생긴 별명이다)에 있는 분석가들을 들뜨게 했고 메들린은 정보원에게서 계속 정보가 들어오면 내년에 파리로 돌아갔을 때 자신의 정치적인 영향력이 커질 거라는 걸 알고 있었다.

이 짐승 같은 여자에게 잡혀 서 있는 동안에도 우아한 디디에는 국제 첩보와 음모라는 반짝이는 샴페인 거품 같은 이 세계에 성급하게 뛰어든 자신을 사악하고 잔인한 악마들이 저지할 거라는 걸 아직 잘 이해하지 못하고 있었다. 잔인무도한 모스크바는 메들린 디디에와 DGSE에게는 별세계와 같았다. 그래서 그녀가 침대에 얼굴을 박으며 거칠게 쓰러지고, 믿을 수 없게도 그녀의 셔츠와 스커트와 브래지어와 팬티가 확 잡아당겨져 벗겨졌을 때, 그리고 그녀의 생 로랑 펌프스(460유로)가 벗겨져서 방구석으로 던져졌을 때 프랑스인답게 분노가 치솟았다. 하지만 그녀의 손이 등 뒤로 묶였을 때 그녀의 머릿속에 진짜 경보음이 울리기 시작했다.

주가노프가 지켜보는 동안 에바가 디디에를 일으켜 세워서 그녀의 목에 매듭을 하나로 지은 전기 코드를 감고 꽉 조이자, 처음엔 항의하던 디디에의 목소리가 공황 상태에 빠진 짧은 비명으로 바뀌었고, 목이 점점 더 조여오자 숨을 쉬려고 거칠게 헐떡거리기 시작했다. 에바는 디디에의 등을 침실 문에 밀어붙이고, 한 팔로 그녀의 엉덩이를 잡아서 바닥에서 5센티미터 위로 끌어올렸다. 그리고 남은 한 손으로 문 위쪽에 전기 코드의 매듭을 짓지 않은 쪽 끝을 걸어서 반대쪽 문손잡이에 감았다. 에바는 그다음에 디디에를 놓아줬다. 전기 코드를 팽팽히 당기자 가중된 무게 때문에 문의 경첩들이 삐걱거렸다. 이제 바닥에서 2.5센티미터 정도 떠 있는 디디에의 발바닥이 문을 치기 시작했고, 묶여 있는 두 손이 문을 긁어댔고, 코드가 그녀의 목을 파고들어서 목을 한쪽으로 기울이자 그녀의 벌어진 입에서 침이 뚝뚝 떨어졌다. 에바가 가까이 서서 철테 안경 너머 회색 눈으로 그녀를 지켜보는 동안 메들린의 발과 어깨가 떨리기 시작했다. 메들린은 눈을 깜박이던 걸 멈추고 이 일이 지금 일어나고 있다는 걸, 모스크바 지부장인 자기가 문명화된 세계에서 이런 일을 당하고 있다는 걸, 남편이 집에서 그녀를 기다리고 있고, 아직 그녀의 체온이 남아 따뜻한 명품 구두가 방구석에 던져져 있다는 것에 놀라 공포에 차 커진 눈으로 바라봤다.

주가노프와 에바가 아파트에 들어온 지 4분이 됐다.

결국 떨리던 몸은 움직임을 멈췄고 메들린도 고요해졌다. 에바가 고개를 옆으로 기울여 시커멓게 변해서 축 늘어진 메들린의 얼굴을 살펴보고 주가노프에게 돌아섰다. 그는 디디에의 노트와 핸드폰을 챙기고 있었다. 그리고 경찰이 그녀의 신분을 확인할 수 있게 바닥에 디디에의 지갑에 든 내용물을 다 쏟고, 죽은 러시아인을 한 번 본 후에, 에바에게 따라오라고 신호했다. 그들이 문을 열었을 때 디디에의 몸이 천천히 앞뒤로 흔들렸고, 그녀의 얼굴 위로 머리카락 한 줌이 흘러내렸다. 그들은 앞쪽 방에 있는 목이 부러진 남자를 넘어갔다. 주가노프는 부엌의 피 웅덩이를 피해, 스토브 위에 있는 따뜻한 냄비의 뚜껑을 열었다. 그 안에 러시아의 붉은 렌즈콩 수프가 들어 있었는데 그가 좋아하는 음식이었다. 그는 냄비와 숟가락 두 개를 가지고 소파로 갔다. 둘은 교대로 한 번씩 수프를 떠먹었다. '맛은 있는데 쿠민이 좀 덜 들어갔네.' 에바, 그의 복수 기계인 에바가 냄비 위에 숟가락을 얹고, 주가노프가 먼저 먹은 후에 먹으려고 공손히 기다리고 있었다.

"어서 먹어. 수프 먹어봐." 그는 아버지처럼 말했다.

주가노프는 도미니카가 아테네에서 보낸 첫 번째 보고서를 검토했다.

그녀는 러시아 대사관의 모든 부서 직원들을 체계적으로 면담해서 레지덴투라의 암호 채널을 통해 온건한 보고서들을 보내고 있었다. '그리스에서 실컷 삽질하고 있으라지. 내가 모스크바의 용의자들을 추려서 미국 놈들과 내통하는 GRU 배신자를 잡을 동안 말이야.' 주가노프는 생각했다.

이란인들과의 거래도 잘되고 있었다. 주가노프는 고보르마렌코 같은 에너지 분야 거물들과 AEOI의 지겨운 이란 원자력 대표들의 미팅을 몇 번 주선해서 내진 바닥재의 구매, 운송, 배달 문제의 세세한 내용을 조정하는 중이었다. 주가노프는 그 협상 진행 과정이 푸틴에게 보고되고 있으며, 그게 다 그의 공로라고 보고될 것을 확신하고 있었다. 모스크바에서 한 미팅에서 그는 이란 정보부 대표인 나가디를 따로 불러내서 그가 생각한 운하를 통해 러시아와 카스피 해를 거쳐 완벽하게 비밀이 보장하는 수로로 바닥재를 운송하는 개념을 대충 설명했다. 그는 그 계획이 전적으로 자기가 생각해낸 것으로 다른 직원들은 그 실행 가능성에 대해 논의만 했다고 말했다. 이란인은 오만상을 찡그리면서 그 말을 듣고 있었지만 그래도 감명을 받은 눈치였다. 주가노프는 에바가 수염을 기른 이 이란 남자를 목수의 자귀(나무를 깎아 다듬는 연장-옮긴이)로 근육 속까지 아주 깊이 마사지를 하게 놔두는 몽상에 잠겼다.

에바. 예고로바. 이 둘을 붙이면 대단할 텐데. 주가노프는 에바를 아테네로 보내서 사고가 일어나게 하는 아이디어를 머릿속으로 한참 굴려봤다. 그는 노골적으로 예고로바를 제거할 순 없다는 걸 알고 있었다. 푸틴이 그녀를 마음에 들어 해서 주시하고 있다. 하지만 에바가 예고로바를 달리는 차에 밀어버리거나, 계단 밑으로 던져버리거나, 미끄러운 욕조 속에서 목을 분질러버릴 수 있는데. 예고로바가 갑자기 실종되면 모든 게 아주 근사하게 마무리될 수 있다. 그의 라인 KR은 그 사고를 조사하는 담당 부서가 될 것이다. 납치, 우연한 익사, 망명 등등. 그는 몇 년이고 그 공을 굴릴 수 있는데.

예고로바 암살 작전은 푸틴이 그녀를 키우고 있는 이 시점에서 여전히 매우 위험하다. 그는 물론 이 문제를 그의 심복인 예브게니, 점점 더 예고로바에게 끌리고 있는 눈치인 그와 의논할 것이다. 예브게니는 사무실에 있는 다른 여자들보다 예고로바 주위에 있을 때 침을 더 심하게 흘리고 있었다. '안 돼, 예브게니랑은 의논할 수 없지.' 주가노프는 생각했다. 그는 전화기의 버튼을 하나 눌렀다.

2분 만에 에바가 왔다. 그녀는 항상 입는 불투명한 나일론 소재의 회색 감화원 교도원 원피스에 투박하고 밑창이 두꺼운 검은색 구두를 신고 왔다. 금발은 머리통에 찰싹 달라붙어 있었다. 그녀는 평발로 마치 몇 걸음 못 가서 달릴 것처럼 몸을 조금 앞으로 기울이고 걸었다. 그녀는 주가노프의 사무실에 들어와 차렷 자세로 서서, 항상 그렇듯이 공연장에서 조련사가 손에 든 빙어를 찾는 물개처럼 그를 바라봤다.

주가노프는 의자에 등을 기대고 앉았다. "에바, 앉아." 그가 엄격하게 말했다. 그녀는 책상 옆에 있는 의자에 앉았지만, 허리를 똑바로 세우고, 노란 손은 무릎 위에 올려놨다.

"지난 번 일은 아주 잘했어. 아주 만족스러워." 주가노프가 말했다. 에바는 고개를 끄덕였지만 아무 말도 하지 않았고, 그녀의 눈은 번쩍이는 렌즈 너머로 보이지 않았다.

"러시아 밖으로 나가본 적이 있나, 에바?" 주가노프가 물었다. 그녀는 고개를 흔들었다. 맙소사, 이건 기호가 찍힌 키보드로 영장류랑 말하는 것 같군.

"가까운 시일에 그리 멀지 않은 곳으로 출장을 갈 일이 생길지도 모르겠어. 아직 확실한 건 없지만, 그 일에 대해 말해두고 싶은 게 있어서."

에바는 다시 고개를 끄덕였다. "부장님이 원하시면 언제든 갈 준비가 돼 있습니다. 어디로 가길 원하십니까?" 에바가 말했다.

"아직 확실한 건 없어." 주가노프는 신중하게 아까 한 말을 다시 반복했다. "챙겨야 할 가족은 없나?" 그는 부친(루마니아의 한 마을-옮긴이) 가족의 저녁 식사를 상상해보며 물었다.

에바는 고개를 흔들었다.

"남자는 없나? 남자친구?" 주가노프가 말했다. 그녀의 짐승 같은 습관들에 대해 좀 알아두는 게 좋을 듯했다.

"한때 알았던 남자가 있죠." 그녀가 애매하게 말했다. 한 남자와 알고 지냈다는 소리인지, 아니면 그 남자와 깊은 관계였다는 뜻인지, 아니면 그냥 그 남자를 잡아먹었다는 소리인지 도통 알 수가 없었다. 그녀는 의자에서 자세를 조금 바꿨는데 아마도 갑자기 떠오른 기억 때문일 것이다.

"흠, 새 친구들을 만날 시간이야 충분하지." 주가노프는 순간 그가 부국장이 되면 에바를 어떻게 처리할 것인지 생각하면서 말했다.

"고마워, 에바. 그때가 되면 알려주지." 주가노프가 말했다.

에바가 일어서서 대강 여자 같아 보이는 태도로 옷매무새를 다듬었다. "전 언제든 부장님이 원하실 때 출장 갈 준비가 돼 있습니다." 그녀는 그렇게 말하고 그의 방을 나갔다.

만약 예고로바를 파괴하기 위해 저 선사시대 포탄을 발사하면, 그가 하게 될 유일한 후회는 예고로바가 죽는 것을 그 자리에서 보지 못하는 것뿐이었다. 그는 고정식 비디오카메라로 암살 장면을 찍는 방법을 찾아보자고 다짐했다. 아, 그리고 이미지에 오디오도 같이 넣는 게 좋겠다.

러시아의 붉은 렌즈콩 수프
잘게 썬 양파, 다진 마늘, 깍둑썰기를 한 살구를 물렁해질 때까지 볶는다. 거기에 붉은 렌즈콩, 쿠민, 오레가노, 깍둑썰기를 한 토마토, 꿀, 소금, 후추를 넣고 그 위에 닭고기 육수를 붓는다. 한 번 끓이고 나서, 뭉근하게 다시 끓여서 원하는 농도가 나올 때까지 믹서에 넣고 간다. 따뜻하게 혹은 실온에 맞춰 박하와 사워크림과 같이 낸다.

27

네이트는 황혼이 질 무렵 안가인 튤립에서 두 번째 회의를 하려고 오랫동안 감시 탐지 루트를 달린 후에 암벨로키피에 있는 픽업 장소로 도미니카를 태우러 갔다. 그는 시계를 보고 4분을 기다린 후에, 좁은 골목길인 포키오에 미행이 있는지 보고 나서 천천히 돌아서 레바디아스로 갔다. 교차로에 주차된 차 한 대가 앞바퀴를 돌렸다. 그건 잠복 중인 미행 차량이라는 표시였지만, 노부인 하나가 박스들을 그 차의 트렁크에 실었고, 그가 지나쳤을 때 아무 반응이 없었다. 네이트가 천천히 레바디아스의 Y자 모양의 교차로에 들어갔을 때 도미니카는 동네 약국 앞의 초록색 차양 밑에서 불쑥 나와서 발레리나 특유의 힘 있고 매끄러운 동작으로 움직이고 있는 차의 조수석에 쏙 들어왔다. 그녀가 문을 닫는 사이에 네이트가 그곳을 떠났다. 도미니카는 몸을 숙여서 조수석 밑으로 손을 넣더니 긴 금발 가발과 커다란 색안경을 쓰고 고개를 들었다. 조금 전까지 머리를 틀어 올린 우아한 슬라브계 미녀였던 그녀는 정부와 저녁을 먹으러 가는 염색한 금발 머리에 패션 감각이 좀 이상한 여자의 모습으로 단 4초 만에 변신했다. 도미니카가 벨트를 매는 사이에 네이트가 그녀를 봤다.

"당신이 금발인 모습은 상상해본 적이 없는데. 금발도 꽤 섹시해 보이네요." 네이트가 말했다. 그는 농담으로 '헤퍼 보인다'는 말을 하려고 했는데 다행스럽게도 이번에는 그의 두뇌가 주둥이보다 더 빨리 움직였다. 게이블이 간밤에 한 말이 먼지 낀 작은 차의 뜨거운 공기 안을 떠돌고 있었다.

도미니카가 가발을 매만져서 바로잡고 나서 웃으면서, 그를 힐끗 보며 그의 후광이 차분하게 보라색으로 빛나고 있는 걸 확인했다. "고마워요, 네잇. 머리를 금발로 염색할까 봐요. 대사관 사람들이 날 몰라보게." 그녀가 말했다.

"당신이 매일 어딜 가는지 그 사람들이 궁금해하지 않아요?" 네이트가 말했다.

"아뇨, 난 며칠 후에 레지던트의 집에서 열리는 파티에 갈 거예요. 그리고 다음 주에 대사관에서 하는 저녁 콘서트에 갈 거고. 그걸로 충분할 거예요. 게다가, 라인 KR의 예고로바 대위가 아테네에서 뭘 하는지 감히 물어볼 사람은 없어요."

"흠, 라인 KR의 예고로바 대위가 오늘 저녁 우리와 같이 시간을 보내게 돼서 기뻐요. 모두 오늘 밤 아파트에 있을 거예요. 벤포드 부장님은 하루 종일 포사이스와 게이블과 같이 있었어요. 부장님이 뭔가 꿍꿍이가 있는 것 같아요." 네이트가 말했다.

"당신은 거기 없었어요?" 도미니카가 물었다.

그녀는 가볍게 농담하고 있었지만 네이트는 애매하게 대답해야 했다. 네이트는 리릭과 만나 그를 망명시킬 준비를 하려고 애를 쓰고 있었지만, 그 장군은 나타나지 않았다. 늙은 군인이 황소고집을 부리고 있다. 하지만 도미니카에게 그런 말을 할 수는 없었다.

"난 오늘 정치 부서에서 하는 일을 도와야 했어요. 우린 대사관 동료들과 잘 지내는 척해야 하니까." 네이트는 '위장 스토리'와 '거짓말'의 개념이 아주 쉽게 호환 가능하다는 걸 멍하니 의식했다.

"오늘 밤도 늦게까지 하게 될까요?" 도미니카가 물었다.

"아마도. 저녁에 요기할 걸 가져왔어요." 뒷좌석에 음식 꾸러미들이 있었다. "왜요? 오늘 일찍 가봐야 해요?"

"아뇨, 그냥 궁금해서." 도미니카가 말했다.

네이트가 6차선인 알렉산드로스 대로로 들어가서 계단식 루트를 통해 리카비토스 언덕을 돌아 네아폴리를 통과해 어딘가에 차를 주차하면, 나머지는 걸어갈 것이다.

"내가 생각해봤는데," 도미니카가 그를 흘끗 보면서 말했다. "우리가 둘만 있다는 걸 알 수 있을 때," 그들은 신호에 걸려 차선마다 차 10대가 줄줄이 서서 신호가 바뀌길 기다리고 있는 4차선 도로에 있었다. 마치 개척시대에 선착순으로 땅을 나눠주길 기다리는 정착민들처럼 보이는 차들 사이로 오토바이들이 조금씩 앞으로 가고 있었다. 네이트는 본능적으로 미러들을 확인한 후에, 몸을 기울여서 도미니카에게 얼굴을 가까이 댔다.

"둘만? 무슨 생각을 하고 있는 거예요?" 네이트가 말했다. 도미니카는 눈에 흘러내린 가발을 넘기고 그의 옆얼굴을 손가락으로 쓰다듬었다. 네이트가 더 가까이 와서 둘의 입술이 닿을 듯했다. 도미니카가 눈을 감았다.

"추가 스라크 훈련이요. 그게 그러니까 단거리 통신 아닌가요?" 도미니카가 말했다.

"얼마나 가까운 거리인데요?" 네이트가 그녀의 입술에 자신의 입술을 스치며 물었다.

"너무 가까우면 안 되겠죠." 도미니카는 그의 목을 팔로 감고 키스하면서 말했다.

신호가 바뀌자 어두운 아테네의 밤하늘 밑에서 차 40대가 요란하게 경적을 울려대면서, 서로 욕을 해가며, 앞에 있는 차의 멍청한 운전기사에게 어서 가라고 난리를 쳐댔다.

아테네 지부장인 포사이스가 안가 문을 열어준 후 도미니카의 손목을 잡고 안으로 들였다. 그들은 러시아식대로 양쪽 뺨에 세 번 키스를 했고 포사이스가 도미니카의 어깨를 안고 거실로 들어갔다. 네이트는 음식 꾸러미를 한가득 안은 채, 간신히 현관문을 닫고, 자물쇠를 채웠다. 나머지 사람들은 거실에서 음료수가 있는 쟁반 주위에 서 있었다. 그녀의 팀. 그녀의 가족. 네이트가 부엌에서 나왔다. 그리고 그녀의 연인. 아직도 입술에서 그 짜릿한 입술의 감촉을 느낄 수 있었다.

무슨 일이 있었던 모양이었다. 도미니카는 미소를 짓고, 악수하고, 잔을 받고 나서 주위를 찬찬히 살펴봤다. 사람들의 기운이 방 안을 가득 채우고 있었다. CIA 요원들의 어깨가 뻣뻣했다. 그들은 상냥했지만 너무 조용했다. 자칫하면 뭔가 잘못됐다는 걸 놓칠 뻔했다. 그들은 그 정도로 고수였다. 옅은 회색 양복에 파란색 넥타이를 매고, 예술적인 파란 안개에 휩싸여 있는 포사이스는 희끗희끗한 머리를 손가락으로 쓸어 넘기고 있었다. 브라톡, 열정적인 보라색 후광이 빛나는 큰오빠 같은 브라톡은 셔츠 소매를 두꺼운 팔뚝 위까지 걷어붙이고 그녀의 발레 코치가 보던 그런 눈빛으로 그녀를 보고 있었다. 넥타이를 비뚤게 매고 머리는 사방으로 뻗치고 구겨진 검은 양복을 입은 벤포드는 저쪽에서 시계 장인이 족집게로 시계 장치의 기어와 핀, 바퀴들을 제자리에 조립하고 있는 것 같은 파란색 기운에 잠겨 있었다. 콤비 상의에 오픈 셔츠를 입은 날씬한 네이트는 절제된 동작으로 음료를 만들고 있었는데, 역시 차분하고 환한 보라색이 보였다. 그의 보라색 열정에는 그녀도 포함돼 있었다. 그는 고개를 들어 그녀를 봤고 그의 미소는 편안했다.

도미니카는 단순한 남색 면 원피스를 입고 검은색 가죽 단화를 신고 있었다. 머리는 올렸고 입술엔 립글로스만 발랐다. 대개는 액세서리를 차지 않지만 오늘 밤은 한 줄로 된 진주 목걸이를 했다. 그녀는 소파 한쪽 끝에 앉아서, 다리를 꼬고, 신발 하나를 발끝에 걸치고, 발을 까닥이기 시작했다. CIA 요원들은 술을 홀짝홀짝 마셨다.

"무슨 일인지 말하지 않으면 테라스로 뛰쳐나가서 소나무 숲으로 도망가버릴 거예요." 도미니카가 벤포드를 보고 나서 나머지 남자들을 하나씩 보면서 말했다. 게이블은 그녀와 가장 가까이 있는 L자형 소파에 앉아 있었다.

"잘한다." 게이블이 그렇게 말하면서 포사이스를 봤다. "거봐요. 들어오자마자 5분 만에 알아차릴 거라고 했잖아."

"도미니카, 당신이 모스크바로 돌아간 후로 정말 대단한 일을 해줘서 박수를 쳐주고 싶어요." 벤포드가 앉아 있던 안락의자에서 몸을 앞으로 기울이면서 말했다. 우리 모두 당신이 알아낸 정보들을 합쳐서 그 결과에 대해 토론하고 있었어요. 이건 극히 중요한 방첩 단서들의 퍼펙트 스톰(개별적으로는 위험하지 않지만 함께 발생하면 처참한 결과를 초래하는 사건들의 조합-옮긴이)이자, 횡재이자, 위험하지만 압도적인 기밀 작전 기회예요. 모두 당신에게 감사하고 있어요."

게이블이 몸을 기울여서 축하하는 의미로 그녀의 팔을 꽉 쥐었다.

"계속 내 말만 잘 들으면 스타가 될 거라고 했지." 게이블이 말했다. 도미니카는 무표정한 얼굴로 그를 보다가 못 말리겠다는 듯이 서글프게 고개를 절레절레 흔들었다.

"이렇게 많은 정보를 수집하다 보면 어쩔 수 없이 당신이 점점 더 위험해져요, 도미니카. 우린 당신의 지속적인 안전과 정보들을 이용할 기회 사이에서 균형을 잡아야 해요. 우린 당신이 승진하고 보안 상황을 향상할 수 있는 제안을 하나 하고 싶어요." 포사이스가 말했다.

"포사이스." 그녀는 그렇게 말했지만 다른 사람들이 듣기에는 '포오시테'처럼 들렸다. 이것은 러시아에서 좋아하는 사람을 부를 때 성으로 부르는 것과 가장 비슷한 호칭이었다.

"여러분 모두 제가 그 위험을 다 계산하면서 제가 가장 잘 아는 체제에서 공작할 거라는 건 아시잖아요. 전 그만두지 않을 겁니다." 도미니카가 말했다.

"당신에게 앙심을 품은 야만적인 알렉세이 주가노프 같은 상관이 있는 한 당신에겐 강력한 적이 있는 거야. 우린 그를 상대하는 당신의 힘을 키워주고 싶어. 당신은 우리에겐 너무 귀중한 사람이야." 게이블이 말했다.

"지금 그런 기회가 있긴 한데 하기가 좀 까다로워요." 포사이스가 말했다.

"도미니카는 할 수 있어요." 게이블이 말했다. 네이트는 이제 무슨 말이 나올지 몰라서 의자에서 자세를 바꾸면서 불안해했다. 도미니카는 가만있으려 했지만 발은 여전히 흔들고 있었다.

"뭐예요? 말해요." 그녀가 말했다.

"GRU의 미하일 니콜라이비치 솔로비요프 중장 알아요?" 벤포드가 말했다. 도미니카는 모두가 그녀를 쳐다보는 걸 느꼈다. 네이트는 순간 벤포드가 무슨 생각을 하고 있는지 알았다. 그렇지 않다면 절대로 한 정보원의 정체를 다른 정보원에게 밝히지 않을 테니까.

"그는 대사관에서 근무하는 육군 무관이죠. 모스크바에서 쫓겨나 별 하나인 장군으로 여기 아테네에서 한직에 머물러 있어요. 내가 그분을 면담했어요. 구식 군인으로, 비통해하고, 푸틴을 증오하고, 진짜 공룡 같은." 도미니카는 말을 멈추고 CIA 요원들을 바라봤다. 방에선 침묵만 흘렀다. "솔로비요프가 리릭이에요?" 그녀가 속삭였다.

"정답이야." 게이블이 일어나서 음식의 포장지를 벗기면서 말했다.

그들은 가지 샐러드, 페타 치즈, 구운 소시지, 식초에 끓인 주키니, 껍질이 잘 떨어지는 시금치 파이, 그리스식 콩 요리, 고기 완자 접시를 돌렸다. 도미니카는 얼음과 물을 섞은 우조를 게이블과 같이 마셨고, 다른 사람들은 드라이한 모스코필레로 화이트 와인을 마셨다. 벤포드는 넥타이에 파이 가루를 흘리면서 먹었다.

"당신 덕분에 우리 모두 트리톤이 리릭을 센터에 찔렀다는 걸 알게 됐어요. 하지만 리릭의 신원은 완벽하게 밝혀지지 않았죠. 트리톤이 자루비나에게 보낸 마지막 보고서에 처음으로 리릭이 모스크바가 아니라 아테네에서 활동하고 있다는 사실이 밝혀졌어요. 우리는 주가노프가 빨리 움직일 거라고 예상하고 있어요. 아이러니하게도 주가노프는 당신을 치워버리려고 여기로 보냈지만, 자기도 모르게 당신을 바로 수사 목표에게 보낸 겁니다." 도미니카는 접시를 내려놓고 벤포드를 빤히 봤다. 포사이스는 그녀를 집중해서 관찰했다.

"그래서 예상보다 일찍 우리의 정보원인 리릭을 잃게 될 것 같습니다. 당신은 라인 KR의 방첩 수사를 하러 여기 왔어요. 만약 솔로비요프 중장에 대한 당신의 면담을 토대로 센터에 그의 일관성이 없는 행동, 정확한 답변을 기피하는 행위, 정부에 대해 분개한 태도를 보고하고 첩보 혐의로 심문하도록 모스크바로 소환할 것을 권고하면, 당신이 또 다른 CIA 내부 첩자를 발견하게 되는 겁니다." 벤포드가 말했다.

방 안의 침묵이 네이트가 계산하기론 20초 정도 끝도 없이 흐르는 것 같았다.

"난 하지 않겠어요. 다시는 우리나라의 괴물들을 상대로 혼자 싸우는 훌륭한 사람을 죽게 하지 않겠어요. 안 할 거예요." 도미니카가 말했다.

"진정해요. 중장을 소환하란 메시지가 모스크바의 GRU 본부에서 아테네로 도착할 때쯤 리릭은 서구로 망명해서 당신이 그를 조사하라는 권고가 맞았다는 게 증명될 테니까." 벤포드가 말했다.

"리릭은 안전한 곳으로 피하고, 도미니카, 당신은 또 다른 공을 세우게 되는 겁니다. 주가노프는 당신을 괴롭힐 수 없게 될 거고." 포사이스가 말했다.

"당신들이 솔로비요프를 그리스에서 미국으로 빼돌릴 건가요?" 도미니카가 그들의 얼굴을 보면서 말했다.

포사이스가 고개를 끄덕였다.

"난 확실히 해둬야겠어요." 그녀는 턱에 힘을 주면서 말했다.

"그는 절대로 수족관에는 다시 발을 들이지 않을 겁니다. 그는 곧 떠날 거예요. 네이트가 준비를 다 해뒀어요." 벤포드가 말했다.

"제발 도미니카에게 겁 좀 주지 말아요." 게이블이 말했다.

히메투스 산 위에 떠 있는 달은 밤중까지 도시 위를 떠도는 배기가스의 구름 위에서 핏빛 오렌지처럼 보였다. 도미니카와 네이트만 남고 모두 안가를 나왔다. 둘은 마지막으로 같이 나와서 차를 타고 갈 것이다. 다른 사람들은 하나씩 나가서, 그럴 일은 없겠지만 적대적인 미행자들(러시아 보안 요원, 그리스 경찰, 말썽거리를 찾아다니는 헤즈볼라 정찰대)에게 들킬 경우에 대비해 튤립이 오염되지 않도록 서로 다른 방향으로 갔다. 아테네는 발칸과 지중해와 베이루트가 모두 섞인 위험한 도시다.

네이트는 거실의 불을 끄고, 테라스로 나가는 문의 커튼을 열었다. 둘은 테라스로 나가 아테네의 어둠 속에 서서 그들 뒤에 있는 언덕 위 검은 소나무들의 향기를 맡았다. 고개를 숙이고 고민하는 도미니카의 우아한 목에 걸린 진주 목걸이의 고리가 보였다. 네이트는 그녀가 리릭의 목에 올가미를 씌울 수도 있기 때문에 괴로워하는 걸 알고 있었다. 그녀는 솔로비요프를 전혀 모르지만, 그 배반의 손길에 움츠러들었다. 이들이 장군을 제때 탈출시킬 거라고 그녀가 믿고 있다는 걸 네이트는 알고 있었지만, 그래도 그녀는 여전히 그를 고발하는 것에 불안해했다. 네이트는 도미니카 뒤로 다가가 그녀의 허리를 안았다. 그녀는 그의 손을 자신의 손으로 덮었지만 움직이진 않았다.

"나도 당신이 걱정하는 거 알아요. 하지만 장군은 우리가 탈출 계획을 시작하면 두 시간 안에 이 나라를 나갈 거예요." 네이트가 조용히 말했다. 도미니카는 마치 아이를 안심시키는 것처럼 그의 손을 토닥이고, 돌아서서 그를 마주봤다.

"신은 너무 높이 있고, 황제는 멀리 있죠." 그녀가 속삭였다. 무슨 일이든 생길 수 있는데, 그에 대한 해결책은 없다.

"물론 황제는 멀리 있어요. 러시아인들은 어떤 상황이든 꼭 들어맞는 속담이 있나 봐요?" 네이트가 말했다. 그리고 그녀를 당겨서 꼭 끌어안았다. 그녀는 미소를 짓고, 조금 긴장을 풀면서 그의 목을 껴안았지만, 가슴

속에 쌓여만 가는 얼음, 일류 정보원들만이 느끼는 해가 갈수록 늘어가는 피로에 대한 해결책은 없었다. 그녀는 네이트의 눈을 들여다보고 그의 머리 뒤에서 결코 변하지 않는 보라색 소용돌이를 봤다. 그가 그녀를 걱정하고 있는 걸 도미니카는 알고 있었다. 그리고 그녀가 그의 색깔을 읽을 수 있는 것처럼 네이트도 그녀의 기분을 읽을 수 있었다.

그녀는 그를 원했고, 그가 필요했다. 그리고 그들은 안전한 익명의 아파트에서 밤새 있을 수 있다. 그녀는 네이트와 같이 펜트하우스 안으로 들어가서 소파에 앉았는데 거기에 게이블의 체취가 남아 있었다. 빌어먹을 게이블. 그의 체취가 그들 주위를 소용돌이처럼 돌고 있었다. 둘이 키스하는 순간에도 둘만 있게 놔두질 않는군.

"난 신경 안 써요." 네이트가 마음속으로 힘들어하는 걸 직감적으로 알아차린 도미니카가 말했다. "무슨 일이 일어나건 우리에겐 서로가 있어요. 다른 건 중요하지 않아요. 내가 무슨 일을 하건, 당신이 무슨 일을 하건, 우리가 무슨 일을 하건 간에." 순간 그들의 마음속에 각자만의 생각이 스쳐 지나갔다. 예브게니, 한나. 한나, 예브게니.

우드란카와 마르타가 의자에 앉아 박수를 쳤다. 썩 꺼져, 이 창녀들. 도미니카가 그들에게 말했다. 하지만 그녀의 러시아 인어들은 그 자리에 남아 네이트와 도미니카를 바라보며 담배를 피웠다.

그들은 가까이 붙어 앉아서 처음으로 서로를 바라봤다. 둘은 항상 이런 식이었다. 서로를 새롭게 발견하면서 흥분하고, 중단됐던 걸 다시 시작하는 게 아니라 처음부터 새로 시작되는 관계. 도미니카는 넋을 잃고 그를 바라봤다. 그녀는 유연한 몸매의 이 청년이 지난 2년 사이에 변했다는 걸 깨달았다. 어깨는 더 두꺼워지고 눈빛은 더 현명해졌다. 그의 보라색 아우라는 여전히 차분하게 빛나고 있었다. 그건 변하지 않았다. 그녀는 그의 손을 잡고 손등에 키스했다. 이 손 역시 변했다. 전보다 덜 섬세하고 더 거칠어졌다. 도미니카가 그의 손바닥에 키스하고 고개를 숙여 거기다 대고 입술을 문지르면서 코로 숨을 쉬고 있을 때, 네이트가 그녀의 가슴에 손을 댔다. 네이트가 그녀의 원피스 지퍼를 열려고 만지작거리자 도미니카가 몸을 뒤로 빼고 그의 앞에 일어섰다. "참는 자에게 복이 있나니." 그녀가 속삭였다.

도미니카는 원피스의 지퍼를 열어서 몸에서 흘러내리게 했다. 달빛 속에서 네이트는 마치 처음 보는 것처럼 그녀의 가녀린 몸매의 굴곡과 곡선을 눈여겨보고, 브래지어 속의 풍만한 가슴, 그녀가 숨을 쉴 때 천천히 확장되는 흉곽과 오래전에 치른 전투에서 생긴 은빛으로 빛나는 허벅지의 대각선 흉터를 봤다. 그녀의 이목구비는 더 또렷하고 우아해졌지만 눈 주위와 입가에 스트레스를 받은 흔적이 보였다. 그녀는 네이트가 그녀의 몸을 뜯어보는 걸 보면서 그와 시선을 맞추며 그의 다리 사이에 무릎을 꿇고 그의 허벅지를 손으로 쓸어내리면서 그를 소파로 밀어 앉혔다.

"당신은 움직여선 안 돼요." 도미니카가 계속 그의 얼굴에서 눈을 떼지 않으면서 그의 바지 벨트를 풀고, 지퍼를 열고, 카키색 팬츠를 내리고, 그에게 천천히 17번 테크닉인 수술과 암술을 조금 보여줬다. 그녀의 파란 눈은 그에게 고정되어 있었고, 그녀의 얼굴에 머리카락이 한 가닥 흘러내렸다.

그녀는 탐욕스럽게 그의 체취를 마시고 맛보면서, 한 손으로 그의 셔츠를 올려 손톱으로 밀랍처럼 반짝거리는 배의 흉터 두 개를 긁어내렸다. 그 흉터들 역시 오래전에 도미니카와 함께 치른 전투에서 생겼다. 그녀가 지금 하고 있는 것은 사실 자신의 마음을 왜곡하는 것이었다(물론 네이트가 머리를 뒤로 젖히고 눈을 감고 있는 건 상관없이). 도미니카는 남은 한 손으로 자신의 다리 사이를 천천히 쓸어내렸다. 51번 테크닉, 달걀흰자가 빳빳해질 때까지 젓기를 기억해내고 눈꺼풀을 씰룩이다 감으면서 신음하며 동작을 멈췄다. 그녀의 얼굴은 눈으로 흘러내린 머리카락에 가려져 있었다.

다시 정신이 들었을 때 그녀는 그에게 윙크를 해 보이고, 윗입술을 닦은 후에, 킬킬 웃었다. "당신을 기다리지 않은 내가 촌스러운가요?" 도미니카가 물었다.

"촌스러운 것보다 더 심한데. 난 당신의 보조를 맞추는 건 포기했어요. 어떤 남자도 그런 건 바랄 수 없지." 네이트가 말했다. 도미니카는 다시 그를 만지기 시작했고, 그녀의 두 손은 마치 도끼 자루를 잡은 것처럼 서서히 그리고 끈질기게 움직였다.

"나와 보조를 맞추려고 하지 말아요. 그게 내가 당신에게 주는 충고예요." 그녀는 대화하듯 말했다. 그리고 계속 손을 움직였고 네이트의 다리가 떨리기 시작했다. 네이트는 그의 사타구니 속에 있는 가죽끈이 당겨지는 것 같은 익숙한 느낌이 들었다. 도미니카는 자신이 만드는 재앙을 마치 구경꾼처럼 보고 있었다. 이제 네이트의 사타구니에서 떨리는 끈들이 점점 더 단단하게 조여들고 있었다. "자기." 도미니카가 속삭이면서 그를 유혹하고 있었다. "자기, 자기, 자기." 그때 그 소파가 돌아가기 시작했고, 벽들이 무너지고, 유리창들이 폭발하고, 지붕이 푹 꺼졌다. 도미니카는 눈을 깜박이면서 그가 다시 의식을 찾는 걸 봤다.

"당신이 나무를 베면 나뭇조각들이 날아가죠." 그녀가 속삭였다.

네이트는 신음을 내면서 일어나 앉아 그녀와 키스했다. 그는 그녀의 입가에 떨어진 머리카락을 쓸어 넘겼고, 그녀는 손으로 자신의 얼굴을 닦았다. 오래된 대사가 생각났다. "왜 내가 당신과 사랑에 빠졌다는 말을 하지 않았어요?" 네이트가 말했다. 도미니카는 웃기 시작했다.

'맞은편에 앉아 있던 우드란카와 마르타가 마주보면서 눈동자를 굴렸다.'

네이트의 셔츠를 입은 도미니카는 부엌 조리대 위에 앉아서, 보라색 기운을 뿜어내는 네이트가 사각 팬티만 입고, 양파와 마늘을 얇게 썰어 좋은 향기가 나는 초록색 올리브 오일에 볶는 걸 지켜봤다. 그는 구운 고추도 가늘게 썰어 냄비에 넣었다. 그리고 껍질을 벗긴 토마토 통조림의 뚜껑을 따서 기름이 튀지 않도록 물을 쪽 따랐다. 네이트가 토마토를 손으로 으깨서 냄비에 넣고, 설탕도 한 줌 넣자 보글보글 끓기 시작했다. 네이트는 말린 오레가노의 잎이 무성한 가지를 냄비 위에 들고 있다가 그 잎을 부드럽게 몇 장 으스러뜨려서 스튜에 넣었다. 그리고 파프리카가 들어 있는 사각 통조림을 집었다.

"파프리카." 네이트가 그 통조림을 뜯어 보이면서 말했다. "이거 먹어 본 적 있어요?"

"참 이상한 말이네요, 파프리카." 도미니카는 무표정한 얼굴로 말했다. "아뇨, 우리 마을엔 그런 건 없어요. 우린 거실에서 돼지들이랑 같이 살거든요." 네이트는 싱긋 웃고 파프리카를 조금 넣었다. "또 다른 이상한 말로 '뚜피짜'라는 말이 있죠. 그거 알아요?" 도미니카가 말했다. 네이트는 그 말이 '바보'란 뜻이란 걸 알고 있었다. 그는 모르는 것처럼 고개를 흔들었지만 도미니카는 그가 안다는 걸 알고 있었다.

냄비가 보글보글 끓자, 네이트는 작은 오븐의 전원을 켜고 오븐의 위쪽 선반에 빵을 몇 조각 넣었다. 빵이 갈색으로 익었을 때 빵 한 장 한 장에 마늘 한쪽을 대고 문질렀다.

"마늘을 보면 당신 마을이 생각나겠어요." 네이트는 그녀를 보지 않고 말했다. 도미니카는 웃지 않으려고 애를 썼다.

네이트가 수저로 보글보글 끓는 스튜의 세 곳을 찌르고 그 안에 달걀 세 개를 깨서 넣었다. 그 냄비를 아직 따뜻한 오븐 속에 넣어서 달걀이 굳을 때까지 뒀다가 그 냄비를 테라스로 가지고 갔다. 도미니카가 구운 빵과 차가운 맥주 두 병을 가지고 따라갔다. 그들은 테라스 바닥에 앉았다. 대리석은 오후의 햇볕에 쪼인 열기가 아직 남아 있었다. 낮은 테이블 위에 놓은 김이 모락모락 나는 냄비를 사이에 두고, 구운 마늘빵을 스튜에 찍고, 포크로 고추와 토마토와 줄줄 흐르는 계란 노른자를 찍어 먹었다. 처음에 맛을 본 도미니카는 고개를 들어 네이트를 봤는데 뭔가 묻고 싶은 표정이었다.

"피페라드. 바스크 지방 요리예요." 네이트가 말했다.

"당신은 이걸 어디서 배웠어요?"

"대학생 시절 방학 때, 유럽에서." 네이트가 대답했다. 그리고 빵을 스튜에 살짝 담았다.

"아주 로맨틱하네요." 도미니카가 말했다.

"암요, 암요, 난 로맨틱하죠." 네이트가 대꾸했다.

"당신은 자화자찬이 심해요." 도미니카가 몸을 그에게 기울여 그의 입술에 가볍게 키스했다. "벤포드가 나보고 만나라고 한 그 요원에 대해 물어봐도 될까요? 그 여자를 알아요?" 도미니카가 말했다.

네이트는 고개를 끄덕이면서 절대로 죄책감을 느끼거나, 그렇게 행동하거나 보이지 않기로 결심했다.

"그녀는 어리지만 내가 지금까지 거리에서 본 최고의 요원 중 하나였어요. 벤포드도 그렇게 생각해요."

도미니카는 그의 보라색 후광이 고동치는 걸 눈치챘다.

"그 요원이 훈련받는 걸 내가 지켜봤어요. 믿을 수 없을 정도로 뛰어나요." 네이트가 말했다. 후광이 아까보다 더 요동치고 있었다. 그는 의식적으로 한나 아처의 실력만 담담하게 보증하고 있었다.

"그 여자에게 내 이야기도 했어요?" 도미니카가 빵 한 조각을 스튜에 적시면서 아무렇지 않게 물었다. 네이트는 여자가 남자에게 자기 이야기를 딴 여자에게 했냐고 물어볼 때는 아주 큰 위험이 임박한 때라는 걸 깨달았다. 이건 돌풍이 몰아치기 전에 오븐처럼 뜨거운 바람이 훅 불어오는 것과 같다. 길가에 멈춰 서버린 랜드로버를 향해 귀를 쫑긋 세운 사자 스무 마리와 같고, 오즈로 가는 길의 나무들 위에서 펄럭거리는 원숭이들의 날갯소리와 같다. 이건 대단히 위험한 상황이다.

"그 요원이 당신 파일을 읽었어요. 당신이 하는 일에 대해 알고 있고, 당신을 존경해요." 네이트가 애매하게 말했다. 그 여자가 그녀에 대해 알고 있고 '그녀를 존경한다'는 말에 도미니카는 짜증이 났다. '감정을 통제해.' 그녀는 생각했다. '넌 지금 질투심에 불타는 여학생이 아니잖아.' 하지만 네이트의 후광은 여전히 펄떡펄떡 뛰고 있었다.

"그녀의 이름이 뭐예요?" 도미니카가 빈 맥주병과 남은 빵을 집으면서 말했다. 네이트는 스튜 냄비를 부엌으로 날랐다.

"한나." 네이트는 도미니카의 목소리에 스며든 그늘을 느끼면서 대답했다.

"칸나." 도미니카는 'H'를 강하게 발음했다. "좋은 이름이네요. 오래된 이름이에요. 러시아어로 그 이름이 뭔지 알아요." 도미니카가 대답했다. 그녀는 싱크대로 가서 물을 틀고 비누 거품을 사정없이 내고 있었다. 그리고 냄비를 긁어서 싱크대에 놓고, 고개를 숙이고 어깨를 움츠린 채 박박 문지르기 시작했다. 네이트는 뒤에 서서 그녀의 허리를 껴안았다.

"도미, 그녀는 거리에서 당신과 접선해야 할 요원이에요. 그녀가 당신이 쓰는 스라크 장비들을 다 갖다놨어요. 그녀는 스물일곱 살이에요. 우리 에이전시 요원이라고요." 네이트가 속삭였다.

"그 여자를 인간적으로 좋아해요?" 도미니카가 화제를 바꿔서 물었다.

"그래요, 좋은 사람이에요. 그보다 더 중요한 점은 당신이 그녀를 좋아할 거란 점이에요." 네이트가 말했다. 그는 도미니카의 어깨가 조금 더 내려가면서 긴장을 푸는 게 느껴졌다. '맙소사, 도미니카는 사람의 마음을 읽는 것 같아.' 그는 생각했다.

"게다가 당신은 지금 이 냄비 닦는 걸 걱정해야 할 처지거든요. 사방에 물을 튀기고 있잖아요." 네이트가 말했다. 도미니카가 돌아서서 네이트의 가슴에 물을 한 줌 뿌렸다. 네이트가 손을 뻗어 비눗물에 손을 담갔다가, 그녀의 셔츠를 적셨다. 그들은 서로에게 물을 더 뿌렸고 마침내 그녀의 셔츠 앞쪽이 살에 척척 달라붙어서 투명해지고, 비눗물이 묻은 옷 위로 가슴이 보였다. 네이트의 팬티도 비슷한 상태였다.

그녀는 돌아서서, 싱크대에 손을 넣고, 다시 냄비를 문지르기 시작했다. "냄비 닦는 거 아직 안 끝났거든요." 그녀가 말했다.

"계속 문질러요." 네이트가 말하면서 그녀의 셔츠 자락을 들어 올리고 룸바를 추는 것처럼 몸을 흔들어 팬티를 벗었다. 네이트가 뒤에서 움직이면서 도미니카를 앞으로 밀어냈고 그녀는 비눗물에 팔꿈치까지 담근 채 몸에 힘을 줘야 했다. 그 후에 이어진 일련의 동작들로 싱크대 속에 파도가 일었고, 그들이 움직일 때마다 철썩철썩 소리가 나면서 그들의 다리와 발이 물에 흠뻑 젖었다.

잠시 후에 그들은 칼리굴라(포악하고 음란한 고대 로마의 제3대 황제-옮긴이)가 연 하우스 파티에 마지막까지 남은 손님처럼 보이는 몰골로 물웅덩이가 생긴 부엌 바닥에 앉아, 등을 싱크대에 기댄 채 정신없이 뛰는 심장이 느려지길 기다렸다. 다 젖은 네이트의 셔츠는 부엌 한가운데 뭉쳐져 있었고, 그의 팬티는 부엌 건너편의 작은 테이블 밑에 있었다. 조리대에서 흘러내린 물방울이 가끔 네이트나 도미니카의 어깨 위로 떨어졌다. 도미니카의 가슴은 말라붙은 세제 거품으로 하얗게 변했고, 그녀의 얼굴엔 덩굴손 같은 머리카락이 달라붙어 있었다.

"설거지 도와줘서 고마워요." 네이트가 말했다.

네이트는 도미니카를 데려다주려고 아직 동이 트지 않아 텅 빈 아테네 거리의 번쩍거리는 신호등 색깔이 물든 교차로들을 소리 없이 차로 달렸다. 네이트의 차는 밤사이 청소부들이 호스로 보도에 뿌린 물이 고여 있는 도로를 쉭쉭 가르며 달렸다. 네이트가 그녀를 호텔에서 몇 블록 떨어진 곳에 내려주면 거기서부터 걸어갈 것이다.

"곧 센터로 보고서를 보낼 거죠?" 네이트가 말했다. 그가 듣기에도 그의 목소리는 마치 딴사람처럼 이상하게 들렸다. 그는 피곤했다.

"난 솔로비요프 중장을 모스크바에 소환해서 수사하라고 권고하겠어요. 그렇게 절차를 밟아야 해요. 그들은 중장이 경계하지 않을 이유를 붙여서 수족관으로 오라고 할 거고. 중장과 협의할 게 있다든가, 승진 후보가 됐다든가, 자문 위원회에 들어오라는 식으로 말이죠." 도미니카가 말했다.

"당신이 권고하면 중장을 얼마나 빨리 소환할까요?" 네이트가 말했다.

"아주 빨라요. 당신은 반드시 중장을 즉시 출국시켜야 해요. 주가노프는 중장을 곧바로 잡아들여서 GRU를 망신시키고 크렘린에게 보고할 때 그 공을 독차지하고 싶어 할 테니까. 중장의 망명에 대한 그들의 반응이 어땠는지는 스라크를 통해 한나에게 보고할게요. 그리고 그들이 내게 메달을 몇 개나 줄지도 보고하고." 그녀는 미소를 지었다. 무심하게 언급한 한나라는 이름이 그들의 삶에 들어와 허공에서 흔들거리고 있었다. 네이트는 도미니카가 일부러 한나의 이름을 언급했다고 확신했다. "난 그녀를 만나길 고대하고 있어요." 도미니카가 말했다.

네이트는 그녀가 임무에 집중하길 원했다. "당신이 그 반역자의 정체를 밝히는 걸 선수 치면 주가노프는 격노할 거예요." 네이트가 말했다.

도미니카가 어깨를 으쓱했다. "그렇다고 그가 어쩌겠어요?"

"지난번에 주가노프가 당신에게 화났을 때 어떻게 했는지 잊었군요. 나도 그 자리에 있었어요. 난 그 스페츠나즈 킬러와 고약하게 생긴 나이프, 무수한 붕대가 아직도 기억나는데." 네이트가 말했다.

"지금은 달라요. 주가노프는 그런 게임을 할 위험을 무릅쓸 수 없어요." 도미니카가 말했다. 그녀는 네이트의 팔에 손을 얹었다. "장군이나 확실히 빼내요. 날 실망시키지 말아요."

도미니카가 아테네 레지덴투라에서 보낸 GRU 미하일 니콜라이비치 솔로비요프 중장을 간첩 협의로 모스크바로 즉시 소환할 것을 요청한 긴급 메시지를 받은 센터는 폭탄이 터진 것 같은 분위기였다. 며칠 전 트리톤의 최신 보고서를 읽은 소수의 고위 간부들은 예고로바 대위(그녀는 기밀 취급 등급이 낮아서 트리톤의 보고서를 읽지 못했다)의 말이 정확하며 따라서 엄청난 대어를 낚았다는 걸 알았다. 또한 정식 방첩 수사 결과로 솔로비요프의 정체가 드러난 경사에 잇따른 또 다른 이점은 자동적으로 트리톤을 정보원으로 보호하게 된 점이다.

이 대단한 요원은 영웅이라고 모두 입을 모아 말했다. 국장과 장관들과 푸틴 대통령 모두 그녀가 돌아왔을 때 그녀를 만나보고 싶어 했고, 그녀가 소령으로 진급할 거란 소문이 돌기 시작했다. 예고로바는 대사관 직원들의 면담을 마무리하기 위해 아테네에 며칠 머무를 예정이지만, 사실은 솔로비요프를 감시하고, 중장이 아무 의심 없이 소환에 응할 수 있도록 일상적인 시찰을 마무리한다는 착각을 불러일으키기 위한 것이었다. 장군이 모스크바의 감옥에 갇히면, 예고로바에게 공식적인 찬사가 쏟아질 것이다.

주가노프는 예고로바의 메시지 복사본을 손이 덜덜 떨려서 제대로 집중해서 볼 수 없었다. 그동안 그의 직업적인 위상은 날로 높아지고, 크렘린과의 관계도 돈독해지고 있었다. 특히 이란 선적 거래에서 세운 공 덕분에 더 그렇게 됐다. 그리고 프랑스를 상대로 한 작전이 끝난 후에 푸틴이 직접 암호화된 크렘룝카 라인을 통해 그에게 전화를 했다. 푸틴은 아수라장이 된 아파트에서 경찰이 찍은 메들린 디디에, 러시아 반역자와 DGSE 경호원 두 명의 수사 사진을 봤다. 히스테리를 일으킨 프랑스 대통령이 악을 쓰며 항의했고, DGSE는 모스크바에서 요원들을 전원 철수시켰다. 냉정한 푸틴이 전화기에 대고 한마디 했다. "잘했어." 뿌듯해진 주가노프의 가슴이 두꺼비처럼 한없이 부풀었다.

하지만 최근에 그가 거둔 찬란한 성공은 이제 그리스에서 예고로바가 이룬 승리로 빛을 잃게 됐고, 그 승리가 그의 위상을 확실히 축소시켰다. 본부에선 모두 그 육감적인 몸매의 창녀 이야기만 하고 있다. 주가노프는 사무실에서 은밀하고 고요하게 격노를 폭발시키면서, 예고로바가 그를 비웃고, 폄하하고, 조롱하기 위해 작업하고 있다고 확신했다. 그녀는 지금 그의 자리를 노리고 있고, 그가 부국장으로 가는 출셋길을 막으려 한다고 믿었다. 동굴 속 박쥐 같은 주가노프의 영혼이 살인에 대한 생각으로 부풀어 올랐다.

그는 자신의 책상 앞에 앉아 속을 끓이며 머리를 짜냈다. 제대로 연출하더라도 지금 사고가 나면 우연으로 보이지 않을 것이다. 예고로바가 또 다른 반역자의 정체를 밝힌 다음 날 서구로 망명한다는 아이디어는 우스꽝스러워 보일 것이다. 예고로바가 그냥 사라져서 모스크바로 돌아오지 못한다면, 그 이론과 소문, 추정은 수십 배로 늘어날 것이다. 그러다 좋은 아이디어가 하나 떠올랐다. 젖은 통나무 밑에서 꿈틀꿈틀 기어 나온 아이디어, 혼란과 거짓과 오해가 발생해서 그의 속임수가 들키지 않고 푸틴의 노여움도 피할 수 있는 아이디어였다. 그는 전화기의 버튼을 눌렀다.

에바는 전처럼 그의 앞에 앉았다. 주가노프는 책상 너머로 예고로바의 인사 파일을 에바에게 쓱 밀었다. 사진, 복무 기록, 시스테마 백병전 코스 훈련, 스패로우 학교. 에바는 콧구멍을 벌름거리면서, 예고로바가 지나간 자취를 기억하며 그 페이지들을 들이마셨다. 그녀는 파일을 다 읽고 나서 덮은 뒤 다시 돌려줬다. 필기를 할 필요도 없었다. 그녀는 잊지 않을 것이다. 주가노프가 아까보다 더 작은 여권 크기의 사진 하나를 에바에게 밀었다. 그것은 메들린 디디에의 비자 사진이었다. 주가노프는 몸을 앞으로 기울이고 에바의 눈을 똑바로 보면서 속삭였다.

"그년의 목을 졸라. 그리고 이걸 그년 시체 밑에 놔둬." 주가노프는 그 스냅 사진을 가리키며 말했다. "권총도 안 되고, 칼도 안 돼. 전기 코드를 써. 그리고 그년의 옷을 벗기고."

에바의 머릿속에서 이해력을 담당하는 뜨거운 칩 하나가 가늘고 긴 구멍으로 떨어지면서 그 연결 고리를 알아챘다. 예고로바의 죽음은 디디에의 죽음에 복수하려는 프랑스 첩보부의 소행으로 보일 것이다. 그녀는 제대로 이해했는지 확인하려고 주가노프를 봤다.

주가노프는 고개를 끄덕였다.

괴물인 주가노프는 자신과 그다지 다르지 않은 에바가 고개를 젖히고 식칼이 가득 든 자루가 계단에서 굴러떨어질 때 날 듯한 소리를 내며 웃는 걸 흥미롭게 봤다. 짜릿했다.

피페라드 – 바스크 고추 스튜
얇게 썬 양파와 마늘을 오일에 넣고 부드러워질 때까지 볶는다. 가늘게 썰어서 구운 붉은 고추와 껍질을 벗겨서 으깬 토마토를 넣고 소금과 후추, 오레가노, 파프리카로 간을 한 후 모두 뭉개질 때까지 끓인다. 그 소스 위에 계란을 깨서 넣고 흰자만 굳어질 때까지 오븐에 넣어둔다. 구운 빵을 곁들이는 요리로 낸다.

28

벤포드는 대통령에게 직접 보고하는 열두 명으로 구성된 비밀 민간 첩보 조직인 SBE와 접촉하기 위해 익명으로 베를린에 갔다. 독일 대통령 집무실 밖에서는 SBE의 존재를 아는 사람이 없다. SBE는 독일 해외정보부인 BND(연방정보국-옮긴이)나 국내정보부인 BfV(연방헌법수호청-옮긴이) 같은 더 큰 연방 첩보부가 개입하기엔 너무 민감하거나 정치적으로 위험한 작전들을 처리하는 임무를 맡고 있다.

벤포드는 구운 빵 냄새를 맡으며 쾌적한 미테 구역으로 걸어갔다. 그는 로베르트 코흐 광장으로 가서 경비가 없는 예술원 도서관의 정문으로 들어가, 덜덜 흔들리는 엘리베이터를 타고 사용되지 않는 4층에서 내렸다. 그곳에 '베르초이크' 설비라는 수수께끼 같은 표지판이 붙은 평범한 문 뒤에 SBE 사무실들이 숨겨져 있었다. SBE 부장인 디터 융이 벤포드를 맞았다. 융은 중키에 머리카락은 가늘었고, 코가 크고, 동그란 안경을 쓰고 있었다. 그는 의심이 많고, 통찰력이 뛰어나고, 쉰 살이란 나이가 어울리지 않을 정도로 웃겼다. 벤포드가 보기에 융은 뛰어난 정치가이기도 했다. SBE 요원들 몇 명(두 명은 삼십 대의 매력적인 여성들이었다)을 형식적으로 소개받은 후, 커피와 케이크가 나왔다.

벤포드는 단도직입적으로 자신의 요구 사항을 대강 설명하고 융에게 강 남서쪽의 알트 트렙토브에 있는 푸슈키날레의 빌헬름 페트레스 공장에 자신의 기술팀이 들어갈 수 있게 협조를 요청했다. 벤포드는 기술적인 세부 사항은 거의 언급하지 않았지만 이 작전이 이란의 핵무기 프로그램을 5년 뒤로 퇴보시킬 잠재력이 있다는 점은 확실하게 말했다. 벤포드는 그 팀이 그 시설에 들어가고 나가는 걸 은밀하게 도와줄 사람들이 필요하다고 대수롭지 않게 말했다.

"분명 그러시겠죠." 융이 유창한 영어로 콧방귀를 끼면서 말하고 나서 담배에 불을 붙이고 우아하게 혀끝에 묻은 담배 가루 하나를 떼어냈다. "하지만 그건 불가능합니다."

벤포드는 유럽과 대서양 연안 국가들의 우호 관계와 나토 동맹을 들먹이며 압박을 가했다. 융은 팔짱을 끼고 신처럼 위엄 있게 앉아 있었다. 벤포드는 이제 베를린 공수작전, 존 F. 케네디, 마를렌 디트리히와 데이빗 핫셀호프까지 갖다 붙이면서 설득했다. 융은 여전히 냉정하게 침묵을 지키고 있었지만 아주 미미하게 흔들리는 기미가 보였다. 벤포드는 의자에서 벌떡 일어났다가 멈추고 독일에서 활동하는 러시아 첩보부에 대한 정보를 공유할 수 있다고 조용히 제안했다.

"그런 정보라면 조금 관심이 생길 법도 하군요." 융은 창밖을 내다보며 성의 없이 말했다.

벤포드는 SBE가 대통령의 보호를 받고 있지만 융은 여기 배당된 예산을 정당화시킬 성공한 작전들이 필요하고, 대통령의 후원을 유지하고, 이 도서관 다락방에서 벗어나 장관 사무실로 갈 승진 가능성을 높여야 한다는 걸 알고 있었다. 그는 몸을 앞으로 기울이고 녹색당의 새 분데스탁(연방의회) 의원이 최근에 SVR에 포섭된 구체적인 보고 내용을 요약해서 들려줬다. 그 의원이 주말마다 사우나에 가서 자작나무 가지로 마사지하는 걸 좋아하는 성향을 토대로 포섭 작전이 이뤄졌다.

"흥미로운 단서군요." 융이 연필을 돌리면서 말했다. "그게 사실이라면 말입니다." 하지만 벤포드는 그가 낚인 걸 알고 있었다. 매력적인 SBE 여자 요원 두 명이 비쩍 마른 엔지니어 허시와 확산 부서 엔지니어인 브롬리와 웨스트폴로 구성된 팀의 연락책으로 선발됐다. 마티 게이블도 포함됐으나 그는 주로 작전상의 균형을 잡는 역할을 수행했다. 다시 말하면 어떤 논란도 일어나지 않게 두 SBE 요원인 울리케 메츠거와 젠타 골트슈미트를 관리한다는 뜻이었다.

쌀쌀한 가을날 이른 새벽에 SBE 요원들이 CIA 요원들을 차에 태우고 페트레스 공장의 닫혀 있는 뒷문으로 갔고, 허시가 허리를 숙이고 문에 달린 자물쇠를 2분 동안 만지다 허리를 펴고 서서 문을 살짝 여는 모습을 지켜봤다. CIA 요원들이 손을 한 번 흔들어 보이자 독일 요원들은 갔다. 그들은 팀이 태우러 오라는 신호를 보낼 때까지 모퉁이에 있는 밴에서 기다릴 것이다.

허시가 90초 만에 공장 본관 건물의 직원용 출입문을 열고, 네 명이 조용히 입구 안에 있는 홀로 들어갔다. 브롬리와 웨스트폴은 배낭을 메고 바퀴가 달린 커다란 검은색 캔버스 더플백을 하나씩 끌고 왔다.

"카메라는 없어?" 게이블이 물었다.

허시가 고개를 흔들었다. "독일 노동조합은 모든 구내식당과 휴게실에 있는 보안 카메라를 떼는 국가적인 소송에서 승리했어요. EU 프라이버시 보호법에 따른 거죠. 나쁘지 않죠?"

"경비들은? 경보 장치들은?" 게이블이 속삭였다.

"본사 문에만 경보 장치가 달려 있어요. 경비도 없어요. 내진 바닥재에 그렇게 지킬 기밀이 많은 건 아니니까." 허시가 말했다.

그들은 복도를 걸어서 아직도 커피와 롤빵 냄새가 나는 썰렁한 카페를 지나쳤다가 복도의 모퉁이를 돌기 직전에 멈췄다.

"공장에도 경비가 없나?" 게이블이 물었다.

"그건 아니고. 마지막 장애물이 있죠." 허시가 말했다.

허시가 게이블의 귀에 입을 대고 말했다. "공장으로 가기 전 마지막 복도. 거기 복도 끝에 동작 감지 센서가 있어요."

게이블이 지켜보는 동안 브롬리와 웨스트폴이 배낭에서 일련의 플라스틱 튜브를 꺼내서 재빨리 조립해 1.8미터 크기의 정사각형 프레임을 만들었다. 그 프레임 위에 얇게 비치는 불투명한 천을 잘라서 붙였다.

"모두 바짝 붙어 있어야 해요." 허시가 프레임 한쪽을 앞으로 들고 속삭이는 동안 웨스트폴이 프레임의 반대쪽을 잡았다. 브롬리가 씩 웃으면서 게이블에게 다가와, 그의 허리를 팔로 감고 끌어당겨서 두 남자 뒤에 바짝 붙었다. 이들이 전에도 이걸 해본 적이 있다는 걸 게이블은 눈치챘다. 마치 럭비 스크럼처럼 모두 서로의 어깨를 안고, 그 천의 장벽 뒤에 허리를 숙이고 숨어서 모퉁이를 돌아 천천히 복도를 걸어가기 시작했다. 화살들이 빗발치듯 날아오는 성벽을 향해 다가가는 중세 포위 작전 부대 같았다.

"천천히 가." 허시가 웨스트폴에게 속삭였다.

"이 장벽이 적외선, 극초단파, 초음파를 흡수해요. 천천히 움직이면 도플러 효과(소리를 내는 음원과 관찰자의 상대적 운동에 따라 음파의 진동수가 변화하는 현상-옮긴이)가 없어져요." 브롬리가 속삭이면서, 게이블의 허리를 살짝 쥐며, 미소를 지어 보였다. '이게 엔지니어들의 전희와 비슷한 건가.' 게이블은 생각했다.

그들은 그렇게 동작 감지 센서를 지나서 공장으로 들어갔다. 그 휑뎅그렁한 조립 홀은 천장 높은 곳에 설치된 새장 모양의 구조물들 속에 하나씩 들어 있는 오렌지색 안전 백열등의 희미한 불빛이 비치고 있었다. 레일 위에 거대한 다리형 기중기 하나가 그들의 머리 위로 어렴풋이 보였다. 공장 안에선 아무 소리도 들리지 않았고, 움직임도 없었다. 가끔 푸슈키날레(새벽 2시에 지나다니는 차들은 별로 없었다)를 달려가는 차의 헤드라이트 불빛이 홀의 서쪽을 다 채운 통유리 창들을 스쳐 지나갔다.

백열등 전구들이 어두운 공장에 빛의 웅덩이를 퍼뜨렸다. 바닥재 자재들을 조립하고 테스트하는 홀 한가운데 있는 받침대에 허니콤 패널들이 있었다. 저쪽 멀리 흰색 페인트를 칠한 벽돌 벽을 따라 충격 흡수 장치인 육중한 스프링이 달린 정사각형의 알루미늄 프레임에 두꺼운 중합체 블록들이 걸려 있었다. 홀 끝에 있는 천장에 달린 오렌지색 전구 불빛에 빛나는 스테인리스스틸 선반에 수십 개의 번호가 적인 플라스틱 쟁반이 있었다. 쟁반마다 1.2미터 길이의 알루미늄 빔 다섯 개가 나란히 있었고, 그 빔의 한쪽 끝에 작은 압전식 전지가 붙어 있었다.

그들은 한 줄로 서서 아무 소리도 내지 않은 채 그 플라스틱 쟁반들을 지나치면서, 번호들을 비교하고, 프로젝트 코드와 선적 목적지 라벨들을 확인했다. 모두 모스크바에서 디바가 보낸 자료였다. 조용한 공장 안에서 더플백 바퀴가 조용히 굴러갔다. 브롬리가 보이지 않는 적외선 플래시를 사용해서 미니카메라로 그 선반들의 디지털 사진을 찍었다. 티 하나 없이 깨끗한 독일 공장의 쟁반에 들어 있는 이 알루미늄 자재들이 나중에 나탄즈 산그늘에 있는 이란 사막에 묻힌 우라늄 농축 시설에 있는 캐스케이드 홀의 7,400제곱미터 넓이의 바닥을 지지하는 바닥재가 될 것이다. 게이블은 박스 하나에서 그 빔 하나를 집었다.

"별것 아닌 것처럼 보이는데." 그가 말했다.

브롬리가 더플백에서 똑같은 빔을 꺼냈다. "바꿔요. 이건 악마의 성냥개비니까. 인이 40퍼센트 들어 있어요." 그들은 배낭에서 빔들을 꺼내기 시작했다.

한 시간 후에 게이블과 허시는 마지막으로 조용히 보안 확인을 했다. 이곳은 완전히 딴 세상이었다. 이렇게 넓은 곳에서 기계가 윙윙거리며 돌아가는 소리도, 냉각기가 찰칵거리는 소리도, 시계가 똑딱거리는 소리도 들리지 않았다. 허시가 게이블의 팔을 툭툭 치고 천천히 어둠 속에서 앞으로 걸어가면서 티끌 하나 없는 바닥에 있는 바닥재 부품들, 밀링 머신들, 알루미늄 미가공품들, 부품 휴지통들이 놓여 있는 거대한 코끼리 묘지 같은 그곳을 통과할 수 있게 사람들이 다니는 통로를 표시한 줄무늬 테이프를 주시했다.

브롬리가 배낭을 다시 쌌다. "다 처리했어?" 허시가 물었다.

브롬리가 고개를 끄덕였다. "대체 빔들을 여러 군데 분산시키지 말고 한데 뭉쳐 놓기로 했어. 와서 직접 보니까 화력을 집중해야 할 것 같아. 한 번에 큰불이 날 수 있게 말이야."

"일단 불이 나면 화재 진압은 어떻게 하지? 이란인들이 그 점에 대해 생각을 해놨을 거잖아." 게이블이 말했다.

웨스트폴이 고개를 흔들었다. "인은 물속에서도 타요. 그리고 알루미늄 빔 수십 개에 불이 붙으면 이란인들이 불을 끌 만한 소화 거품이 충분하지 않아요."

"그리고 물라들은 불덩이들이 가득한 방에서 너구리처럼 뛰어다니겠지." 게이블이 말했다. 브롬리와 웨스트폴은 서로 마주보면서 이란에 너구리가 사는지 안 사는지를 고민했다.

웨스트폴은 그들이 바꿔치기한 빔들의 번호가 일치하는지 확인하려고 다시 세어봤다. 브롬리가 사진으로 플라스틱 쟁반들이 그들이 들어왔을 때와 같은 위치의 선반에 놓여 있는 걸 확인했다.

허시가 차고 있던 시계를 봤다. "10분 일찍 끝났어요. 문 옆에 가서 기다려요." 더플백의 바퀴들이 굴러가는 소리가 밤공기 속에서 울렸다. 그들은 바닥에 앉아, 벽에 등을 기댄 채, 밴이 문밖에 서는 소리를 들으려고 귀를 기울였다.

게이블은 담배를 피우고 싶었지만 기다려야 한다는 걸 알고 있었다.

"한 가지 마음에 걸리는 게 있는데. 그 얼간이들이 저 바닥재를 설치한다고 쳐. 하지만 놈들이 원심분리기를 설치하기 전에 지진이 나서 스트레인 게이지에 불꽃이 튀어 우리 빔들에 불이 붙으면, 모든 게 너무 빨리 폭발해버리잖아. 그렇다고 조절 패널에 연장 타이머를 붙일 수도 없고. 이란 놈들이 그걸 발견할 텐데. 우리가 소프트웨어로 장난을 칠 수도 없고. 놈들이 코드를 다시 쓸 테니까. 타이밍을 통제할 수 없다면, 그냥 행운을 바라는 수밖에 없는 거야?" 게이블이 말했다.

"네, 근본적으로 우리는 모험을 하고 있는 거죠. 미국에 있을 때 그 점에 대해 토론을 많이 했어요. 지진이 너무 빨리 발생하면 텅 빈 방에서 불이 날 겁니다. 그것 때문에 놈들이 지체가 되긴 하지만 D홀을 지을 새 구멍을 파겠죠." 허시가 말했다.

"그래도 승산은 높아요. 우리가 그걸 측정해보려고 했어요. 스트레인 게이지는 땅이 흔들리거나 2도에서 3도의 약진에는 불꽃이 튀지 않아요.

그보다 더 크고 S파가 지속적으로 나오는 지진이 일어나야만 불이 납니다." 웨스트폴이 말했다.

게이블은 다시 벽에 머리를 대고 머리 위에 있는 희미한 안전 전구들을 바라봤다. "좋아, 5년 동안 자진이 안 나면 어떻게 돼? 이란이 핵폭탄을 갖게 되는 건가?"

"그쪽 지형에서는 그럴 가능성이 없어요. 거기는 전국적으로 평균 하루에 다섯 번 지진 때문에 충격이 발생해요. 그 나라 전역에서 미세한 지진들이 발생하죠. 통계적으로는 17개월마다 강력한 S파 지진이 발생합니다. 그래서 그들이 그 바닥재를 원하는 거예요. 그게 우리의 기회고." 웨스트폴이 말했다.

브롬리는 게이블이 무슨 생각을 하는지 알아채고, 그를 보면서 이 기밀 작전을 옹호해야 할 것 같은 기분이 들었다. "이건 완벽하진 않아요. 아무도 완벽하다고는 하지 않았어요. 하지만 그들의 프로그램에 뭔가 심어놓을 다른 방법이 없어요. 이게 통하면 캐스케이드가 붕괴돼서 녹을 거예요. 나탄즈 담장 안의 모든 것이 2만 5천 년 동안 뜨거운 상태로 있을 거고. 이건 그만한 위험을 무릅쓸 가치가 있어요. 적어도, 내겐 그래요." 브롬리가 말했다.

게이블은 그녀의 진심 어린 얼굴과 말할 때 교정기가 불빛에 반사되는 걸 응시했다. 이 아이는 배짱이 있네. 게다가 밀실 공포증이 있고. 인을 이란에 보낼 기술 작전도 생각해냈고. 괜찮은 아이야.

그들은 5분 후에 조용히 그 홀을 나왔다. 그들은 공장 안에 있는 마당에서 돌출된 부분의 그늘에 있는 벽에 찰싹 달라붙어서 기다렸다. 어울리지 않게(적어도 지친 CIA 기술팀에겐 어울리지 않았다) 공장 벽 너머 어딘가에 있는 나무에서 새 한 마리가 짹짹거렸다. 엔진 소리가 점점 커지면서, 차 한 대가 금속 문 밖에 멈추고 조수석 문이 열렸다. SBE 울리케 요원이 문 밖으로 머리를 내밀고 오라고 손을 흔들었다. 그녀는 아주 옅은 금발에 오라닌부르거 거리의 단골 술집에 갔다가 방금 막 온 것처럼 망사 스타킹을 신고, 스틸레토 힐에, 검은색 뷔스티에(어깨와 팔을 다 드러내는 몸에 딱 붙는 여성용 상의-옮긴이)의 레이스 컵이 살짝 보이는, 몸에 딱 붙는 호피 무늬 재킷을 입은 차림이었다. 공장 마당의 가로등 불빛에 그녀의 동그란 금 귀걸이가 반사됐다. 그녀는 서두르라고 다시 손을 흔들었다.

그들은 차폭등만 켜고 모퉁이에 서 있는 검은 폭스바겐 로우탄으로 우르르 몰려갔다. 브롬리와 웨스트폴이 맨 뒤에 가서 장비 도구를 앞좌석에 걸었다. 게이블과 허시는 두 번째 줄에 앉았고, 울리케는 뒷문을 밀어서 닫고, 차를 운전하는 젠타 옆에 앉았다. 젠타도 금발로 울리케처럼 색다른 옷을 입고 있었다. 게이블은 뒤에서 태국 비단 소재의 보라색 재킷과 열어 놓은 옷깃 너머로 자수정이 달린 고풍스러운 샹들리에 모양의 귀걸이를 봤다. 밴 안에는 백단유, 여성용 장미 향수, 누군가의 페퍼민트 비누 냄새와 자동차 계기판에 붙은 플라스틱 용기에서 나오는 소나무 향 방향제 냄새가 섞여 소용돌이쳤다. 게이블은 브롬리(그녀는 모든 것에 알레르기가 있다)가 숨쉬기가 힘들어 뒤에서 쌕쌕거리는 소리를 듣고 유리창을 조금 내렸다.

미니밴이 허시와 다른 젊은 엔지니어 두 명을 호텔에 내려주려고 멈췄을 때 동쪽 하늘에서 동이 트고 있었다. 울리케와 젠타는 게이블에게 그가 따로 묵고 있는 체크포인트 찰리 근처 코스모스 호텔에 내려주거나 아니면 다 같이 강 건너에 있는 크로이츠베르크의 피리디스 카페에 가서 해장 식단인 카터프뤼흐슈튁을 먹으러 가도 좋다고 했다. 그들은 CIA 요원들이 끝나길 기다리면서 거리에서 밤을 새워서 배가 고팠다.

게이블은 그 초대를 받아들였다. 그는 딸같이 젊고 여자 목동처럼 씩씩한 이 두 SBE 요원이 마음에 들었다. 그리고 이들이 싹싹하면서도 프로다운 태도를 유지하는 것도 좋았다. 그들은 지시를 정확히 따랐고, 드라이브 루트도 실수 없이 돌았고, 거리를 프로처럼 감시했다. 게이블의 노련한 눈으로 볼 때 그들은 커다란 백 속에 권총을 가지고 다녔다. 그리고 이들은 왜 SBE가 새벽 1시에 장비 가방을 든 미국인 네 명을 최신식 설비를 갖춘 조립 공장에 감시도 없이 세 시간 동안 들어갈 수 있게 도와야 하는지 단 한 번도 묻지 않았다.

젠타가 곁눈질로 게이블을 살펴보는 동안 그들은 주차를 하고 카페로 걸어갔다. 게이블은 그녀가 그를 뜯어보는 게 느껴졌다. 요원으로서의 본능이 윙 소리를 내며 울리고 있었다(작전 요원의 본능은 단 1초도 잠들지 않는다). 그리고 싹싹한 연락책이란 존재하지 않는다. SBE 여자 요원들은 커피와 코냑과 오바츠다라는 파프리카와 쿠민으로 양념한 훈제 바이에른 치즈 스프레드를 시켰다. 모두 카페 구석에 있는 낡은 가죽 소파에 둘러앉았다. 게이블은 향수 폭풍과 흔들리는 귀걸이들과 망사 스타킹을 신은 허벅지들 가운데 앉았다.

두 여자 요원은 끝도 없이 수다를 떨었는데 종종 동시에 말을 하기도 했다. 이들이 게이블에게 정보를 끌어낼 가능성은 전혀 없었다. 게이블은 그들을 평가하는 걸 멈추고 먹는 걸 지켜보면서 사람이 음식을 먹을 때 드러나는 다양한 태도를 관찰했다. 활기가 넘치고, 잠시도 가만히 있지 못하고, 자신만만하군. 또 뭐가 있지? 호기심이 많고, 영리하고, 도톰한 입술로 쉴 새 없이 웃었다. 게이블은 그들의 정보부에선 월급을 어느 정도 주는지 오지랖 넓은 질문을 해서 누가 대답하고, 누가 누구를 존대하는지 지켜보면서 속내를 떠보려 했다. 둘 다 동시에 웃으면서 박봉에 대해 불평했다. '흠, 둘 다 계급이 같구나. 동료라 이거지.'

"여러분들은 오늘 정말 대단했어요. 도와줘서 고마워요." 게이블이 말했다. 울리케는 미소를 지으며 기뻐했다. 그는 그들을 웃게 만들고, 전쟁 이야기들을 해줬다.

"난 그 창녀 복장이 마음에 들어요." 게이블이 둘 다 보면서 말했다. "밤새 주차된 밴에서 기다리기엔 완벽한 복장이에요."

"창녀 복장이 뭐죠?" 울리케가 말했다.

"부탁을 하나 하고 싶어요." 게이블이 얼른 발뺌하면서 화제를 돌렸다. "저 내진 바닥재가 언제 포장이 완료되는지 그리고 언제 선적되는지 알아야 해요. 그걸 좀 도와줄 수 있을까요?"

"분데스촐페르발퉁에서 먼저 우리에게 알려줄 거예요." 젠타가 말했다. 그녀의 태국 비단 재킷 앞쪽은 V자 형으로 깊게 패어 있었는데 게이블이 보기에 그 안에 아무것도 안 입고 있었다.

"누가 알려준다는 거죠?" 게이블이 물었다.

"우리 연방 관세청이요." 젠타가 말했다.

"선적 날짜를 알아내는 건 어렵지 않을 거예요. 신문과 텔레비전에 나올 거니까. 3년 전에 그 회사가 이스탄불 연구소에 거대한 화물을 보냈어요. 그걸 항구까지 옮기려고 타이어가 120개인 트럭을 썼죠. 그 타이어들이 하도 천천히 움직여서 항구까지 가는데 열세 시간이나 걸렸어요. 아마 며칠 내내 텔레비전에 나올 거예요." 울리케가 말했다.

"그리고 그 화물을 배에 싣는 보도는 더 많이 나올 거고." 젠타가 말했다.

"우리 본부에 그렇게 말할게요. 고마워요." 게이블이 말했다. 그들은 남은 커피를 마셨다. 게이블은 브랜디는 그만 마시겠다고 사양했다. 이제 화제를 바꾸든지 아니면 그만 헤어져야 할 때가 됐다. '지금이 바로 포섭 작전을 시작할 순간이지. 하지만 여기서 그런 일이 일어날 것 같지 같아. 이 여자들도 그럴 것 같지 않고.' 게이블은 생각했다. 게이블의 생각을 읽은 것처럼 그 SBE 요원들은 일어서서, 미니스커트의 매무새를 바로잡고, 어깨에 핸드백을 걸쳤다. 울리케가 졸고 있는 남자 바텐더에게 신호를 보내고 바 위에 유로 몇 장을 놨다.

밖에 나오자 하늘은 조금 더 밝아졌고, 구름 밑은 아직 지평선 위로 떠오르지 않은 태양의 기운으로 빨개져 있었다. 아직 차들은 많지 않았다. 울리케는 그 밴을 6시가 되기 전에(엄격한 규칙이다) 모터풀 배차 센터에 반납해야 한다고 말했지만 젠타는 게이블에게 택시를 잡아주고 그가 안전하게 코스모스 호텔로 돌아가는 걸 보기로 했다. 게이블은 재미있어 하면서 절대 안 된다고, 오늘은 긴 밤이었고, 두 사람에게 더 이상 폐를 끼치고 싶지 않다고 했다. 그리고 혼자서 호텔로 돌아갈 수 있다고 했다. 베를린이 베이루트나 비엔티안이나 하르툼(수단의 수도-옮긴이)도 아니니까 혼자 갈 수 있으니 기분 나빠하지 않았으면 좋겠다고, 그러니까 여기서 작별하기로 하고 도와줘서 고마웠다고 말했다.

울리케는 손목시계를 보더니 가야 한다고 말하고, 젠타의 양쪽 뺨에 키스하고, 게이블과 악수를 하고 걸어갔다. 젠타가 택시를 잡더니, 문을 홱 잡아당겨서 열고, 뒷좌석으로 쓱 들어가버렸다. 게이블이 타서 문을 닫는 동안 젠타가 택시 기사에게 따발총처럼 빠르게 방향을 알려줬다. 그녀는 택시 좌석에 등을 기대고 게이블이 화가 났는지 보려고 얼굴을 힐끗 봤다. 그리고 사과하는 것처럼 재빨리 말했다.

“마틴, 당신이 혼자 호텔로 갈 수 있는 건 나도 알고 있어요.” 젠타가 말했다. 그들은 전날 밤 이름을 알려주진 않았지만 SBE도 다른 첩보부처럼 호텔 숙박계를 읽을 거라고 예상할 수 있었다. 벤포드의 지시에 따라 그리고 호스트에게 선의를 보이기 위해 전 팀이 본명으로 베를린에 왔다.

“당신이 경험이 풍부한 전문가라는 건 알아요. 우리 융 부장님은 아주 고집이 세죠. 부장님이 당신이 안전하게 숙소까지 가는 걸 확인해야 한다고 지시하셨어요. 아마 부장님은 미국인들이 우리 대통령에게 우리가 아주 효율적으로 일을 잘 처리했다고 칭찬해주길 바라는 것 같아요. 아마도 CIA 코프겔타거들이 베를린을 호위도 없이 돌아다니는 걸 원하지 않는 것 같기도 하고. 아니면 그냥 버럭버럭 소리를 지르면서 명령하는 게 좋은지도 모르고.”

“코프겔타거가 뭐죠?” 게이블이 창밖을 내다보며 말했다.

“헤드헌터.” 젠타가 미소를 지으며 말했다.

게이블도 미소를 지었다. 그가 짐작하기에 스물다섯 살 정도인 그녀는 파란 눈에 들창코였다. 금발이 그녀의 어깨에 느슨하게 늘어져서 쪽 고른 치아가 보이는 미소를 돋보이게 해줬다. ‘디바 같은 절세미인은 아니지만 자신만만하고 영리해. 나처럼 늙은 CIA 물소도 두려워하지 않고.’ 게이블은 생각했다.

“당신은 어때요?” 게이블이 농을 걸었다. “당신은 양키 헤드헌터하고 단둘이 돌아다니는 게 긴장되지 않아요?”

"아니요. 전혀요. 난 호신용으로 가방에 권총을 가지고 다녀요." 그녀가 웃으며 말했다.

그녀는 호텔 로비에서 그와 힘차게 악수했고, 등 뒤로 손을 흔들어 보이며 로비를 걸어 나갔다. '다리가 예쁘네. 닥쳐, 너도 네이트랑 다를 게 없잖아. 하지만 엉덩이가 매력적이야. 에고, 네가 지쳤구나. 잠 좀 자라.' 그는 생각했다. 게이블은 두 시간 정도 눈을 붙이고 나서 그를 데리러 온 차를 타고 대사관에 가서 온종일 벤포드에게 어젯밤 일에 대해 보고하고 브롬리와 웨스트폴이 글루텐이 없는 점심을 주문하는 소리를 들어야 한다.

2층에 있는 그의 호텔 방 욕실의 김이 서린 거울에 비친 그의 얼굴은 지쳐 보였다. 그는 그가 기억하는 것보다 훨씬 더 센 것처럼 보이는 짧게 깎은 머리를 손가락으로 빗었다. 침실에서 찰칵 소리가 나서, 게이블은 고개를 숙이고 소리를 들었다. 누군가(아마도) 침실에서 움직이고 있었다. 객실 담당 청소부는 항상 들어오기 전에 노크하는데. 그래서 뭐? 베를린의 5성급 호텔에서 아침 7시 반에 무슨 일이 일어나겠어? 호텔 매니저인가? 독일인들이 돌아온 건가? 러시아인들? 혹시 그들이 공장에 침입한 걸 알아낸 최악의 사태일까? 리릭이? 러시아인들은 베를린에서는 안하무인으로 행동한다. 예전 버릇이 나오는 거지.

게이블은 똑바로 서서, 허리에 수건을 감고, 숙련된 눈으로 3초 만에 무기로 쓸 수 있는 욕실 안의 물건들을 분류했다. 우라지게 별 게 없었다. 칫솔 손잡이를 목구멍에 쑤셔 박고, 적에게 가까이 접근할 수 있다면 드라이기 코드로 놈의 목을 조르고, 구강세정제를 눈에 뿌리고. 하지만 현실적인 위험이 존재한다면, 그의 침실에 진짜 프로가 있다면 다 쓸데없고. 그는 선반에 있는 큰 목욕 수건을 꺼내서, 끝에 매듭을 만든 후에, 수돗물을 틀어놓고 수건을 흠뻑 적셨다. 마닐라에서 그 젖은 수건을 밧줄처럼 휘두르며 싸운 적이 있었다. 열대성 폭우가 내려서 강풍이 쓸고 가는 뒷골목에서 벌인 추잡한 싸움이었다. 그의 정보원이 그에게 그 섬에서 쓰는 채찍 같은 무기를 내리쳐서 싸우는 무술인 죽음의 댄스에 대해 말해줬다. 좋아, 물이 뚝뚝 떨어지는 목욕 수건 가지고 싸워봐야지. 게이블은 욕실 문을 열고 침실로 들어가면서 수건을 머리 위로 휘두를 준비를 했다.

젠타가 시트를 눈 바로 밑까지 끌어올린 채 침대에 누워 있었다. 그녀는 게이블이 젖은 타월을 들고 있는 걸 보고 한쪽 눈썹을 추켜올렸다. 게이블은 고개를 젓고, 젖은 타월을 욕조에 던져 넣고, 침대 가장자리에 앉았다. 젠타가 시트를 턱까지 내렸다.

"나 때문에 놀랐어요?" 그녀가 물었다.

"여기서 뭐하는 거야?" 게이블이 그녀의 손가락 하나를 부드럽게 잡고 다정하게 물었다.

"우리 부장님이 아시면 난 점심 먹기 전에 잘릴 거예요." 젠타가 말했다. 그녀는 푸른 눈으로 그를 찬찬히 바라봤다.

"그런데?" 게이블이 말했다.

"당신에게 관심 있어요. 내가 끌린 건 당신의……"

"내가 당신 또래는 아니잖아."

"당신은 아는 게 많아요, 본 것도 많고."

"그리고 당신은 이러기엔 너무 예쁘고."

"당신의 눈은 이해심이 많아 보여요." 젠타가 말했다.

"내 말 좀 들어봐. 난 당신이 태어나기도 전에 풀다 갭의 경비를 보고 있었어."

젠타는 그를 보면서 들창코를 찡긋했다. "풀다 갭이 뭔데요?" 그녀가 말했다.

게이블이 그녀의 손을 꼭 쥐었다. "냉전? 동독 국경? 제3차 세계대전이 시작될 때 러시아인들이 서구를 침략하려던 두 개의 계곡? 몰라?"

젠타는 웃으면서 천천히 몸을 덮고 있던 시트를 내렸다. 몸에 걸쳐진 것이라곤 망사 스타킹과 흔들리는 귀걸이뿐이었다. "그건 역사잖아요." 그녀가 입술을 내밀면서 다리를 움직였다. "여기에 현대의 풀다 갭이 있을까요?"

오바츠다 – 바이에른 치즈 스프레드
카망베르 치즈와 크림치즈와 소프트 버터와 앰버 맥주와 잘게 썬 양파와 파프리카, 쿠민, 소금과 후추가 매끄러워질 때까지 섞는다. 흑빵에 붉은 양파나 골파를 올려 같이 내거나 프레첼과 같이 낸다.

29

도미니카는 모스크바로 돌아가기 전에 아테네에서 이틀 밤을 더 지낼 수 있었다. 벤포드는 그 전날인 도미니카가 센터에 리릭을 소환하라는 권고 보고서를 보낸 그날 워싱턴으로 돌아갔다. 네이트는 장군을 만나 다시 한 번 탈출 절차를 준비시켰다. 모든 것이 일촉즉발의 상황이었다.

안가 튤립에는 항상 본국으로 돌아갈 정보원과 마지막 미팅을 가질 때 생기는 초조하고 절박한 분위기가 언제나처럼 감돌았다. CIA 요원들은 도미니카가 감당할 여력이 있고, 그녀가 조만간 러시아 밖으로 나올 가능성이 없다는 걸 알기 때문에 몇 시간씩 그녀를 몰아붙였다. 그녀와 다시 만날 때까지 몇 년이 걸릴지 모른다.

"농장으로 돌아가면 강둑에 있는 퉁방울눈 괴물 주가노프를 아프게 만들어. 놈이 균형을 잃게 만들어. 방첩 성공에 대한 공을 차지하라고. 도미니카가 그걸 해결한 거야." 게이블이 말했다.

게이블이 방금 말한 내용의 절반밖에 이해 못한 도미니카가 그에게 미소를 지어 보였다. 그의 머리 주위에 진한 보라색 기운이 소용돌이치고 있었다.

"그리고 푸틴 대통령이 당신의 엉덩이를 두드려주려고 크렘린에 부르면 예쁜 옷을 입고 가." 게이블이 그녀에게 윙크하면서 말했다. "굽이 높은 하이힐을 신고 가서 대통령을 내려다보라고."

도미니카가 눈동자를 데굴데굴 굴렸다.

"도미니카, 그 공을 차지해서 푸틴 대통령과 관계를 진전시키면 위험이 따라요. 당신이 대통령이 아끼는 부하일 때는 영향력이 생기지만 동시에 크렘린 안팎에서 그것 때문에 분노하는 사람들도 있을 겁니다. 당신이 푸틴의 눈 밖에 나면 아주 오랫동안 추락할 수 있고." 포사이스의 후광은 환한 파란색이었다. 그는 걱정하고 있었다.

"또 다른 위험이 있어요. 벤포드가 트리톤을 잡으면, 센터는 그들의 작전이 붕괴된 이유를 찾을 겁니다. 당신은 그 일에서 거리를 둬야 해요." 네이트가 말했다. 그는 예브게니를 생각하고 있었다. 그는 도미니카를 추적할 수 있는 연결 고리고, 만약 그가 심문을 받으면 도미니카가 진짜 위험해질 수 있다. 네이트는 얼굴도 모르는 예브게니가 도미니카의 품에 안겨 있는 상상이 떠오르는 걸 무시했다.

게이블이 그녀에게 우조를 조금 더 따르고 그 잔에 물을 채웠다.

"당신은 우리 요원과 두세 번 만나야 해요. 최대한 조심해야 해요. 마음에 안 드는 게 보이면 그 자리에서 냅다 도망쳐야 해." 게이블이 말했다.

도미니카가 그의 손을 토닥였다.

"스패로우 언덕 접선 장소를 다시 검토하고 싶어요?" 네이트가 말했다.

도미니카는 고개를 흔들었다. "내가 만나게 될 요원이 아주 뛰어나다고 당신이 말했잖아요. 난 여러분을 모두 믿어요. 하지만 거리에서 그녀를 만났을 때 그때 내가 결정하겠어요." 그녀는 아직도 이 스물일곱 살 먹은 여자에게 심각한 악감정을 품어야 하는지 결정하지 못한 상태였다.

"얼른 봐야 해. 그 미팅은 최대 4분을 넘기면 안 되니까. 우리 요원이 당신의 비상 탈출 장비를 갖다줄 거고." 게이블이 말했다. 게이블이 짧게 깎은 머리를 손가락으로 빗었다. "둘이 친해질 시간은 나중에 많을 테니까." 그가 말했다.

"그 요원이 당신이 필요한 건 다 가지고 있을 거예요. 훈련을 다 받을 거니까." 네이트가 말했다.

"왜 한나라고 안 부르고 자꾸 그 요원이라고 부르죠?" 도미니카가 짜증을 내면서 말했다.

포사이스와 게이블이 무심코 네이트를 봤다. 눈치가 백 단인 이 두 사람은 지진이 자주 일어나는 나라에서 지진이 일어날 기미를 알아채고 깜짝깜짝 놀라는 개처럼 이 상황을 이해했다. 성별이나 자존심이나 성격에 상관없이 적대 지역에서 질투, 불신, 경쟁 같은 감정은 어울리지 않는다. 포사이스는 벤포드에게 모스크바에서 도미니카를 만나는 요원을 다른 요원으로 바꾸라는 제안을 해야겠다고 마음속으로 다짐했다. 물론 그래봤자 벤포드는 거부하겠지만. 그는 한나 아처가 벤포드가 직접 발탁한 어린 스타로 탁월한 성과를 내고 있다는 걸 알고 있었다.

좀 더 세속적이고 냉소적인 게이블은 최악의 상황을 예상했다. 그는 포사이스를 보며 내일 아침 지부에서 네이트에게 혹독한 결장 세척을 해주겠다고 무언의 메시지를 보냈다. 결장 세척이란 요원들끼리 쓰는 말로 네이트를 혼쭐내주겠다는 뜻이었다. 소파 끝에 앉아 있던 네이트 역시 날카로운 감으로 이제 큰일이 났다는 걸 알아차렸다. 그는 도미니카에게 그리고 자신에게 무지하게 화가 났다. 도미니카는 따로 떨어져 서서 그들의 후광들이 북극광처럼 충돌했다가 갈라지는 모습을 보면서 이런 장면에는 차이코프스키가 배경음악으로 잘 어울리겠다는 생각을 했다.

CIA 요원들은 모두 프로라서 그녀 앞에서 내부의 문제를 드러내지 않았지만, 도미니카는 자신이 방금 네이트를 한증막에 집어넣었다는 걸 알고 있었고, 게이블의 표정과 그의 소용돌이치는 후광을 봐서는 내일 유칼립투스 회초리를 가지고 네이트를 기다릴 것 같았다. 스스로도 왜 그랬는지 모르겠지만 도미니카는 불안하고 조금 초조했다. '그건 네 더러운 성질머리 때문이야. 그리고 넌 이제 초록 눈의 클리쿠샤, 질투심에 미친 히스테리한 마녀가 된 거야. 바보야, 일에나 집중해. 크렘린에 있는 회색 추기경들에게나 집중하란 말이야. 앙심은 그들을 위해 아껴둬.' 그녀는 생각했다. 그녀는 남자들이 서류들을 다 모아서 문으로 걸어가는 사이에 슬쩍 네이트를 봤다.

도미니카는 포사이스가 나갈 때 그의 양쪽 뺨에 세 번씩 키스했다. 그리고 게이블을 꼭 껴안고 미소를 지으며 그의 눈을 봤다. "호텔까지 태워다주실래요?" 그녀는 네이트를 외면하면서 말했다. 그녀의 완고한 성격이 나오기 시작했고, 그녀는 한나 문제에 대해 옹졸하게 굴 권리가 있었다. 그래서 네이트와 같이 남지 않고 먼저 갈 것이다. 네이트를 위해 이렇게 하는 것이다. 게이블에게 오늘 밤은 둘이 같이 있지 않을 거라는 걸 보여주려고. 그와 같이 있고 싶고, 그녀 속에 들어온 그를 느끼고 싶었지만, 네이트를 너무나 사랑하기 때문에 오늘 밤 그와의 사랑은 포기했다. 그녀는 나가면서 네이트를 돌아봤다.

"걱정하지 말아요. 난 괜찮아요." 그녀는 네이트에게 속삭였다.

우드란카가 방구석에서 이 드라마를 다 보고 있었다. 마음대로 해, 하지만 내가 동의하길 기대하진 마. 우드란카가 말했다.

네이트는 다음 날 결장 세척을 받지 못했다. 업무가 시작되자마자 마지의 책상 뒤에 있는 '작전 전화기가 울렸고, 그녀가 수화기를 들었을 때 낮게 떨리는 휘파람 소리가 두 번 반복되는 걸 들었다. 마지는 상사의 사무실 문 안으로 머리를 들이밀었고, 그다음으로 옆 사무실에 들어갔다. 포사이스와 게이블이 같이 지부 안에 있는 사무실들을 거쳐서 거의 끝에 있는 네이트의 작은 사무실로 들어갔다. 거기서 그는 본부에 보낼 어젯밤 안가에서 있었던 미팅에 대한 보고서를 작성하고 있었다. 게이블이 네이트를 내려다보고 잠시 소리는 내지 않고 휘파람을 부는 척했다. 안전문 밖에서는 디바의 암호를 말할 수 없고, 그녀의 새소리를 흉내 내는 전화 신호에 대해 말할 수도 없다. 그 신호는 한 시간 안에 긴급 미팅이 있다는 뜻이다. 네이트는 시계를 확인했다.

게이블과 네이트는 각각 15분 차이를 두고 안가에 도착했다. 거실의 낮은 테이블 위에 어젯밤 마신 텅 빈 잔이 있었다. 그 잔에 희미하게 립스틱 자국이 남아 있었다. 게이블과 네이트는 그 잔을 동시에 봤다. 둘 다 도미니카가 걱정돼서 정신이 없었다. 그들이 재빨리 아파트를 둘러보면서 확인하고 있을 때 게이블이 거리로 다시 나가서 기다렸다가 그녀가 오는 걸 봤다.

네이트는 엘리베이터가 쿵 소리를 내면서 층계참에 멈추고 나서, 문이 삐걱거리는 소리가 나고, 이어서 게이블이 자물쇠에 열쇠를 넣고 돌리는 소리를 들었다. 도미니카가 집단 학살과 대규모 약탈이 일어난 것 같은 표정으로 안가 거실로 뛰어 들어왔다. 그녀는 얇은 베이지색 스웨터에 주름장식이 잡힌 파란 스커트와 검은 가죽 단화를 신고 있었다. 머리는 엉망으로 올렸고 화장은 하나도 안 했다. 네이트는 항상 그게 그녀의 고전적인 이목구비에 어울린다고 생각하고 있었다. 하지만 오늘 아침 이 야만인 같은 몰골은 영 아닌데. 네이트는 디바의 스웨터 밑으로 젖꼭지가 보이는 걸 보지 않으려고 무진 애를 쓰고 있었다. 그 모습은 섹시하기보다는 위협적이었다. 게이블이 그녀 뒤로 걸어왔고, 게이블과 네이트는 금방이라도 공중으로 날아갈 수 있는 재떨이들과 테이블 램프들을 보면서 기다리고 있었다. 도미니카가 거실 한가운데 섰다. 그녀의 목소리에는 아무 감정이 실려 있지 않았지만, 네이트에서 게이블로 갔다가 다시 네이트로 돌아온 그녀의 눈은 짐승의 눈 같았다.

"어젯밤 모스크바에서 솔로비요프에게 돌아오라는 메시지가 왔어요. 하지만 그건 문제가 되지 않았을 겁니다. 솔로비요프는 여행을 준비할 시간이 하루나 이틀 정도 있었으니까. 하지만 오늘 아침 그 늙은 바보가 사무실에 와서 내게 자기 부서에서 그에게 일급 기밀 프로젝트 책임자라는 자리를 제안했다고 자랑스럽게 말하더군요. 그는 자신의 혐의가 풀렸고 영향력과 명성을 떨칠 수 있는 자리로 돌아간다고 확신하고 있었어요."

"우린 그가 의심받고 있다고 백 번쯤은 말했어요. 우리가 신호를 보내면 곧바로 도망칠 준비가 됐다고 했는데." 게이블이 말했다.

"흠, 브라톡, 그는 당신이 한 말을 잊어버린 것 같군요." 도미니카가 말했다. 그녀는 팔짱을 끼고 세 걸음 앞으로 갔다가 다시 세 걸음 뒤로 돌아오면서 서성거리기 시작했다. "그 사람은 몽상가예요. 놈들이 정말 진심으로 자기를 원한다고 믿고 있단 말이에요!"

"그가 언제 떠난다고 말했어요? 비행시간이 언제인지 말했어요?" 네이트가 말했다.

도미니카는 곁눈질로 그를 보면서 계속 팔짱을 끼고 걸었다.

"난 거기 앉아서 그 사람이 하는 말을 들었어요. 난 눈 하나 깜짝할 수 없었다고요. 그 사람이 모스크바에 도착하는 즉시 감옥으로 직행할 거라는 걸 알면서도. 내가 뭐라고 할 수 있겠어요? '장군님, 당신이 의심받고 있다고 CIA 요원들이 말한 거 기억 안 나요? 이 소환은 계략이에요. 그리고 당신의 미국 탈출 계획이 다 준비돼 있다면서요.' 난 거기 앉아서 그냥 고개만 끄덕이고 있어야 했다고요."

"도미니카, 그가 언제 떠난다고 말했어요?" 네이트가 다시 물었다.

"1시 아에로플로트 항공은 다 차서 자리가 없다고 했어요. 그래서 더 빠른 비행기를 알아보고 있다고 하더군요." 도미니카가 말했다. 네이트는 차고 있던 시계를 봤다. 그녀는 서성이던 걸 멈추고 네이트와 게이블 앞에 서서 전투태세를 갖췄다.

"그 사람은 갔어요. GRU 보안 요원이 그를 차에 태워서 공항으로 갈 거고, 비행기에 타는 내내 같이 있을 거라고요. 그러니까 그건 잊어버려요. 그는 지금 부티르카 감방으로 가고 있는데 본인은 그것도 모르고 있으니까." 그녀는 소파로 걸어가 앉아서, 다리를 꼬고, 발을 까닥거리기 시작했다. 그러다 다시 일어나서 창가로 걸어가, 커튼을 조금 열고 밖을 잠시 봤다. 게이블은 네이트를 보고 머리를 끄덕이다가, 부엌으로 가서 찬장을 열고 딸그락 소리를 내며 잔들을 꺼내기 시작했다. 네이트는 방 한가운데 서 있었다.

"도미니카, 와서 좀 앉아요." 네이트가 소파를 가리키며 말했다. 그녀는 어깨 너머로 그를 봤다.

"물론 그래야죠. 어서 내가 제거해주길 바라는 사람들 명단의 다음 타자를 검토해봅시다." 그녀가 말했다.

"도미, 여기 앉을래요? 아니면 내가 엉덩이를 차서 소파에 앉혀주길 원해요?" 네이트가 부드럽게 말했다.

도미니카가 고개를 홱 돌렸다가 네이트의 머리 뒤에서 용의 꼬리 같은 보라색 기운을 봤다. 그녀는 순간 지칠 대로 지친 네이트가 그녀를 끌고 다뉴브 습지를 지나 비엔나의 다리 건너편으로 갔던 때가 떠올랐다. 그는 그때와 같은 표정을 하고 있었다. 도미니카는 목구멍으로 치밀어 오르는 담즙을 꿀꺽 삼키고, 소파 뒤로 돌아와서, 하나 있는 안락의자에 털썩 앉아 네이트를 노려봤다.

"당신이 날 발로 찰 수 있다고 생각……"

"나 건드리지 말아요. 닥치고 내 말 좀 들을래요?" 네이트가 말했다. 게이블이 우조가 든 잔 세 개와 냉장고에서 찾아낸 밖에서 사온 음식이 들어 있는 용기 세 개를 가지고 거실로 왔다. 그는 소파 앞 테이블 위에 쟁반을 놨다.

"네이트 말을 들어보는 게 좋겠어요, 귀염둥이." 게이블이 도미니카를 보면서 말했다. "이 상황은 안 좋아요, 아주 안 좋죠. 리릭은 네이트의 정보원이에요. 당신이 그의 정보원인 것처럼."

게이블이 그 말로 그녀의 머리를 내려쳤고, 도미니카는 화가 머리끝까지 났다.

"당신이 솔로비요프를 미국으로 보낼 거라고 했잖아요. 당신들 모두 장군과 탈출 계획을 다 세워놨다고 했잖아요. 그런데 이제 장군은 모스크바행 비행기를 탔어요. 그리고 놈들이 공항에서 장군을 기다리고 있고." 도미니카가 말했다.

"당신은 우리가 일이 이렇게 되길 원했다고 생각해요?" 네이트가 말했다.

"당신이 원했건 원하지 않았건, 또 다시 당신들 때문에 내가 선한 사람을 무덤에 묻어버리게 됐잖아." 도미니카가 말했다. 그리고 다리를 꼬고 다시 발을 까닥거리기 시작했다.

"흠, 이 게임에서는 선한 사람들을 아주 많이 잃게 되죠. 하지만 중요한 점은 따지고 보면 우리가 다른 사람들을 아주 많이 보호해서 결국엔 균형이 잡힌다는 거겠죠." 네이트가 말했다.

"이런 일이 일어날 걸 알고 있었어요?" 도미니카가 말했다. 그들은 이 소파에서 사랑을 나눴고, 또 다시 부엌 싱크대 앞에 서서 사랑을 나눴는데, 네이트는 처음부터 그 사실을 알고 있었던 것이다.

"내 말 잘 들어요, 도미니카, 이건 음모가 아니에요. 우린 당신을 이용해서 장군을 제거하려고 한 게 아니에요. 장군은 우리 정보원이에요." 네이트가 말했다.

"당신은 내가 그의 정체를 밝히고, 내가 승진하길 원했잖아. 난 절대 동의하지 말았어야 했어." 도미니카가 말했다.

네이트가 고개를 흔들었다. "당신도 벤포드 부장님이 하는 말을 들었잖아요. 그 장군, 리릭은 이미 워싱턴에 있는 그 빌어먹을 내부첩자에 의해 노출됐어요. 리릭은 그걸 알고 있었어요. 내가 리릭에게 말했고, 그는 침착하게 그 사실을 받아들였어요. 그는 미국에서 다시 정착하기로 결정돼 있었어요. 그는 항상 고집이 셌죠. 잃어버린 자식들 때문에 슬퍼하는 늙은 군인이었지만 그래도 사실은 변함없이 애국자였던 겁니다. 그는 동포가 그를 다시 원한다고 스스로 믿었어요. 그는 돌아가고 싶었던 겁니다. 어쩌면 마음 한편으로는 사실을 알고 있었을지도 모르겠지만, 러시아 장교로서 달리 믿고 싶었던 겁니다."

"이게 무슨 교활한 계략이라는 생각은 하지 말아요. 이건 TARFU니까.

우린 몇 주 동안 워싱턴에서 쏟아질 수많은 질문에 대답해야 해요. 포사이스와 나는 부장과 지부장으로 그런 수모를 당하겠지만, 저기 저 풀이 죽은 얼간이는 리릭의 담당 요원이라고요. 아무도 정보원을 잃는 걸 좋아하지 않아요." 게이블이 말했다.

"TARFU가 뭐죠?" 도미니카가 말했다. 게이블은 가끔 상대가 못 알아듣는 말을 한다.

"그건 완벽하고 확실하게 개판 됐다는 거지." 게이블이 우조를 더 따르면서 말했다.

"당신은 견책을 받게 되나요?" 도미니카가 네이트를 보면서 물었다.

"위에서 몇 달 동안 야단을 치겠지. 하지만 우린 하던 일을 계속 할 겁니다, 당신처럼." 게이블이 말했다. 도미니카는 의자에 푹 쓰러져 앉아 팔짱을 끼고 있었다. 그녀는 이 일이 네이트에게 미칠 여파는 생각도 안 했다. 이제 그녀는 이중으로 책임감을 느꼈다.

"그리고 그 말은, 날 봐요, 그 말은 당신이 당신의 일을 계속해야 한다는 뜻이에요. 그리고 당신은 안전해야 해요. 그 말은 또한 주가노프를 상대로 강하게 있어야 한다는 뜻이기도 하고. 또 이틀 후에 당신이 지하실로 내려가서 리릭의 뺨을 후려쳐야 한다면, 망할, 그렇게 해야 하고." 네이트가 말했다.

도미니카는 주가노프가 감옥에서 리릭을 심문할 때 그녀를 끌고 같이 갈 거라는 아주 큰 가능성은 생각도 하지 않고 있었다. CIA 스파이가 진실을 알고 있으면서도 또 다른 스파이를 심문한다. 독이 오를 대로 오른 난쟁이가 둘을 보고 있는 상황에서. 그녀의 표정에 불안한 마음이 나타나지 않더라도 몸에 흐르는 전율에서 분명 나타날 것이다. CIA 요원들은 즉시 그 점을 알아차렸다.

"난 절대로 그렇게 하지 않겠어요." 그녀가 말했다.

"내가 비엔나에서 자네들 둘에게 했던 말 기억나? 언젠가 자네들은 속이 뒤집어질 것 같은 결정을 내려야 할 날이 올 거라고 했지. 하지만 자네들에겐 선택의 여지가 없어. 그게 자네가 존경하고 믿는 사람을 다치게 하는 일이라고 해도 어쩔 수 없고. 뭐, 그런 일은 오늘도 일어났고, 내일도 일어날 거고, 또 그다음에도 일어날 거야." 게이블은 손목시계를 봤다. "1시가 다 됐어. 모두 배고파?"

도미니카는 고개를 흔들었다. 게이블은 알루미늄 용기를 싸고 있던 은박지를 벗겼다. 속에 토마토를 채운 기름이 번들거리는 작은 가지 세 개가 있었다. 게이블이 네이트를 봤다. "하나 먹을래?" 네이트가 고개를 저었다. 게이블이 그 용기를 밀어 놨다. 그는 일어서서 코트를 입었다.

"이제 어떻게 할 거야? 당신은 대사관으로 돌아가는 건가?" 게이블이 말했다.

도미니카는 고개를 끄덕였다.

"그럼 평소대로 오늘 밤에 볼 수 있는 거지?" 게이블이 말했다.

도미니카가 고개를 끄덕였다. "난 내일 아에로플로트를 탈 거예요." 그녀가 말했다.

"필요한 거 있어?" 게이블이 말했다.

그녀가 고개를 흔들었다.

"좋아. 내가 10분 동안 거리를 확인할 테니까 그다음에 움직여. 이따 보자고." 게이블이 말했다.

"잘 가요, 브라톡." 도미니카가 말했다. 그들은 엘리베이터가 움직이는 소리를 듣지 못했다. 게이블은 계단으로 갔다. 둘은 서로 마주보고 앉아서 아무 말도 하지 않았다. 네이트의 보라색 후광은 눈부시게 밝았다. 그 후광은 넘치는 에너지로 뛰고 있었다. 도미니카는 그의 옆에 앉아서 그의 몸에 팔을 두르고 싶었지만, 그러지 않을 것이다. 리릭의 재앙 같은 결정, 그녀의 남아 있는 분노, 그리고 곧 러시아로 돌아가야 하는 상황이 묵직한 담요처럼 내려앉았다. 그녀는 브라톡이 하는 말을 들었고, 이제 입안을 감도는 담즙이 어떤 맛인지 알았다. 도미니카는 시계를 확인하고 일어섰다.

"난 지금 가겠어요." 도미니카가 말했다.

"오늘 밤에 봐요. 어제와 같은 곳에서 차를 탈 거죠?" 네이트가 말했다.

"같은 시간?" 도미니카가 말했다. 그녀는 오늘 밤 둘이 같이 잠을 자게 될지 궁금했다.

둘 다 결국 서로에게 작별 인사를 하지 못하게 될 걸 알았다면 너무 슬펐을 것이다.

이맘 바일디 – 속을 채운 가지 요리
작은 가지의 한가운데를 좁고 길게 잘라서 틈을 낸 후, 물렁해질 때까지 굽는다. 얇게 썬 양파, 마늘과 토마토, 소금, 설탕, 딜, 파슬리를 기름에 볶는다. 그 소를 가지 한가운데 넣고 올리브 오일을 그 위에 뿌린다. 거기에 물, 소금, 레몬주스를 넣어 냄비 바닥에 놓고 뚜껑을 덮고 약한 불에 익히면서 가지가 완전히 물러지고 즙이 진해질 때까지 가끔씩 뚜껑을 열어준다. 식혀서 실온에 낸다.

30

도미니카는 대사관으로 잠깐 돌아가서 리릭에 대한 새로운 정보가 있는지 봤지만 변한 건 없었다. 그 늙은 바보는 새벽 비행기를 타고 떠났다. 그는 도모데도보 공항에서 젊은 의전 장교를 만나 검은 메르세데스를 타고 GRU 본부로 갈 거라고 예상하고 있다. 다만 그에게 세심하게 신경 쓰던 그 장교는 그를 공항 터미널에서 멀리 떨어져 있는 특별 접대실로 안내할 것이고, 거기서 양복을 입은 다섯 명의 남자가 그의 손목과 발목을 잡고 또 한 팔로 그의 목을 잡아서 꼼짝 못하게 한 후 그의 셔츠 버튼을 풀고 신발을 벗긴 후 조국으로 돌아온 걸 환영할 것이다. 그는 가망이 없었다.

도미니카는 대사관에 좀 더 있으면서 구내식당에서 러시아 채소 파이 한 조각을 아무 맛도 모른 채 억지로 삼키고, 자신의 호텔로 걸어갔다. 시간은 한낮이었고, 머리 위로 비치는 햇살이 뜨거웠다. 그녀는 리릭의 상황 때문에 둔감하고 멍해져 있었다. 그들이 또다시 그녀에게 그 짓을 했다. 아니, 그녀 스스로 한 짓이다. 그녀는 CIA 요원들이 걱정이 돼서 제정신이 아니란 걸 알고 있었다. 그들은 방금 정보원 하나를 잃었다. 운이 나쁘기도 했고, 노인이 고집을 부리기도 했고, 부주의해서 그런 것도 있었다. 하지만 그녀는 또다시 낯익은 타르 갱(천연 아스팔트가 모여 있는 구덩이-옮긴이)에 돌아와서 엉덩이까지 빠진 상황이었다. '네가 선택한 삶에 돌아온 걸 환영해.'

그녀는 고개를 푹 숙이고 생각에 잠겨 호텔로 가는 먼지 낀 암벨로키피 보도를 걸어가면서 탈출 생각을 했다. 그걸 어떻게 말해야 할까, 어떻게 네이트에게 그녀를 미국에 데려다달라고 말할까. 지금 당장 그녀를 호숫가의 소나무로 둘러싸인 벽난로가 있는 집으로 데려가 아침마다 천천히 사랑을 나누고 싶다고 말할까? '넌 정말 천재구나. 진짜 몽상가야. 지금 누굴 속이려고?' 그녀는 생각했다. 이렇게 마음속까지 꽁꽁 얼어있는 이 삶은 그녀가 죽을 때까지, 배신자에게 정체가 발각될 때까지, 아니면 저격수의 총에 맞거나, 미친 암살범에게 도살될 때까지 계속될 것이다.

마르타가 옆에서 같이 걸으면서 담배를 피우며 보도에 있는 젊은 남자들을 봤다. 머리를 비우고, 집중하고, 네 남자를 사랑하고, 두려워하지 마. 그녀가 말했다.

네 남자를 사랑하라. 도미니카는 머리를 비우면서 호텔 데스크에서 키를 받아서 좁은 계단을 올라갔다. 계단은 뜨거운 거리에 비해 어둡고 서늘했다. 그녀는 스웨터를 벗고 오늘 밤 대사관에서 열리는 환영회에 맞춰 새 옷으로 갈아입고 싶었다. 거기서 슬쩍 빠져나가 밤늦게 네이트와 게이블을 만날 것이다. 그녀는 두 사람에게 오늘 미안했다고 말하기로 결심했다. 그녀는 콜로나키에 있는 울포드 란제리 상점에서 속이 다 비치는 검은 보디 셔츠(셔츠가 팬티와 이어져 하나로 만들어진 옷-옮긴이)를 샀다. 그걸 입고 그 위에 짧은 재킷과 스커트를 입을 것이다. 격식을 차린 드레스는 아니지만 좀 자유분방해 보이는 전문가처럼 보일 수 있게. 이 속옷은 속이 다 비쳐 보였고 그녀가(혹은 네이트가) 한 손으로 가랑이에 있는 고리를 열 수 있다.

작은 거실에 커튼을 친 기억이 없었는데, 뭔가 으르렁거리는 것이 오른쪽에 있는 작은 침실에서 그녀를 확 덮쳐왔다. 순간 눈앞이 흐려지면서 충격이 왔고, 강철 같은 팔뚝이 그녀의 허리를 잡는 게 느껴졌다. 도미니카는 발을 넓게 벌리고 선 채 왼쪽으로 몸을 돌렸지만, 그 두 팔은 그녀를 놔주지 않았고, 도미니카를 그대로 들어 올려서 악마 같은 힘으로 벽에 대고 패대기를 쳤다. 그 사람은 보이지 않고 불분명한 그림자만 보였지만, 분명 남자는 아니었다. 몸에서 풍기는 냄새도 그렇고, 등에 느껴지는 베개 같은 가슴도 그랬다. 도미니카가 그 금발을 팔꿈치로 치면서 몸을 숙여 또 다른 손으로 그 여자의 가랑이를 치자 식식거리는 소리가 들렸다. 그 두 팔은 도미니카의 허리를 놓았지만, 이번에는 그녀의 목을 뱀처럼 감고 잘록한 허리 부분에 무릎을 대서 그녀를 바닥으로 끌고 가려고 했다. 하지만 도미니카가 허우적거리다 작은 도자기 램프와 조가비 무늬가 있는 커튼을 잡아서 몸을 돌려 그 나쁜 년의 옆머리를 램프로 후려쳤다. 그때 그 두 팔이 풀렸다. 도미니카는 돌아서서 그녀를 봤다. 손으로 뺨을 움켜쥐고 있는 그 여자는 티셔츠와 허리에 두르는 식의 스커트를 입고 있었다. 어깨는 크고, 다리도 크고, 눈은 슬레이트 색깔에, 금발은 머리통에 찰싹 달라붙어 있었다. 그 여자는 아무 경고도 없이 순간적으로 폭발해서 도미니카의 배를 어깨로 들이받아 뒤로 몰고 갔다. 두 사람 다 유리 커피 테이블 위로 쓰러졌다. 테이블은 박살이 났고, 그 여자는 계속 다리로 도미니카를 밀어붙이면서 깨진 유리와 나무 틈으로 도미니카를 밀어 넣고, 발을 바닥에 붙이고 서서 도미니카의 머리를 치고 있었다. 도미니카의 갈비뼈들이 불타는 것처럼 아팠다. 도미니카는 자신의 엄지손가락을 강가의 돌멩이 같은 그 여자의 눈에 쑤셔 박았지만, 그 짐승은 그냥 끙끙거리기만 하면서 고개를 흔들어버렸다. 도미니카는 힘만으로는 이 여자를 이길 수 없다는 걸 알았다.

그녀가 밀려오는 절망적인 공포와 싸우며 소리를 질러 도움을 청할까 생각하는 와중에, 그 여자가 도미니카에게 얼굴을 바짝 들이대고, 이를 드러냈다. 도미니카는 자신의 손바닥 아래 깨진 유리가 있는 걸 느꼈고, 그걸 들어 그 여자의 왼쪽 눈썹 위부터 대각선으로 살집이 많은 코를 지나 오른쪽 아래 뺨까지 확 그어 해적 같은 흉터를 만들었다. 그 여자가 몸을 굴려서 바닥으로 떨어져, 얼굴을 움켜쥐고 티셔츠로 피를 닦아냈다. 그 여자가 셔츠를 올렸을 때 브래지어를 하지 않은 가슴과 짙은 갈색의 커다란 젖꼭지가 보였다. 그 여자는 다시 다친 아프리카물소처럼 격노해서 앞으로 돌진해왔다. 그 얼굴에 피가 줄줄 흘러내렸다. 도미니카가 허리를 숙여서, 갈비뼈를 잡고, 숨을 쉬려고 했을 때 그 깡패 같은 여자가 주먹을 휘둘러 도미니카의 왼쪽 귀를 때렸다. 순간 그녀의 머릿속에서 하얀 빛이 폭발했다. 격분한 도미니카는 아픈 갈비뼈를 무시하고 그 여자의 얼굴을 주먹으로 짧게 여러 번 쳤다. 하지만 아무 효과가 없었다. 둘은 소파 위를 넘어가 뒤로 쓰러져서 다리가 뒤엉킨 채 서로의 머리채와 옷을 잡고 늘어졌다. 둘 다 서로 위로 올라가려고 몸부림을 쳤다. 소파가 쿵 소리를 내면서 위로 확 올라갔다가 다시 바닥에 떨어졌을 때, 그 짐승이 도미니카 위로 올라와서 그녀의 몸을 뒤집어 소파에 얼굴을 대고 사정없이 눌러버렸다. 도미니카는 뺨 위로 피가 뚝뚝 떨어지는 걸 느낄 수 있었다. 그녀는 목에 감긴 전기 코드가 당겨지기 전에 손을 올려 목과 코드 사이에 손을 집어넣었지만, 기절했을 수도 있을 만한 엄청난 압력을 느껴졌다(피아노선이 아니라 전기 코드인 게 다행이었다). 절망적이 된 도미니카는 격렬하게 몸을 두 번 흔들어서 소파를 뒤로 넘어뜨렸다. 목재 소파가 부서지면서 두 사람 모두 벽에 부딪쳐 떨어졌다. 도미니카는 이 좁은 공간에서 그녀가 먼저 일어나지 않으면 죽을 거라는 사실을 알고 있었다. 그래서 두 손을 그 짐승 같은 여자의 턱 밑에 대고 발 하나를 그녀의 배에 대서 밀어낸 후에, 몸을 굴려, 여전히 목에 느슨하게 전기 코드가 걸려 있는 채로 일어났다. 하지만 그 짐승은 다시 자기 얼굴을 닦고 있었다. 그 여자의 젖가슴은 방에 들어오는 희미한 불빛에 핑크색으로 빛났다. 그 여자는 거꾸로 뒤집힌 소파를 아무렇지도 않게 넘어왔고, 도미니카는 뒤로 물러나면서, 아프리카물소의 2차 습격에 대비했다. 그리고 이제 한 가지 방법밖에 남지 않았기 때문에 즉흥적으로 그 짐승을 자극하려고 외쳤다. 이 빌어먹을 잡년! 그 금발이 다가와 그녀의 목을 잡으려고 두 팔을 벌렸을 때, 도미니카가 피하면서 여자의 왼쪽 팔을 잡아 어깨 뒤로 넘긴 후, 4분의 1바퀴를 돌아 다시 팔꿈치를 밑으로 잡아당겨서 말단 상완골을 요골두에서 분리시키면서 팔꿈치머리인 주두를 호두 껍데기 부수는 소리를 내며 쪼개버렸다. 그 여자는 고통스러워하며 비명을 지르더니 가슴에서 나오는 낮은 신음을 내면서 계속 다가왔다. 여자의 한 팔은 제멋대로 흔들리고 있었고, 한쪽 눈에서는 계속 피가 흘러 내려서 깜박거리면서 다가왔다. 도미니카는 간신히 남은 힘을 쥐어짜서 피에 흠뻑 젖은 그 티셔츠를 여자의 머리 위에 씌워 반 바퀴 돌린 다음 한 발을 들어 그 여자의 무릎 관절 뒤를 찼다. 피에 젖은 셔츠 앞쪽이 찢어지면서 그 여자는 부러진 팔로 얼굴을 받칠 수가 없어서 그대로 빰으로 양탄자를 치며 쓰러졌다. 그 여자의 머리가 다시 한 번 바닥을 쳤다. 도미니카는 허리를 숙여 아직도 움직이는 여자를 뒤집어 전기 코드를 목에 세 번 돌려 감았다. 그 여자의 성한 팔에 맞지 않게 조금 뒤로 물러난 후, 얼른 여자의 머리 위쪽에 서서, 발을 여자의 어깨에 대고, 두 팔로 전기 코드를 힘껏 잡아당겼다. 도미니카는 계속 그 줄을 잡아당겼다. 그것만이 이 짐승 같은 여자의 손과 이빨로부터 피할 수 있는 방법, 그것만이 유일하게 충분한 압력을 가할 수 있는 방법이었다. 그녀는 두 발에 힘을 주고 바닥에 버티고 선 채 두 주먹에 코드 끝을 감아 뒤로 몸을 기울였다. 도미니카는 그렇게 잡아당기면서, 머리를 한쪽으로 기울여 조금 토했고, 없는 기운을 쓰느라 낑낑댔다. 갈비뼈에 느껴지는 고통의 물결이 더 심해졌다. 피로 죽죽 그어진 여자의 얼굴이 천천히 뒤로 기울어지면서 도미니카를 거꾸로 봤고 납작해진 가슴이 부르르 떨리고 침과 피가 얼굴 밑에서 위쪽으로 흘렀다. 도미니카는 코드를 계속 잡아당겼다. 그 여자는 성한 한 팔로 삼중으로 감겨서 살 속을 파고드는 코드를 허우적거리며 잡았다. 죽어가면서 지르는 여자의 격노한 고함 소리가 거칠게 튀어나왔다. 여자는 다리를 차기 시작하더니, 두 번이나 등을 바닥에 대고 구부리면서 위로 뛰어올랐고, 밑으로 떨어질 때마다 가슴이 들썩거렸다. 도미니카는 계속 잡아당겼지만, 방은 이제 윙윙거리는 소리로 가득 차 있었다. 도미니카는 계속 잡아당겼고, 그녀의 시야는 터널처럼 좁아지면서 가장자리가 까맣게 흐려졌다. 도미니카가 다시 의식을 찾았을 때 5분이 지났는지 25분이 지났는지 알 수 없었지만, 그 여자는 아직도 도미니카를 빤히 노려보고 있었다. 도미니카는 여자의 어깨에서 발을 떼고 무릎걸음으로 그녀 주위를 돌아서 그 여자가 다시 움직일지 보려고 옆에서 봤다. 하지만 그 여자의 가슴이나 횡경막은 올라가지도 내려가지도 않았고, 스커트는 허리에서 치맛단까지 찢어 있었고, 발은 유리에 베었고, 한쪽 팔꿈치는 심하게 구부러져 있었다. 도미니카는 간신히 숨을 쉴 수 있었지만, 이 남자 같은 여자는 죽었다. 그녀가 죽인 것이다.

그 금발 여자의 가죽 지갑엔 유로가 조금 있고, 공중전화 카드 하나, 그리고 냉소적인 미소를 짓고 있는 매력적인 갈색 머리 여자의 비자 사진이 하나 있었다. 신분증도 없고, 국적도 알 수 없었다. 옷과 신발로는 아무것도 알 수 없었고, 철테 안경은 아무 특징이 없었다. 이 여자는 누구지? 도미니카는 이를 악물고, 자신을 빤히 쳐다보는 눈을 향해 고개를 숙여, 여자의 입을 더 벌려 형편없는 러시아 치과 기술을 확인했다. 그 여자의 입 속은 산화된 강철 충전재로 가득 차 있었는데, 에나멜과 수은 사이에 갈색으로 썩은 부분들이 있었고, 잇몸에 물결 모양으로 구멍이 나 있었다. 그러니 이 여자는 분명 모스크바 대표가 확실했다. 누가 이 여자를 보냈을지 백 퍼센트 확신할 수 있었지만, 그는 분명 자신의 흔적을 숨길 계획을 세워놨을 것이다. 도미니카는 지갑 속에 있던 작은 비자 사진을 자신의 핸드백에 쑤셔 넣었다. 그리고 소파에 부들부들 떨면서 앉아 바닥에 똑바로 누워 입속의 충전재를 보이고 있는 그 여자를 잠시 바라봤다.

도미니카는 허리를 구부리고 앉았다가 불현듯 지난 10분간 이 사나운 여자와 싸우면서 여자의 머리 주위에 단 한 순간도 인간의 색깔이 보이지 않았다는 걸 깨닫고 깜짝 놀랐다. 심지어 순수한 악의 상징인 검은 박쥐 날개조차 보이지 않았다.

통증이 더 심해져서 이제 등까지 퍼지고 있었다. 숨을 쉬기만 해도 아팠다. 그녀는 대사관으로 돌아가는 것 외에 다른 대안이 없다는 걸 알고 있었다. 다른 사람 눈에 띄지 않게 치료를 받아야 했고 즉시 이 나라에서 나갈 수 있도록 도움을 받아야 했다. 호텔 직원이 그녀의 호텔 방에서 목이 졸려 죽은 이 고르곤(머리털에는 뱀들이 얽혀 있고 그 눈을 보는 사람은 돌로 변하는 여자 괴물-옮긴이)을 보면 경찰이 그녀를 찾아 체포할 것이고, 그렇게 되면 러시아의 평판이 훼손돼 푸틴의 어마어마한 분노를 살 것이다.

그녀는 그리스에서 사라져야 했다. 대사관에는 정체를 모르는 괴한에게 강도당했다고 할 수밖에 없을 것이다. 오직 그녀와 주가노프만 진실을 알고 있을 것이고, 그것은 그들의 목숨을 걸고 공유하는 비밀, 그들 사이의 테이블 위에 놓인 칼집에 든 칼이 될 것이다.

도미니카가 그날 밤 안가에 나타나지 않았을 때 게이블과 네이트는 그 곳을 폐쇄했다. CIA는 정보원이 안가 미팅에 불참했을 때 쓰는 디폴트 전략, 즉 세간의 이목을 피하면서 연락이 재개되길 기다리는 익숙한 모드로 들어갔다. 아테네 지부는 도미니카가 오지 않은 그럴 법한 이유들을 검토해봤다. 대사관 행사 때문에 못 왔을 수도 있고, 모스크바에서 갑자기 돌아오라는 명령을 받았거나, 거리에서 문제가 발생했을지도 모른다. 네이트는 리럭 때문에 낭패를 봤는데 이제 또 다른 정보원의 소재가 파악되지 않는 상황이 됐다.

"도미니카는 자기 앞가림을 할 수 있어." 게이블이 지부에서 별 설득력 없이 말했다. "우리가 봐야 할 업무는 다 끝냈고, 도미니카가 레드 루트 2와 발신기에 대해 모두 숙지했는지 확인했어. 도미니카는 미팅 장소들을 알고 있고, 모스크바에 있는 그녀의 스라크 네트워크는 제대로 작동되고 있어. 모스크바에서는 유능한 요원이 그녀를 만나려고 대기 중이고. 어젯밤은 우리의 친밀한 관계를 다지고 술 몇 잔 하는 것 외엔 별거 없었잖아. 물론 자네가 뭔가 더 진하고 야한 걸 계획하고 있었다면 모르겠지만."

네이트는 그의 말을 무시했다. "전 도미니카의 호텔 근처를 돌아보고 올게요. 그냥 확인 좀 하게요."

포사이스는 너무 걱정이 돼서 알았다고 고개를 끄덕였다. "조용히 다녀와." 그가 말했다.

네이트는 호텔 주변을 그냥 지나치기만 한 게 아니었다. 그는 제대로 골목을 찾아서, 직원용 출입문 걸쇠에 사각형의 빳빳한 플라스틱을 밀어 넣어서 열고, 러버블 익스피리언스 4 호텔의 뒤쪽 계단을 올라갔다가 3층 층계참에 범죄 현장 테이프가 쳐져 있고, 그녀의 방 문설주를 가로질러 열려 있는 방 안으로 더 많은 테이프가 쭉 쳐져 있는 걸 봤다. 그리고 흥건한 피와 부서진 가구들, 벽 위로 여기저기에 찍힌 자국들을 봤다.

지부에서 CIA에 협조적인 그리스 경찰을 통해 소름 끼치는 부검 사진 한 장을 구했다. 적어도 이제 시내에 있는 냉장 서랍 속의 시체가 도미니카가 아니라는 사실은 알았지만, 난쟁이 주가노프가 그들의 정보원에게 또 다른 암살범을 보냈다는 점에는 모두 동의했다. 그 킬러는 시체 안치소에서 찍힌 사진으로 봐서는 여자인지 남자인지 감이 잡히지 않았다. 기밀 메시지들과 보안이 철저한 전화로 오랫동안 지속된 토론에서 다음과 같은 제안들이 나왔다. 디바를 철수시키자(네이트), 주가노프의 찻잔에 맹독을 품은 붉은등거미의 독을 찍 짜서 넣을 수 있는 작은 병을 하나 주자(게이블), 그녀에게 경고할 수 있는 여러 개의 스라크 메시지를 작성하자(포사이스). 결국 벤포드가 도미니카는 자신에게 따르는 위험을 다 잘 알고 있으며 모순된 메시지들을 한꺼번에 보내면 머리만 복잡해질 뿐이라고 말해서 모두의 의견을 묵살했다. 벤포드는 자신이 믿고 있는 한나 요원이 이 상황에 대한 브리핑을 받아서 두 여자가 거리에서 만날 때 어떻게 해야 할지 알 거라고 말했다.

포사이스에게 한 마지막 통화에서 벤포드는 자신도 걱정하고 있다는 걸 인정했다. "빌어먹을, 톰. 디바는 이제 막 크렘린 내부로 들어가서 새롭고 중요한 접근권을 확보하려던 참이었는데. 그런데 망할 놈의 칼날이 점점 더 가까이 날아오고 있군. 대체 그녀가 얼마나 더 살아남을 수 있을지 모르겠어."

"디바를 철수시키는 걸 고려하고 싶으신 겁니까? 네이트의 권고 사항입니다." 포사이스가 말했다.

"아니. 자네가 할 수 있는 한 최대로 오랫동안 디바를 살려놔. 하지만 어떤 대가를 치르든 이 게임은 계속 해야 해." 벤포드가 말했다.

"시몬, 아무리 당신이라고 해도 그건 좀 가혹한 말이군요." 포사이스가 말했다.

"그래, 자네도 가혹해져야 해. 그 개자식 트리톤이 이 빌딩 어딘가에 있단 말이야." 벤포드가 말했다.

디바에 관련된 모든 정보는 극히 한정된 채널을 통해 보안 검사를 통과한 한 무리의 사람들만 읽을 수 있고, 관련 서류는 방첩 책임 서류로 관리되고 있다. CIA의 군사부 차장인 앙주빈조차 아테네와 모스크바와 본부 사이를 오가는 디바에 대한 작전 정보는 볼 수 없다. 하지만 그는 7층에 있는 국장 회의실에서 매일 하는 차장급 회의에서 회의가 끝날 때마다 남아 국장 옆에서 알랑거리는 돼지 같은 딘커스 글로리아가 국장에게 리릭이 경고를 무시하고 모스크바로 돌아가서 체포됐을 게 거의 확실하며 그를 넘기는 계획에 자신은 동의하지 않았다고 속삭이는 걸 들었다.

다시 자신의 사무실로 돌아온 앙주빈은 그 말을 생각해봤다. '리릭을 넘기는 계획이라고?' 그는 쪽지를 쓰고, 그게 러시아와 관계된 내용이기 때문에 사진을 찍어서, 러시아 레지던트인 율리아 자루비나에게 그 주에 전달할 패키지에 넣었다. 레지던트는 그 정보를 라인 KR만 볼 수 있게 처리해서 센터에 보내는 최신 트리톤 보고서로 보냈다. 태양처럼 환하게 타오르는 의심 덩어리 주가노프와 그의 심복인 겁이 많은 얼간이 예브게니가 그걸 읽었다.

미국인들이 솔로비요프에 대해 알 수 있는 유일한 길은 그들에게 또 다른 첩자가 있는 것이다. 그리고 '그를 넘기는 계획'은 뭔가 혼동한 것일까? 예고로바가 아테네에서 기적적으로 돌아왔고, 아테네 거리에서 습격을 당해서 조금 부상을 입었다고 하면서 즉시 병가를 냈다. 빨리 회복됐다고 들었는데. 방첩 분석가들이 그녀와 이야기하고 싶어 했고, 국장도 그녀를 만나고 싶어 했고, 크렘린에서 그녀를 불렀다. 주가노프는 이 모든 것에서 지독한 악취를 느꼈다.

주가노프가 마침내 아테네 호텔 방에서 에바 부치나가 시체로 발견됐다는 소식을 들었을 때, 그는 에바가 몸싸움을 하다가 졌다는 사실에 정말 놀랐다. 어떻게 가녀리고 우아한 예고로바가 그녀를 이길 수 있었을까? 그 비쩍 마른 발레리나가 그녀를 보호해줄 누군가와 같이 있었던 것일까? 하지만 그 일에 대해선 입도 벙긋하면 안 된다. 그 일은 그렇게 영원히 남아 있어야 한다. 에바에게 무슨 일이 생겼건 임무에 실패했고, 여러모로 쓸모가 많긴 했지만 그녀의 죽음은 어떤 면에선 환영할 만한 일이었다. 에바는 통제 불능이었다. 그녀는 애완용 뱀이 돼서 점점 길어지고 굵어지다가 어느 날부터는 테라리엄(식물을 기르거나 뱀이나 거북을 넣어 기를 때 쓰는 유리 용기-옮긴이) 너머로 주인을 생쥐처럼 보는 날이 올 것이다.

예고로바는 수많은 찬사를 받게 될 것이고, 주가노프는 기다리면서 두고 볼 것이다. 그는 트리톤이 그가 듣고 싶어 하는 말을 해주리라 믿었다.

러시아식 채소 파이

깍둑썰기한 양파와 버섯이 연한 갈색으로 익을 때까지 버터에 볶는다. 거기다 채를 썬 양배추를 넣고 양배추가 물렁해질 때까지 볶는다. 백리향, 사철쑥, 오레가노, 소금, 후추를 세게 휘저어서 섞는다. 파이 껍질 바닥에 크림치즈를 펴서 바르고 그 위에 완숙한 달걀을 얇게 썰어서 올리고 잘게 썬 딜을 위에 뿌린다. 거기다 양배추와 양파와 버섯을 볶은 걸 넣고 파이 껍질로 파이를 싼다. 고온의 오븐에서 파이가 노릇노릇하게 익을 때까지 굽는다. 식힌 후에 낸다.

31

짧은 접선 장소 토렌트. 단단하게 굳은 흙길이 비탈 아래로 가다가 강변 산책로에서 올라오는 또 다른 길과 만나 틀어졌다. 두 길의 교차 지점에 있는 V자 모양의 가로등은 꺼져 있었고(유리 전구가 부서졌다) 그 지역은 깜깜했다. 나무 천장 사이로 비스듬하게 보이는 유일한 불빛은 강변에 있는 불빛에서 흘러나온 것이었다. 그 불빛이 가을이 돼서 잎이 거의 다 떨어진 가지들 사이에서 반짝거렸다. 잎이 무성하건 다 떨어졌건 모스크바 강변에 있는 말굽 모양의 스패로우 언덕 공원의 숲은 어둡고 음산했다. 나무껍질이 부드러운 물푸레나무 몸통에 기대앉아 있던 한나 아처는 아픈 다리 자세를 바꾸면서 차고 있던 시계의 야광 화면을 보고 나서, 다시 검은 후드가 달린 두꺼운 재킷 소매 속으로 시계를 밀어 넣었다.

시간이 됐다. 한나는 소리를 내지 않고 천천히 일어서서 재킷의 옆 주머니에서 스카우트 PS 24, 한쪽 끝에 고무 재질의 접안렌즈가 달린 열 영상 단안 망원경을 꺼냈다. 그 반대쪽에는 렌즈 구경이 달려 있다. 한나는 렌즈를 '흰색 열기'(인간의 체온)가 감지되면 새까만 주위 환경을 배경으로 유령처럼 하얗게 보이게 맞추고 오르막길이 있는 쪽으로 그녀 앞에서 100도 정도 호를 그리며 훑어봤다. '어서 와요, 디바. 뭣 때문에 이렇게 늦는 거예요?' 한나는 생각했다.

구불구불한 흙길 밑에서 유령 하나가 나무들 사이로 올라오는 모습이 보였다. 그 형체는 마치 고스트 헌터들이 농가 다락에서 찍은 유령 사진처럼 육신을 떠나 둥둥 떠오는 것 같았다. 한나는 그녀가 길을 따라 오는 걸 지켜봤지만, 이제는 유령 뒤의 길에 정신을 집중했다. 뒤에는 아무도 없었다. 한나는 육안으로 보이지 않는 적외선 불빛으로 숲 양쪽을 훑었다. 이상 없었다. 한나는 발을 땅바닥에 붙이고 선 채 상반신을 틀어서 자신의 뒤에 있는 숲을 확인했다. 아무것도 없었다. 그녀는 다시 유령에 정신을 집중하다가 그녀가 걸을 때 아주 살짝 다리를 저는 걸 봤다. 절뚝이는 건 아니고 그냥 그럴 걸 예상하고 집중해서 봤을 때만 보였다. 디바다.

한나는 PS 24를 안전한 곳에 넣고 배낭을 한쪽 어깨에 멨다. 그리고 나무 뒤에서 나와 도미니카가 막 올라온 길로 갔다. 후드를 쓴 숲의 드루이드(고대 켈트족 종교였던 드루이드교의 성직자-옮긴이)이자 어두운 그림자인 한나가 두 손을 들고 나왔다.

"예고로바 대위님? 난 한나예요." 그녀가 부드럽게 말했다. 한나가 후드를 벗자 곱슬한 금발이 쏟아져 나왔고, 눈빛은 강렬하게 빛났다. 그 솔직한 미소가 어두운 숲을 환하게 밝혔다. 그리고 그 미소와 함께 캔디처럼 붉은 헌신과 욕망과 단호한 결심의 붉은색이 피어올랐다. '그리고 열정도?' 키는 도미니카만 했고, 몸매는 그녀보다 조금 더 말랐지만 분명 훨씬 더 탄탄했다. 한나의 몸은 에너지와 작업을 수행하는 데서 오는 아드레날린으로 떨리고 있었다. 한나는 고개를 끄덕여서 양해를 구한 뒤 열 영상 망원경을 꺼내서 주변의 숲을 훑었다.

그걸 도미니카에게 건네서 해보라고 할 수도 있지만 모스크바 규칙상 미국 작전 요원은 외국 정보원과 신체적인 접촉을 해선 안 된다. 러시아 정보원에게 스파이 가루인 '멧카'라는 점성이 있고 무색의 아주 미세한 가루로 오염시킬까 두려워서였다. 그것은 NPPD라고 하는 화합물로, FSB는 몰래 미국인들의 문손잡이, 차의 문손잡이, 바닥 깔개, 차의 핸들과 코트 주머니 속에 뿌려놓았다. 미국 요원과 정보원이 악수를 하거나 포장하지 않은 물건을 건네게 되면 오염된 러시아 정보원은(의심을 받고 있는) 트베르스카야 거리에 있는 삼성 네온 광고판처럼 환하게 빛날 것이다.

"이걸 다룰 때는 조심해야 해요." 한나가 망원경을 내리면서 속삭였다. "적외선은 단순한 야간 투시경에는 보여서 단거리만 확인해야 하죠." '저 미소도 야간 투시경에 보이겠어.' 도미니카는 생각했다.

"자, 가요." 한나의 말에 둘은 더 긴 오르막길로 가서 주변의 불빛이 더 적은 어둠 속으로 깊이 들어갔다. 그들은 규정대로 접선 현장을 급습당할 수 있는 상황에 대비해서 제일 먼저 다음번 접선 시간을 정했다.

도미니카는 감동했다. 한나는 빠르고, 꼼꼼하고, 체계적으로 일을 처리했다. "본부에서 당신이 아테네의 마지막 밤에 왜 나타나지 않았는지 알고 있다고 전하라고 했어요. 그들은 그 금발 여자 암살범에 대해 알고 있어요. 괜찮으세요?" 한나가 말했다.

"갈비뼈에 붕대를 감고, 손가락 마디들이 멍들고, 목이 아팠죠. 센터에는 강도를 만났다고 말했어요. 이제 아무 문제없어요. 내 보스는 날 마녀 보듯 하더군요." 도미니카가 말했다.

"당신이 당신 상사 때문에 위험하지 않은지 본부에서 궁금해합니다. 원하면 당신을 빼내겠다고 전하라고 했어요."

도미니카가 한나의 솔직한 표정과 그녀의 머리 주위에 소용돌이치는 정열의 빨간색을 봤다. "고맙다고 전해주세요. 난 위험에 처하지 않았고 작전도 순조롭게 진행되고 있어요." 도미니카는 생각했다. '천진한 아이

옆에서 그렇게 말하니까 늙고 고루하게 들리네. 네이트도 그렇게 생각하는지 궁금하군.'

"그 말을 들으니까 안심이 되네요. 네이트가 걱정하는 게 느껴지더라고요." 한나가 말했다. '정말 그렇군.' 도미니카는 아무 말도 하지 않았다. 한나는 곧바로 다음 용건으로 넘어갔다.

"여기 당신의 탈출 장비가 있어요." 그녀가 비닐 봉투로 싼 작은 더플백을 하나 꺼냈다. 그녀는 봉투를 벌려서 도미니카가 그 더플백만 빼낼 수 있게 했다. "다 확인해서 깨끗해요. 거기 뭐가 들어 있는지는 이미 아시죠? 같은 장비로 연습했으니까. 궁금한 게 있으면 스라크로 저랑 이야기할 수 있어요. 아시죠?"

유능하면서 자신만만하군. 이 아이는 자신이 뭘 하고 있는지 잘 알고 있어. 몇 살일까? 네이트가 스물일곱 살이라고 했나? 맙소사. "그 계획은 기억해요." 도미니카는 작전 담당 요원에게 브리핑을 받는 해외 정보원이 된 것처럼 느끼면서 말했다. 사실이 그러니까. "말할 게 몇 가지 있어요. 그들에게 리릭이 어디 있는지 내가 알아냈다고 전해줘요. 리릭은 아직 살아 있어요. 사실 그 늙은 모르시가 아직까지 아무것도 자백하지 않았어요. 난 감방에 있는 그를 봤지만 그는 날 못 봤어요. 주가노프가 자백을 받아내지 못할까 봐 진땀을 흘리고 있어요. 심문을 너무 오래해서 놈들은 리릭의 심장을 걱정하고 있어요. 리릭은 지금 자신의 모스크바 아파트에 가택 연금돼서 2차 심문을 기다리고 있어요. 2단계 심문은 버티지 못할 거예요." 한나는 심각한 표정으로 도미니카를 보고 있었다.

"다 기억했어요?" 도미니카가 물었다.

"네." 한나가 배낭을 두드리며 말했다. "지금 다 녹음하고 있어요. 하나도 놓치고 싶지 않아요. 그런데 모르시가 뭐예요?"

도미니카는 그 말의 영어 단어를 몰라서 바다코끼리가 뭔지 설명하려고 하다가 콧방귀처럼 툴툴거리는 소리를 냈다. 한나는 손으로 입을 가렸고 도미니카도 웃기 시작했다. 한밤중에 숲속에서 첩보 요원 둘이서 정보 교환을 하면서 주위에 나뭇가지가 부러지는 치명적인 소리가 날까 봐 귀를 쫑긋 세운 와중에 자매처럼 웃었다.

"그 녹음한 거 조심할 거죠, 내 목소리. 그렇죠, 한나?" 도미니카는 네이트도 그걸 들을 건지 물어보고 싶은 충동을 누르면서 말했다. '당연히 네이트가 듣겠지.'

"아무도 손 못 대게 할게요." 한나가 다시 진지해져서 말했다. "게다가 누군가가 이걸 들어보려고 엉뚱한 버튼을 누르면 2.3초 만에 이 디지털 파일 전체가 지워져요."

"당신들은 적절한 장비들을 다 갖고 있는 것 같네요." 도미니카가 말했다.

"우리에겐 장난감이 많죠. 맞아요. 하지만 가장 중요한 건 당신의 안전이에요. 당신의 안전을 지키는 게 내 유일한 임무이고." 한나가 말했다.

도미니카는 한나의 이 위선적인 말에서 네이트의 목소리가 들리는 것 같았다. '이들은 함께 훈련했어. 정말 사랑스럽군. 그리고 난 지금 이 작은 전사랑 같이 숲속에 서서 이 꼬마가 날 어떻게 보살필 건지 이야기하는 걸 듣고 있고.' 도미니카는 이런 야박한 생각을 했다. "당신과 있으니 벌써 더 안전해진 기분이 드는군요." 도미니카는 녹음기에 대고, 네이트에게 말하고 있었다.

한나는 순간 도미니카를 물끄러미 봤다. '통찰력도 뛰어나. 이 정도면 내 성질을 충분히 보여준 건가?' 도미니카가 생각했다.

"할 이야기가 더 있어요. 예브게니는 여전히 그들에게 협조하고 있고, 내가 알고 싶어 하는 건 다 말할 거라고 말이죠." '이 말도 들었어, 네잇?' "예브게니의 최신 정보에 따르면 자루비나가 워싱턴 D.C.에 지정된 접선 장소를 조사하는 위성 이미지 지원 장치를 요청했대요. 예브게니는 지금 바투틴키에 있는 우주 정보부에 보낼 공식 메모를 준비하고 있어요. 내가…… 키스 한 번 해줬더니 그걸 보여줬어요." '그만해. 그 정도면 충분해.' "내가 그 좌표들을 복사했어요." 도미니카가 한나에게 종이 한 장을 건넸다. "내 생각에 자루비나는 트리톤을 위해 그걸 쓰려고 하는 것 같아요." 한나는 그 종이를 보고 녹음기에 대고 좌표를 소리 내서 읽은 후에, 종이를 갈기갈기 찢어서 투명한 액체가 든 작은 병에 넣고 세게 흔들었다. 손으로 쓴 쪽지를 파괴하는 아세톤 용액이라고 한나가 미소를 지으며 설명했다. '미소가 귀엽네. 영리한 아가씨야.' 도미니카는 생각했다.

마르타는 쓰러진 나무 위에 앉아 고개를 절레절레 흔들고 있었다. 정말 이러기야, 질투는 너에게 어울리지 않아.

"예고로바 대위님, 이건 정말 대단해요. 네이트 선배가 기절하겠어요. 이 단서로 트리톤을 찾아낼 수 있을 겁니다." 한나의 어린 얼굴이 환하게 빛났다.

'네이트 선배라 부른다 이거지.' 도미니카는 그렇게 생각하면서 한나의 얼굴을 봤다. '이 아가씨는 솔직 그 자체군. 사탕처럼 빨간 후광, 파우더와 딸기, 그리고 고대 로마인처럼 곱슬한 저 머리.' 한나는 재킷 소매를 올려서 손목시계를 봤다.

"제한 시간을 넘었네요. 다른 건 뭐 없나요? 필요한 건 없어요? 스라크 장비는 제대로 작동되나요?" 도미니카는 고개를 끄덕였다. 도미니카는 그녀와 네이트의 관계에 대해 묻고 싶은 마음을 억지로 참았다. 그녀는 촌스럽게 굴지 않을 것이다. 한나는 다시 주변의 숲을 훑어보고 고개를 흔들었다. 움직이는 건 하나도 없었다.

"다음번에 SKLAD에서 다시 봐요. 그게 영어론 '창고'라고 해요. 기억해요?"

도미니카가 고개를 끄덕였다.

한나는 자신의 신발을 내려다보다가, 다시 고개를 들어 도미니카의 눈을 봤다. "만나서 정말 좋았어요. 당신은 놀라운 사람이고, 놀라운 일을 하고 있어요." 한나가 말했다.

도미니카는 한나가 비꼬거나 아부를 하려고 그러는 건 아닌지 그녀의 얼굴을 찬찬히 봤다. 그녀의 후광은 변함이 없었다. "나도 당신을 만나서 좋았어요. 우리는 같이 일을 잘할 거예요. 네이트와 나머지 분들에게 안부 전해줘요. 당신은 네이트가 했던 그 일을 하고 있어요."

"나도 그 파일을 모두 읽었어요. 네이트 선배는 훌륭한 작전 요원이에요. 내가 이 임무를 할 수 있게 준비하는 걸 도와줬어요. 아주 많이 도와줬죠." 한나가 말했다.

도미니카는 그 말에서 한나의 감정을 엿보고, 그녀가 그 감정을 얼마나 빨리 삼켜버리는지도 봤다. 그녀는 이 여자를 싫어할 수 없었다.

"네이트 선배는 당신을 지원하는 데 전념하고 있어요." 한나가 갑자기 말했다. "완전히. 우리 모두 그래요." 페로몬 채널을 통해 전해지는 그 무언의 메시지의 뜻은 분명했다. '무슨 일이 일어나건, 그게 어떤 이유에서건, 그는 당신을 사랑해요. 내가 어떤 감정을 느끼건 그건 중요하지 않아요. 그는 당신 거니까.' 한나는 도미니카의 손을 잡고 악수할 뻔했고, 충동적으로 그녀를 껴안을 뻔했지만, 마지막 순간 멈췄다. 그녀는 돌아서서, 재킷의 후드를 올려 쓰고, 오르막길로 걸어가 어둠 속으로 사라져서 디바만 남았다. 디바는 잠시 가만히 서 있다가 돌아서서 강을 향해 내리막길로 걸어갔다.

우드란카가 그녀와 같이 걸어서 내려가며 속삭였다. 창피한 줄 알아.

예브게니는 털북숭이 다리를 도미니카의 엉덩이에 걸치고 숨을 헐떡였다. 그녀는 침대에 엎드렸는데, 몰래 얼굴을 닦으려고 그러기도 했지만 무엇보다 털이 시커멓게 난 귀와 콧구멍과 물결 모양의 발톱과 손톱 밑의 찢어진 피부를 볼 필요가 없기 때문이었다. 맙소사, 그의 거시기조차 마치 캄차카의 갈색 곰처럼 소복하게 털로 뒤덮여 있었다. 스패로우들은 조국의 전략적 목표를 이루기 위해 유혹의 기술을 이용한다. 섹스를 이용한 첩보 행위는 세상에서 가장 오래된 두 직업의 조합인 것이다. 하지만 도미니카는 살아남기 위해 온몸이 털로 뒤덮인 예브게니와 섹스를 하고 있다. 그는 트리톤 작전의 진행 사항에 대해 알고 있는 그녀의 유일한 정보원이니까.

그녀가 라인 KR로 돌아온 지 일주일이 됐다. 주가노프는 변함없이 시기와 기만의 먹구름을 머리에 이고 있었다. 정보부 내 방첩 위원회는 도미니카가 솔로비요프 장군의 수상한 구석을 감지해서 모스크바로 소환할 것을 권한 훌륭한 스파이 기술과 놀라운 성과로 떠들썩했다. 도미니카에 대한 질투와 푸틴의 총애에 대한 시기심에 제정신이 아닌 주가노프는 그 늙은 군인에게 자백을 받아내려고 진땀을 흘리고 있었지만 지금까지 아무 성과가 없었다. 예브게니는 그래서 그 장군이 힘키의 북서쪽 교외에 있는 작은 아파트에 가택 연금을 당했다고 말했다. 그 늙은 홀아비의 집에 지금 보안 요원들이 같이 살면서 지키고 있다고 했다. 장군이 여권 없이 어디를 가겠나? 한 달 쉬게 한 후 다시 심문을 시작할 것이다.

예브게니는 도미니카가 없는 동안 그녀를 그리워했다. 퇴근 후 그는 그녀의 집에 와서 둘이 작은 아파트 거실에 같이 앉아 코틀티 포자르스키를 먹었다. 그것은 간 닭고기로 만든 커틀릿을 노릇노릇하게 튀겨서 양념 맛이 강한 아이바르 소스와 같이 먹는 요리다. 음식을 먹으면서 도미니카는 우아한 손가락으로 예브게니의 줄을 잡아당겨 그의 입을 열었다. 할 말이 많이 있었는데, 예브게니는 먹으면서 말할 수 있었다.

자루비나는 지금 트리톤과 직접 만나 그를 관리하고 있다. 그녀는 트리톤에게 알랑거리고, 칭찬하고, 의견을 제시하고, 회유하고, 지시해서 CIA의 심장부에서 아주 환상적인 정보들을 점점 더 많이 입수하고 있었다. 예브게니는 자루비나가 천재이자 예술가라고 했다. 그 정보 명단의 제일 위에 있는 항목으로 자루비나는 트리톤에게 센터 내에 또 다른 미국 첩자가 있는지 알아내라는 지시를 내렸다. 코르치노이 장군이 제거된 후 생긴 틈을 메울 미국의 새로운 첩자. 크렘린에 있는 파란 눈의 냉정한 대통령이 그의 정보부(모든 부서)에 알아내라고 명령했다. 그들은 모두 카라카스 장교가 정보원이었다는 사실을 험악하게 주시하고 있었다. 그리고 아테네에서 GRU 장군이 소환되면서 엄청난 소란이 일어났다. 미국 놈들이 다시 바쁘게 움직이고 있어. 그들은 스스로에게 말했다. 그리고 그들은 전보다 훨씬 더 악질인 적들이 있다는 걸 알고 있었다. '그들은 날 찾고 있는 거야.' 도미니카는 생각했다.

예브게니에게는 할 이야기가 더 많이 있었지만, 그의 몸이 뜨겁게 달아올라 도미니카는 요염하게 그를 아주 작은 욕실로 이끌었다. 거기서 샤워기를 손에 들고 짐수레를 끄는 말을 씻기는 것처럼 그의 몸에 물을 뿌리고 비누를 가지고 섹시한 게임을 하고, 그의 몸을 닦아 침실로 데려가서, 모든 생각을 떨쳐버리고 그의 등을 손톱으로 긁고 털이 숭숭 난 엉덩이에 발바닥을 댄 채, 눈을 질끈 감고 그의 얼굴에서 흘러내리는 땀이 자신의 이마와 입술 위로 뚝뚝 떨어지는 걸 느꼈다.

도미니카는 그러다 네이트가 생각났고, 둘이 어떻게 말다툼을 벌였는지, 리릭의 일이 어떻게 틀어졌는지 떠올라 울음을 터트릴 뻔했다. 그러다 머릿속에서 뭔가 떠오르기 시작했다. 생각이 가닥가닥 흩어져서 아직 명료하지 않았기 때문에 그 생각은 따로 제쳐놓고, 예브게니의 천박한 마무리에 맞춰 가짜로 오르가슴을 느끼는 척하며(그녀는 머리를 이리저리 흔들어대며 크게 신음했다) 시간을 쟀다. 예브게니는 침대 위로 털썩 쓰러졌지만 여전히 다리를 그녀의 몸에 감고 있었다. 그의 호흡이 느려졌을 때 도미니카는 다시 그를 조종하기 시작했다.

"자루비나는 당신이 또다시 크렘린에 축하받으러 가는 걸 알고 있더군." 예브게니가 여전히 숨을 거칠게 쉬면서 말했다. "있지, 자루비나는 언젠가 국장이 될 거야. 자루비나가 당신을 눈여겨보고 있어. 당신 자리도 정해진 거지." 예브게니가 도미니카의 엉덩이를 토닥이며 말했다. "당신 친구도 잊지 마."

우드란카는 어울리지 않게 침실 구석에 있는 큰 옷장 위에 앉아 다리를 흔들고 있었다. 이건 정말 너무한다, 그렇지? 하지만 네가 이 짓을 좋아할 필요는 없어. 그냥 해야만 하는 일이야. 그녀가 말했다.

그녀가 모스크바로 돌아오고 이틀 후에 대통령 비서실에서 그녀를 불렸지만, 그녀를 태우러 온 차는 크렘린 궁의 문을 지나서 1킬로미터를 더 달려 사치스러운 트베르스코이 지구로 들어가 MKAD 순환도로 밖의 러시아에는 존재하지 않는 신발, 옷과 가죽 상점들의 유리창 앞을 지나, 시베츠키 투피크 골목이라는 표시가 붙은 넓고 깨끗한 골목에 멈춰 섰다. 거기에 있는 3번 건물은 주위에 있는 소비에트 바로크식 건물들과 어울리지 않는 벽돌과 유리로 지은 현대식 고층(11층) 빌딩이었다. 그리고 건물 정문 밖에 연방 경비대 초소가 있는 걸로 봐서 아주 특별한 곳이 분명했다.

보좌관 하나가 기다리고 있다가 도미니카를 버튼도 없고 아무 소리도 나지 않는 엘리베이터에 태워 올라갔다. 엘리베이터 문이 열리자 쪽모이 세공 마루에 우아하게 몰딩 처리된 벽과 천장이 있는 화려한 거실이 나왔다. 방 끝에서 푸틴 대통령이 사이드보드 옆에 서서 전화기에 대고 통화를 하고 있었다. 그는 카키색 스포츠 셔츠 위에 지퍼로 열고 닫는 주머니들이 달린 가죽조끼를 입고 있었다. 대통령 외에 남자 셋과 여자 하나가 가까이 있는 양단 소파와 의자에 앉아 있었는데 모두 고약한 냄새가 나는 노란 구름에 둘러싸여 있었다. 도미니카가 쪽모이 세공 마루를 지나자 구두굽이 나무 바닥 위에서 또각또각 소리를 냈다. 게이블이 다음번에 대통령을 만날 때는 하이힐을 신으라고 했던 말이 기억났다. 그녀는 진한 파란색 정장에 검은색 스타킹을 신고 있었다. 늘 그렇듯이 규정에 따라 머리는 올렸다. 사람들은 하던 이야기를 멈추고 그녀가 발레리나처럼 매끄럽고 조각상처럼 아름답게 방을 가로질러 오는 걸 봤다. 평소처럼 파란색에 둘러싸인 푸틴이 전화기를 내려놓고, 그녀와 악수를 하고, 그녀의 팔을 잡고 손님들에게서 떨어져서 아직 대기 중인 보좌관과 아직 열려 있는 엘리베이터 문으로 걸어갔다. 하이힐을 신은 도미니카는 그보다 머리 하나가 더 컸다.

"대위, 와줘서 고마워요. 또다시 대단한 일을 해내다니 축하해요." 푸틴이 말했다. 큐피드 활처럼 생긴 그의 입술이 살짝 움직였는데 아마도 기분이 좋거나, 어쩌면 기뻐하는 것 같기도 했다. "아테네가 당신에게 행운의 장소인 모양이요." 푸틴은 그녀를 뚫어져라 바라봤고, 도미니카는 처음도 아니지만 그가 그녀의 마음을 읽을 수 있는 건 아닌지 궁금했다.

"감사합니다, 대통령 각하." 도미니카는 이 미친 상황에서 유일하게 할 수 있는 대답을 했다.

"오늘은 유감스럽게도 내가 일찍 나가봐야 해요. 그렇지 않으면 당신에게 대접도 좀 하고 사람들도 소개시켜줄 텐데." 푸틴은 소파와 의자에 앉아 있는 사람들을 향해 고개를 끄덕여 보이면서 말했다. "난 앞으로 열흘 동안 스트렐나에 있는 국영 단지에서 회의를 개최할 겁니다. 콘스탄틴 궁전 알죠?"

"어렸을 때 상트페테르부르크에서 가족과 함께 가본 적이 있습니다." 도미니카는 그 아름다운 바로크 궁전과 바다로 쭉 뻗어 있는 격식을 갖춘 신고전주의 정원들을 떠올리며 말했다. 그보다 더 웅장한 페테르호프 궁전과 오라니엔바움 궁전이 페테르부르크 남쪽의 같은 해변에 있었다.

"아, 그렇죠. 당신 가족은 거기 출신이죠." 푸틴이 말했다. '맞아요. 우리 할머니는 볼셰비키들이 집을 태웠을 때 우물 속에 숨어 계셨죠.' 도미니카는 생각했다.

"흠, 당신도 거길 다시 가볼 때가 됐군요." 푸틴이 말했다. 그는 지금 그녀에게 거기에 오라고 초대한 것이다. 하지만 그녀만 부른 건 아니겠지? '내가 어떻게 해야 하죠, 포사이스? 벤포드?'

"그곳에 있는 작은 집 하나를 사적인 모임의 장소로 준비하고 있어요.

당신에게 소개해야 할 사람들이죠." 푸틴은 그녀를 다시 로비로 안내하라고 보좌관에게 손짓하면서 말했다. "고보르마렌코는 이미 알고 있을 거고."

'물론이지. 그 에너지 황제 돼지가 이란 거래에서 뽑은 이익을 당신이 빼돌리게 도와주고 있잖아. 신이여, 부디 그곳 체육관에 온수 욕조가 있기를.' 도미니카는 생각했다.

"정말 친절하시네요, 대통령 각하. 그럼 그 기회를 이용해서 거기 사는 친척들도 찾아가봐야겠어요." 그녀는 푸틴과 힘주어 악수하고 엘리베이터를 탔다.

"정문 명단에 대위의 이름이 올라갔는지 확인해." 푸틴이 보좌관에게 말했다. 엘리베이터 문이 닫혔지만 도미니카는 그녀를 보는 대통령의 시선을 여전히 느낄 수 있었다.

치킨 커틀릿
빵을 우유에 적셔서 간 닭고기, 버터, 소금, 후추와 섞어서 반죽한다. 작은 패티(고기, 생선 등을 다져 동글납작하게 빚은 것-옮긴이)를 여러 개 만들어, 계란 물에 담갔다가, 빵가루를 묻힌다. 노릇노릇하게 익을 때까지 버터에 살짝 튀긴다. 토마토 퓌레와 아이바르 소스와 같이 낸다.

32

벤포드는 자신이 소집한 회의에 늦었다. 그는 독일의 내진 바닥재가 비밀리에 러시아의 수로를 거쳐 이란으로 가는 진행 사항에 대한 확산 부서 브리핑을 아래층에서 듣고 왔다. 독일 SBE가 베를린 지부에 거대한 기계가 공장에서 반출되었다고 알려줬다. CIA와 공조하는 NGA(미국 국립 지리정보국-옮긴이)가 3세대 인디고 아이 위성으로 추적해서 320킬로미터 상공의 타원형 극궤도에서 그 바지선의 고물에 찍힌 이름을 읽을 수 있었다. 그 배는 상트페테르부르크의 북쪽에 있는 호수들의 물결을 가르며 가다가 남동쪽으로 방향을 돌려서 볼가 강 하류로 가서 아스트라한에 있는 볼가 강 삼각지를 거쳐 카스피 해로 갈 것이다.

어두운 방에서 벤포드는 프로젝터로 거대한 화물 사진들을 봤다. 수축되는 포장 재료인 흰 비닐로 돌돌 말고 그 위에 회갈색 방수포를 씌운 후에 걸리버 여행기에 나오는 거인처럼 수십 개의 끈을 교차시켜서 단단히 묶었다. 황소개구리처럼 눈이 툭 튀어나오고, 사람을 돌게 만드는 NGA의 이미지 분석가가 세차운동으로 알려진 궤도 이동이란(벤포드가 케플러의 제3법칙을 설명하는 건 그만두라고 노려봐서 더 이상 못했다) 그 위성이 궤도를 이동할 때마다 관찰하는 부분이 서쪽으로 밀린다는 뜻이라고 설명했다. 그 말은(혼자 만족스러워하는 분석가가 설명을 계속했다) 인디고 아이는 바지선이 카스피 해로 들어가면 더 이상 볼 수 없게 된다는 뜻이었다. 벤포드가 그 기분 나쁜 인간을 계속 노려보자, 그는 재빨리 그때부터는 터키의 인시르릭에 있는 미 공군 기지에서 솔라 피스트 감시 드론을 띄울 거라고 덧붙였다. 드론은 아무에게도 들키지 않고 아제르바이잔과 이란 영공까지 500킬로미터를 날아가 악취가 진동하는 카스피 해 위에서 5일 동안 어슬렁거리면서 고도 20킬로미터에서 한가하게 8자 비행을 할 수 있다.

브리핑이 끝나갈 무렵 눈이 툭 튀어나온 분석가('이미지 분석가가 눈이 튀어나오다니 정말 잘 어울리네.' 벤포드는 생각했다)가 드론이 5년 안에 작전 요원들을 대체할 거라고 잘난 척하며 말했다. 벤포드는 화가 나서 온몸이 경직됐다. 방에 있던 확산 부서 요원들은 모두 입을 다물었다. "물어보지도 않았는데 굳이 그런 말을 해줘서 고맙소. 물론 당신은 그 높은 곳에 있는 드론 없이도 남자의 팬티를 내려다볼 수 있겠지. 하지만 당신네 드론은 그 남자가 팬티 속 물건으로 누구와 뭘 할 건지, 그리고 언제 할 건지는 절대 예측할 수 없잖아." 벤포드가 쏘아붙였다.

그는 회의실을 나와서 자칭 연금술사의 동굴이라고 부르는 자신의 사무실로 급히 갔다. 서류들이 무더기로 쌓여 있는 책상 주위의 의자에 그의 진정한 서번트들인 마저리 살바토레와 재니스 캘러핸이 앉아 있었다. 벤포드는 앉아서 오만상을 찌푸리면서 그들을 봤다. 그들은 이럴 때는 입을 꼭 닫고 있어야 한다는 걸 알고 있었다. 벤포드는 러시아에 보고하는 첩자가 CIA 내부에 있다는 걸 알고 온통 그 문제에 빠져 있었다.

"이런 말해서 미안한데. 젠장, CIA에 첩자가 있는 걸 알게 된 후로 우리는 OSI 이중간첩 작전을 중지시켜서 이 트리톤이란 놈이 러시아인들과 소통하지 못하게 했어. 그렇게 해서 그 트리톤을 밖으로 끌어내 SVR 레지던트 자루비나와 만나게 할 생각이었지. 디바의 보고에 따르면 그런 일이 이

미 일어난 건 알았는데, 맙소사, 빌어먹을 FBI가 자루비나를 미행했는데도 아무것도 안 나왔어. 자루비나는 거리에서 극도로 신중하게 움직이면서, 안 좋은 기운이 느껴지면 곧바로 만남을 취소해버리는 데다, 도무지 예측할 수 없게 움직이니까. 그 여자를 몰래 따라다니기가 환장하게 어렵군."

"거리에 나오면 아예 철저하게 봉쇄를 해버리죠. 그녀가 실수하게 만드는 겁니다." 재니스가 말했다.

"그게 효과가 있을지도 몰라요. 하지만 압력이 너무 세게 들어가면 센터에서 트리톤을 움직이지 못하게 하고 불법체류자를 미국에 보내서 관리를 시작할 수도 있어요." 마저리가 말했다.

"그렇게 되면 그 건은 완전히 지하로 들어가 버리고 트리톤은 30년간 아무 방해도 받지 않은 채 다 해 먹겠죠." 재니스가 말했다. 그녀는 동유럽에서 정보원들을 관리했는데 그들의 현실적인 기대 수명은 18개월이었다.

"우울하게도 재니스의 말이 맞아. 트리톤이 아직 우리가 미행할 수 있는 러시아 내부 정보원과 만날 시간이 얼마 안 남았지. 자루비나는 공격적으로 미행을 따돌리고 있어. 계속 FBI 감시팀을 함정에 빠뜨리고 있다고." 벤포드가 말했다.

"지금까지 그 오랜 세월, 그 모든 작전에는 항상 예측 불가능하고 극히 사소한 요소 하나가 작전 방향을 바꿔서 내부첩자 사건에 결정적인 단서가 생기거나 확실하게 포섭할 수 있었어요. 지금 우리에게 필요한 게 그런 거예요." 마저리가 말했다.

"여기 1페니 있어, 마저리." 벤포드가 책상 위에 있는 쓰레기 더미 사이로 동전 하나를 밀었다. "건물 앞에 있는 소원을 비는 우물에 던져."

"마저리, 그 동전은 아껴둬요." 단테가 벤포드의 사무실로 들어오면서 말했다. 그는 의자 위에 있던 파일 더미를 들어내고 그 의자를 끌어 마저리 옆에 앉았다. "시몬, 모스크바 2584를 봐. 방금 들어왔어."

벤포드가 한숨을 쉬었다. "단테, 이 회의에 아주 여유롭게 왕림해줘서 고마워. 이건 20분 전에 시작됐다고."

단테가 벤포드의 모니터를 가리켰다. "당장 봐."

벤포드는 그 메시지를 찾아서, 머리에 꽂은 반달형의 작은 안경을 쓰고, 고개를 컴퓨터 모니터에 기울인 채 읽었다. "한나 아처가 모스크바의 스패로우 언덕에서 디바와 첫 번째 접선을 했군." 벤포드가 그렇게 말하고 몸을 돌려서 셋을 바라봤다. "재니스, 당신의 수제자가 또다시 멋지게 해냈어." 그는 계속 읽었다. "게다가 디바가 보고한…… 이런 망할, 맙소사."

벤포드는 모니터에 손가락을 대고 천천히 읽었다. "38도, 북쪽으로 92분, 77도, 서쪽으로 03분." 그는 그렇게 말하면서 또다시 몸을 돌려 그들 하나하나를 봤다.

마저리는 벤포드에게 전적으로 충성하고 있지만 어느 날 그가 갑자기 노망날 거라고 오랫동안 예측하고 있었다. 그런데 지금이 바로 그때인 모양이었다. 마저리는 1층 도서관에서 CIA 가족의 날을 맞아 기금을 모을 방법으로 노망난 벤포드의 사진을 보여주는 아이디어를 생각했다.

"지금 무슨 생각을 하고 있건 당장 멈춰, 마저리. 디바가 라인 KR의 예브게니란 자에게 이 정보를 알아냈어. 내 생각에 디바는 그자에게 스패로우 기술을 쓰고 있는 모양이야. 정말 정력적인 여자야. 대단해." 벤포드가 신문 더미 밑에서 워싱턴 D.C. 지도책을 뽑아내자 신문들이 바닥으로 떨어지면서 작은 산사태를 일으켰다. 아무도 그걸 집으려고 움직이지 않았다.

"자루비나가 이 좌표들의 공중 이미지들을 요청했어." 벤포드가 지도

책의 페이지를 휙휙 넘기면서 말했다. "러시아인들은 우리처럼 접선 장소를 사전에 답사해. D.C. 시내, 컬럼비아 하이츠 메리디언 힐 공원, 15번가와 16번가 사이야." 벤포드는 그 페이지를 찾아서 봤다.

"마저리, 당신은 예언가고, 무당이고, 점쟁이야. 자루비나가 방금 트리톤과 다음번에 만날 장소를 우리에게 알려줬어."

앙주빈은 다시 러시아인들과 연락을 재개한 후 자루비나와 다섯 번 만났다. 그는 거리에서 그녀와 만나는 게 전혀 마음에 들지 않았다. 너무 위험했다. 그는 스파이 기술에 대해선 하나도 모르지만, 있는 줄도 몰랐던 상당히 괜찮고 인적이 드문 장소들(도시의 골목길들, 좁은 통로, 마당들)을 자루비나가 고른다는 건 인정했다. 하지만 그는 유명한 SVR 레지던트와 밖에서 만날 위험에 움찔했고, 그녀와 만나는 내내 토끼처럼 초조해했다. 그는 대개 남들이 볼 수 없는 장소에서 기다리면서 그녀가 혼자 도착하는지 확인하고, 문제가 생기면 당장 돌아갈 준비를 했다. 자루비나는 그가 초조해하는 걸 알고 있었고, 한번은 할머니처럼 그를 껴안으며 자기를 걱정해주다니 참 다정한 사람이라고 말했다. '다정 좋아하시네, 난 내가 걱정돼서 그런 거라고.' 그는 생각했다.

그가 계속 자루비나에게 돌아오는 건 돈 때문이었다. 러시아인들은 이제 그에게 배낭에 두툼한 현금 다발을 채울 만한 거액을 지불하고 있었고, 거기다 해외 은행에 두둑한 차명 계좌들을 만들어줬다. 자루비나는 그의 이름으로 거기 예치해둔 돈이 2백만 달러를 넘었다고 말했다. 앙주빈은 그들이 그의 자존심과 허영심을 계속 부추기고 있는 걸 알고 있었지만, 돈만 준다면 그들 마음대로 조종하라고 할 판이었다. 자루비나는 지치지 않고 가차 없이 그를 밀어붙였다. 그렇게 다섯 번을 만나자 상상력이 풍부한 앙주빈은 겉으로는 할머니처럼 다정하고 친절해 보이는 자루비나의 이면에서 오래된 소비에트의 여론 조작용 재판과 노동 수용소와 중앙 위원회의 독기와 자작나무 숲에 있는 집단 무덤들을 봤다.

다행히 비키와는 아주 잘 되고 있었다. 그녀는 스트리퍼 일을 그만하라는 그의 제안을 거부했지만, 같이 멋진 휴가를 여러 번 갔고, 그는 그녀의 집세와 생활비를 대고 있었다. 섹스도 끝내줬다. 아주 원기왕성하고 유연했다. 이제 어느 정도 그녀와 관계가 깊어졌다고 생각한 그는 넌지시 굿 가이스 클럽에서 일하는 그녀의 동료 한 명을 데려와 쓰리썸을 하는 게 어떠냐고 말했는데 그녀가 히스테리를 일으키면서 일주일 동안 그를 만나지도 않으려고 했다. '대체 그게 뭐라고 그렇게 호들갑이야?' 그는 생각했다. 그는 M가에 있는 마켓 스트리트 다이아몬드 상점에서 금 귀걸이 한 쌍을 그녀에게 사줬고, 둘이 화해의 섹스를 했지만, 그녀는 아직도 화가 풀리지 않았다.

앙주빈은 CIA에서 자신의 '고위직'을 이용해 그곳에 들어오는 작전 메시지들을 읽었다. 그런 메시지들은 아주 많았다. 그는 그중 어떤 것도 다운로드받지 않았고, 복사도 하지 않았다. 그곳은 항상 컴퓨터와 프린터 사용 내역을 모니터하고 있으니까. 자루비나는 그가 CIA 내부 컴퓨터 화면에 뜬 메시지를 사진 찍어 오는 걸 보고 깊은 인상을 받아서 그에게 성능이 아주 좋은 미니카메라(일제 초비 카메라)를 하나 줬다. 그것은 지우개만 한 크기에 무게도 14그램밖에 안 됐다. 그의 아이폰보다(어쨌든 본부에는 아이폰을 가지고 들어갈 수 없다) 해상도도 더 높았다.

"물론 우리 라인 T에 더 좋은 카메라들이 있지만." 자루비나는 콧방귀를 꿔며 말했다. "이건 곧바로 구할 수 있어서." 그 말은 앙주빈이 일제 미니카메라를 가지고 있다가 잡혔을 경우에 SVR은 언제든 그를 모른다고 부인할 수 있다는 뜻이었다.

"그걸 비디오 모드로 해놔요. 그리고 화면을 아주 빨리 스크롤 해요. 우리가 그 이미지들을 회수할 수 있으니까." 앙주빈은 '페이지다운' 키를 엄지손가락으로 누르고, 이제 그의 모니터에 폭포수처럼 떨어지는 수많은 메시지, 메모, 브리핑 보고서를 찍고 있었다. 그는 지금 자신이 찍고 있는 게 뭔지도 몰랐다. 그들은 알파, 베타, 감마라는 별명을 붙인 카메라 세 대를 가지고 작업하면서 매번 만날 때마다 순서대로 바꿨다. 그들이 CIA의 정보 금고를 털고 있었다.

마지막 미팅에서 자루비나는 앙주빈에게 모스크바에서 활동하는 CIA 첩자를 찾아야 한다고 다시 한 번 상냥하게 일깨워줬다. 앙주빈은 처음도 아니고 세 번째로 그런 기밀 작전에 관련된 보고서를 읽는 사람은 세 명으로 제한돼 있다고 다시 설명했다. 이런 작전에서 나온 정보들은 정보원을 보호하기 위해 아주 철저하게 편집되기 때문에 정보원의 이름, 성별, 국적은 알 수가 없다고. 듣기 좋은 말만 하는 자루비나는 그에게 계속 찾아보라고 부탁했다.

그다음 주에 그토록 증오하는 글로리아와 주간 차장급 회의에 참석한 앙주빈은 기밀 정보원들의 정체를 보호하는 방화벽을 피해서 들어가는 방법을 알아냈다. 그 암퇘지가 무책임하고 장황한 마무리 연설 도중에 지나가는 말로 재무부의 형식적인 절차에 대해 불평했다. 그녀는 재무부에서 정보원들의 차명 계좌에 입금하기 위해 그들의 실명 명부들을 관리하고 있는데, 그건 정보원들에게 할당된 연방 예산을 받으려는 형식적인 절차에 지나지 않는다고 말했다. 그것은 방첩 시스템에서 의도하지 않은 틈이었다. 아무도 글로리아가 하는 말을 귀담아 듣지 않았다. 앙주빈만 빼고. 앙주빈은 군사부 차장으로서 자신이 그 일급 기밀 재무부 데이터베이스에 접근할 수 있는 자격이 있다는 걸 알아냈다. 그는 데이터베이스를 열람할 이유로 다른 군사 작전을 언급하기만 하면 됐다. 그건 위험한 행동이었다. 흔적을 남기겠지만 할 수 있다. 딱 한 번만.

그는 극적인 효과를 높이기 위해 자루비나와 밤에 만난 미팅이 끝날 때까지 기다렸다가 그 말을 했다. "이 건은 딱 한 번만 하는 거래입니다. 그러니 백만 달러를 내요." 그가 그녀에게 말했다. 자루비나는 그에게 베타를 받고 감마를 내줬다. 다음번 만날 때 그 카메라에 러시아 정보원들을 포함해서 CIA의 가장 중요한 해외 정보원들의 본명이 들어 있을 것이다. 그걸로 CIA의 모스크바 침투 작전도 막을 내릴 것이다. 자루비나는 앙주빈의 어깨를 두드려주고, 경이롭다고 하면서, 한 치의 망설임도 없이 달러건, 유로건, 크루거랜드(남아프리카 공화국 정부 발행 금화-옮긴이)건, 망할 놈의 블러드 다이아몬드건 뭐든 그가 원하는 화폐로 다음번 미팅에서 감마 카메라를 받는 즉시 주겠다고 말했다. 그 말에 앙주빈은 입술을 핥았다.

"2주 후에 약속 장소인 머메이드에서 봐요." 자루비나가 그의 팔을 토닥이며 말했다. "몸조심해요, 트리톤." 그녀는 센터를 발칵 뒤집어놓을 폭탄 같은 메시지를 작성하려고 레지덴투라로 돌아갔다. 자신이 야세네보의 SVR 국장 책상 앞에 앉아 있고, 그녀의 팔꿈치 옆에 크렘린 직통 전화가 있는 모습이 그녀의 머릿속을 스쳐갔다.

맙소사. 또 그의 땀이 그녀의 얼굴 위로 뚝뚝 떨어지고 그의 가슴 털이

그녀의 입속으로 들어오는, 손톱이 오그라드는 밤을 보냈다. 도미니카는 예브게니가 떠난 후 침대에 누워 자신의 심장 뛰는 소리를 들었다. 그에게 최근 라인 KR에 대한 소문을 듣고 충격을 받아 토할 뻔했다. 2주 후에 트리톤은 정보원들의 이름(그녀의 이름도 분명 거기 포함됐겠지)이 적힌 명단을 자루비나에게 넘겨줄 것이다. 벤포드는 그녀를 보호할 수 없다. 늑대들이 점점 가까이 다가오고 있었다. 기이하게도 두렵진 않았고, 그저 그들의 부패한 세상을 파괴하겠다는 목적 하나를 위해 살아남아야 한다는 의지가 솟구치는 게 느껴졌다.

그녀가 살 수 있는 시간이 2주 남았다. 그 깨달음과 핀란드 만에 있는 바닷가 저택에 오라는 푸틴의 부드러운 초대를 계기로 갑자기 흥분되면서 떠오른 생각이 계획으로(불가능하고, 자멸을 초래하겠지만) 바뀌었다. 그녀는 자신이 그 계획을 실행할 거라는 걸 알고 있었다. 러시아라는 배에 찰싹 달라붙은 그 거머리들을 파멸시키는 계획. 그녀는 그 계획을 실천할 것이다. 그것이 그녀의 마지막 작전이라고 해도. 그녀는 가슴속에서 그 절박한 느낌을 느낄 수 있었다. 그녀는 스라크 메시지 두 개를 보내고 그 메시지를 탐지 장치로 보낼 드라이브를 찾으러 가면서 금발의 한나를 생각했다. '이 말을 전해줘요, 내 어린 자매여.'

35번 메시지. 긴급. 트리톤이 러시아 내부첩자의 이름을 전달할 것이라고 자루비나가 보고함. 대단히 확신하고 있음. 2주 후 머메이드에서 미팅. 다른 세부 사항 없음. 올가.

36번 메시지. 대통령이 스트렐나 궁전으로 초대한 날짜가 10일 후임. 그 여행을 이용해 12일 새벽 리릭을 탈출 장소로 데려올 예정. 레드 루트 2 작전

개시. 올가.

디바가 보낸 스라크 메시지 두 개가 모스크바 지부와 아테네 지부와 랭글리를 강타했다. "이건 귀머거리가 미친 듯이 치는 종소리처럼 어마어마하군." 게이블이 말했다. 벤포드는 마치 홀린 사람처럼(지금 상태가 딱 그랬다) 보안 전화기로 두 지부에 지시를 내리고 있었다. 그는 포사이스의 동의를 구하고 네이트를 워싱턴으로 불러들였다. 그는 트리톤이 자루비나와 만나 그 이름을 전달하는 걸 막을(어떤 대가를 치르고라도) 작전을 관리하는 거리 공작원이 필요했다. 그는 디바에게 보내는 스라크 메시지를 직접 작성하고 한나에게 그걸 탐지 시스템에 로딩하라고 지시했다.

35번 메시지. 회신. 머메이드는 지난번에 받은 좌표로 추정. 그 장소와 정확한 날짜를 확인할 수 있는가?

36번 메시지. 회신. 절대 어떤 상황에서도 그를 탈출시키려고 시도하지 말 것. 레드 루트 2는 당신만을 위한 탈출 루트임. 내일 SKLAD에서 긴급 미팅 요청. 메시지 수신 확인 요청 바람.

이 절박한 위기에 흥분한 모스크바 지부장 스록모턴이 벤포드에게 전화해서 자신이 직접 디바와 만나 철수하라고 말하겠다고 했다.

"이 작전은 대단히 중요해요. 노련한 경험자가 해야 하는 일입니다." 그는 벤포드에게 말했다.

"버넌, 자넨 절대 나서지 마." 벤포드가 엉덩이가 빨간 원숭이 같은 이 새끼가 약속 장소에 FBS 절반을 끌고 나타날 것을 알고 전화기에 대고 고함을 질렀다. "아처가 하게 놔둬. 그러려고 아처를 거기 보낸 거야. 내 말 잘 알아먹었어?" 수화기 너머로 그러겠다고 웅얼웅얼하는 소리가 들렸다.

스라크 메시지들은 이제 신속하게 오가고 있었다. 모스크바 부지부장 쉰들러는 오후마다 한 잔씩 마시는 진토닉을 생략하고 3번 탐지기로 차를 몰고 가서 디바가 짜증을 낸 답변을 받았다. 그 유명한 37번 메시지는 다음과 같다.

37번 메시지. 내일 SKLAD에서 만날 메시지 수신했음. 리릭을 버리지 않겠음. 탈출 계획도 중단하지 않겠음. 리릭과 나는 12일 새벽 해변으로 탈출 계획 시행할 것임. 리릭이 물 위를 걸어갈 수 없다는 충고를 보냄. 올가.

한나는 모스크바 지부에 있는 자신의 작은 책상 앞에 앉아 대사관 구내 식당에서 가져온 파스트라미(양념한 소고기를 훈제하여 차게 식힌 것-옮긴이) 샌드위치를 우적우적 먹고 있었다. 식당의 러시아 요리사들은 설명할 수도 없는 재료들을(라자냐에 피클을 넣는다든가, 맥도널드 치즈 버거에 데친 호두를 넣는 식으로) 요리에 추가해서 메뉴에 있는 대부분의 미국 음식들을 망쳐놨지만 어떤 이유에선지 파스트라미 샌드위치는 아주 맛있게 만들었다. 아마도 살라미 소시지, 식초에 절인 소고기, 소금에 절인 햄과 후추와 소금으로 간을 한 돼지비계에 대한 슬라브인들의 사랑 때문에 파스트라미는 제대로 대우하기로 한 모양이었다. 샌드위치에는 치즈와 봄양파와 비네그레트 드레싱을 친 콜슬로가 듬뿍 들어 있었다. 샌드위치에 후추 맛이 나는 렐리시(과일, 채소에 양념을 해서 걸쭉하게 끓인 뒤 차게 식혀 고기나 치즈에 얹어 먹는 소스-옮긴이)가 담긴 플라스틱 소스 컵이 같이 나왔다. 구내식당 요리사들은 그 소스를 눈 튀어나오게 매운 소스라고 불렀지만 한나는 소스 뚜껑도 열어보지 않았다. 오늘 감시 탐지 루트를 네 시간째 달리다 이 소스의 화산 같은 효과를 느끼고 싶지 않았다. 벤포드는 보안 전화로 이 만남에 대해 설명했다.

"한나, 디바가 어떤 구세주 같은 광기에 사로잡혀 있건 제발 정신 차리게 만들어." 벤포드가 씩씩거리며 말했다. "망할, 디바는 이런 식으로 위험을 자초해선 안 돼. 자네가 어떻게 하든지 방법은 상관하지 않겠어. 거짓말을 하든지, 해양 자원을 지금 쓸 수 없는 상태라고 하든지, 그 탈출 장소가 오염됐다고 하거나 뭐든 다 좋아. 망할, 내가 심장마비를 일으켜서 중환자실에 있다고 해. 열두 시간 후에는 진짜 그런 일이 벌어질지도 모르니까."

"그렇게 오래 걸리지도 않을 것 같은데요." 한나는 자신만만하고 유쾌한 분위기를 풍겨서 그를 안심시키려는 의도로 농담을 했다. '그러지 말걸 그랬어.'

심장이 졸아드는 침묵이 흐른 후에 벤포드가 고래고래 소리를 질렀다. "한나 에멀린 아처." '내 가운데 이름은 어떻게 아셨지? 그리고 왜 우리 아빠가 야단칠 때처럼 내 가운데 이름을 부르는 거야?' "난 항상 자네의 젊은이다운 열정을 높게 판단했지. 자네가 모스크바에서 잘 해내고 있는 건 칭찬받아 마땅해. 하지만 오늘부터 내가 '웃겨봐'라고 구체적으로 말하지 않는 한 절대로 농담하려고 애쓰지 마." '어쩜 이렇게 우리 아빠랑 똑같을까.' 한나는 생각했다. 샌드위치는 반쪽밖에 못 먹었는데 이걸로 끝이군.

"부장님이 이 임무를 맡기려고 절 뽑으신 거잖아요. 부장님은 실수하지 않으셨어요. 제가 디바에게 말하겠습니다." 한나가 말했다.

"고마워, 한나. 60년이 넘는 세월 동안 우리 에이전시에서 작전 요원이 동료 요원에게 이런 경우에 쓰는 축복의 말이 있지. 사냥 잘해." 그는 잠시 아무 말도 하지 않았다. "그리고 축복이 있기를." 거짓말과 속임수와 도둑질로 구성된 세 폭의 그림 앞에서 경배를 드리고, 사람을 싫어하고 불가지론자인 그가 기도한 것이다. 전화가 딸각 소리를 내면서 끊기고 보안선 특유의 속이 텅 비고 물이 콸콸 쏟아지는 것 같은 소리만 들렸다.

이제 작전 개시 시간이 거의 다 됐다. 한나는 감시 탐지 루트를 달릴 시간으로 여덟 시간(약속 시간은 11시였다)을 계산해놨다. 당장 이 게임을 시작해야 했다. 종적을 감추고 사라져서, 임무를 수행하는 내내 들켜서도 안 되고, 실수를 해서도 안 된다. 오늘 밤은 중간에 접선 포기 같은 건 할 수 없다. 한나는 자신의 책상으로 돌아가, SKLAD 현장 보고서와 사진들을 검토하고, 자신이 몇 달 전에 작성해서 검토한 후 먼저 지부장(그는 감시 탐지 루트를 달려본 적도 없지만)에게 승인을 받고, 그다음에 본부의 승인을 받은 감시 탐지 루트를 다시 훑어봤다. 그녀는 자면서도 그 루트를 달릴 수 있었다. 한나는 검은 바지와 케이블 니트(새끼줄 모양의 니트-옮긴이) 스웨터를 입고, 단화를 벗고 모직 양말과 고무굽이 낮은 부츠로 갈아 신었다. 그리고 주머니에 든 핸드폰, 집 열쇠들과 지갑을 책상 위의 캐비닛에 넣었다. 러시아 외무부에서 발급한 작은 외교관 신분증과 차 키만 챙겼다.

두꺼운 재킷만 입고 나가기엔 너무 추웠다(해가 지면 이곳은 몹시 춥다). 그래서 한나는 안감과 칼라와 소맷동에 모직을 대고 앞쪽에 큰 단추들이 달린 묵직한 검은색 러시아 코트를 입었다. 일단 대사관을 벗어나 감시 탐지 루트로 들어가면, 머리에 바부시카(전통적으로 러시아 여자들이 머리에 쓰는 스카프-옮긴이)를 써서 금발을 감춰 외모를 바꿀 것이다. 그녀는 소시지 모양의 열 영상 망원경을 코트 주머니에 넣었다. 마지막으로 확인하고, 갈 준비를 했다. '도미니카, 내 말을 들어야 해요. 당신을 안전하게 지키는 것이 내 임무예요.' 한나는 생각했다.

한나는 조립식 책상 두 개를 지나서 나가기 전에 마지막으로 얼른 보고 가려고 지부장의 미닫이문에 노크했다. 지부장이 무능한 데다 자신이 천치라는 걸 자각하지 못하는 증거는 계속 늘어나고 있었지만 그녀는 벤포드의 지시에 따라 말만 번드르르한 스록모턴에게 흔들림 없이 항상 공손하게 대했다. 스록모턴은 한나가 벤포드가 직접 내린 명령에 따라 이 지부에 왔다는 걸 깨닫고 처음에는 한나의 작전 계획에 이의를 제기하지 않았다. 하지만 점점 더 한나의 성공은 자신의 뛰어난 지부 관리 능력 덕분이라고 생각하면서 그를 다루는 게 힘들어지고 있었다. 한나는 인내심을 가지고 그를 상대하면서도 벤포드에게 불평하지 않아서 지부장인 그가 엉덩이를 차이는 벌을 모면하게 해줬다. '하지만 아무래도 앞으로 그렇게 될 것 같군. 디바와의 긴급 미팅 때문에 지부장이 흥분했어. 그는 영웅이 되고 싶어 해.' 한나는 생각했다.

"지부장은 갔어." 트레일러 끝에서 목소리가 들렸다. 부지부장인 아이린 쉰들러가 자신의 사무실 앞에 서서 문을 밀어 열고 있었다. 한나는 돌아서서 그녀를 향해 걸어갔다.

"부지부장님, 지부장님이 돌아오기 전에 제가 나가야 했다고 전해주시겠어요? 이따 집에 오면 작전 성공했다는 신호로 주차장에 있는 제 차 뒤쪽 선반에 티슈 박스를 놔둘게요." 아이린은 문틀에 기대서서 눈을 깜박였다. '벌써 맛이 반은 갔구나.' 한나는 생각했다.

"지부장이 디바를 만나러 갔다고." 아이린이 말했다.

"지부장이 디바를 만나러 가다니 무슨 뜻이에요?" 한나가 말했다. 충격파가 그녀의 등 위로 올라와 정수리를 넘어 팔로 내려오고 있었다.

"지부장이 디바랑 그냥 이야기만 하면 된다고 했어. 지부장은……"

"아이린, 제발 그 입 닥쳐요. 지부장이 어떻게 그 장소로 갔다는 거죠? 지부장은 거기가 어디 있는지도 모르잖아요. 무슨 차를 몰고 갔어요? 어떤 루트로 갔냐고요?" 한나가 말했다.

아이린이 손을 들었다. "지부장이 현장 보고서를 읽었어. 그도 자신만의 루트가 있어. 이 일을 벌써 몇 년째 하고 있는데." 아이린이 말했다.

"아이린, 난 가야 해요." 한나는 공황 상태에 빠져서 말했다.

"내 말 잘 들어요. 어서 보안선으로 벤포드 부장님에게 전화해요. 부장님 번호는 내 책상에 있어요. 내 말 들어요! 부장님에게 무슨 일이 일어났는지 말해요. 내가 지부장보다 먼저 현장에 도착해서 디바에게 경고해보겠다고 말해요. 내 말 듣고 있어요?" 한나가 말했다.

아이린은 고개를 끄덕였다. 한나는 그녀에게 두 걸음 더 다가가서, 아이린의 술 취한 눈을 보고 어깨를 잡고 흔들었다. 그녀는 아이린의 모직 옷 밑으로 뼈가 잡히는 걸 느낄 수 있었다. 한나는 자제하려고 애를 쓰면서, 그녀의 머리를 잡고 미친 듯이 흔들고 싶은 걸 애써 참았다.

"아이린, 지금 당장 해야 해요. 우린 디바를 보호해야 해요, 당신과 내가. 알겠어요? 당신은 예전에 이런 일을 제대로 해냈잖아요. 제발 남은 정신을 다 긁어모아서 날 도와줘요." 한나는 그녀의 눈을 들여다봤다. "난 가야 해요." 그녀는 아이린의 어깨를 잠시 더 잡고 있었다.

"손 치워. 나 지금 전화해야 하니까." 아이린이 말했다.

대사관의 파스트라미 샌드위치
비계가 없는 파스트라미 조각들을 뜨거운 냄비에 넣고 재빨리 여러 번 뒤집어서 가장자리를 바삭바삭하게 익힌다. 파스트라미 위에 아지아고 치즈와 구운 봄양파를 덮고 뚜껑을 닫아서 치즈가 녹을 때까지 익힌다. 머스터드 소스를 바른 구운 빵 위에 파스트라미를 올리고 그 위에 비네그레트 드레싱을 친 콜슬로를 올린다. 그 위에 크레노비나 소스(토마토, 서양고추냉이, 마늘, 소금, 후추, 파프리카, 식초와 설탕을 넣고 믹서에 간 것)를 뿌린다.

33

한나는 미행을 끌어내려고 작은 스코다를 난폭하게 몰면서 계속 도발적으로 행동하느라 감시 탐지 루트를 달리는 데 지켜야 할 규칙을 십여 개는 어겼다. 도로에 미행은 없었고, 그녀는 오늘 밤 감시 리스트에 자신은 없다는 걸 믿는 수밖에 없었다. 그녀는 차가 빽빽하게 몰려 있는 어두운 도로를 달려 동쪽으로 갔다가, 남쪽으로 방향을 틀어서 창고들과 트럭들이 있는 황량한 류버치 지구로 갔다. 그녀는 차의 미러들을 이용해서 자신이 방향을 바꿀 때 따라 하는 차들을 눈여겨보면서 혼자 남을 때까지 미행 가능성이 있는 차들을 하나씩 떼어냈다. 그리고 조용히 15분 동안 기다린 후, 차를 외딴 공사장에 놔두고 거기서부터 걸어갔다. 아마 그녀가 돌아왔을 때 그 차는 그 자리에 있을 것이다. 가능성은 반반이었다. 그녀는 거기서 40분을 더 걸어가야 했다.

SKLAD는 어두운 창고 주위를 돌아가는 울타리가 쳐진 통로를 가다 보면 나온다. 그 통로는 맞은편 녹이 슨 강철 계단으로 이어져 옐렉뜨리치카, 즉 전기 철도에 전기를 공급하는 선로 위를 지나간다. 어둠 속에 휑뎅그렁한 창고들이 줄줄이 늘어서 있고, 그 창고들 사이에 기름이 번들거리는 격자무늬의 연결 도로들이 아직 다 타지 않고 남아 있는 몇 개 안 되는 수은 등의 불빛을 받아 환하게 빛나는 미로가 됐다. 창고 1층에서 돌아다니는 개들은 우르르 소리를 내면서 달려와 창고의 양철 지붕들을 흔들어놓는 기차의 날카로운 경적 소리에 길게 울부짖었다. 그곳은 진흙투성이에, 녹이 슬고, 황폐하고, 철조망으로 둘러싸여 있고, 페인트는 떨어져가고, 금방이라도 무너질 것 같은 고모라(성경에 소돔과 같이 멸망하는 도시-옮긴이)였다. 다시 말해 전형적인 모스크바 교외였다.

주위는 조용했고 이가 딱딱 소리를 내며 부딪칠 정도로 추웠다. 한나는 기계유와 쇠 줄밥 냄새가 나는 어두운 창고들 주위를 조용히 지나갔다. 그녀는 한 창고 구석에 멈춰서 망원경으로 도로를 훑어보고, 다시 지금 서 있는 곳의 뒤를 보고, 그다음에 바깥쪽 차선 두 개를 살펴봤다. 텅 비어 있었다. 엔진 소리도 안 들리고, 매캐한 담배 연기도 없고, 망원경으로 창고 양쪽에 있는 램프에서 발산되는 희미한 열기만 감지됐다. 그녀는 다음번 창고 구석으로 가서 좀 전과 같이 다시 네 곳을 확인했다. 이상 없다. 그녀는 손목시계를 보고 지부장이 꼬리에 수십 명의 감시자들을 달고 오는 건 아닌가 하는 생각을 했다. 운이 따라주면 그는 길을 잃고 순환도로의 반대편으로 빙빙 돌고 있을지도 모르겠다.

한나는 통로로 걸어가서 소리 없이 계단을 올라가 선로 위의 경간(다리나 건물의 기둥에서 기둥 사이-옮긴이)으로 갔다. 그 통로 밑으로 또다시 짙은 초록색 기차가 우르르 소리를 내면서 달려가자, 그녀의 머리 위에 있는 송전선이 윙윙 울리면서 아크등 불빛이 번쩍였다. 기차가 지나갈 때 강철 통로가 좌우로 천천히 흔들렸다. 한나는 그 자리에 쭈그리고 앉아 녹슨 난간을 꽉 잡았다. 높은 통로 위에서 그녀는 좀 떨어진 거리에 있는 창고들 사이에 십자형으로 된 4차선 도로가 뻗어 있는 걸 볼 수 있었다. 하늘에 달은 뜨지 않았고, 조용히 비가 내리기 시작해 땅바닥에 있는 기름이 둥둥 뜬 여러 개의 웅덩이에 파문이 일었다.

그 일은 아주 빨리 일어났다. 커튼이 올라가면서 나오는 악몽 같은 정경을 한나는 믿을 수 없어 경악하며 바라봤다. 그녀 앞으로 육중한 체구에 어색하게 움직이는 사람 하나가 바깥쪽 차선으로 오고 있었는데 안짱다리로 걷는 걸 봐서 스록모턴이란 걸 알 수 있었다. 그는 현장 보고서를 보고 여기로 찾아온 것이다. 그는 묵직한 코트를 껴입고 명절에 먹는 프루트케이크(말린 과일이 들어간 케이크-옮긴이)처럼 큰 모스크바 털모자를 쓰고 있었다. 그는 고개를 숙이고, 어깨를 구부린 채, 주머니에 손을 넣고, 조심스럽게 흙길 곳곳에 있는 웅덩이 주위를 돌아서 걸어오고 있었다. 주변 상황은 의식도 못하고. 그에게서 좀 떨어진 곳에서 헤드라이트를 다 끈 차의 후드 하나가 한 창고 모퉁이에서 주위를 훔쳐보고 있었다. '맙소사, 당신이 저놈들을 다 끌고 왔어.' 한나는 오른쪽 차선을 보고 또 다른 차가 천천히 멈추는 걸 봤다. 그 차에서 두 명의 어두운 형체가 나와 그늘 속에 섰다. 저쪽에 있는 창고 너머로 또 다른 검은 형체 하나가 건물에 찰싹 달라붙어서 모퉁이 주위를 둘러보고 있었다. 그는 천천히 앞으로 움직이기 시작했다. 다른 자들도 따라왔다. '큰 팀이 왔군.' 한나는 자신의 턱 속에서 심장이 쿵쿵 뛰는 걸 느낄 수 있었다.

악몽은 더 악화됐다. 내부 작전 요원의 본능으로 한나는 그다음에 어디를 봐야 할지 알고 있었다. 왼쪽에서 건물 세 채를 지나 또 다른 형체가 보였다. 다른 사람들보다 더 마르고 고개를 똑바로 든 채 천천히 교차로를 향해 걸어오고 있었다. '맙소사. 디바가 분명해.' 한나가 얼어붙어서 바라보는 사이에 그 세 사람(스록모턴, 디바, 걸어오는 미행자)이 한밤중에 한 곳으로 모이고 있었다. 그들은 동시에 교차로에 도착할 것이다. 여러 부속 건물에서 검은 형체들이 더 많이 나타났다. 또 다른 차의 후드가 첫 번째 모퉁이에서 슬쩍 빠져나왔고, 그 차 뒤에 두 남자(잘 보이진 않지만 모자를 쓰고 있다)가 서서 지켜보고 있었다.

한나가 조용히 계단을 내려가 진흙투성이의 교차로를 향해 가는 도중에 갑자기 아빠가 떠올랐다(벤포드나 디바, 네이트가 아니란 걸 깨닫고 경이로워했다). 그녀는 통로 끝에 나와서, 머리는 스카프를 둘러쓴 채, 털 코트 칼라를 세웠다. 그녀는 긴장해서 거칠게 숨을 쉬면서도 이제부터 자신이 뭘 할지 알고 얼음처럼 냉정해졌다. 그녀는 스록모턴이 그녀를 보고 깜짝 놀라 다가올 때까지 한 박자 기다렸다. 그는 곧바로 뒤에서 달려온 두 남자에게 둘러싸였다. 그들은 스록모턴에게 태클을 걸어서 진흙탕에 얼굴을 처박고, 그의 목에 무릎을 대고, 그의 두 팔을 잡아 등 뒤로 꺾었다. 모스크바 지부장이 큰 소리로 울부짖으면서 두 다리를 버둥거려서 한 남자가 그 다리 위에 앉았다.

그게 딱 2초 걸렸고, 3초에 한나가 돌아서 오른쪽으로 전력으로 달려 디바가 오는 방향과 반대쪽인 진흙투성이인 도로 위쪽으로 달렸다. 오른쪽에서 다가오던 남자가 뭐라고 소리를 지르며 그녀를 잡으려 했지만 그녀가 한발 앞서 지나쳤고 그는 진흙에 발이 미끄러져 엎어졌다. 격노의 고함 소리, 그녀를 쫓아오는 소리, 달리는 엔진 소리와 진흙에 미끄러지면서 끽끽거리는 타이어 소리가 주위에서 들렸다. 스록모턴은 계속 돼지 멱따는 소리를 하고 있었다. '그래, 잘한다. 최대한 크게 소리 질러.' 한나는 생각했다.

뒤에서 발소리들이 들렸지만, 더 가까워지지는 않았다. '니들이 러시아 정보원을 몰아냈다고 생각하면, 덤벼봐, 이 얼간이들아. 토끼를 놓치면 안 되잖아.' 그녀는 이러다 도망칠 수도 있겠다고, 담장을 넘어 선로를 건너

가서, 놈들의 코를 납작하게 해줄 수 있을지도 모른다고 생각했다. 그녀의 코트 주머니에 든 망원경이 계속 그녀의 가슴에 부딪치고 있었다. 그들이 그녀를 쫓는 데 시간을 더 많이 쓸수록, 디바를 위해 시간을 더 많이 벌어 줄 수 있다.

창고 두 채 사이에 있는 옆 골목에서 감시 차량(와이퍼가 전속력으로 움직이는 진흙투성이 볼보 C30)이 급하게 나오다가 왼쪽 앞 범퍼로 한나의 오른쪽 엉덩이를 치었다. 그녀는 6미터 상공으로 날아갔다가 도로 맞은편에 있는 창고 옆에 부딪쳐 떨어졌다. 그 차는 진흙 속에서 주르륵 미끄러져서 비딱하게 멈췄고, 조수석에 타고 있던 남자가 나와서 한나에게 걸어갔다. 운전기사는 가까이 가기 두려운 것처럼 운전석 문 옆에 서 있었다. 와이퍼들이 좌우로 미친 듯이 움직이고 있었다. 또 다른 차가 그 현장에 와서 멈췄고, 거기서 네 남자가 뛰어내렸다. 비가 그쳤다.

한나는 옆구리에 어마어마한 충격을 느꼈다. 빛이 번쩍하는 것 같았다. 그녀는 땅바닥에 누워 있다가 의식이 들어서 그녀를 동그랗게 둘러싸고 땀을 흘리는 얼굴들을 올려다봤다. 눈썹들, 슬라브계의 광대뼈들, 사마귀들, 비니 모자들. 땅바닥의 흙이 느껴졌지만 다리에 아무 감각이 없었다. 자신의 손을 찾으려고 하면서, 손가락을 좀 움직였다는 생각이 들었지만 손은 보이지 않았다. 숨을 쉬려고 했지만, 접혀 있는 빨대로 공기를 빨아들이는 것 같은 기분이 들었다. 숨을 못 쉬는 게 최악이 아니었다. 몸속에서 뭔가 느슨하게 풀어진 걸 느꼈다. 심각한 표정의 얼굴들이 조용히 그녀를 내려다보는 동안 그녀는 그들을 물끄러미 봤다. 그들에게 우는 모습은 절대 보이지 않을 것이다. '아빠, 내가 그녀를 구했어요. 내가 해냈어요. 아빠 날 자랑스러워할 거예요. 아빠, 난 놈들에게 우는 모습을 보여주지 않

을 거예요. 하지만 아빠가 와서 날 집으로 데려가줘요.'

감시팀 리더가 허리를 숙여서 한나의 턱 밑에 묶은 스카프를 풀러 부드럽게 잡아당겼다. 그녀의 머리가 한쪽으로 기울어졌다. 곱슬한 금발이 그녀의 평화로운 얼굴을 조금 가렸다.

도미니카는 버려진 창고에서 금이 간 창문으로 진창길을 내다보며 한 시간 동안 기다렸다. 그 진창길에 두 그룹의 사람들이 있었는데 두 그룹 모두 난데없이 나타난 적어도 4대 정도 되는 차들의 헤드라이트 불빛을 받고 있었다. 첫 번째 그룹은 한 남자를 잡고 있었는데 뭔가 알아들을 수 없는 소리를 지르고 있는 그를 한 차의 뒷좌석에 밀어 넣었다. 열 명에서 열두 명 정도로 보이는 두 번째 그룹의 남자들은 좀 더 아래쪽에서 땅바닥에 있는 한 형체를 동그랗게 둘러싸고 서 있었다. 너무 멀어서 잘 안 보였지만 그중 한 남자가 허리를 숙여 스카프를 벗겼고, 도미니카는 그때 여자의 머리카락을 본 것 같다는 생각이 들었다.

그녀는 실제 미팅 장소에서 창고 두 개를 지난 곳에 있었고(놈들이 있는 곳에서 100미터도 안 되는 곳이다), 고함 소리와 엔진 소음을 들었을 때 벽에 찰싹 달라붙었다. 달려가는 남자들이 그녀에게서 멀어지는 걸 봤지만, 주변에 온통 차 소리가 들려서 충격을 받았다. 그녀는 철조망 울타리의 부서진 틈으로 억지로 끼어 들어가서 아마도 1932년 모스크바 운하를 팔 때 마지막으로 사용됐을 부식된 증기 삽 통 속으로 기어들어갔다. 남자들과 차들이 오락가락하는 15분 동안 도미니카는 빗물과 바닥에 떨어진 들통의 녹슨 조각들이 섞여 탁해진 물속에서 몸을 동그랗게 말고 숨어 있었다. 밖의 상황이 잠잠해져서 도미니카는 슬쩍 들통 입구 밖을 볼 수 있었다.

그녀는 한동안 아무 데도 가지 않을 작정이었다. FSB는 남자 두 명이 탄 차 한 대(침묵의 추적자)를 여기 남겨서 소란이 가라앉은 후에 누가 움직이는지 볼 것이다.

마르타와 우드란카가 문 근처 포장용 나무 상자 위에 앉아 있었다. 넌 그 어린 미국 여자를 좀 혹독하게 대했어. 마르타가 말하는 동안 우드란카가 발로 바닥을 톡톡 쳤다. 모두 너를 얼마나 사랑하는지 봤지?

도미니카는 통 속에서 덜덜 떨면서 눈을 감았다. 무슨 일이 일어났는지 모르겠지만 한나가 여기 오기로 했었다. 도미니카는 한나가 바로 땅바닥에 누워 있던 그 사람일 것이란 무시무시한 직감이 들었다. 그녀가 외교관인 걸 알면 FSB가 해치진 않겠지만, 감시자들은 피 냄새를 맡으면 야생의 사냥꾼 무리가 된다. 이 개들은 무슨 짓이든 할 수 있다.

개들 이야기가 나와서 말인데, 도미니카는 창고 구석 근처에서 두 개의 빨간 눈이 그녀를 보는 걸 봤다. 그 두 개의 눈이 가까이 다가오자 검은 주둥이와 구부린 어깨의 거대한 개(반은 개고 반은 늑대다)가 됐다. 이놈은 분명 지옥 어딘가에서 끈이 풀려 달아났을 것이다. 개가 도미니카를 봤는데 눈에 보이는 그 입김이 차가운 공기 속에서 개의 머리 주위에 떠다녔다. 이 개가 도미니카를 공격하는 건 고사하고 으르렁거리기만 해도 순식간에 FSB가 몰려올 것이다. 하지만 개는 고개를 숙인 채 조용히 그녀를 지켜보고 있었다. 도미니카는 어렸을 때 아버지가 집에서 키우던 작은 닥스훈트인 구스타브에게 어떻게 했는지 기억나서 손을 내밀었다. 거대한 개는 망설이다가 가까이 다가왔고, 그다음에 더 가까이 다가와서 냄새를 맡았다.

'넌 무슨 사연이 있니, 이 악마야?' 도미니카는 손을 그대로 가만히 내민 채 생각했다. 남자들의 목소리가 창고 벽에 부딪쳐 메아리쳤다. '놈들이 널 때리고 굶기니? 너도 나만큼 놈들을 증오하니? 놈들이 널 두려워하니?' 개는 그녀의 눈을 들여다보고, 돌아서서, 어둠 속으로 걸어가면서, 마치 이렇게 말하는 것처럼 한 번 뒤돌아 봤다. 늑대들과 살려면 늑대처럼 짖어야 해. 도미니카는 조용히 악마의 개에게 고마워했다. 그 악마가 방금 어떻게 해야 할지 알려줬다.

벤포드는 움직일 수도, 생각할 수도, 말할 수도 없었다. 그는 모스크바 부지부장인 아일린이 전화해서 지부장이 디바를 만나러 나갔고, 한나가 그를 쫓아갔다는 말을 들은 후로 열두 시간 동안 고래고래 소리를 질렀다. 아테네에 있던 네이트는 그날 밤 그 최악의 고비가 일어나고 있던 와중에 도착했다. 그는 이제 면도도 안 한 얼굴로 벤포드의 사무실 소파에 앉아 시차에 시달리고 있었다. 재니스가 커피와 차를 가져왔고, 마저리가 집에서 만든 피스투 수프(바질 퓌레를 넣은 푸짐한 프로방스 수프)를 가져왔는데 그걸로 아래층에 있는 구내식당이 열릴 때까지 요기가 될 것이다. 벤포드의 동굴은 마음을 달래주는 프로방스 요리 냄새로 가득 찼지만 아무도 위로받지 못했다. 아무도 먹지 못했다.

그들은 재앙이 일어났다는 소식, 전 러시아 국립 텔레비전 및 라디오 방송국인 VGTRK에서 정부의 정보부가 또 다른 반역자, 그녀의 조국을 배반하고 주적(동지들, 이런 경우에 딱 들어맞는 냉전 시대의 호칭을 다시 씁시다, 미국 놈들은 원래 우리의 주적이었잖아요)의 돈을 받은 배신자의 정체를 밝혔다는 뉴스가 나오길 기다렸다. 그리고 기뻐서 어쩔 줄 모르는 목소리로 그 반역자는 지금 구치소에 구금돼 수사가 종결되고 재판이 시작되길 기다리고 있다는 뉴스가 나오길 기다렸다. 벤포드는 떨리는 목소리의 모스크바 부지부장과 통화하면서 그곳 상황이 어떻게 됐는지 몇 번 물어봤지만 아무것도 듣지 못했다. 지부장이나 한나나 둘 다 대사관으로 돌아오지 않았다. 둘 다 이제 심각하게 지체되고 있었다. 디바에 대한 뉴스도 나오지 않았다. 아이린은 총영사를 설득해 러시아 외무부에 실종된 외교관들에 대해 문의하게 했지만 아무 답변이 없었다.

네이트에게는 요사이 정말 힘든 시기였다. 그는 머릿속으로 표지에 '이게 너의 폭삭 망한 인생이야'라고 찍힌 거대한 사진첩의 페이지들을 하나씩 넘겨보고 있었다. 그는 리릭(그의 잘못은 아니지만 그래도 어쨌든 정보원을 잃었다)을 잃었고, 연인이자 정보원인 도미니카와 맺은 이중적인 관계는 정신 나간 짓이었고, 작전 담당 요원이자 동료인 한나 아처와 잤는데 이제 그녀는 모스크바에서 실종됐다. 디바는 이미 간첩 혐의로 가택 연금 중인 리릭을 러시아의 발트 해변에서 탈출시키겠다는 자살이나 다름없는 의도를 밝혔다. 그리고 그는 아직 구체적인 내용은 하나도 없는 작전을 맡아 CIA 내부에 있는 정체 모를 첩자가 디바의 정체를 워싱턴 SVR 레지던트에게 넘겨주는 걸 어떻게든 막아야 했다. 그 할머니같이 인자해 보이는 여자 마법사는 거리에선 무적의 상대로 보이던데. 그리고 아테네 지부 차장인 게이블은 네이트에게 나중에 아테네 지부로 돌아오면 그와 상담할 시간을 좀 내라고 통보했다. 그 상담의 주제는 그의 부족한 프로 의식과 상관들의 지시를 무시한 죄와 게이블의 표현에 따르면 '얼간이 공화국의 천치 대사'인 그가 될 것이라고 했다.

동쪽으로 8천 킬로미터 떨어진 곳에서 알렉세이 주가노프 역시 야세네보의 라인 KR에 있는 자신의 책상 앞에서 씩씩대고 있었다. FSB의 그 돼지들이 어젯밤 가장 그럴듯한 순간에 일을 망쳐버렸다. 조금만 더 자제했더라면 그들은 미국인들이 그 암울한 창고 지구에서 만나기로 한 러시아 스컹크를 낚았을 것이다. 주가노프는 그 점을 확신하고 있었다. 그리고 그 스컹크가 바로 내부첩자, 그들이 찾고 있던 대어일 가능성이 컸다. 그런데 대신 그들은 이제 외교적인 사고만 하나 쳐버렸다. 그 미국 여자의 사고사의 대가는 감시팀의 팀원 하나가 잘리는 것으로는 부족할 것이다. 주가노프가 직접 그놈이 감옥에 가는 꼴을 볼 것이다. 그 금발의 미국인은 그에게는 아무것도 아니고, 중요하지 않았다. 하지만 소식을 듣고 그는 급히 남동쪽 지구에 있는 류블리노의 경찰 시체 안치소로 달려갔다. 주가노프는 거기서 그녀의 외교관 신분증과 평범한 열 영상 망원경만 발견했다. 그녀가 손목에 차고 있던 파란색 면 팔찌는 잘라내서 따로 뒀다. 약속에 대한 쪽지도 없고, 그녀가 누굴 만나려고 했는지 짐작할 수 있을 만한 물건은 주머니에 하나도 없었다. 주가노프는 그녀가 입고 있던 옷의 안감과 솔기를 살펴봤다. 그리고 그녀가 신고 있던 스노우 부츠의 굽을 잘라보고, 깔창을 찢어냈다. 아무것도 없었다. 그들은 시트를 올려서 그에게 파랗고 검은 멍이 들고 안쪽으로 쑥 들어간 그녀의 오른쪽 몸을 보여줬다. 대신 그는 그 얼굴을 보면서 아주 잠깐 의심이 들었다. 이렇게 젊은 여자가 러시아 수도에서 활동하면서 그들의 비밀을 훔치고, 러시아인들을 포섭하고 있었단 말이지. 이 여자 같은 인간들이 얼마나 될까? 대체 이건 어떤 종류의 적인가?

주가노프는 차고 있던 시계를 봤다. 외무부에서 한 시간 후에 미국 대사관에 이 금발에 대해 통보할 것이다. 그들이 CIA 지부장에게 소리를 지르고 그의 뚱뚱한 얼굴을 후려치는 걸 끝낸 후에. 그는 FSB 사무실에 거의 여섯 시간째 감금돼서 온몸에 말라붙은 진흙을 뒤집어쓴 채 아르마딜로(아메리카 대륙에 사는 가죽이 딱딱한 동물로 공격을 받으면 공 모양으로 몸을 오그림-옮긴이)같이 생긴 코에서 콧물을 뚝뚝 흘리고 있었다. 그가 의자 밑에 오줌을 지리는 장면까지 포함해서 흐느껴 울고 몸을 움츠리는 장면이 다 촬영됐다. 이건 미래 텔레비전 다큐멘터리에서 아주 끝내주게 방영될 것이다. 하지만 그 지부장은 기특하게도 심문받는 내내 아무것도 인정하지 않았고, 그들이 이미 알고 있는 사실도 확인해주지 않았다. 그 들것에 실려 온 젊은 여자가 CIA 요원이라는 사실을. 간밤의 작전이 다 시간 낭비였다.

지저분하고, 민폐만 끼치고, 무능하다. 하지만 주가노프는 본능적으로 이 사건은 대통령의 심기를 거스르지 않을 거라는 걸 알고 있었다. 사실 대통령은 언론 플레이를 하자고 주장할 것이다. CIA가 러시아 영토에서 러시아를 속이고 있다는 증거는 뭐든 푸틴의 국내용 담화에 써먹을 수 있다. 러시아는 약탈자인 서구에 강하게 맞서야 한다. 냉전은 결코 끝나지 않았다. 러시아의 과거의 힘과 위엄을 다시 살려야 한다. 푸틴 자신이 이런 이야기하는 걸 좋아했다.

'시베리아의 한 통나무집에 스탈린이 살아 있는 것으로 밝혀졌다. 모스크바로 다시 돌아와서 권력을 잡고 러시아를 다시 위대한 나라로 회복시켜달라고 그를 설득하러 대표단이 파견됐다. 얼마 동안 주저하던 스탈린은 돌아오는 데 동의했다. 좋아, 하지만 이번에는 착한 역은 맡지 않겠어.'

주가노프는 사실 FSB가 이번 작전을 실패한 걸 내심 기뻐하고 있었다. 그는 트리톤이 5일 후에 자루비나에게 제공할 이름을 토대로 직접 내부첩자를 잡고 싶었다. 반역자를 사슬에 묶어 푸틴에게 끌고 가고 싶었다. 그다음에 그 돼지를 테이블에 묶고 그가 수술에 쓰는 투관침으로 그의 가슴에 구멍을 뚫어서 거기서 쉭 소리를 내며 빠져나오는 감미로운 공기 소리를 들을 것이다. 게다가 주가노프는 그 내부첩자에 대해 자신이 요즘 생각하는 이론에 사로잡혔다. 그의 마음을 어지럽히는 작은 아이디어, 달콤하게 음미할 수 있고, 결코 머릿속에서 떨쳐버릴 수 없는 그 아이디어. 그는 계속 그 이론의 형태를 잡아가고 있었다. 그는 스텝에 사는 독거미인 얼룩덜룩한 카라쿠르뜨처럼 거미줄 위에서 줄타기를 하면서, 더 많은 비단 거미줄을 뽑아내면서, 신호가 오는 줄 위에 작은 발끝을 대고 그 줄이 가늘게 떨리길 기다릴 것이다.

우아한 걸음걸이와 파란 눈의 얼음 같은 도미니카 예고로바 대위. 그녀는 놀라운 작전 성공 기록을 보유하고 있다. 혹자는 그걸 보고 단순히 운이 좋은 것 이상이라고 할지도 모른다. 그녀는 제5부서의 스페츠나즈 암살범과 에바 부키나의 공격을 받고도 살아남았다. 그리고 기적적으로 코르치노이 장군을 잡을 정보를 알아냈다. 상당히 놀라운 일이다. 이란 거래에 대한 그녀의 성과(러시아의 수로로 배달하자는 제안은 푸틴을 흡족하게 했다)는 주가노프의 뒤틀린 머리로 생각하기엔 누군가의 코치를 받은 냄새가 났다. 그런 지리적인 사항을 알고 있는 사람이 대체 어디 있나? 그리고 그녀가 아테네에서 솔로비요프를 소환하게 한 그 놀라운 통찰력도 미심쩍었다. 정말? 면담 한 번 한 거 가지고 그런 걸 알아냈단 말이야?

그리고 좀 더 최근에는 거미줄을 잡아당기는 아주 가냘픈 다른 움직임도 있었다. 아테네 레지던트가 라인 KR에 예고로바의 수사 성공을 축하하는 메시지를 보냈다. 그 알랑거리는 레지던트는 주가노프에게 그 대위를 좀 더 자주 접대할 기회가 없어서 유감스러웠지만 방첩 수사관의 성향이 그렇다는 점은 이해한다고 썼다. 호기심이 생긴 주가노프가 보안선으로 아테네 레지던트에게 전화를 걸어서 예고로바가 대사관 내부 숙소가 아니라 이름을 알 수 없는 외부 호텔에 묵었다는 걸 알았다. 그리고 러시아 대사관에서 열린 환영 행사에 몇 번 참석한 걸 빼고는 2주 동안 매일 밤 자리를 비웠던 걸 알아냈다. 규칙을 위반한 건 아니지만 비정상적인 행동이었다. '이 의심스러운 점들을 다 어떻게 설명할 건데? 가슴 빵빵한 이 전직 발레리나가 밤마다 뭘 하고 다녔던 걸까? 본인에게 직접 물어볼까? 아니야, 그가 관심이 있다는 내색을 하지 않는 게 좋아. 트리톤과 자루비나가 곧 답을 줄 거야.'

그의 신발 속에는 또 다른 돌멩이가 있었다. 주가노프는 예고로바와 그의 부관인 예브게니가 그의 사무실 밖 복도에서 순간적으로 서로에게 반응하는 걸 봤다. 예고로바가 회의실을 나가자 문간에 서 있던 예브게니가 길을 비켜주면서 코믹 오페라에 나오는 집사처럼 살짝 허리를 숙였다. 그건 별것 아니었다. 예브게니는 여자들 앞에서는 털북숭이 광대가 된다. 하지만 주가노프는 예고로바가 그에게 살짝 미소를 보내는 걸 보고 관심이, 아주 큰 관심이 생겼다. 주가노프는 남녀 간의 희롱이나 구애, 유혹에 대해서는 아무것도 모르지만, 다른 쪽으로 발달한 감각이 예민해지면서 가슴이 풍만한 유명 인사인 부하 직원이 예브게니에게 작업을 걸고 있다는 시커먼 생각이 들었다. 그녀가 예브게니를 이용해 그를 우회적으로 공격하고 위협하고 있다는 생각이 들었다.

예고로바가 푸틴의 총애를 받고 있다는 것이 결정적으로 가장 큰 분노를 자아냈다. 그 생각만 해도 이가 갈렸다. 스파이들을 체포한 사람은 그다. 페르시아인들도 그가 상대했다. 사실 그는 다른 누구보다 이란 거래가 안전하게 진행될 수 있도록 가장 큰 공을 세웠다. 고보르마렌코도 푸틴에게 그 사실을 언급했다. 그런데 왜 그녀가 총애를 받는가? 그가 SVR에서 자루비나의 부국장이 되면 더 많은 존경을 받게 될 것이다. '그리고 내가 부국장이 될 때쯤이면 푸틴은 예고로바에게 흥미를 잃었을 테고, 그때 그녀의 운명은 내가 결정하겠지. 세베로모르스크에 있는 북부 함대의 SVR 고문으로 보내든지, 체첸공화국의 그로즈니에서 정보 관리자를 하라고 하든지, 스패로우 학교로 돌려보내서 그곳 서무 장교를 시키든지. 그녀는 여생을 각 공화국에서 온 시골뜨기 학생들에게 오럴 섹스 하는 시범을 보이면서 보내게 되는 거지. 그러다 불현듯 이런 생각이 떠올랐다. 만약 그녀가 내부첩자가 아닌 걸로 판명되면 어떻게 하지?'

주가노프는 푸틴이 그녀에게 상트페테르부르크 근처에서 유력 인사들과 주말을 보내자고 초대한 걸 알았다면 경기를 일으켰을 것이다. 그리고 도미니카가 예브게니를 설득해서(스패로우 스타일로) 그녀가 M10 고속도로로 600킬로미터를 달려서 스트렐나에 가기 위해 관영 차를 쓰는 걸 승인하는 메모에 서명하게 만든 걸 알면 더 격노할 것이다. 예브게니는 자신의 장래가 점점 더 밝아지는 걸 보고 있었다. 도미니카를 자기 편으로 삼은 건 영리한 도박이다. 그래서 그는 주가노프에게 말하지 않는 위험을 감수했다.

작전 센터와 국무부에서 대단히 충격적인 뉴스들이 동시에 벤포드와 그의 그룹에게 쏟아져 들어왔다. 러시아 외무부에서 모스크바 미국 대사관의 총영사에게 제1서기 버넌 스록모턴이 간첩 혐의로 러시아연방 안보기관 요원들에게 구류돼 있지만 외교 특권을 행사했다고 통보했다. 스록모턴은 풀려나서 대사관으로 돌아갔지만 외무부는 그를 주재국 정부로부터 환영받지 못하는 외교관으로 지정하고 추방 명령을 내렸다고 말했다. 그는 48시간 안에 러시아를 떠나야 했다.

두 번째 나쁜 뉴스는 사실 뉴스가 들어오지 않았다는 점이었다. 디바는 소화불량에 걸린 부지부장 아일린이 세 개의 스라크 탐지 장치에 로딩한, 생존 신호를 달라고 절박하게 요구한 메시지에 하나도 대답하지 않았다. 그녀는 집에서 잠을 자면서 간밤에 접선 현장에서 급습을 당한 악몽 같은 일에서 회복 중일 수도 있었다. 재니스와 단테와 네이트도 그런 생활을 했기 때문에 다리를 움켜쥐는 무시무시한 한기와 옷 속으로 땀이 흘러내리는 그 느낌을 알고, 남자들과 차들이 뒤에서, 옆에서, 사방에서 좁혀오는 소리들을 기억하고 있었다. 아니면 디바는 어딘가 검댕이 묻은 베니션 블라인드가 건성으로 비딱하게 쳐진 지나치게 덥고 답답한 사무실 의자에 앉아, 수갑을 찬 채, 속옷만 입고 있을지도 모른다. 그리고 FSB 요원들이 교대로(작고 교활한 남자들, 혹은 잔인하게 주먹을 휘둘러대는 남자들, 혹은 입술이 축축한 중년 여간수들) 그녀를 좀 고분고분하게 만든 후에 밴의 뒤쪽에 싣고 빙빙 돌아서 레포르트보나 부티르카로 가서 진짜 프로 심문자들을 만나게 되는 건지도 모른다. 그곳에서는 악어입 모양의 전기 클립, 자동차 배터리를 가지고 작업하는 심문자들, 화학자들, 의사들, 정신과 의사들이란 괴물들이 인형 속에서 계속 인형이 나오는 마트료시카처럼 끝없이 나와 그녀를 고문할 것이다. 등장하는 괴물들은 점점 더 끔찍해질 것이고, 그러다 마침내 궁극의 괴물이 나올 것이다. 그 괴물은 바로 주가노프일 거라는 걸 벤포드는 알고 있었다.

세 번째 소식이 최악이었다. 단테는 자정이 지난 시각에 러시아 외무부의 의전 부서에서 보낸 진술서(비인간적이고, 거만하고, 낯익은 소비에트 아이러니가 풍겼다)를 받으러 오라는 연락을 작전 센터에서 받았다. '미국 대사관의 제3서기인 한나 아처가 10일 밤늦게 교통사고로 사망했습니다. 본인의 부주의로 비가 오는 날씨에 차에 치였습니다. 미국 대사관은 외무부에 유해 처리 문제에 대해 연락하기 바랍니다.'

단테는 앉아서 머리를 두 손으로 감싸 쥐었다. 마저리와 재니스는 말없이 붉어진 눈으로 코를 훌쩍였다. 벤포드는 한숨을 쉬었다. "한나는 젊고 비범한 요원이었어." 그는 조용히 말했다. 그리고 고개를 들어 네이트를 봤다. "자넨 뭘 준비할 거야?" 그가 말했다. 방에 있는 모든 사람이 그를 바라봤다.

"그 비가 자루비나에게 내리게 하겠습니다. 자루비나는 도미니카의 이름을 받지 못합니다." 네이트가 조용히 말했다. 벤포드는 말없이 그를 물끄러미 봤고, 네이트도 그의 눈을 봤다.

"벤포드 부장님, 레드 루트 2를 시작하세요. 디바가 오고 있습니다. 아무도 그녀를 막아선 안 됩니다." 네이트가 말했다.

피스투 수프
올리브 오일을 데워서 깍둑썰기한 양파, 부추와 셀러리를 철제 압력솥에 넣고 볶는다. 거기에 다듬은 근대나 케일 잎, 익힌 흰 콩을 넣고 그 위에 닭고기 육수를 부어서 적당히 끓인 후 잘게 썬 토마토, 네모나게 썬 감자, 작은 파스타(아넬리 파스타나 디탈리니 파스타), 네모나게 썬 주키니와 근대나 케일의 줄기를 썰어서 넣는다. 재료들이 모두 푹 익어서 부드러워질 때까지 보글보글 끓인다. 그리고 양념을 충분히 한다. 피스투(간 마늘, 소금, 바질 잎, 잘게 썬 토마토, 올리브 오일, 강판에 간 그뤼에르 치즈나 파르메산 치즈를 넣어 만든 진한 소스)를 넣어서 낸다.

34

예브게니는 도미니카에게 그날 아침 직원회의에서 간밤에 뤼베르치 지구에서 감시 차량에 치여 숨진 그 젊은 여자(CIA 요원이라는 의심을 받고 있는 한나 아처)에 대해 말해줬다. FSB는 현재 그 사고에 대해 입을 다물고 있었다. 도미니카는 자신의 파일들을 챙기면서 순간적으로 당황해서 자신도 모르게 이렇게 말했다. "그 짓을 한 얼간이가 혼쭐이 나길 바라겠어." 그녀는 자신의 사무실로 돌아와, 책상 뒤에 앉아서, 눈물을 참으면서 숨을 쉬려고 애썼다.

우드란카가 방구석에서 그녀를 불렀다. 우린 모두 크렘린의 인어들이야, 자기, 우린 다 자기랑 같이 있어. 그리고 한나가 문으로 들어와 그녀에게 미소 지었다.

도미니카는 이제 그녀의 일부가 된 치솟는 분노를 쌓아가고, 다듬고, 광을 내는 동안에도 밖으로 드러난 감정은 통제할 수 있었다. 한나의 죽음은 우드란카의 죽음만큼 그녀를 흔들어놨지만, 그 활기차고 헌신적이고 용감하고 천진한 아가씨가 어젯밤 그녀의 목숨을 구했다는 걸 알기 때문에 고통이 더 컸다. 그녀는 눈을 감고 네이트에게 도움을 청하면서, 왜 그녀, 도미니카가 죽음을 몰고 왔는지 물었다. 그리고 늙은 군인 하나가 자신의 아파트에서 심문이 다시 시작되길 기다리고 있다. 그 심문은 분명 가장 혹독한 처벌로 끝날 것이다. 그녀가 노인을 그 지하실에 넣었고, 이제 그녀가 오늘 밤 그를 꺼내줄 것이다.

도미니카가 퇴근했을 때 새로운 이미지가 떠올랐다. 부드럽고 아름다우면서도 끔찍하고 치명적인 이미지. 그녀는 할머니가 러시아의 신화에 나오는 물의 요정들인 루살카에 대해 해준 이야기들을 생각했다. 그들은 세상을 일찍 떠난 젊은 여인들의 영혼으로 머리를 길게 기른 아름다운 인어 귀신들이다. 그들은 해변에 앉아 노래를 부르면서 남자들을 유혹해 가까이 오게 한 후에 그들을 잡고 물속으로 끌고 간다.

도미니카는 자신이 마르타, 우드란카, 한나의 영혼과 같이 있을 거란 걸 알고 있었다. '우린 해변에 앉아서, 자매처럼 노래를 부를 거야. 그러고 나면 넌 쉴 수 있을 거야.' 그러다 그녀는 생각했다. '서둘러, 넌 지금 정신줄을 놓고 있어.' 그때 그녀의 마음의 눈에 들어온 다정한 요정들이 무시무시하게 춥고 석탄처럼 어두운 창고에서 사는 개의 붉은 눈으로 변했다. '너도 올 수 있어. 우리 모두 같이 가자.' 지나치게 뜨거운 두뇌와 고뇌에 찬 가슴속에서 무슨 일이 일어나고 있었건 예브게니는 그녀의 표정에서 그걸 보고 그녀가 여행을 떠나기 전에 진하게 한번 즐겨보자는 말은 고사하고 잘 자란 말도 못했다. 주가노프 역시 그의 사무실을 지나치는 그녀를 보고, 사이코 같은 감각으로 그녀가 어딘가 달라 보인다는 걸(뭔가에 골몰해 있다는 걸) 알아차렸다. 그것 역시 예고로바가 첩자라는 이론을 입증할 수 있는 구미 당기는 변칙이자, 쇠똥구리가 알을 낳는 곳으로 다시 몸을 굴려 돌아와 우적우적 먹어치울 보송보송한 털로 뒤덮인 사실이기도 했다.

9시. 도미니카는 접시 하나와 스패로우들이 그려진 찻잔 하나를 씻으며 손이 떨렸다. 그녀는 언제 작은 여행 가방을 쌌는지 기억도 안 났지만, 어찌된 일인지 하이힐도 들어가 있고, 목선이 깊게 파인 드레스도 있었다. 그녀는 레드 루트 2에 쓸 장비 세트와 초록색으로 깜박거리는 테스트 전등들도 확인했다. 그리고 아파트를 둘러보면서 다시 이곳으로 돌아오게 될지 궁금해하며 깔끔하게 정리한 침대(자신이 거기서 한 일은 증오했지만)를 봤다. 하지만 그녀는 이 일을 해낼 것이고 그들을 지옥으로 보낼 것이다. 그녀가 가져온 관용차인 진한 파란색 라다 프리오라는 수동이고, 껍질을 벗긴 피스타치오 같은 냄새가 났다. 도미니카는 요령을 익힐 때까지 끼이익 소리가 나게 기어를 넣었다. 쿠투좁스키 대로는 사람들로 붐볐지만 밤의 순환도로는 매연을 내뿜는 차들이 끊임없이 밀려들어서 창문을 내려 숨을 쉴 수도 없었다(숨을 쉬었는지도 기억할 수 없었다). 하지만 그녀는 M10으로 들어갔고 이어서 유빌레니로 들어갔다가 우회전을 해서 리릭이 사는 거리인 라보친카로 들어가 둡키 공원과 바다코끼리의 엄니 같은 흰색 벽과 황금색 반구형 지붕이 있는 힘키의 주현절 교회 바로 맞은편에 있는 그 건물을 찾았다. 시멘트 출입구에 칠한 핑크색 페인트의 색이 바랜 그 아파트 블록이 보였다. 도미니카는 계단을 올라가서, 아파트 문들을 지나, 텔레비전과 갓난아기들의 우는 소리를 들으며 걸어갔다. 그녀의 심장이 쿵쿵 뛰는 소리가 들렸고, 턱이 욱신욱신 쑤시고, 시야가 회색 원뿔 모양으로 좁혀지는 사이에 문이 열렸다. 그 노인을 감시하느라 지루해진 경찰은 넓적하고 못생긴 얼굴에 더러운 머리는 곧게 뻗어 있었고 운동복 차림이었다. 리릭은 그 경찰 뒤의 거실에 있는 게 보였다. 그는 낡은 펠트 슬리퍼를 신고 소파에 앉아 있었고, 바닥에는 신문이 흩어져 있었다. 도미니카는 머리에서 그런 생각이 떠오르기도 전에 비호처럼 움직여서 그 두꺼운 목의 움푹 들어간 곳을 겨냥해서 쳤다. 경찰은 비틀거리면서 뒤로 한 발짝 가서, 망가진 기도를 움켜쥐고 있다가 쓰러졌다. 도미니카는 숨을 못 쉬어서 얼굴이 파래지는 그를 넘어가, 쪼그라든 것처럼 보이는 솔로비요프 장군에게 바지와 신발과 코트를 입으라고 했다(전혀 상의도 없이). 그녀의 목소리는 다른 사람의 목소리 같았다. 그녀는 장군을 잡고 흔든 후에 일으켜 세워서, 바닥에 축 늘어져 쳐다보는 경찰의 눈은 무시하고, 계단을 내려갔다. 그녀는 시큼한 공포의 냄새가 풍기는 노인의 가슴 위로 안전벨트를 매주고, 왔던 길을 다시 돌아가서, M10으로 들어가 4차선을 타기도 했지만 주로 2차선 도로로 갔다. 타이어가 모두 닳은 트레일러들을 단 트럭 기사들은 길을 양보해주지 않아서 그녀는 눈치 봐가면서 사정없이 밟았고, 엔진은 계속 신음했다. 장군은 아무것도 묻지 않은 채 조용히 앞만 보고 있었다. 그는 이제 그녀의 책임이었다. 11시에 도미니카는 진흙투성이의 작은 시골 마을인 젤레노그라드, 솔네치노고르스크, 클린, 노보자비돕스키, 트베리를 지나쳤다. 도미니카는 노인에게 시간이 얼마나 남았냐고 물었다. 경찰의 시신이 발견되기까지 한 시간 정도 남아 있었다. 장군은 명예와 적군(赤軍, 구소련의 군대-옮긴이)과 러시아에 대해 횡설수설하기 시작하면서, 자신을 늙은 얼간이라고 부르며 자신도 이제 그걸 안다고 말했다. 그리고 그녀가 누군지 물어보고, 자식들을 떠올리며 울고, 그녀에게 계속 고마워했다. 공황 상태에 빠진 그의 초록색 말들이 어두운 차 안을 가득 채웠고, 도로의 중앙선은 삐뚜름했고, 다가오는 차들의 헤드라이트 불빛들이 그녀의 눈을 가득 채웠다. 어두운 백미러에 비치는 차는 없었고, 마을들은 이제 사라졌다. 이제는 거대한 로디나가 나와 헤드라이트 불빛에 전나무와 소나무 몸통들이 보였고, 메트로놈처럼 정확하고 꾸준하게 풍경이 휙휙 지나갔고, 한밤의 도로는 갈수록 평평해져서 지평선이 나왔다. 가도 가도 끝이 없는 하늘의 바닥과 먼지 같은 별들. 도미니카의 눈이 흐려지기 시작했다. 그녀는 고개를 흔들었고, 그녀 앞 도로에서 사냥개가 천천히 달리다가 붉은 눈으로 그녀를 돌아봤고, 저 멀리 들판 어딘가에서 우드란카가 웃는 소리가 들렸고, 붉은 개의 눈이 갓길에 있는 GAI 교통밀리치야의 번쩍거리는 붉은 불빛으로 변했다. 한 트럭의 밑부분이 배수로에 빠져 있는 게 보였고, 경찰 하나가 지나가라고 손을 흔들었다. 아직 무전 경보는 뜨지 않았다. 도로는 계속 앞에 있는 검고 거대한 땅으로 이어졌다. 그녀는 장군을 봤는데 그 자리에 대신 한나가 앉아서 무릎에 손을 얹고 바람에 머리카락을 날리고 있었다. 도미니카는 한나가 나무들 사이로 사라지기 전에 흘끗 봤다. 장군이 그녀가 졸지 않게 창문을 열어서 차가운 밤바람이 들어오게 하면서 소비에트의 애국심이 담긴 노래인 〈카츄샤〉와 〈성전〉을 묵직한 목소리로 크게 불렀다가 너무 힘을 줘서 노래하는 바람에 딸꾹질을 해서 웃음을 터트렸다. 두 스파이는 젖은 빰으로 무시무시한 지옥의 개 같은 헤드라이트 불빛 속에서 밤공기를 가르며 질주했다. 그렇게 소리 없이 쉬지 않고 달려서 새벽 1시에 벨리키 노브고로드를 통과해 200킬로미터가 남았다. 이제 노래를 부르고 추억하는 것도 지친 노인은 고개를 돌리고, 코를 훌쩍이다가, 입을 다물었다. 상트페테르부르크시의 불빛들이 보였다. 여기서부터 장애물이 나올 것이다. 새벽 2시에 도미니카는 시내로 들어가는 걸 피하기 위해 M10을 벗어나서 KAD로 들어갔다. 새벽의 순환도로는 텅 비어 있었다. 이제 그녀는 차 안의 미러들을 잘 살펴봐야 했다. 도로에 지프차들이 모여 있으면 둘 다 죽음이다. 새벽 3시, 그들이 탄 그 작은 파란 차는 페테르곱스코예의 A121을 타고 아주 오래전 황제의 궁전에 딸린 해변이었던 해변 도로를 달리고 있었다. 핀란드 만이 슬쩍 보이면서 싸한 바다 냄새가 풍겼다. 그들은 불을 환하게 밝힌 콘스탄틴 궁전(대통령이 있는)을 지나 어두운 페테르호프 궁전으로 가고 있었다. 멀리서 그 거대한 흰 궁전이 보였고, 이어서 오라니엔바움 궁전의 반구형 지붕이 나타났다. 이제 KAD의 둑길을 달리는 도미니카의 차 미러에 비치는 건 하나도 없었다. 그녀는 몇 킬로미터 남았는지 확인했다(정확히 2.4킬로미터라고 벤포드가 말했다). 그리고 오른쪽에 습지 해변이 나타났다. 수면은 은빛 거울처럼 평평했고, 그녀는 땅딸막한 게시판 앞에서 방향을 돌려 칠흑같이 새까만 해변 도로로 들어가서 창문을 내렸다. 헤드라이트들이 물에 씻겨 반들반들해진 바위와 자갈이 깔린 해변과 해변의 식물들을 비췄다. 그녀는 헤드라이트를 끄고, 으드득 소리를 내며 수동 브레이크를 잡아당겨서 차를 멈췄다. 새벽 4시가 다 됐다. 해변까지 올라온 바닷물은 맑았고, 맞은편 바위 위에 붉은색 페인트로 세로로 사선을 그어놓은 곳이 바로 레드 루트 2가 시작되는 곳이었다.

솔로비요프 장군(그리고 그의 심문과 유죄 판결)은 주가노프의 책임이었다. 자정에 장군을 감시하던 경찰과 임무 교대하러 왔던 보안 요원이 솔로비요프의 아파트가 시체 한 구를 제외하고는 텅 비어 있다고 보고했다. 보그다노브 경사의 기도가 부서져 있었다. 주가노프는 한 시간 후에 연락을 받았고, 실성하기 직전까지 갔다. 그는 보고를 받자마자 30분 만에 자신의 사무실에 도착해서 전화기에 대고 CIA 작전팀이 모스크바에서 활개치고 다닌다고 버럭버럭 소리를 질러댔다. 그는 SVR 감시 센터 당직 장교에게 모스크바 전역에 있는 경찰과 밀리치야에 솔로비요프의 인상착의를 설명한 공고를 보내라고 소리를 질렀다. 면도도 하지 않고 잠에서 덜 깬 예브게니가 모스크바 경찰의 내부 교통과 특수 수송부에 연락해서 곧바로 도모데도보, 셰레메티예보, 브누코보 국제공항과 비코보 지역 공항에 24시간 감시를 붙이라고 지시했다. 주가노프는 연방 관세청 청장을 깨워서 공항에 있는 밀수품 통제 부서에게 미국, 영국, 캐나다, 호주, 뉴질랜드(파이브 아이스 동맹은 1917년 10월 혁명 이후로 러시아와 맞서왔다) 대사관에서 보내는 대형 외교 행낭들을 하나도 빼지 말고 엑스레이로 검색하라고 요구했다. 관세청장(그 역시 대통령의 과거 KGB 동료다)이 외교 행낭은 침범할 수 없다고 했을 때 주가노프는 어리석게도 모스크바 전화번호부로 그의 고환을 박살내겠다고 협박했다. 그러자 청장은 미친놈이라고 대답하고 전화를 끊어버렸다.

주가노프는 모스크바 시내가 다 듣게 큰 목소리로 여기저기 명령을 내리고, 협박했다. 이렇게 늦은 시간에도 대통령 측근들의 네트워크가 이 실수에 대한 소문으로 윙윙거리기 시작하면서, 어쨌든 아무도 좋아하지도, 믿지도 않는 SVR의 난쟁이 악귀가 엄청난 실패를 한 것 같다는 말이 돌기 시작했다. 일단 이런 소문이 돌기 시작하면 그 사람의 경력(단지 경력만이 아니지만)은 정말 위태로워지고, 결국엔 이 소문이 뇌에 도달하는 색전증처럼 크렘린에 들어간다. 주가노프는 자신이 지금 구경거리가 됐다는 걸 알고 있지만 솔로비요프를 도망치게 놔둘 순 없었다. 그는 벌써 기진맥진했지만 머릿속에서 몰아치던 모래 폭풍이 잠시 수그러들면서 생각을 할 수 있었다. 이건 모스크바 지부에서 할 수 있는 작전이 아니다. 그들은 이미 동료 하나를 잃었고 지금은 리더도 없다. 아니, CIA는 그들의 정보원 중 하나를 시켜서 솔로비요프를 러시아 밖으로 빼내라고 했을 것이다. 그들이 이 늙은이를 구하려고 자국 최고의 정보원(그 내부첩자)을 위태롭게 만들까? 그럴 수도 있다. 미국인들은 잃어버린 정보원들을 구하기 위해 무슨 짓이든 했던 오랜 역사가 있다. 주가노프 정보부에서는 신경도 쓰지 않는·그런 짓이지만.

그리고 노련한 경찰을 상대로 그런 치명적인 공격을 감행할 수 있는 사람은 어떤 사람일까? 보그다노브는 경찰 리그에서 포환 던지기 챔피언이었다. 그런 그가 제대로 몸싸움 한번 못 해보고 당한 상대는 누구일까? 시스테마 훈련을 받은 예고로바, 스페츠나즈 공작원을 죽이고 무적의 에바를 죽인 예고로바, 대통령의 마음을 사로잡은 발레리나 예고로바, 그의 천적 예고로바. 그는 예브게니에게 예고로바의 집에 전화해서 곧바로 센터로 나오라고 하라고 소리를 질렀다. 하지만 그의 털북숭이 부관은 그와 눈을 마주치려 하지 않았다. 뭔가 꿍꿍이가 있었다. 주가노프는 예고로바가 예브게니에게 미소를 짓던 게 떠올랐다. 이 새끼가 그년을 보호하고 있나? 예브게니가 주가노프의 사무실 의자에서 진땀을 흘리는 동안, 보좌관 하나가 예고로바의 아파트에 전화했다. 새벽 2시 반, 그녀는 전화를 받지 않았다.

주가노프가 벼락같은 목소리로 겁에 질린 예브게니에게 10분 동안 질문을 퍼부었지만 아무것도 건지지 못했다. 하지만 심문자인 주가노프는 알아낼 게 더 많이 남아 있다는 걸 감지할 수 있었다. 이미 일어서기 시작한 난쟁이의 본능이 이제 뒷다리로 일어서서 달을 보고 짖어대고 있었다. 책상 맨 밑 서랍에서 스프링이 달린 강철 경찰봉을 꺼낸 주가노프는 예브게니가 앉아 있는 의자를 빙그르르 돌렸다. 공포에 떨던 바깥 사무실의 여자 비서가 재빨리 책상을 돌아 나와 복도로 달려갔다. 그녀는 앞으로 일어날 공연 소리를 들을 마음이 전혀 없었다. 주가노프는 지금 무슨 일이 일어나고 있는지 알고 싶다는, 사람을 환장하게 만드는 조바심만 의식하고 있었다. 지금 이 순간에도 범죄자들의 탈출 시계가 째깍째깍 돌아가고 있다는 걸 알고 있었다. 그는 경찰봉을 휘둘러서 의자의 팔걸이를 내려쳐 예브게니의 왼손에 다섯 개 있는 장골 중 네 개를 박살냈다. 이 털북숭이 원숭이는 비명을 지르면서 망가진 손을 움켜쥐고 허리를 숙였다. 주가노프는 그의 머리를 잡아 위로 확 끌어올리면서 강철 경찰봉을 예브게니의 왼쪽 허벅지 위쪽에 내리쳐 무릎 바로 위인 대퇴부의 생목 골절을 일으켰다. 예브게니는 짐승 같은 신음을 내면서 의자에서 바닥으로 굴러떨어졌다. 자기 몸무게의 열 배를 들 수 있는 곤충처럼 주가노프는 예브게니를 들어서 의자에 앉혔다. 그의 심복은 턱에 침을 묻힌 채 머리를 축 늘어뜨리고 앉았다. 주가노프는 그의 얼굴에 자신의 얼굴을 바짝 들이대, 그 익숙하고 맛있는 향기를 들이마시면서 속삭였다. 이제 잘 시간이야. 지금은 한밤중이고 곧 수탉들이 울 거야. 루비안카 감옥의 자장가다.

침과 눈물과 콧물 사이로 예브게니가 말했다. "우린 가까운 사이였어요."

주가노프는 예브게니의 머리털을 잡고 흔들었다. "돼지 새끼. 누구와 가까웠다는 거야?"

"예고로바 대위. 도미니카." 예브게니가 속삭였다.

'당연히 그랬겠지.' 주가노프는 생각했다. "그년한테 무슨 말을 했어?"

"사무적인 이야기들. 어쨌든 그녀도 라인 KR 소속이니까요."

주가노프는 경찰봉 자루로 예브게니의 턱을 들어올렸다.

"이 개놈의 새끼야. 무슨 사무적인 이야기들?"

예브게니는 주가노프를 빤히 보면서, 아무 말도 하지 않은 채 감히 반항하고 있었다. 주가노프는 평소 쓰던 힘의 4분의 1만 써서 그의 광대뼈를 후려쳐 귀에서 윙 소리가 나고 눈물이 맺히게 만들었다.

"무슨 사무적인 이야기들?" 그가 다시 물었다.

"자루비나, 트리톤, 솔로비요프의 가택 연금." 그가 헐떡이며 말했다.

더 많은 이야기들이 나왔다. 그는 도미니카가 상트페테르부르크의 친지들을 보러갈 수 있게 차를 내줬다. 예브게니는 주가노프가 또다시 사악한 고문을 할까 봐 두려워 대통령이 초대했다는 말은 하지 않았다. 주가노프는 신나서 허리를 펴고 일어섰다. 이건 그녀가 내부첩자라는 걸, 솔로비요프는 그녀와 같이 있고, 그녀는 아마도 그를 상트페테르부르크에 있는 CIA 요원들에게 넘겨줄 생각이라는 걸 확인한 거나 마찬가지였다. 그곳에는 유람선들도 있고, 연락선들도 있고, 핀란드와 발트 해 공화국들로 가는 기차들도 있고, 무수히 많은 비행 편들이 있다. 의자에 앉아 엉엉 우는 예브게니를 내버려두고, 수화기를 들어서 SVR 비상 차량 배치 담당자에게 전화를 했다. 몇 초 만에 예고로바가 어떤 차를 받았는지 확인했다. 주가노프는 보안 전화기로 그 차에 있는 무선 응답기를 작동시키라고 명령했다. 직원들이 쓰는 모든 관용 차량에는 그들이 허가도 안 받고 개인적인 용도로 쓰는 걸 방지하기 위해(물론 배치 담당자에게 뇌물을 주지 않는 한) 추적 장치가 설치돼 있다.

주가노프는 그다음에 큰집(SVR 상트페테르부르크 지부)에 전화해서 당직 장교에게 지부장을 깨우라고 했다. 새벽 3시였지만 주가노프는 사과하지 않았다. 게다가 그는 예고로바의 차를 찾기 위한 전면적인 수색 작전에 상트페테르부르크 지부의 모든 자원을 요구해서 관료로서 어마어마한 도박을 했다. 그는 예고로바가 상트페테르부르크로 향하고 있다고 거의 확신하고 있었다. 푸틴의 또 다른 측근인 지부장은 마지못해 동의했지만(스파이 사건은 쉽게 참견할 만한 사안이 아니기 때문에 주가노프의 요구에 응해야 했다) 주가노프의 멋대로 날뛰는 행동을 모스크바에 있는 국장에게 보고하고, 기회를 봐서 오늘 아침 스트렐나에서 하는 조찬 연회에 가서 대통령에게도 알리겠다고 다짐했다.

한편 경찰과 밀리치야 기동부대에게 무전으로 예고로바가 탄 차, 차량 번호판, 차에 타고 있는 사람들의 인상착의를 널리 알릴 것이다. 추가 배치된 팀들은 운전병들이 출근하자마자 곧바로 출발할 것이다. 제일 중요한 점은 뭉툭한 쌍동체, 쌍익 카모프 Ka226 밀리치야 헬리콥터들이 30분 내로 뜰 것이다. 이 암청색 항공기는 표준 수신기가 장착돼서 3.2킬로미터 거리에 고도 1천 피트에서도 그녀가 탄 차에서 나오는 신호를 감지할 수 있다. 이 헬리콥터들이 말굽 모양의 네바 만 주위의 넓은 도시를 사 등분해서 차례대로 수색하려면 시간이 좀 걸리겠지만 일단 신호가 잡히면 이동 중이건 정지돼 있건 상관없이 몇 분 안에 지상 수색 병력을 그곳에 집결시킬 수 있다. 주가노프는 눈을 감고, 파란 불빛들이 그 차를 둘러싸고, 예고로바와 솔로비요프가 도로에 얼굴을 대고 엎드린 채 등 뒤로 수갑을 차는 장면을 상상했다.

주가노프는 지부장에게 계속 그곳 상황을 알려달라고 요청했다. 그는 이 수색 작전은 오랫동안 끌어왔던 극비 내부첩자 사냥으로 결국 위험한 반역자 두 명을 체포하는 것으로 마무리될 것이라고 선언했다. 그리고 그는 상트페테르부르크 지부와 같이 그 공을 나눌 것이며, 해외의 적들은 저지되고, 러시아연방은 대통령의 훌륭한 리더십을 토대로 강하고 아무도 침범할 수 없는 국가로 계속 남게 될 거라고 선언했다. 상트페테르부르크 지부장은 전화기에 대고 흡족해하는 말을 했다. 이것은 두 러시아 관료 간에 오가는 거짓말이었다. 지부장은 주가노프가 거짓말을 하는 걸 알고 있었고, 주가노프는 지부장이 자신의 거짓말을 알고 있다는 걸 알고 있었지만, 둘 다 눈 하나 깜짝이지 않았다. 주가노프는 전화를 끊고 아까보다 기분이 아주 많이 좋아졌다. 잘만하면 이 사태를 통제할 수 있을 것 같다.

예브게니는 의자에 비딱하게 앉아, 고개를 앞으로 숙이고, 바닥에 침을 흘리고 있었다. 예브게니는 정보국과 조국에 어마어마한 불충을 저질렀지만, 무엇보다 주가노프를 배신했다는 점이 그의 마음속에 있는 모든 사악한 면, 인간을 지독히 싫어하고, 철이 안 든 애어른 같은 그 성질을 일순 끓어오르게 했다. 그의 어머니이자 SVR의 여성 원로인 에카테리나 주가노바가 아들을 루비안카에 취직시켜서 직장 생활 초기에 다소 완화시켰던 그 나쁜 면들이 다시 폭발한 것이다. 하지만 이제 그는 라인 KR의 부장이고, 어머니로부터 독립해서 러시아에서 CIA 요원 둘을 즉시 잡아야 할 책임이 있다. 그는 천재 자루비나와 함께 엄청난 정보를 제공한 트리톤 작전을 수행해왔다. 그는 예고로바가 워싱턴에 트리톤 건도 보고했는지 궁금했다. 상관없다. 일단 불법체류자 요원이 트리톤을 맡으면 미국인들은 절대 그를 찾아내지 못할 것이다.

그는 자루비나와 같이 SVR을 운영할 것이고, 정보부는 커지고 번성할 것이며, 주적은 그들을 상대로 절망적으로 몸부림칠 것이고, 다른 적들은 겁을 집어먹을 것이고, 투덜대던 과거의 공화국들은 다시 러시아연방으로 돌아올 것이고, 블라디미르 푸틴을 대표로 한 새로운 러시아 패권국이 태어나 전보다 더 강해질 것이다. 그리고 반역자들(그는 허리를 구부리고 카펫에 대고 헛구역질을 하는 부관의 털이 숭숭한 뒷목을 보면서). '이런 반역자들 말이지.' 주가노프는 생각했다. 주가노프는 이런 반역자들이라고 소리치는 자신의 새된 목소리를 들으며 경찰봉을 세게 휘둘러 예브게니의 두개골 뒤쪽을 내리쳤다. '이런 돼지 똥 같은 놈들은 제거될 거야.'

둘은 차의 후드에 반사되는 달빛 속에서 피처럼 붉고 풍미가 깊은 비트로 속을 채운 부드러운 피라히 빵을 먹었다. '네이트가 이 비트를 보면 놀릴 텐데.' 도미니카는 생각했다. 도미니카는 그다음에 이것이 리릭이 맛보게 될 최후의 정통 러시아 음식이자, 그녀가 감옥 밖에서 먹는 최후의 러시아 음식이 될 거란 것도 깨달았다. 만약 미 해군이 대략 12분 안에 나타나지 않으면 그렇게 될 것이다. 새벽 4시에서 정확히 7분이 지난 후에 그녀는 배낭에서 무전기를 꺼내서 물 위에 있는 바위 위에 섰다. 조각 같은 러시아 인어(검은색 청바지와 스웨터를 입고 검은 운동화를 신은 인어이긴 했지만)가 달을 향해 세레나데를 부르려는 모습 같았다. 텅 빈 바다는 슬레이트처럼 매끄러웠고, 만의 지평선은 은빛으로 곧고 길게 뻗어 있었다. 손톱을 네모로 자른 도미니카의 우아한 손(여섯 시간 전 모스크바 경찰의 목에 있는 설골을 한 번에 박살낸 바로 그 손)이 CIA가 개조한 칠흑처럼 검은 담뱃갑 크기의 AN/PRC-90 무전기 송신 버튼을 눌러서 암호로 처리된 VLF(초장파) 세 자리 숫자 코드를 영국 국방부의 스카이넷 5 위성에 보냈다. 그 위성은 자오선 동쪽 53도의 정지 궤도이자 바렌츠 해의 프란츠 요제프 제도에서 3만5천 킬로미터 상공에 있다. 디바는 그런 건 하나도 몰랐다.

3년 전 레드 루트 2, 3, 4 탈출 계획을 세울 때 시몬 벤포드는 마지못해 영국 MOD(국방부-옮긴이)와 영국 MI6과 손을 잡고 러시아의 북쪽 지방들과 북극권 지방에 있는 영국의 인공위성을 이용하는 데 동의했다. 어쨌든 영국인들도 정보원들을 탈출시키니까. 동맹국들은 서로의 능력을 공유할 수 있는 것이다. 하지만 벤포드가 과거 MI6에서 한 탈출 작전들은 마치 거북이 경주처럼 느려터졌다고 냉정하게 말하면서 영국 위성 링크를 통해 즉시 메시지를 전달해달라고 요구해서 그 협상은 교착 상태에 빠졌다. 벤포드의 그 말을 들은 귀족이자 옥스퍼드대 출신으로 MI6 작전들을 지휘한 책임자가 벤포드를 머저리라고 불렀다. 하지만 벤포드는 영국 정보부에서 자신을 얼간이라고 부르는 걸 몰랐기 때문에 다소 불쾌했던 그 대화는 잊혔고 이후 협상들은 성공적으로 마무리됐다.

스카이넷 5의 마이크로프로세서들이 디바의 세 자리 숫자로 된 코드를 받아서, 읽고, 다시 암호 처리한 후, 1.6초 만에 다른 세 자리 숫자 코드를 전송했다. 위성에서 보낸 초장파가 곧바로 도넛(첼튼엄에 있는 영국 정부 통신 본부)에 도착했고 거기서 자동화된 장치가 곧바로 그 '실행' 코드를 복스홀 크로스에 있는 MI6 런던 본부와 버지니아 주 랭글리에 있는 CIA 본부에 보냈다. 그다음에 도미니카와 리릭이 서 있는 해변에서 0.9킬로미터 떨어진 거리에 5패덤(깊이의 단위로 1패덤은 약 1.83미터-옮긴이) 깊이 물속에 있는 10미터 크기의 미 해군 전투 잠수함 뒤에 딸린 35미터 높이의 물에 뜨는 안테나로 전송됐다.

그 드라마를 좀 더 극적으로 만들려고 하는 것처럼 2분 후에 소형 잠수함이 달빛이 비치는 바다 위로 부드럽게 떠올랐다. 고요한 바다에서 잠수함은 죽은 것처럼 움직이지 않았다. 그것은 자고 있는 새끼 고래의 매끄럽게 빛나는 등 같았다. 수면 위로 고작 60센티미터의 건현이 보였다. 도미니카는 배낭에 손을 넣어서 성냥갑만 한 크기의 네모난 플라스틱 하나를 꺼내서, 그 작은 기계를 켜고 바위 위에 놨다. 그 페가수스 큐브에서 육안으로는 보이지 않는 밝은 초록색 적외선이 나온다. 도미니카는 짧은 적외선 망원경으로 번개처럼 밝은 초록색 불빛이 잠수함에서 나오는 걸 봤다. 그녀는 망원경을 리릭에게 건네줬다. 리릭은 그 망원경으로 잠수함을 보고 감명을 받았다.

작고 검은 방울 하나가 잠수정에서 분리돼 조용히 그들을 향해 다가오기 시작했다. 그 고무보트의 뱃머리에서 밀려난 하얀 물살이 보트 밑으로 지나가는 소리와 선체 바깥쪽에 있는 전기 엔진의 미세하게 윙 울리는 소리를 빼면 주위는 아주 고요했다. 보트 뒤쪽에 한 사람이 등을 구부리고 앉아 있었다. 보트가 해변에 도착하려면 몇 분 걸릴 것 같아서 도미니카는 바빠졌다. 그녀는 전송기와 적외선 망원경과 잠수정에게 신호를 보냈던 적외선 큐브를 배낭에 넣었다. 이 모든 장비는 리릭과 같이 잠수함으로 들어갈 것이다. 솔로비요프 장군의 흔적은 하나도 남기지 않을 것이다. 러시아 인어들이 그를 영원히 바다 밑으로 데려갈 테니까. 그 작은 고무보트는 아직 멀리 있었고, 도미니카는 시간이 너무 오래 걸릴 것 같아 두려워졌다. 한시가 급한데(그녀는 대통령의 주말 가든파티에 어울릴 옷을 차려입어야 했다). 그래서 그녀는 차 트렁크로 걸어가서 열고, 가방을 연 후에, 신발과 양말을 벗고, 스웨터를 홱 잡아당겨서 벗고, 청바지도 벗었다. 그녀는 맨발로 브래지어와 팬티만 입고 차가운 밤바람 속에서 덜덜 떨었다. 그때 남동쪽 어딘가에서 헬리콥터 소리가 들렸다.

피라히 – 비트로 속을 채운 빵
우유, 쇼트닝, 버터를 섞어서 한 번 끓인 후 식힌다. 물에 설탕과 이스트를 타서 섞은 후에 놔둔다. 달걀을 풀고 거기에 설탕과 소금을 넣어서 세게 저은 후에 식힌 우유와 이스트를 넣고 그다음에 밀가루를 넣어서 말랑말랑하게 반죽한다. 반죽을 평평하게 펴서 동그랗게 여러 개 자르고, 그 자른 반죽 한가운데 스푼으로 소(비트, 설탕, 소금을 버터에 볶은 것)를 넣고 반죽의 네 귀퉁이를 접어서 봉한 후에 맨 위쪽에 살짝 길고 가늘게 칼집을 낸다. 노릇노릇한 색으로 익을 때까지 중온의 오븐에 구운 후, 녹인 버터, 사워크림, 혹은 요구르트와 같이 낸다.

35

주가노프는 SVR 행정부 보안과에서 나온 세 요원과 자신의 사무실에 앉아 있었다. 덮개로 덮어놓은 예브게니의 시체는 캔버스 들것에 실려 30분 전에 나갔고, 주가노프는 입에 거품을 물고 예브게니가 이제 곧 잡힐 CIA 내부첩자와 어떻게 작당해서 간첩 활동을 했는지 요원들에게 설명하고 있었다. 예브게니는 분명 적들에게 정보를 갖다 바치는 첩자의 정보원이었고, 주가노프에게 심문을 받게 되니까 공황 상태에 빠져 보스인 그를 공격하려 했다고 했다.

"공격이요? 뭘 가지고?" 한 요원이 물었다. 아무리 잔인한 사형 집행인으로 명성이 높은 주가노프이자 피로 얼룩진 소비에트 지도자 스탈린을 추종하는 괴물이라고 해도 센터 안에서 정당한 이유 없이 저지른 살인을 면제받을 수는 없다. '그 정당한 이유는 분명 15초 후에 크렘린에서 무죄를 입증하는 전화가 오거나, 바로 그 후에 우리 중에 있는 CIA 내부첩자를 성공적으로 체포한 후에 밝혀지겠지.' 주가노프는 생각했다.

"그놈이 이걸로 날 그어버리려고 했어." 주가노프는 1.3센티미터 길이의 구부러진 수술용 바늘을 들어 올리며 말했다.

"당신은 어떻게 사무실에 이런 걸 가지고 있죠?" 한 요원이 물었다.

"지금 이 상황에 그게 무슨 상관이야?" 주가노프가 책상을 주먹으로 탕탕 치면서 말했다. 그때 책상 위에 있는 흰 전화기(고주파 보안 전화선)가 따르릉 소리를 내며 울렸다. 상트페테르부르크의 SVR 지부장이 밀리치야 헬기 한 대가 시내 남동쪽에서 신호를 잡았는데 모스크바에서 M10으로 이어지는 지점이라고 알려줬다. 주가노프는 시계를 확인했다. 4시 반이다. 그건 모스크바에서 출발한 예고로바가 분명했다. 그들은 한 시간 안에 그녀를 잡을 것이다. 주가노프는 경찰과 밀리치야 차들을 그 M10 지점으로 집결시키고, 토스노 마을 바로 밖에 있는 외곽 순환도로인 A120으로 가는 모든 출구를 막으라고 고함을 질렀다. 그는 수화기를 내려놓고 세 명의 행정 요원 개자식들을 보면서 이들이 그 통화 내용을 다 들었을 걸로 알고 어서 사무실에서 나가라고 말했다. 그들은 망설이다 나가려고 일어섰지만, 그중 하나가 다시 면담을 계속할 거라고 중얼거렸다. '그래, 내가 부국장이 됐을 때 너를 자르는 면담을 계속하자.' 주가노프는 흥분해서 윙윙 울리는 머리로 생각했다.

전에는 미처 생각지 못했지만 이제 부국장이 되면 그의 심기를 거슬렀거나 화가 나게 만들었거나 아무튼 짜증나게 만든 인간들의 명단을 만들어서 관리할 수 있다는 생각이 들었다. 그는 레포르트토보와 부티르카 감옥 지하실에 비디오를 설치해서 그 영상을 자신의 사무실로 받아볼 수 있을 것이다. 그다음에 기사가 모는 차를 타고 크렘린에 가서 대통령과 차를 마실 것이고. 주가노프는 예브게니의 머리를 강철 경찰봉으로 내리쳤을 때 수박이 깨지는 소리를 내며 쉽게 부서지지 않으려 하던 뼈의 감촉을 떠올리곤 쾌감에 전율했다. 그는 예고로바와 솔로비요프의 다가올 심문 장면에 들어갈 화면과 소리를 생각했다. 그때 다시 전화기가 울렸다.

"헛수고였어. 그 신호 강도가 세져서 헬기들이 내려갔다가 모스크바에서 출발한 삽산 고속 열차의 압력파에 빨려 들어갈 뻔했어. 그 빌어먹을 기차가 시속 250킬로미터로 달려대니, 원." 상트페테르부르크의 SVR 지부장이 전화에 대고 말했다.

주가노프는 욕을 했다. "그 신호는 어떻게 됐고?" 그가 말했다.

"도로에 차는 한 대도 없었어. 내가 철도부 책임자를 깨웠지. 알고 보니 기차를 추적할 수 있게 기차 앞부분에 트랜스폰더(신호를 받으면 자동적으로 응답을 보내는 장치-옮긴이)가 설치돼 있더라고. 헬기가 거기로 곧장 간 거지. 다행히 기차로 날아가진……"

"대체 그 기차가 새벽 4시에 그 선로에서 뭘 하고 있었던 거요? 그 기차는 원래 자정에 상트페테르부르크에 도착했어야 했잖아." 주가노프가 고함을 질렀다.

"나도 그걸 물어봤지. 모스크바에서 출발이 네 시간이나 지연됐다더군. 갑자기 선로에 무슨 문제가 생겼대. 운이 안 좋았던 거지. 헬기는 지금 파손된 게 없는지 확인하러 본부로 돌아가고 있고. 그 파일럿이 정말 식겁했어." 부장이 말했다.

"그 파일럿은 나가 뒈지라고 해. 그 개자식더러 수색을 계속하라고 해. 그 차를 찾아내란 말이야. 난 그년이 밖에 있는 걸 알아." 주가노프가 수화기를 쾅 내려놨다. 삽산이라니. 삽산은 스패로우를 쫓는 송골매란 뜻이잖아. 이건 완전히, 근본적으로 망했어.

헬기가 남쪽 밤하늘 어딘가에서 난리를 치고 다니는 소리를 들었을 때 도미니카는 모든 걸 그 자리에 놔두고, 차로 달려가서, 마지막 남은 장비를 배낭에 쑤셔 넣었다. 그리고 고분고분하게 말 잘 듣는 장군의 팔꿈치를 잡고 그가 바위들을 넘어서 작은 모래 해변으로 가게 도와주면서, 그 고무보트가 서두르길, 이 노인이 이 해변을 벗어나길, 헬리콥터가 여기 오지 않기를 간절히 빌었다. 탈출을 연습한 대로 도미니카는 장군을 도와 그의 코트를 벗겨서 그것도 장비 배낭에 쑤셔 넣었다. 아테네에서 리릭의 신발과 코트를 해변에 남겨서 나중에 사람들에게 발견돼 그 절망한 탈주자가 바다로 걸어 들어가 자살을 했다는 암시를 주자는 의견이 있었지만, 도미니카는 벤포드에게 그건 결코 러시아 사람이 할 만한 생각이 아니라고 설득했다. 그것보다는 리릭이 흔적도 없이 사라지는 게 더 나았다.

고무보트가 해변에 도착했고, 한 남자가 고무 뱃전을 넘어서 해변으로 내려왔다. 게리 쿠퍼가 그들을 향해 걸어왔다. 적어도 도미니카의 눈에는 188센티미터의 네이비실(미 해군 엘리트 특수 부대-옮긴이)인 그 남자가 게리 쿠퍼로 보였다. 네이비실 2팀의 2급 부사관 루크 프루는 검은 노멕스 작업복을 입고 뭉툭한 검은색 MP7 경기관총을 메고 있었다. 도미니카와 장군에게 다가오면서 그는 머리에 쓰고 있던 비니를 벗었다. '금발일 줄 알았어.' 도미니카는 그 남자를 보며 생각했다. 달빛 속에서 차가운 장미색인 붉은 후광이 빛났다. '붉은색일 줄 알았고.'

"장군님. 부인." 프루가 유창한 러시아어로 말했다. "안녕하세요." '러시아어도 완벽하고, 게다가 파란 눈이야.' 도미니카는 넋을 잃고 그렇게 생각하다가 그제야 자신이 속옷 바람으로 서 있다는 걸 깨달았다. 파리에서 산 시몬 페렐 속옷이긴 하지만, 그래도…… 해군은 도미니카의 벗은 몸을 봤다는 내색을 털끝만큼도 하지 않았다.

"1분 전에 헬기 소리를 들었어요." 도미니카가 절대로 창피해하지 않겠다고 결심하면서 말했다. "당장 떠나야 해요." 프루는 고개를 끄덕이고, 다시 비니를 쓰고, 도미니카가 들고 있던 장비 가방을 받았다.

"준비되셨습니까, 장군님?" 그는 그렇게 말하면서, 경기관총을 고쳐 메고, 고무보트로 걸어갔다. 코트가 없는 솔로비요프 장군은 차가운 밤바람 속에서 덜덜 떨고 있었다. 그는 도미니카에게 돌아서서, 똑바로 선 후에 경례했다. 그리고 '스파시보(고마워요)'라고 소리는 내지 않고 입으로만 말한 후에 고무보트에 탔다. 프루가 그 보트를 모래 위에서 밀어서 얕은 물속에서 흔들리지 않게 잡고 있었다. 그리고 도미니카를 돌아보고, 미소를 지으며, '우다차(행운을 빌어요)'라고 속삭였다. 그는 보트 위로 휙 올라타서, 무음 모터의 시동을 켰고, 달빛에 젖은 검은 통나무 같은 잠수함을 향해 출발했다. 도미니카도 이제 덜덜 떨면서 배가 나아가면서 생기는 은빛 선수파가 판석 같은 바다에 V자 모양으로 퍼지는 걸 지켜봤다. 그녀는 자신의 입속에서 "이봐요, 나도 데려가요"라는 말이 떠도는 걸 깨닫고 깜짝 놀랐지만, 자신은 결코 갈 수 없다는 걸 알고 있었다.

"신과 같이 가세요." 그녀가 속삭였다. 그녀는 재빨리 돌아서서, 바위들 위를 기어올라가서, 여행 가방을 열어놓은 차 트렁크 속에 집어던졌다. 그리고 드레스를 머리 위로 뒤집어쓰고(돌돌 뭉쳐 있던 회색 튜닉 드레스) 앞부분이 뾰족한 펜디 스틸레토 힐을 신고(신발 바닥에 묻은 모래를 닦아내야 했다), 목에 오닉스 목걸이를 걸었다. 그리고 트렁크 문을 쾅 닫고 차 안으로 들어가, 헝클어진 머리를 단정하게 매만지고, 립스틱을 살짝 발랐다. 그녀는 밤새 운전해서 스트렐나 저택에 오느라 아침 오찬 모임엔 좀 안 어울려 보이는 옷을 입은 그런 인상을 주고 싶었다. 아니면 로마 제국이 멸망할 때 여흥을 즐기던 타락한 귀족들 같은 그 수퇘지들, 조국을 지배하면서 동포들의 입에 들어가야 할 음식을 배 터지게 먹고 마시고 훔치고 빈둥거리는 놈들 멋대로 생각하든가. 물론 그것도 황제가 허락하는 생각만 하겠지만.

그녀는 텅 빈 바다를 봤다. 은빛 바다는 잔잔했다. 잠수함이 물속으로 쏙 들어갔다. 러시아 인어들이 그들이 원하던 남자를 얻은 것이다. 아마 이제는 우드란카와 마르타와 한나도 쉴 수 있을 것이다. 한나가 자갈 해변에서 이번 새벽 작전을 같이 했더라면 얼마나 좋아했을까. 도미니카는 핸들을 꽉 잡고 피로와 밀려오는 감정과 갈망과 싸웠다. 그녀는 네이트가 보고 싶고, 그와 이야기하고 싶고, 그가 그녀를 꼭 안고, 그냥 그대로 안고 있어주길 바랐다. 적어도 둘이 침대에 눕기 전까지는. 멀리서 헬리콥터 날개 돌아가는 소리가 들렸는데 점점 커지고 있었다. 도미니카는 헤드라이트는 켜지 않고 재빨리 해변 도로를 달렸다. '절대로 바위에 걸리면 안 돼. 어두워서 바닥에서 피어오르는 먼지가 안 보여야 할 텐데.' 그리고 끼익 소리를 내며 A121 도로로 들어가 다시 상트페테르부르크를 달려서, 어두운 궁전들을 지났다. 새벽 5시에 차는 한 대도 보이지 않았고, 그녀의 백미러에는 아무것도 보이지 않았다.

헬리콥터 소리가 점점 커지고 있을 때 그녀는 콘스탄틴 궁전과 스트렐나 컨퍼런스 센터 출입구로 들어갔다. 문 앞에 있던 경비 요원이 하늘을 보다가 운전석 창문 옆으로 걸어와 그녀의 눈에 대고 손전등 불빛을 비췄다.

"그거 치워. SVR의 예고로바 대위다. 초대받았어." 그녀가 쏘아붙였다.

잠수함 안에 앉는 건 도관과 파이프와 케이블과 디지털 디스플레이로 가득 찬 비좁은 강철 튜브 안에 있는 부서지기 쉽고 의미 없는 부품이 된 것과 같다. 프루 부사관이 리릭을 잠수함의 등에 있는 해치로 들어가게 도와준 후에, 그를 나일론으로 엮은 의자에 앉히고, 안전벨트를 채우고, 의자의 걸쇠를 풀어서 뒤로 밀어 세 번째 자리에 고정시켰다. 그다음에 고무보트의 해수 콕을 잡아당겨서 뽑은 후에(일단 부풀린 보트는 잠수함 안으로 넣을 수 없다) 보트가 물속으로 들어가 고물 옆에 자리 잡은 걸 확인했다. 프루는 해치를 열어서 두 번째 자리에 앉아, 기관총의 안전장치를 걸고 의자 밑에 뒀다. 탈출 장비가 든 배낭은 옆에 있는 사물함에 넣고, 버튼을 먼저 누른 다음에 크랭크를 손으로 돌려 해치를 닫았다. 해치가 완전히 닫히면서 그들의 귀에서 펑 소리가 났고 잠수함 안은 기압이 일정하게 유지되는 기밀실이 됐다.

프루가 의자에서 몸을 돌려(좁은 공간에서 쉽게 할 수 있는 묘기가 아니었다) 작은 고리에 걸려 있는 헤드폰을 빼서 장군에게 건넸다. 그리고 자신도 헤드폰을 쓰고 거기 붙은 마이크를 조정했다.

"괜찮으세요, 장군님?" 프루가 말했다. 장군이 고개를 끄덕이면서 마이크에 대고 "다(그렇습니다)"라고 대답했다. 프루가 의자 옆에 있던 손으로 짜서 마시는 플라스틱 병을 하나 건넸다. "여기요, 장군님. 드세요. 이 안은 상당히 덥고 건조해요." 순한 과일 맛이 나는 그 물에는 긴장과 근육을 풀어주고, 잠을 잘 수 있게 해주는 벤조디아제핀이 소량 들어 있었다. 이 '벤조 칵테일'은 해상 탈출 작전의 기본 물품이다.

"전에 우리가 탔던 그 빌어먹을 보트보다는 훨씬 낫네." 프루 앞에 앉아 있는 선장이자 고급 부사관인 마이크 고어가 헤드폰으로 말했다. 소화불량에 시달리는 거대한 체격의 고어 선장이 이 잠수함을 조종하고 있다. 그들은 세 명의 봅슬레이 선수들처럼 한 줄로 앉아서, 다리를 살짝 구부린 채, 앞에 있는 의자 등에 무릎을 대고 있었다. 주위에서 쏴 하는 물소리가 그들을 둘러쌌고, 배가 조금 흔들리는 느낌이 들었다. 비좁은 선실에서 유령처럼 비치는 유일한 불빛은 LED 디스플레이 등이었다.

"장군님, 음악 좀 들으시겠어요?" 프루가 마이크에 대고 말했다. "차이코프스키 들을까요?" 벤포드가 러시아 클래식 음악을 준비해놨다가 배의 수중 음파 탐지기가 근처 수면에서 다른 배를 감지하면 끌 수 있는 음악으로 준비해놓는 게 좋겠다고 제안했다. 두 군인이 작동을 시작하자, 그들의 의자 뒤에 있는 엔진 칸에서 작게 윙윙거리는 소리가 나면서 잠수함 전체가 갑자기 비행기처럼 선회해서 현기증이 날 정도로 가파르게 밑으로 쑥 들어갔다. 15분 후에 프루는 백미러처럼 머리 위에 설치된 윤이 나는 작은 금속 조각을 흘끗 보고 리릭이 패드를 댄 의자 머리받침에 머리를 대고 눈을 감고 있는 걸 봤다. 프루는 리릭의 헤드폰을 끄고 몸을 앞으로 기울여 고어의 어깨를 툭툭 쳤다.

"그 착륙 지점에 가보니까 별다른 이상은 없었지만, 해변에 저 노인하고 천사 같은 여자가 속옷만 입고 있더라고요. 와우, 잉그리드 버그만하고 제인 러셀을 섞어놓은 것 같이 생겼는데. 제 눈을 의심했습니다. 망할, 이러다 해초 더미에서 스페츠나즈 킬러가 나오는 게 아닌가 싶더라고요." 고어가 마이크에 대고 툴툴거렸다.

"프루, 다음번에는 네가 여기 앉아 있고, 고무보트는 내가 타고 나가야겠다. 빌어먹을 CIA 놈들이 러시아에서 포르노 스타들을 데리고 작전을 하나 보네. 나도 CIA로 들어가야겠어." 두 해군은 잠시 아무 말도 하지 않았다. "노인은 괜찮나?" 고어가 말했다. 프루가 고개를 끄덕였다.

"네, 잠들었어요." 프루가 말했다.

"좋아, 차이코프스키는 충분히 들었으니까 이제 지지 탑(미국의 록 밴드-옮긴이)이나 틀어줘."

다섯 시간 후에 네이비실 잠수함이 미 해군 수륙양용 상륙함인 LPD-24 USS 알링턴호의 고물 위로 올라왔다. 그 상륙함은 에스토니아와 라트비아 해군들과 같이 대잠전 훈련 중이었다. 알링턴호는 탈출 장소인 해변에서 서쪽으로 120킬로미터 떨어진 핀란드 만에 있는 수르사리 섬의 서쪽 ASW 코스로 천천히 갔다. 잠수함은 스콜이 오랫동안 계속돼서 앞에 아무것도 안 보일 때 알링턴호의 물로 가득 찬 침수 갑판으로 둥둥 떠서 들어갔다. 리릭은 안전하게 탈출했다.

도미니카는 보초의 지프 뒤에서 노란 불빛을 따라 달려 넓은 대로로 나왔다. 왼쪽으로 궁전이 어렴풋이 보였고, 그다음에 넓은 커브 길을 지나 정부 건물들과 회의 참석자들이 묵는 호텔을 지나, 나무와 잘 관리된 잔디밭들과 분수와 지붕 꼭대기에 독수리 상징이 달린 바로크풍으로 호화롭게 꾸민 집을 지나자 또 다른 문이 나왔지만 이미 차단기는 올라가 있었다. 그들은 옅은 초록색 맨사드 지붕에 사각형의 현대적인 2층 저택을 지나, 또 같은 모양의 저택을 한 채 더 지났다. 도미니카가 열 채나 열두 채 정도 세었을 때 그 저택들 뒤에 또 저택 몇 채가 더 있었다. 모두 나무 한 그루 없는 공원에 있어 사방에 노출돼 있었고, 그 사이사이에 시멘트 통로가 이어져 있었다. 이 저택들은 해변에 있는 의회 국영 단지에서 국제적인 행사가 열릴 때 각국 수장들이 묵는 VIP 별장이었다. 점점 환해지는 햇살 속에서 핀란드 만이 희미하게 보였다. 도미니카는 저 바다 밑에서 미 해군 미니 잠수함이 CIA 정보원이었던 러시아 장군을 태우고 안전하게 서구로 가고 있는 걸 안다면 푸틴이 무슨 말을 할지 궁금해했다. 푸틴이 피에 얼룩진 개 같은 이를 악물까?

그들은 마지막 저택이 있는 원형 진입로에 들어갔다. 그곳은 환하게 불이 밝혀져 있었다. 십여 대의 다른 차들이 근처 작은 주차장에 주차돼 있었다. 열여덟 채의 저택 중에서 이것이 바다와 가장 가까운 저택이었다. 흰 코트를 입은 집사가 집에서 나와서 도미니카의 비참할 정도로 작은 여행 가방을 들고 안으로 들어갔다. 또 다른 종업원이 나와서 도미니카의 차를 주차하려고 옆에 섰다. 도미니카는 그제야 가방 속에 들어 있는 신발에 해변의 모래가 묻었을 것이고, 차의 바닥 깔개에도 묻었을 거라는 걸 멍하니 깨달았다. 이제 와서 달리 할 수 있는 일이 없었다. 그들이 저택의 얕은 계단을 올라가는 동안 뭉툭한 파란색 헬리콥터 1대가 위에서 요란한 소리를 내면서, 배에 달린 불빛을 번쩍거리며 맴돌다가 바다 위로 비스듬하게 날아갔다가 다시 요란한 소리를 내며 저택으로 돌아왔다.

저택 입구에 있는 거대한 홀은 대리석 바닥에 가장자리는 금박으로 장식돼 있고, 천장에는 프레스코화가 그려져 있었다. 여기서부터 모스크바까지 가는 도중에 있는 여러 개의 작고 누추한 마을 사람들은 모두 한 방에서 흙바닥에 자는데, 이 귀족들은 로코코풍의 사치로 온몸을 휘감고 있었다. 도미니카의 하이힐이 트래버틴 대리석 위를 걸어가는 소리가 메아리치면서 지구 종말 시계처럼 똑딱똑딱 소리를 냈다. 옆문이 열리고 집사장이 다가왔다. 그는 알랑거리면서 환영 인사를 하고 장시간 운전했으니 가벼운 다과를 드시는 게 어떠냐고 제안했다. '내가 어떻게 여기까지 왔는지 넌 모를 거다, 톨스토이.' 도미니카는 생각했다. 그녀는 진이 다 빠졌다. 그는 도미니카를 안내해서 한눈에 보이는 거대한 테라초(대리석을 골재로 한 콘크리트-옮긴이) 테라스의 높은 유리문을 열고 들어갔다. 테라스 여기저기 놓인 방열 장치들이 쌀쌀한 새벽 공기를 덥히고 있었다. 사이드보드

위에 신선로 냄비(식탁 위에서 음식이 식지 않게 풍로가 딸린 냄비-옮긴이)들, 크리스털 디캔터들과 꽃으로 가득 찬 은제 그릇들이 옆벽을 따라 줄줄이 놓여 있었다. 도미니카는 주스 한 잔을 들었다.

그녀는 난간으로 걸어가서 아래층에 있는 테라스를 내려다봤다. 거기에 해가 떠오르고 있지만 아직 어둑어둑한 이 시간에 물속에 설치된 아주 밝은 청록색 조명들로 환하게 빛나는 거대한 수영장이 있었다. 검은 양복을 입은 두 남자가(둘의 머리 주위에 갈색 구름이 떠돌고 있었다) 수영장 양쪽 가장자리에 서서 러시아연방 대통령이 수영하는 모습을 보고 있었다. 푸틴은 물에게 벌을 주는 것 같은 접영을 하고 있었다. 그는 물속에서 거세게 올라와 주먹을 쥔 손으로 자신의 앞에 있는 물을 사정없이 쳤다. 접영에 능숙한 사람이 돌고래처럼 매끄럽게 움직이는 동작은 전혀 보이지 않았다. 도미니카는 네이트가 물을 거의 튀기지 않고 수영하는 모습을 본 적이 있었다. 푸틴이 숨을 쉬려고 물 위로 올라올 때마다 얼굴에서 김이 나면서 고래처럼 숨을 뿜어내서 앞에 안개구름을 만들어냈다. 수영장 불빛 때문인지 아니면 머리와 어깨 주위의 아우라 때문인지 그 물은 청록색으로 물들어 있었다. 푸틴은 한 바퀴를 돌았지만 전혀 지친 기색이 없었고 도미니카는 고개를 돌렸다. 테라스 반대쪽에 의자들이 모여 있었고, 앉아 있는 한 남자의 등이 보였다. 그는 도미니카가 다가오는 발소리를 듣고 몸을 돌렸다.

그는 에너지 업계의 거물이자 푸틴의 식탐 많은 측근으로 이란인들과 내진 바닥재 거래를 협상한 고보르마렌코였다. 그녀는 이 난봉꾼의 매부리코 위에 있는 쉼표처럼 생긴 짙은 눈썹과 구불구불한 백발 머리를 기억하고 있었다. 도미니카가 다가가자 그는 리넨 냅킨으로 입을 닦으면서 일어섰다. 그의 앞에 있는 낮은 테이블에 음식이 가득 든 접시와 반쯤 비운 맥주잔이 있었다. 그는 검은 바지와 복숭아색 스웨터를 입고 흰색 가죽 소재의 구찌 모카신을 신고 있었다.

"예고로바 대위, 반가워요." 그는 미소를 지으며 말했다. 냅킨으로 닦았는데도 입가에 빵가루가 여기저기 묻어 있었다. '이자가 내 이름을 기억하고 있네. 내가 회의 의제에 있거나 아니면 뜨거운 물이 가득 차 있는 욕조에 같이 들어가고 싶은가보군.' 도미니카는 생각했다.

"고보르마렌코 씨." 도미니카가 고개를 끄덕이며 말했다.

"아주 일찍 왔네요. 하지만 다시 만나서 기뻐요." 그는 의자를 손으로 가리켰다.

"전 어젯밤 모스크바에서 운전해서 왔어요." 도미니카는 안락의자에 앉으며 말했다. 어젯밤에 대해 적당히 지어낸 이야기를 해두는 것도 나쁘진 않을 것이다. "상트페테르부르크에 사는 친지를 찾아가볼 계획이거든요." 그녀는 바다를 내다봤다. 떠오르는 해가 흰 파도를 물들이고 있었고, 하늘을 보니 오늘은 구름 한 점 없이 화창할 것 같았다. 테라스는 해변과 달리 조용하고 편안했다. 테라스 난간에 두른 티끌 한 점 없는 유리 패널들이 바람을 막아줬다.

"맙소사, 모스크바에서 여기까지 운전해서 오는 사람이 어디 있다고. 여기까지 살아오다니 운이 좋은 거요." 고보르마렌코가 그녀에게 수작을 걸면서 말했다. "나한테 미리 말하지 그랬어요. 내가 비행기를 보냈을 텐데."

'토할 것 같으니까 대야나 하나 갖다 주시지.' 도미니카는 생각했다. 고보르마렌코의 개인 제트기 소파에는 섹스를 한 얼룩들이 남아 있을 거고,

유리창에는 손가락 지문들이 찍혀 있겠지. "다음번엔 그럴지도 모르죠." 그녀가 말했다. 그녀는 그의 관심을 다른 곳으로 돌리려고 애를 썼다. "고보르마렌코 씨, 일찍 일어나셨네요." 그녀가 말했다. 짐작에 그는 시큼한 냄새가 나는 추잡하고 따뜻한 그의 침대에서 일어나기 싫어서 늦잠을 자는 타입일 것 같았다. 그는 노릇노릇한 감자 팬케이크인 드라니끼를 하나 집어서 반으로 접어(끝에서 진한 버섯 소스가 흘러나오고 있었다) 입에 쑤셔 넣었다.

"대위, 바실리라고 불러요." 그는 음식을 씹으면서 말했다. 그는 육중하고 무거운 브라이틀링 시계의 토피(설탕, 버터, 땅콩을 섞어 만든 캔디-옮긴이)색 문자판을 봤다. "대통령 각하는 수영하러 일찍 일어나시죠. 이란 거래의 진전 상황을 의논하고 싶어 하셔서. 최근 상황에 대해서는 알고 있나요?"

"좋은 소식이 있을 거라고 믿습니다." 도미니카는 그 말을 하면서 고보르마렌코의 스웨터 앞쪽에 묻은 버섯 소스를 보지 않으려고 노력했다.

"환상적이죠. 그 화물을 실은 바지선이 아스트라한의 델타 삼각주 운하를 통과했어요. 이제 날씨만 괜찮으면 카스피 해를 거쳐 이란의 반다르에 안잘리까지 나흘이면 도착할 겁니다. 이란은 이미 우리 중앙은행에 4억 5천만 유로를 입금했어요. 나머지는 화물을 받고 5일 내로 보낼 겁니다. 나비울리나가 오늘 와서 이체 상황에 대해 보고하기로 했어요."

도미니카는 그 중앙은행 총재를 다시 보고 싶지 않았다. 도미니카가 어떻게 러시아를 통과하는 수로를 생각해냈는지 의심하던 푸틴 추종자. 나쁜 년.

고보르마렌코는 팬케이크 하나를 또 접어서 한입에 꿀꺽 삼켰다. "370

억 루블. 대위는 앞으로 상트페테르부르크까지 운전할 필요가 없어요." 그가 말했다. 그는 의자에 등을 기대고 앉아 도미니카를 봤다.

"무슨 말씀이신지 모르겠어요, 바실리." 도미니카가 말했다.

"내 말이 무슨 뜻인지 분명 정확하게 이해했을 텐데요. 당신이 벌어들인 수익이 8천 5백, 9백만 루블에 달할 겁니다. 당신이 뉴욕에서 쇼핑하고 싶다면, 25만 달러 정도가 되겠죠." '수익. 이자는 계산기처럼 정확하게 머릿속에서 통화를 바꿔가며 계산하고 있어. 이들이 이란인들의 돈을 얼마나 많은 방식으로 분배할까? 대통령은 얼마나 가져갈까? 이들이 그 돈을 해외 어디에 숨기는지 알면 흥미로울 거야.' 도미니카는 생각했다.

"이란 거래는 막후에서 러시아에 도움이 되는 상업적인 거래를 지원하는 첩보 작업의 완벽한 예죠." 고보르마렌코가 맥주잔을 들어서 비우면서 말했다. "우리는 중요한 고객 국가를 지원했고, 전략적으로 중요한 지역에서 영향력을 확대했고, 전 세계에 로디나의 위상에 힘을 실어줬죠." 또 그런다. 러시아를 위해서라는 거짓말.

"러시아를 도와요?" 도미니카가 말했다. 고보르마렌코는 손을 저어 그 비꼬는 말을 무시했다.

"당신은 그 일을 가능하게 만든 창의적인 파트너들로 구성된 컨소시엄의 일원이에요. 참여를 했으니 당연히 이득을 봐야죠. 그렇게 될 겁니다. 그리고 다른 사업상의 업무도 있을 거고. 우리 팀에는 정보부 사람이 필요해요."

"이런 거래에 대해 국장님은 뭐라고 하실까요?" 도미니카가 말했다.

고보르마렌코는 어깨를 으쓱했다. "그 사람은 곧 은퇴해요. 자루비나가 그 자리에 들어오거나 아니면 다른 곳으로 가겠죠. 자루비나는 뛰어나지만 구식이에요. 그건 자루비나가 할 선택이고." 그는 손을 뻗어서 도미니카의 무릎을 토닥였다. "우리 센터에 똑똑한 후배가 있는 걸 아는 것만으로도 충분하죠." '이 멧돼지가 지금 날 자기 첩자로 포섭하고 있네. 분명 푸틴도 찬성했겠지. 벤포드, 이건 어떻게 생각해요? 이자가 방금 자루비나가 워싱턴에서 돌아오는 대로 새 국장이 될 거라는 걸 확인해줬어요.'

"주가노프 대령은? 그는 최근에 당신과 긴밀하게 협조해서 이 경이로운 일을 해냈잖아요. 그도 팀의 일원인가요?" 도미니카가 말했다.

"주가노프는 좀 달라요." 고보르마렌코가 은밀하게 말했다. "대령은 예의를 갖추는 법을 좀 배울 필요가 있어요." '확실해. 주가노프는 이 도당의 일원이 아니야. 여기서 배제된 거야. 주가노프도 얼마 못 가겠군. 굴속을 들여다보니 쓸 만한 게 많네. 네이트와 벤포드에겐 아주 중요한 정보일 텐데.' 도미니카는 생각했다.

다음 순간 세 가지 일이 동시에 일어났다. 집사장이 테라스로 다급히 와서, 허리를 숙이고, 고보르마렌코의 귀에 대고 뭐라고 속삭였다. 밀리치야 제복을 입은 남자 넷이 유리문으로 들어와 테이블을 향해 걸어왔다. 그리고 덩치 큰 경비견 두 마리을 달고 수영복을 입은 푸틴 대통령이 수영장에서 이쪽 테라스를 향해 계단을 올라오고 있었다. 대통령은 상의는 벗고, 어깨에 수건만 한 장 걸치고 있었다. 그는 경찰들을 보고, 그다음에 고보르마렌코를 보고, 그다음에 한쪽 입가를 살짝 들어 올려서 슬쩍 미소를 지은 건지 아니면 격노가 솟구치기 시작한 건지 알 수 없는 묘한 표정을 지었다. 그리고 도미니카에게 고개를 끄덕여 보였다. '이자는 물에 젖은 수영복에 웃통을 벗고 있는데, 난 칵테일 드레스를 입고 있군.' 도미니카는 지쳐서 생각했다. '그리고 오늘 새벽엔 네이비실이 브래지어만 입고 있는 나를 부인이라 불렀지.' 이제 해가 떴고, 바다는 회색에서 파란색으로 변해 대통령의 머리 주위에 고동치고 있는 파란 고리와 어울렸다.

"무슨 일이야?" 고보르마렌코가 대통령 대신 말했다.

밀리치야 장교가 차렷 자세를 취했다. "본부 명령입니다."

고보르마렌코는 팬케이크 하나를 또 입에 집어넣었다. "무슨 명령?"

"모스크바에서 오는 차량을 수색하라는 명령입니다. 경찰 항공대가 추적한 차가 여기 있습니다."

"그게 누구 차인데?" 고보르마렌코가 말했다.

"아마 제 차일걸요." 도미니카가 주스를 마시면서 말했다. "어제 야세네보의 관용차를 가져왔거든요." 밀리치야 장교가 흘끗 다른 경찰들을 봤다. '망할, 저 여자는 SVR이야. 그리고 대통령이 1미터 거리에 서 있고.'

"그 명령은 왜 내렸지?" 고보르마렌코가 말했다.

그 경찰이 어깨를 으쓱했다. "저도 모릅니다. 단지 본부 말로는 모스크바에서 내려온 명령이라고 했습니다."

마침내 푸틴이 새된 목소리로 짧고 날카롭게 말했다.

"그 이유는 상관없어. 대체 누가 그 명령을 내린 거야?"

그 경찰은 이제 진땀을 흘리고 있었다. "저도 모르겠습니다, 대통령 각하."

푸틴은 의자에 태연한 표정으로 앉아 있으려고 애쓰는 도미니카를 흘끗 봤다. 그의 얼굴을 보자 그가 모든 걸 알고 있는 걸 알았다. "난 예고로바 대위가 도망자라고 생각하지 않아. 자네들은 물러가." 푸틴이 조용히 말했다.

앙주빈은 책상에 발을 올리고 런던에서 350파운드, 그러니까 600달러를 주고 산 크로켓 앤 존스 옥스퍼드화를 감탄하며 바라봤다. 그것은 맞춤 수제화였다. 그의 사무실 문에 걸려 있는 진회색 코트는 브리오니 모직코트로 4,500파운드, 미화로 6,000달러를 주고 샀다. 거기에 나폴리의 마리넬라에서 나온 200달러짜리 진한 파란색 넥타이가 아주 잘 어울렸다.

앙주빈은 시간을 죽이고 있다가 비서가 퇴근하면 미니 초비 카메라를 세팅해서(이건 감마 카메라) 카메라가 고해상도 비디오를 찍는 동안 데스크탑 모니터에 뜬 문서들을 재빨리 스크롤 할 것이다. 오늘 밤은 특별한 밤이 될 것이다. 그는 CIA에서 가장 중요한 정보원들의 본명이 들어 있는 재무부의 직원 명단을 확보할 것이다. 앙주빈은 그들이 누군지 신경 쓰지 않았다. 그들 모두 스파이로 활동하려면 위험이 따른다는 걸 알고 있을 것이다. 그들도 운에 맡기고 사는 거지. 망할, 그도 지금 러시아인들을 위해 위험을 감수하고 있잖아. 하지만 진짜 중요한 이름, 자루비나가 그에게 백만 달러를 지불할 그 이름은 러시아인의 이름이었다. 뮤리엘이 사무실 문틈으로 고개를 내밀고 퇴근하겠다고 인사한 후에 앙주빈은 조립식 미니 삼각대를 꺼내서, 카메라를 거기 설치해 카메라가 제대로 컴퓨터 화면을 보고 있는지 확인하고, 비디오 기능을 작동시켰다. 그리고 50개 정도의 서류를 스크롤 하다가 멈췄다. 앙주빈이 본능적으로 삼각대와 미니카메라를 서랍에 넣는 순간 방문을 노크하는 소리가 들리더니 비밀공작부 부장인 글로리아가 문틈으로 거대한 얼굴을 들이밀고 들여다봤다.

"내가 방해가 됐나요?" 그녀는 그의 사무실 안으로 들어오면서 말했다. 그녀의 갈색이 섞인 짧은 금발 밑으로 검은 모근이 보였는데 뒤쪽은 더 눈에 띄었다. 그녀는 합성섬유나 나일론 같은 소재의 오렌지색 바지 정장을 입고 있었는데 재킷 밖으로 더러운 소매가 보였고, 왼쪽 어깨 위에 갓난아기를 어깨에 얹고 트림을 시키다 토한 것 같이 마른 얼룩이 보였다.

'그래, 나는 지금 수백 장의 기밀 서류들을 복사해서 내일 밤 백만 달러를 받고 모스크바에 넘길 준비를 하고 있어. 그게 넘어가면 네가 비밀공작부를 운영하는 것도 끝장나길 바라.' "아니, 글로리아. 뭘 도와줄까요?" 앙주빈이 말했다.

글로리아는 자신이 꾸리고 있는 신설된 행정 검토 위원회에 앙주빈이 들어가지 않겠다고 거절해서 몇 분 뒤에 발끈해서 나갔다. 글로리아는 그 위원회의 머릿수를 채울 고위 관리가 하나 필요했는데 자신이 직접 찾아와서 부탁하면 그도 어쩔 수 없이 응할 거라고 생각했다. '그런 행운은 바라지 마, 이 게으름뱅이야. 너의 돼지우리로 돌아가.' 앙주빈은 생각했다.

앙주빈은 다시 카메라를 설치하고 스크롤 하기 시작했다. 그는 마지막까지 남겨둔 재무부 서류를 평소 속도로 스크롤 하면서 찬찬히 읽어봤다. 여기 있다. 그의 백만 달러짜리 베이비. 그는 그 이름을 두 번 확인했다. 그것만이 유일하게 알아볼 수 있는 러시아 이름이었다. '앗, 여자였어. 이게 맞나?' 그는 생각했다.

도미니카 예고로바. 앙주빈은 그 이름을 외웠다. '이 여자 섹시한지 궁금하네. 뭐, 섹시해도 얼마 못 가겠지. 자루비나가 그 이름을 알아버리면.'

드라니끼 – 버섯 소스를 넣은 감자 팬케이크

껍질을 벗긴 감자와 양파를 강판에 갈고 거기에 달걀과 소금과 밀가루를 넣어 반죽을 두툼하게 한다. 반죽 한 숟가락을 뜨거운 기름에 넣어 노릇노릇해질 때까지 튀긴다. 깍둑썰기를 한 양파와 버섯을 볶아서 간 것과 사워크림과 헤비 크림을 섞어서 믹서에 간 버섯 소스와 같이 낸다. 버섯 소스에 헤비 크림을 넣어서 뭉근히 끓이고 그 위에 잘게 썬 파슬리를 고명으로 얹어서 낸다.

36

네이트와 벤포드는 워싱턴 D.C. 북서쪽에 있는 FBI의 새 워싱턴 지부 회의실에 앉아 있었다. 벤포드는 시내에서 여기 스웸푸들까지 운전해서 와야 했다고 투덜댔다. 스웸푸들은 유니언 역을 지으려고 밀어버린 이 근처에 있던 아일랜드 빈민가의 오래전에 잊힌 이름이었다. 벤포드는 또한 원래 포토맥의 모래투성이인 버저드 포인트에 있던 워싱턴 지부가 이곳으로 옮긴 이유로 FBI 카우보이들이 바로 길 맞은편에 있는 회계 감사원에 더 가까이 있어야 한다는 요건을 따랐다는 점도 말했다.

벤포드는 FBI와 몇 년 동안 긴밀하게 협조하면서 대체로 그들을 싫어했지만, 그래도 친하게 지내는 친구가 몇 명 있었는데 그중 하나가 곧 만나게 될 해외 방첩부 부장 찰스 몽고메리였다. 기다리는 사이에 콧수염을 기르고 사람을 짜증나게 만드는, 벤포드가 잘 아는 요원 하나가 방에 머리를 들이밀었다.

"스파이들이 왔다." 그는 두 손을 입 주위에 동그랗게 모으고 소리쳤다. 벤포드는 심히 불쾌한 표정으로 그를 봤다. 그 FBI 요원은 덥수룩한 머리에 콧수염은 부엌에서 양념을 바를 때 쓰는 솔처럼 생겼다.

"맥거핀, 왜 정찰 안 나갔지? 은행 강도들이 여전히 우리 수도를 돌아다니고 있지 않나?" 벤포드가 말했다.

"다 통제되고 있어요. 여긴 대체 뭐하러 온 겁니까?" 맥거핀이 말했다.

벤포드가 의미심장한 눈빛으로 네이트를 봤다.

"센터가 FBI 내부에 첩자를 두고 있다는 새 정보가 모스크바에서 들어왔어. 그래서 우린 자네의 개인적인 인터넷 검색 내역 파일을 검토할 수 있게 FISA 법원(미국 해외정보감시법원-옮긴이)에 요청서를 제출하러 왔어. 개인적으로 아주 유치하고 외설적인 자료들이 나올 것 같아 기대가 커."

맥거핀은 고개를 흔들며 말했다. "알아듣기 쉬운 말로 하세요." 그리고 꽁무니를 뺐다.

벤포드는 또다시 의미심장한 표정으로 네이트를 봤다. "이제 내가 왜 이 화이트칼라 수사관들과 같이 일하는 걸 불안해하는지 이해하겠지." 벤포드가 말했다.

몽고메리 특별 수사관이 방에 들어와 테이블 옆으로 돌아와서 벤포드와 네이트와 악수했다. 쉰 살인 그는 날씬한 몸매에, 일찍 흰머리가 났고, 코끝에 테를 반만 씌운 안경을 걸치고, 회색 눈은 아무것도 놓치지 않는 경찰의 눈이었다.

"늦어서 미안해." 몽고메리가 회의 테이블 맞은편에 앉으면서 말했다. "아직 시차 극복 중이야. 런던 회의가 도무지 끝나질 않았어." 그는 얼굴을 문질렀다.

"하지만 적어도 영국 요리는 맛봤잖아." 벤포드가 말했다.

"그래. 해기스란 말은 내 평생 처음 들어봤어. 그건 영국 요리가 아니라 스코틀랜드 요리더라고. 우리 호스트인 MI5 앞에서 그걸 한 접시나 먹었는데 그게 양의 내장을 위장으로 싼 요리라고 하더군. 다음번에 그 인간들이 여기 오면 로키 산맥의 굴을 먹일 참이야."

"난 고환(그게 소의 고환이건 다른 것이건)은 FBI 구내식당의 인기 메뉴인

줄 알았는데." 벤포드가 말했다.

"시몬, 그 영국인들은 자넬 '프라녹'이라고 불러." 무표정한 얼굴의 몽고메리가 파일 폴더를 열면서 말했다. "그건 불쾌한 인간이란 뜻이야."

"회의 시작할까?" 벤포드가 말했다. 몽고메리는 고개를 끄덕였다. 그는 트리톤 사건에 대해 알고 있는 극소수의 FBI 요원 중 하나였다.

"흠, 이건 우리가 이야기했지. 자루비나가 앞으로 7일 안에 자네 쪽 첩자를 만난다는 거. 우리는 자네 요청대로 자루비나 엉덩이에서 멀찍이 떨어져 있었어. 그래야 미행이 있는 걸 보고 약속을 취소하지 않을 테니까." 몽고메리가 말했다. 몽고메리는 FBI 감시팀이 그녀를 겁먹게 하지 않고 미행할 수 있다고 주장했다. "난 아직도 우리가 그 여자를 잡을 수 있다고 생각해." 몽고메리가 말했다.

네이트가 고개를 흔들었다. "부장님, 우리는 모험할 여유가 없습니다. FBI 요원들이 뛰어난 건 알지만, 자루비나가 거리에서 뭐 하나라도 봤다간 약속을 취소해버릴 겁니다. 그리고 러시아인들이 우리가 절대 찾아낼 수 없는 익명의 불법체류자로 담당자를 바꿔버릴 거고요."

몽고메리가 얼굴을 문질렀다. "흠, 그게 내가 오늘 자네들에게 말하고 싶은 거야. 우리에겐 에이스 카드가 한 장 있어." 몽고메리가 종이 한 장을 툭 치면서 말했다. "우린 그 만남의 장소가 메리디언 힐 공원이란 걸 알고 있어."

"아주 작은 이점이죠. SVR은 미리 며칠 동안 그 공원을 세심하게 둘러볼 겁니다. 특히 밤 시간에 말이죠. FBI 팀이 아무리 뛰어나더라도 대규모 감시팀이 정찰하는 걸 알게 될 거라고요. 무전기 소리가 날 수도 있고, 쌍안경을 든 사람이라도 보일 수 있는 거고. 그건 도저히 피할 수가 없어요."

네이트가 말했다.

"좋아, 나도 그 점은 인정하지. 하지만 내가 해법을 하나 생각해봤어. 우리 감시팀에 두 친구가 있어. 둘이 좀 돌아다녔는데." 몽고메리가 말했다.

"돌아다니다니 그게 무슨 뜻이야?" 벤포드가 물었다.

"여러 업무를 맡았다는 거지." 몽고메리가 말했다.

"왜?" 벤포드가 물었다.

"그 친구들이 권위에 약간 알레르기 반응을 보여서." 몽고메리가 테이블 위에 놓은 두 손을 맞잡으며 말했다.

"그게 무슨 뜻이냐고?" 벤포드가 말했다.

"거침없이 자기 생각을 말한다는 뜻이야." 몽고메리가 말했다.

"예를 들면……" 벤포드가 말했다.

"상관들에게 삽질하고 있다고 하는 거." 몽고메리가 말했다.

"그런데 자네가 우리 정보원의 목숨이 달린 극히 중요한 작전에 그 불안정한 쌍둥이자리 쌍둥이를 우리에게 떠넘기려 하는 이유는?" 벤포드가 말했다.

"그 친구들이 내가 지금까지 25년 동안 일하면서 본 중에 가장 실력 좋은 미행 전문가들이기 때문이지. 자루비나가 천리안이 있는 마녀라면, 필레포와 프록터는 마법사야." 몽고메리가 말했다.

벤포드가 네이트를 보자 네이트가 고개를 살짝 끄덕였다. "그럼 공원에 우리 셋 외에 다른 사람은 다 빼죠. 무전기도 안 돼요. 트리톤이 자루비나에게 입을 열기 전에 놈을 잡는 겁니다." 네이트가 말했다.

"나도 그 생각을 하고 있었어. 자네 세 명에게 허리에 뭐 하나 두르게 하고 취관(불어서 화살을 쏘아 보내는 무기-옮긴이)을 주는 거지. 그럼 성공할 거야." 몽고메리가 말했다.

벤포드가 의자에서 자세를 바꾸면서 생각하고 있었다. "그럼 자네 마법사들은 언제 만날 수 있지?" 그가 물었다.

"지금 밖에서 기다리고 있어." 몽고메리가 그렇게 말하고 회의실 문으로 걸어갔다.

필레포와 프록터가 들어와서 몽고메리 양옆에 앉았다. 둘 다 청바지에 평상복을 입고 발목까지 오는 클락스 스웨이드 편상화를 신고 있었다. 왼쪽에 있는 남자는 단순한 검은색 운동복 상의를 입고 있었고, 반대쪽은 목에 지퍼를 채워서 올리는 플리스 풀오버를 입고 있었다.

"이쪽은 도니 필레포고, 여긴 루 프록터." 몽고메리가 소개했다. 네이트가 테이블 너머로 손을 뻗어서 두 사람과 악수했다. 둘 다 손힘이 대단했다. 네이트는 도니 필레포가 스물다섯 살 정도 됐을 거라고 짐작했다. 그는 짧게 깎은 갈색 머리에, 이마가 높고, 눈은 잠시도 가만있지 않았다. 루 프록터는 그보다 조금 연상으로 눈가에 웃을 때 주름이 생겼고, 머리는 아주 짧게 깎았다. 둘 다 의자에 주저앉아서 앞에 있는 CIA 요원들은 관심 없는 척했다.

"그래서 도니와 루라고 부르면 되나?" 벤포드가 물었다.

"네. 도니의 원래 이름은 도나텔로예요." 프록터가 몸을 앞으로 기울여 몽고메리를 지나 필레포를 보며 말했다. 그는 계속 심각한 표정이었지만 눈은 웃고 있었다. "이탈리아에서는 주로 여자들 이름이죠." 필레포는 프록터를 보지 않았다.

"혼자 감시한 적은 있나요? 우린 지금 큰 문제가 있는데 내가 시내 공원을 감시하는 걸 도와줄 사람 둘이 필요해요." 네이트가 말했다.

"어느 공원?" 필레포가 말했다.

"누굴 상대로?" 프록터가 말했다.

"당신들이 이 작전에 참여하겠다고 동의하기 전까지는 알 필요가 없지." 벤포드가 말했다. 네이트는 그의 얼굴을 안 봤지만 그 말투로 알 수 있었다. 벤포드는 이들을 시험해보려고 일부러 비딱하게 나오는 것이다.

"우리가 그 빌어먹을 목표와 공원을 알지 않는 한 당신의 그 무시무시한 문제는 도와줄 수 없죠." 프록터가 말했다. 몽고메리가 의자에서 자세를 바꿨다.

"몽고메리 특별 수사관 말로는 당신들이 거리에서 제법 한다던데요." 네이트가 말했다.

"그 정도면 쓸 만하지. 당신은 어느 거리에서 놀았는데?" 필레포가 말했다.

"모스크바." 네이트가 말했다.

프록터가 고개를 끄덕였다.

"그래서 이 작전이 그렇게 중요한 겁니다. 제대로 안 하면 모스크바의 누군가가 죽어요." 네이트가 말했다.

"빌어먹을 모스크바를 위해 일하는 벼락 맞을 미국 매국노가 아주 오랫동안 숨어버리게 된다는 건 말할 필요도 없고." 벤포드가 말했다.

"그건 망할, 그렇게 놔둘 수 없지, 안 그래, 도나텔로?" 프록터가 말했다.

네이트는 필레포와 프록터와 같이 거리로 나갔다. 몽고메리의 말은 과장이 아니었다. 그들은 매끄럽고, 빠르고, 신체적인 조건도 좋았고, 거의 감지할 수 없는 수신호를 쓰고, 후드를 한 번 올려 쓰거나 양면으로 입을 수 있는 재킷을 뒤집어 입는 것만으로도 외모를 바꿀 수 있었다. 필레포는 심지어 파쿠르(도시의 구조물을 오르고 뛰어다니는 스포츠-옮긴이)도 했다. 그는 3.6미터 높이의 벽을 달려서 올라갈 수 있고, 끝까지 걸어서 올라갈 것처럼 벽돌 담 위로 두 발자국 걸어갔다가 꼭대기로 점프할 수도 있었다.

저녁 먹으며 쉬는 시간은 매우 유익했다. 둘 다 근무 중에는 술을 마시지 않았다. 근무가 끝난 후에도 맥주는 딱 두 잔으로 끝이었다. 그들과의 대화는 시끄럽고 불경스러웠지만 네이트는 이 미행 프로 두 사람이 부부처럼 찰떡궁합이란 걸 알아차렸다. 둘은 서로가 하는 말을 끝내고, 서로의 안전을 챙기고, 흥미로운 게 보이면 턱짓 한 번으로 신호했다. 서로 상대가 뭘 할 건지 하기도 전에 알아차렸다. 네이트는 이들과 함께 코네티컷 대로(그들의 뒷마당)를 달렸는데 두 마리의 리카온(소리로 의사소통을 하며 이 소리로 사냥 중 무리를 모으기도 하는 사냥개-옮긴이)이 협력하는 걸 보는 것 같았다. 이들은 연습용 토끼들(아무 의심 없이 가는 민간인들)을 가까이 따라갔다가, 뒤로 물러나면서, 그들이 어디에서 방향을 바꿀지 예상하고, 그들을 앞질러 가거나 거리 맞은편에서 따라갔다. 그들은 서로를 완벽하게 받쳐줬다.

필레포는 동안인 얼굴을 이용해 수위를 통과했다. 프록터는 시내를 자유롭게 돌아다니는 택배 기사인 척하면서 사무용 빌딩들 사이를 활보했다. 둘 다 접수처 데스크 위에 거꾸로 놓인 11포인트로 타자 친 우편물들을 읽을 수 있었다. 이들은 악당이자, 해적이자, 마초였다. 이들과 같이 이틀을 보낸 후에 네이트는 이제 됐다고 벤포드에게 말했다. 셋이서 그 후 5일 연속 메리디언 힐 공원을 감시할 것이다.

콜럼비아 하이츠에 있는 4만8천 제곱미터의 땅에 나무가 울창하게 우거진 그 공원은 백악관에서 북쪽으로 4킬로미터 떨어져 있다. 가파른 언덕 위에 있는 이 공원에 구불구불한 오솔길들, 조각상들과 우아한 시멘트 계단들이 있다. 이 공원에서 가장 눈길을 끄는 곳은 높이가 60미터에 달하는 이탈리아식 폭포 분수대로 총 열세 개의 분수대로 구성돼 있다. 분수대 물이 차서 넘치면 그 밑에 있는 더 큰 분수대로 넘어가는 식으로 분수대 폭이 1.5미터에서 3.6미터로 넓어져 결국에는 바닥에 있는 우아하게 굴곡이 진 웅덩이로 흘러 들어간다. 분수대 꼭대기에서 바닥까지 완만한 테라스 형으로 길이가 15미터에 달한다. 분수대 양쪽에 넓은 시멘트 계단이 있고, 분수대 꼭대기에서 양쪽 계단이 하나로 합쳐진 곳에 물이 고여 있고, 그 뒤에 기둥이 있는 테라스가 있다.

네이트와 필레포와 프록터는 흩어져서 공원 위쪽(가장자리에 보리수나무들이 서 있는 풀로 뒤덮인 산책로)을 살펴본 후에 교대해서 폭포까지 포함해서 아래쪽을 샅샅이 둘러봤다. 그들은 러시아인들이 이곳에 사람을 보내 정기적으로 보안 상태를 확인하는지 알 길이 없었다. 그래서 그 공원을 각자 따로 나와서 두 블록을 걸어 W가에 있는 우아한 연립주택들을 지나쳐 패스트 고메이라는 샌드위치 가게에 가기로 했다. 네이트는 걸어가면서 필레포와 프록터를 찾았지만 어디에서도 보이지 않았다. 그들은 모스크바에서 경력을 쌓은 CIA 요원에게 자신의 실력을 보여주려고 게임을 하고 있었다.

패스트 고메이는 W가와 14번가 모퉁이에 있는 주유소 뒤쪽 건물에 있는 작은 가게로 진열장과 카운터와 테이블 두 개가 있다. 필레포는 벌써 와서 부드러운 롤로 만 치비토 샌드위치 세 개를 주문하고 있었다. 프록터가 2분 후에 들어왔다. 샌드위치가 나오길 기다리는 동안 아무도 입을 열지 않았다. 네이트는 이 FBI 요원 두 명과 유대 관계가 생긴 건 아니지만, 말하지 않아도 동료로서 서로를 높이 평가하게 됐다. 그들은 상대의 뛰어난 기술을 알아보고 같은 프로와 일하게 된 걸 기쁘게 생각했다.

"폭포 꼭대기에 있는 테라스에서 만날 거야." 프록터가 작은 테이블에 앉아 마침내 입을 열었다. "16번가 쪽 서쪽 출입구 두 개도 나뭇잎에 파묻혀 있더군."

"분명 거기야." 필레포가 의자를 끌어오면서 말했다. "거기가 제일 적합한 장소야. 위쪽 산책로는 잊어. 그 테라스 위쪽은 벽으로 막혀 있어. 그리고 거기서 W가까지 한눈에 보이지. 그 계단을 누군가 올라가면 도무지 눈에 안 띌 수가 없어." 네이트는 그가 받은 치비토 샌드위치를 미심쩍은 눈으로 봤다. 샌드위치 빵 사이에 구운 스테이크, 치즈, 삶은 달걀과 양념에 재운 양파가 층층이 쌓여 있었고, 정체를 알 수 없는 소스가 스며 나오고 있었다.

"에스카베슈." 네이트의 표정을 본 필레포가 말했다. "그 양파는 식초에 절인 거야."

"우루과이 샌드위치야. 워싱턴 D.C.에서 최고지." 프록터가 말했다.

네이트는 한 입 먹어보고 아주 맛있다는 걸 인정해야 했다. 그는 냅킨으로 입을 닦았다. "좋아, 당신이 자루비나야. 어떻게 들어오겠어? 당신 방첩팀을 어디 두겠어? 트리톤은 어느 방향에서 올까?"

"러시아인들은 미팅 장소를 통제하는 걸 좋아해. 그게 걔들 스타일이야. 그 여자는 옆 계단 중 하나를 택해서 위쪽 테라스로 올라오면서 우리가 양쪽 계단 중 하나로 올라오는지 살펴볼 거야." 프록터가 말했다.

"만약 자루비나가 방첩팀을 데려오면, 놈들은 나무들 속에 있을 거야.

그리고 분수 위 공원에도 있겠지. 놈들은 여러 대의 차와 무전기들을 가진 대규모의 팀이 오는지 보려고 바깥을 살필 거야. 그렇게 보다가 낌새가 이상하면 취소하고 자기들의 할머니를 보호하는 거지." 필레포가 말했다.

"자루비나는 거리에선 굉장하다고 하던데." 네이트가 말했다.

"굉장한 건 우리지." 필레포가 말하자 프록터는 고개를 끄덕였다. 그들은 샌드위치를 내려놓고 서로 주먹을 부딪쳤다.

"맙소사, 둘이 살림 합치기 전에 이 장소 세팅을 어떻게 할 건지 그것부터 말해봐." 네이트가 말했다.

필레포와 프록터는 멍한 표정으로 네이트를 무려 3초나 바라봤다. "우리 직감은 이런데, 들었으니 어떤지 말해봐. 도니와 나는 분수대 밑에 있을 거야. 우린 각자 찢어져서 돌아다니면서, 그 마지막 분수대, 난간들, 울타리들과 벽들을 훑어볼 거야. 10시 전에는 그냥 공원을 돌아다니는 사람들도 좀 있겠지. 10시가 넘으면 러시아인들은 공원이 비어 있는지 확인하려고 돌아다니는 공원 경찰들을 상대해야 할 거고." 프록터가 말했다.

"당신네 내부첩자가 그 계단을 올라가면, 놈이 절반도 올라가기 전에 우리가 쏜살같이 달려가서 덮치는 거지." 필레포가 말했다.

"계단을 올라가는 남자가 첩자라는 걸 어떻게 알지?" 네이트가 물어보면서 두 사람이 세부적인 사항을 연구하는 걸 지켜봤다.

"자루비나는 분명 아주 단순한 안전 신호를 쓸 거야. 라이터를 켠다든가, 스카프를 벗는다든가, 난간에 흰 종이 가방을 걸어둔다든가. 긍정적인 신호, 그가 어둠 속에서도 볼 수 있는 신호를 보낼 거야. 놈이 오는 걸 그 여자가 우리에게 말해주는 거지." 프록터가 말했다.

"바로 그때 우리가 놈에게 달라붙는 거야. 둘이 뭘 주고받기는커녕 한

마디도 못하게 만드는 거지." 필레포가 말했다.

"필레포가 그럴 때 좀 흥분해서 나서는 경향이 있긴 한데. 내가 올 때까지 기다릴 거지?" 프록터가 필레포에게 말했다.

"내가 언제 나선다고 그래? 그런 개소리는 어디서 들었어?" 필레포가 말했다.

"넌 항상 그래." 프록터가 말했다.

'맙소사, 둘은 오래 산 부부 같군.' 네이트는 그 생각을 하면서 샌드위치에 집중했다.

"좋아, 당신들은 저 밑에 있고. 난 자루비나의 엉덩이 바로 뒤에 있고 싶어. 무슨 좋은 생각 있어?" 네이트는 이 전문가들에게 의견을 묻는 걸 망설이지 않았다. 네이트의 전문 분야는 적대적인 미행을 감지하고 그들을 물리치는 것이다. 이 사람들은 미행 그 자체니 이들의 의견을 들어두면 좋을 것이다.

"거기에 딱 한 곳이 있어. 위쪽 물웅덩이 뒤에 있는 그 테라스 벽에 벽감이 세 개가 있어. 그 벽감마다 아주 기다랗고 가는 분수가 하나씩 있어. 거 왜 있잖아. 1미터도 못 되는 높이로 솜털처럼 가늘게 위로 뻗어가는 분수 말이야. 밤에 그 분수에 발을 담근 채 서 있는 거야. 하지만 검은색 옷을 입고, 그 분수의 물거품 뒤에 쭈그리고 있으면, 물소리가 워낙 크니까 (분수대도 있고, 폭포수도 있으니), 넌 안 보일 거야. 넌 그 꼭대기에 있는 웅덩이를 건너기만 하면 바로 그 여자 뒤로 가는 거지."

"무릎까지 오는 고무 부츠를 신고 가는 게 좋겠어." 프록터가 말했다.

"내가 어둠 속에서 나와서 공손한 러시아어로 말하면서 그 여자를 못 가게 잡으면 그 여자는 기겁을 하겠군. 당신들은 그 얼간이에게 플라스틱 수갑을 채우고, 엉덩이를 걷어 찬 후에, 모두 불러들인다, 이거지?" 네이트가 말했다. 벤포드와 몽고메리는 공원에서 네 블록 떨어진 곳에서 한 무리의 워싱턴 D.C. 경찰 부대, FBI 차 세 대, 밴 한 대, 앰뷸런스가 대기하게 준비했다. 프록터의 샵스넬 메시지 장치(CIA에서 개발한 암호 처리된 호출기)에서 보낸 전자 신호를 받으면 그들은 컬럼비아 하이츠를 환하게 밝힐 것이다. 무전기도 없고, 핸드폰도 없고, 전자 장치도 안 된다. 러시아인들은 보기만 하는 게 아니라 듣고 있기도 하니까.

트리톤은 체포될 것이다. 외교관 면책 특권이 있는 자루비나는 러시아 대사관의 러시아 영사가 그녀를 빼주기 전까지 예의를 갖춰 구금될 것이다. 역사적으로 유명한 냉전 수칙에 따라 그 영사는 자루비나가 밤바람을 쐬려고 공원을 혼자 산책하고 있었다고 차분하게 주장할 것이다. 그리고 분명 파시스트 미국 경찰이 밟는 법적인 절차에 대해 고래고래 고함을 질러대겠지. 자루비나는 주재국 정부로부터 환영받지 못하는 외교관으로 지정돼서 로디나의 품으로 돌아가 짜증나서 오므린 입술에 파란 눈의 대통령이 하는 질문에 대답해야 할 것이다.

'그리고 도미니카는 또다시 지하 감옥을 피하게 되고. 그녀는 안전할 거야.' 네이트는 생각했다.

우루과이 치비토 샌드위치
부드러운 롤빵에 얇게 썰어서 구운 플랭크 스테이크(소의 옆구리에서 서양배 모양으로 잘라낸 살-옮긴이)를 올리고 그 위에 녹인 모차렐라 치즈를 뿌리고, 그 위에 삶은 햄, 튀긴 판체타(이탈리아식 베이컨), 잘게 썬 초록색 올리브, 얇게 썬 완숙 달걀, 식초와 설탕에 절인 얇게 썬 양파와 상추, 토마토, 아이올리 소스를 올린다. 샌드위치를 대각선으로 잘라서 낸다.

37

시간 확인. 밤 10시 19분. 무슨 일이 일어난다면, 지금이다. CIA나 SVR 비밀 접선 시각은 정각이나 30분으로 딱 떨어지지 않는다. 예측하기 너무 쉽기 때문이다. 서늘한 밤인데도 네이트는 검은 비닐 후드가 달린 판초와 고무장화를 신고 위쪽 웅덩이 뒤에 있는 칠흑처럼 깜깜한 분수의 벽감에 쪼그리고 앉아 있느라 땀이 났다. 벽감 바닥에 물이끼가 있어서 미끄러웠고, 정강이까지 차는 물에선 금속성 냄새와 유독한 냄새가 났다. 분수의 거품이 이는 물기둥 사이와 주위를 둘러봤지만 텅 빈 테라스와 그 밑에 은빛으로 빛나는 폭포 분수대만 간신히 보였다. 분수 너머 공원은 어두웠고, 공원 뒤로 시내의 오렌지색 불빛이 희미하게 비쳤다.

빌어먹을 분수 분출구가 고장이 났는지 물기둥이 불규칙적으로 올라갔다 내려갔다 하면서 네이트의 판초에 물을 튀기고 있었다. 판초를 입고 있어도 물에 젖는 건 여전했다. 네이트는 물이 비닐 판초에 떨어지는 소리가 좀 다르게 들리지 않을까 걱정했지만 주위도 시끄럽긴 마찬가지였다. 분수대 꼭대기에 있는 웅덩이로 흘러내리는 세 개의 벽감 분수의 물소리가 벽에 부딪쳐 메아리치고 있었고, 웅덩이에 고인 물이 다시 아르페지오의 물결로 아래 분수대로 쏟아지고 있었다. 지난 이틀간 계속 이 냄새 나는 물의 원더랜드에서 기다리다 보니 차라리 필레포나 프록터를 이곳에 배치할걸 그랬다는 아쉬움이 들었다. 둘 중 하나를 이탈리아 채소 수프 리보리타처럼 생긴 초록색 물이끼가 둥둥 떠다니는 분수 벽감에 몇 시간씩 쭈그려 앉아 있게 하는 것이다. 하지만 그는 자신이 여기 꼭대기에 올라와 있어야 한다는 걸 알고 있었다. 그가 자루비나를 꼼짝 못하게 잡고 있고, 합법적인 이유로 미국 시민을 체포하는 건 FBI 요원들이 해야 한다. '좋아, 트리톤, 이 개자식아, 어서 오란 말이야.'

순간 이제는 퇴화된 구석기 시대 본능이 깨어나 네이트의 두피가 섬뜩해졌다. 그가 있는 벽감 바로 위, 풀이 우거진 공원 산책길에 누군가 있었다. 이곳은 달빛도 비치지 않고 그림자도 없다. 소리도 들리지 않았다. 사방은 고요하기만 했다. 하지만 네이트는 느낄 수 있었다. 누군가 다가올 때 일어나는 두피가 오그라드는 느낌이 있었다. 1분 후에 그 빌어먹을 물기둥을 통해 네이트는 키 작은 사람 하나가 아무 소리 없이 그의 앞을 쓱 지나쳐 오른쪽 테라스로 오는 걸 봤다. 그는 숨을 참고 찐득거리고 차가운 어둠 속에서 그가 안 보이길 빌었다. 그 사람은 자루비나였다. 네이트는 FBI의 인상 사진첩에서 본 수백 장의 사진으로 그녀의 얼굴을 알아봤다. 그녀는 낙타털 코트를 입고, 목에 느슨하게 스카프를 매고 있었다. 벌꿀색 금발은 쪽을 졌고, 긴 코트 밑으로 보이는 튼튼한 다리에 뭉툭한 굽이 달린 구두를 신었다. 그녀는 첫 번째 분수 위 난간에 조용히 서서, 왼쪽을 보다가, 오른쪽을 봤다. 그녀는 천천히 밑에 있는 텅 빈 공원을 훑어봤다. '도시의 아파치라는 당신들, 자랑한 만큼 실력이 좋아야 할 거요.' 네이트는 어둠 속에 있는 필레포와 프록터에게 무언의 메시지를 보냈다. 자루비나는 주위를 둘러보는 걸 끝내고, 조용히 서서, 고개를 숙이고 있었는데 정말 무시무시한 광경이었다. 마치 고대 여사제가 높은 제단 위에 서서 박쥐 날개를 단 신들을 불러들이고 있는 것 같았다. '그녀는 듣고 있어. 이곳의 기운을 느끼고 있는 거야. 그녀가 내 손가락 끝에서 나오는 전자들도 느끼고 있을까? 맙소사, 이 할망구가 오늘 밤 디바를 죽일 수도 있어. 아니야, 그러지 않을 거야. 그런 일은 일어나지 않아.' 네이트는 생각했다.

자루비나는 돌아서서 고개를 들어 분수 위에 있는 공원 산책길을 보고(반쯤 내리깐 영리한 검은 눈이 네이트가 있는 벽감을 스쳐 지나갔다) 고개를 한 번 끄덕였다. 그녀의 팀이 적당히 경계하면서 주위를 감시하고 있을 것이다. 그녀는 모두 이상 없다고 신호를 보냈다. 그녀는 테라스 난간으로 더 가까이 가서, 시멘트 위에 두 손을 댄 채, 마치 발코니에 서서 그 밑에 있는 대중에게 연설하는 독재자처럼 몸을 앞으로 기울였다. 그리고 손을 위로 뻗어서 목에 맨 스카프를 빼서 난간 위에 걸쳐 한쪽 끝자락이 밑으로 내려오게 했다. 안전 신호다. '기다려, 기다려, 기다려.' 네이트는 밑에 있는 남자들에게 마음속으로 메시지를 보냈다.

네이트는 2분 동안 움직이지 않았고(120초가 두 시간처럼 느껴졌다) 그러다 W가에서 키가 크고 각이 진 몸매의 남자 머리와 어깨가 계단을 올라오는 게 보였다. 그는 천천히 움직여서 폭포수를 따라 왼쪽 계단을 올라오기 시작했다. '네가 트리톤이냐?' 그 남자는 고개를 숙이고, 두 손은 코트 주머니에 찔러 넣고 있었다. 네이트는 그의 얼굴을 보려고, 본부 복도에서 봤을 그 얼굴을 알아내려고 눈에 힘을 주고 있었다. '빨리 좀 와라.' 그 남자는 넓은 계단의 3분의 1 정도 올라와서 고개를 들어 위쪽 테라스와 자루비나를 봤다. 그리고 그녀의 어두운 형체를 보고 재킷에서 한 손을 빼서 잠깐 들었다. '그래, 인사하느라고 손을 흔들어라.' 자루비나는 반응을 보이지 않았지만, 그 남자는 계속 터덜터덜 계단을 올라왔다. 이제 반쯤 올라왔다.

계단 밑에서 한 정령의 그림자, 날개가 달린 도깨비의 그림자가 두꺼운 울타리에서 날아와, 계단 밑에 있는 벽돌 벽에 두 손을 대고, 아래 계단을 펄쩍 뛰어올라와 달려오기 시작했다. 필레포였다. 바로 그 순간(어떻게 이렇게 간발의 차로 도착할 수 있었지?) 프록터가 반대쪽 계단과 경계를 이루는 개인 집 울타리 안쪽에서 나타나, 계단으로 쓱 미끄러져 올라와서, 분수대 반대쪽으로 가려고 아래쪽 분수대 가장자리를 두 팔을 벌리고 건너기 시작했다. 그는 물 위를 걷고 있는 것 같았다. 지금까지 딱 4초 걸렸다. 자루비나가 남자처럼 고함을 지르는 사이에 두 사람이 트리톤을 향해 모여들었다. 트리톤은 놀랄 정도로 빠르게 한 번에 계단 두 단을 뛰어오른 뒤 옆에 있는 울타리로 곧바로 몸을 날렸다. 가지들이 우지끈 부서지는 소리가 나면서 그 울타리가 그를 삼켜버렸다. 프록터와 필레포 둘 다 오른쪽으로 뛰어들었다. 하나는 트리톤이 막 박살낸 울타리 구멍으로 들어갔고, 다른 하나는 두 단 밑의 울타리 틈으로 갔다. 두 마리의 사냥개가 임팔라(아프리카 산 영양-옮긴이)를 쫓고 있었다.

그 일이 일어난 지 0.25초 만에 손전등 불빛이 계단 밑부분을 비추기 시작했고, 어떤 목소리가 들리더니, 불빛이 올라오기 시작했다. 네이트는 테가 납작한 펠트 모자의 윤곽을 봤다. 망할 공원 관리인이 쓴 오렌지색 모자였다. 공원 관리인은 나뭇잎과 가지들이 와지끈 부서지는 소리와 러시아 첩보원이 물소처럼 지른 소리를 듣고, 십 대 아이들이 장난치는 줄 알고 쫓아버리려고 나타난 게 분명했다. 이럴 시간이 없는데. 네이트는 벽감에서 나와서, 웅덩이로 들어갔다가 그만 판초 안감을 부츠로 밟아서 그대로 팔꿈치까지 차는 물속에 무릎을 꿇고 엎어지고 말았다. 그는 일어서서, 웅덩이 가장자리로 가서 다리를 밖으로 돌려 나왔다. 부츠는 이제 물로 꽉 차 있었다. 그는 부츠를 벗어버리고 그 노부인을 찾았다. 자루비나는 사라졌고, 테라스는 비어 있었다. 그녀는 왼쪽이나 오른쪽으로 가진 않았는데. 그러다 물이 첨벙거리는 소리를 들었다. 뒤에서 얼간이처럼 웅덩이 물을 첨벙거리는 네이트와 계단을 올라오는 공원 관리인 사이에 낀 그녀는 난간을 뛰어넘어 분수대를 하나씩 내려가고 있었다. 어둠 속에서 그녀는 하나도 보이지 않았지만 큰 소리를 내며 물을 사방으로 튀기고 있었다.

네이트도 난간을 뛰어넘어 그녀를 쫓아서 내려가기 시작했다. '쉰다섯 살 먹은 여자를 쫓아 내려가는 게 힘들어봤자 얼마나 힘들겠어?' 꼭대기에 있는 분수 바닥이 미끌미끌해서 네이트는 주르륵 미끄러졌다가 분수 가장자리에서 가까스로 멈췄다. 그는 다리를 휘둘러서 밑에 있는 다음번 분수로 내려갔다. 그 분수는 위의 것보다 조금 더 컸고, 90센티미터 높이를 뛰어내려야 했다. '열한 개 남았다.' 그는 하늘에서 비치는 도시의 불빛에 간신히 폭포를 볼 수 있었지만 밑에서 분명히 첨벙거리는 소리가 들렸다. 자루비나가 밑에 있었다. 그는 필레포와 프록터가 어떻게 됐는지 궁금해하면서 그들이 트리톤 위에 올라타서 그의 얼굴을 흙 속에 처박는 모습을 상상했다. 그들이 트리톤의 손목을 잡아서 플라스틱 수갑을 채우는 모습을 상상할 수 있었다. 네이트는 분수대 바닥을 주르르 미끄러지면서 넘어갔다. '열 개 남았다.' 그리고 다시 궁금해했다. '왜 경찰 사이렌 소리가 안 들리지?'

트리톤을 잡아야 했다. 그는 도미니카의 본명을 알고 있다.

밤바람은 상쾌하고, 주위는 조용했고, 평화롭기까지 했다. 앙주빈은 비키의 차(우스꽝스럽게 새빨간 기아 리오로 백미러에 나바호족의 드림캐처 부적이 걸려 있었다)를 공원에서 한 블록 떨어진 에쿠아도르 골목의 연철 담장 옆에 세웠다. 이 길은 워싱턴의 전형적인 뒷골목으로 아파트와 연립주택 차고 뒤로 다니는 쓰레기 수거 트럭들이 이용하는 길이다. 그는 눈에 띄지 않게 연립주택가의 뒷마당을 통해 15번가로 나가 러시아인들이 알려준 대로 W가 끝에서 공원으로 들어갔다. 비키는 그에게 왜 완벽하게 근사한 BMW(아우디 S7이 지겨워졌을 때 멋진 신형 암회색 M3를 7만2천 달러에 샀다)가 있는데 그녀의 차를 빌리려 하냐고 물었다. 러시아인들을 만나러 갈 때 워싱턴 골목에 BMW를 세워둘 수는 없단 말은 도저히 할 수 없었다.

그는 오늘 밤 자루비나를 만날 기대에 부풀어 있었다. 그는 그가 제공할 이름의 막대한 가치와 그 정보에 대해 왜 그렇게 큰 보너스를 받아야 하는지 설명할 짧고 드라마틱한 연설을 연습해뒀다. 실제로 감마를 자루비나에게 넘겨주기 전에 그녀와 흥정을 해볼까 하는 몽상도 했다. 하지만 그래봤자 더는 나올 게 없었다. 러시아인들은 이미 그에게 보수를 두둑하게 줬고 앞으로도 계속 그렇게 할 것이다. 그들과 선의의 관계를 유지하는 건 중요했고, 특히 푸틴 대통령이 인사를 전했다고 자루비나가 말한 후로 더 그랬다. 앙주빈은 자신이 비밀리에 모스크바를 방문해서 눈으로 뒤덮인 호화로운 다차에서 푸틴의 접대를 받는 모습을 상상했다. 우렁찬 소리를 내며 타오르는 벽난로, 얼음처럼 찬 보드카, 그리고 곰 가죽 양탄자 위에 누워 있는 다리 긴 우크라이나 미녀. 거기엔 그런 미녀들이 많을 것이다. 푸틴은 우크라이나 여자들과 하는 걸 좋아하니까.

아니야. 얼른 감마를 넘기고 몽상은 나중에 해야지. 그는 머릿속으로 그 암기한 이름을 떠올리며 그 이름을 말하는 연습을 했다. '도미니카 예고로바.' 분명히 그 작전부 멍청이들이 하다하다 이제는 여자들을 포섭하는 지경에 이른 모양이다. 그가 극적인 효과를 높이기 위해 그 이름을 직접 말해주면 자루비나의 금방이라도 케이크를 구워줄 것 같은 온화한 표정이 사냥감을 죽일 각오를 품은 소비에트 독수리 같은 얼굴로 변할 것이다. 앙주빈은 그 얼굴을 본 적이 있었다.

더 이상 기다릴 수 없었다. 돈도 실컷 벌고, 그의 진가를 알아보지 못한 에이전시의 얼간이들에게 복수도 할 수 있다. 그는 공원을 가로질러 계단을 올라가기 시작했다. 거기에 그녀가 있었다. 난간 뒤에 어두운 형체가 보였고, 난간에 걸쳐진 환한 색 스카프 끝이 살짝 계단 위를 스치는 게 보였다. 그때 뒤에서 조용히 발을 끌며 다가오는 소리와 옆쪽 울타리에서 바스락거리는 소리가 들렸다. 그는 돌아섰다가 마치 유령 원숭이 같은 자가 계단을 껑충껑충 뛰어 오르는 게 보였고, 또 다른 얼굴 없는 악몽이 왼쪽에서 다가오고 있었다. 자루비나가 지른 벼락 같은 고함 소리에 등골에 소름이 끼친 앙주빈은 무의식적으로 움직였다. 그는 한 번에 두 계단을 뛰어서 오른 후에, 오른쪽 몸으로 울타리를 부수면서 그가 내민 팔과 얼굴에 나뭇가지들이 뒤로 꺾여서 부러지기 전에 그의 얼굴과 몸을 후려치는 걸 느꼈다.

그는 울타리를 폭발시키듯 터져 나와 나무들 사이로 달리면서 발자국 소리들과 뒤에서 운동선수처럼 전력으로 질주하는 자가 씩씩거리는 소리를 들었다. 그는 허파가 터질 것 같았고 이제 그들이 달려들어 그의 다리에 태클을 걸 것을 예상했다. 절박하게 달리던 도망자 앙주빈이 주머니에 손을 넣어 제2차 걸프전에 쓰기 위해 CIA가 개발한 사이클롭스가 들어 있는 7.5센티미터 크기의 에어로졸 분무기를 꺼냈다. 이것은 로로아세톤페논과 디프로필렌글라이콜을 섞은 핑크색의 미세한 합성물로 눈에 뿌리면

심각한 통증이 발생하면서 잠시 눈이 안 보인다. 앙주빈은 CIA 군사부 차장으로 참가한 연구소 시범이 끝난 후에 사이클롭스 두 개를 슬쩍했다. 작은 분무기에서 핑크색 연기가 뿜어져 나오는 순간, 필레포는 뛰어난 반사신경 덕분에 피할 수 있었다. 그가 재빨리 얼굴을 획 돌려버리는 바람에 파우더 알갱이 몇 개만 얼굴을 쳤지만 끔찍한 고통이 느껴지면서 그의 왼쪽 눈은 마치 초점이 맞지 않는 망원경 렌즈처럼 닫혀버렸다. 필레포는 신음하면서 눈을 움켜쥐고 쓰러졌다. 앙주빈은 그 작은 분무기를 주머니에 넣고 계속 달렸다.

그는 평범한 지갑 소매치기처럼 쫓기고 있었다. 그는 흐느껴 울면서 낮은 벽돌담을 뛰어넘어 15번가 보도로 나와, 전력으로 달려서 거리를 건너가, 건물 뒤에 숨었다. 목구멍으로 올라온 담즙을 맛보면서 그는 골목에 있는 대형 쓰레기통 뒤에 쭈그리고 앉아 소리를 들었다. 발자국 소리는 들리지 않았다. 이제 무사한 걸까? 평소 같으면 기다리겠지만 거기서 벗어나야 했다. 그의 얼굴과 손은 사방이 긁히고 멍들어 있었다. 그는 골목을 나와서, 낮은 철조망 문을 넘어가, 건물의 가장자리를 지나, 비키의 차를 주차해둔 바로 그 자리로 나왔다. 그는 떨리는 손으로 문을 열고, 시동을 건 후에, 헤드라이트를 끈 채 골목을 빠져나왔다. 그는 억지로 차를 천천히 몰았다. 골목의 급커브에서 헤드라이트를 켰다가 차 미등에 비친 주홍색 얼굴 하나가 보였는데 백미러에서 그 얼굴이 점점 커지고 있었다. 누군가 그의 운전 속도보다 더 빨리 달려서 점점 가까워지고 있었다. 앙주빈은 가속 페달을 밟아서 미친 듯이 달리다 끽 소리를 내며 차를 돌려서 14번가로 들어가, 계속 좌회전과 우회전을 반복했다. 그자가 누구였건 비키의 자동차 번호판을 볼 수 있을 정도로 가까이 있었다.

자루비나는 누군가 움직이는 걸 보고 순식간에 프로답게 사태를 파악했다. 그녀가 지른 고함 소리는 그녀의 뜻을 거스르고 도전했다는 불가능한 사태에 대한 격노였다. 그 순간 그녀는 트리톤이 울타리를 부수고 도망치는 걸 봤고, 또 뒤에서 물이 튀기면서 뭔가 움직이는 소리가 들렸고, 그 다음엔 아래쪽 계단에서 손전등 불빛이 이리저리 움직이는 게 보였다. 재봉사인 율리아 자루비나는 망설이지 않았다. 그녀는 난간 너머로 힘겹게 다리를 넘겨서 제일 위쪽에 있는 분수대로 떨어졌다. 그녀는 계속 물속을 헤치고 걸어서, 추적의 솔기를 찢고, 그 틈으로 사라질 것이다. 그녀는 계속 밑으로 내려가면서 이미 물에 젖어 철벅거리는 코트도 벗어버렸다. 코트는 물속에 가라앉았다. 자루비나는 분수대 가장자리로 다리를 획 넘겨서 두 번째 계단으로 내려가다가 가장자리를 잡은 손이 미끄러져서 바닥에 쿵 소리를 내며 주저앉았다. 그녀는 다시 무거운 몸을 일으켜서 힘겹게 걸어갔다. 손목 안쪽을 찔러대는 장미 가시처럼 계속 팔딱팔딱 움직이는 통증이 느껴졌고, 손에는 아무 감각이 없었다. 위에서 첨벙거리는 소리 때문에 그녀는 더 빨리 움직여서 분수대 가장자리로 가서 밑으로 넘어가길 반복했다. 그녀의 신발은 벗겨지고, 중년 부인답게 앞쪽 단추를 다 채워 입은 원피스도 다 젖어서 풍만한 가슴과 튼실한 다리에 찰싹 달라붙었다. 그녀의 호흡이 거칠어졌다. 마치 뭔가에 눌린 것처럼 가슴이 답답했다.

뒤에서 계속 첨벙거리는 소리가 들렸고, 엄청난 양의 물이 그녀 앞으로 폭포수처럼 쏟아지고 있었다. 그녀는 또 다른 분수 가장자리를 미끄러지면서 내려가 앞으로 걸어갔다. 그녀는 이제 분수 가장자리에 앉아서, 다리를 밑으로 내려, 아래쪽으로 천천히 내려가는 리듬을 익히고 있었다. 손전등 불빛이 그녀를 지나쳐서 계속 위로 올라갔다. 위험 하나는 피했지만,

위에서 철벅거리는 소리는 점점 더 커지고 있었다. 앉아서, 다리를 돌리고, 미끄러져 내려간다. 숨을 쉬려고 해보자. 분수대 두 개만 더 내려가면 된다. 그러면 제일 밑에 있는 물웅덩이로 가게 되고, 그다음엔 공원 출입구가 오른쪽에 있다. 거기로 가면 모두 그 소음에 바짝 정신 차리고 있을 감시팀이 달려들어 그녀를 안고 갈 것이다.

자루비나는 앉아서 다리를 돌려 마지막 분수대로 넘어가려고 하다가 현기증이 느껴졌다. 그녀는 비틀거리며 걸었고, 얕은 숨을 쉬며 헉헉거리고 있었다. 공원, 나무들, 분수, 이 빌어먹을 물, 모든 게 움직이고 있었고, 밤하늘의 오렌지색 불빛이 펄쩍펄쩍 뛰고 있었다. 자루비나는 마지막 분수대 가장자리에 앉아 다리를 돌렸지만 도저히 미끄러져 내려갈 수가 없었다. 그녀는 앉아서, 다리를 대롱대롱 흔들면서 허벅지와 다리 주위로 밀려오는 물 같은 통증의 물결과 싸우고 있었다. 고통의 맛을 볼 수 있었다. 그녀의 왼쪽 팔은 축 늘어져 있었다. 자루비나는 뒤에서 서둘러 쫓아오는 끔찍한 소리를 듣고 고개를 들어 다시 밤하늘을 봤다. 이제 그 하늘은 바늘 끝같이 작은 빛들로 교차돼 있었고, 가슴에서 새로운 통증이 폭발했다.

자루비나의 고개가 뒤로 홱 젖혀졌고, 눈은 멍하니 뜬 채 입을 벌렸다. 그녀는 천천히 앞으로 기울어져서 배부터 바닥에 있는 웅덩이로 털썩 떨어졌다. 그녀는 물에 얼굴을 대고 팔을 몸 밑으로 떨어뜨린 채, 물 위를 둥둥 떠다녔다. 부드럽게 떨어지는 물이 스타킹을 신은 그녀의 발을 흔들어 댔다. 쪽을 졌다가 풀어진 머리카락이 검은 물 위에서 넓게 퍼졌다. 소비에트 오필리아의 죽음은 슬프게도 크렘린의 파란 눈 왕자의 애도를 받지 못할 것이다.

네이트는 마지막 분수대로 미끄러져 내려왔다. 자루비나는 사라졌다.

있을 수 없는 일인데. 그는 불과 몇 초의 틈을 두고 그녀 뒤에 있었는데. 그러다 그녀가 바닥 웅덩이에 둥둥 떠 있는 걸 발견했다. 그는 분수대 가장자리 너머로 뛰어내려, 물을 첨벙첨벙 튀기면서 그녀에게 걸어가, 그녀의 머리를 물속에서 들어올렸다. 그녀는 작고 검은 눈으로 그를 멍하니 바라봤다. 그녀의 입은 축 늘어져 있었고, 초록색 수초 하나가 얼굴 옆에 붙어 있었다. 네이트는 그녀를 밖으로 끌어내 마른 보도 위에 눕히려고 그녀의 몸을 잡고 웅덩이 가장자리로 끌고 갔다. 달리는 소리가 들렸고 필레포가 한쪽 눈에 한 손을 댄 채 어둠 속에서 나타났다. 그는 네이트를 도와서 자루비나를 웅덩이 밖으로 간신히 끌어내 살리려고 애를 썼다. 네이트는 주먹을 쥐고 자루비나의 가슴을 누르기 시작했다. 호흡이 멈춘 사람을 소생시키려면 메트로놈처럼 일정한 간격으로 1분에 103번을 힘줘서 눌러야 한다. 한 번, 두 번, 세 번, 네 번, 헉, 헉, 헉.

"인공호흡을 좀 해봐." 네이트가 계속 펌프질을 하면서 말했다. 자루비나의 입에서 더러운 물이 한 컵은 뿜어져 나왔다.

필레포가 네이트를 봤다. "이봐, 러시아어를 하는 건 너잖아." 그가 말했다.

"지금 러시아 동사 변형을 하라는 게 아니잖아, 도니. 이 여자 입에 공기를 불어 넣으란 말이야." 필레포가 허리를 숙였을 때 네이트는 그의 눈 주위가 불그스레하고 눈은 퉁퉁 부은 걸 봤다. 그는 계속 자루비나의 가슴에 압박을 가했다.

"눈은 어떻게 된 거야? 그놈을 잡은 거지?" 네이트가 말했다. 필레포가 자루비나의 입에서 고개를 들었다.

"그 빌어먹을 개새끼가 눈을 멀어버리게 하는 스프레이를 내게 뿌렸어.” 그는 그렇게 말하고 다시 고개를 숙였다. 네이트는 계속 가슴을 압박했다. 자루비나는 멍하니 그들을 보고 있었다.

“놈을 잡았다고 말하란 말이야.” 네이트가 말했다.

필레포가 고개를 돌려서 말했다. “루가 놈을 따라 골목까지 갔어.”

“왜 경찰에게 신호를 안 보냈어? 그 지역에 다 몰려 있을 텐데.” 네이트가 말했다. 입이 새파랗게 된 자루비나가 멍하니 하늘을 올려다보면서 네이트가 계속 가슴을 누르자 머리를 살짝 흔들면서 그 대화를 듣고 있었다.

“나도 모르겠어. 샵스넬 장치는 프록터가 가지고 있어.” 필레포가 비참하게 말했다. 그리고 다시 허리를 숙여서 그녀의 입에 숨을 불어 넣어 볼을 빵빵하게 만들었다.

갑자기 주위가 사람들로 둘러싸였다. 프록터가 땀에 흠뻑 젖어 헐떡거리면서 W가 출입구에서 나타났다. 손전등을 손에 든 공원 관리인이 폭포 반대쪽에서 숨을 몰아쉬며 왔다. 그 여자 관리인은 날씬한 몸매에 공원 서비스 파카를 입고 검은 앞머리에, 펠트 모자를 쓰고 모자 끈은 턱 밑에 끼고 있었다. 그녀가 자루비나의 파란 얼굴에 손전등을 비췄다.

“무슨 일이에요?” 그 남자들을 보며 말했다.

“구강 대 구강 인공호흡을 하고 있습니다.” 빨간 눈의 필레포가 숨을 들이마시려고 고개를 들면서 말했다.

“우린 G맨이에요. 이 여자를 살리려고 노력하고 있는 겁니다.” 프록터가 말했다. 공원 관리인이 눈을 휘둥그레 뜨고 그를 봤다. ‘이 사람들은 진짜 자기들을 그렇게 부르는 거야?’ 네이트는 생각했다.

“무전기 있어요?” 프록터가 말했다. 그 관리인이 앞머리를 까닥였다.

“경찰을 부르고, 앰뷸런스를 여기로 오라고 해요.” 그녀는 재빨리 벽돌만 한 크기의 뭉툭한 무전기에 대고 말하기 시작했다. 무전기 안테나가 덜덜 떨리고 있었다.

프록터가 자루비나의 가슴에 계속 펌프질을 하고 있는 네이트를 봤는데 그 표정에 다 나와 있었다. 네이트 같은 거리의 프로들은 아무리 불운과 운명이 쌍으로 그들과 대적한다고 해도 변명이란 있을 수 없다는 걸 알고 있었다. "난 울타리를 뛰어넘었을 때 그 신호 장치를 잃어버렸어. 그때 도니가 놈에게 당했고, 그 빌어먹을 개자식을 쫓아서 15번가를 가로질러 갔다가 쓰레기통 뚜껑이 날아가고 개들이 짖는 소리를 따라갔어. 그러다 다시 놈을 놓쳤지만 건진 게 하나 있어." 그가 설명했다.

사이렌 소리는 먼저 조용히 시작됐다가, 밀려오는 홍수처럼 주위 빌딩들, 공원 분수들, 나무 꼭대기들을 채웠다. 조각상들의 얼굴에 파란색, 붉은색, 노란색 불빛이 비치는 사이에 사이렌 소리가 잠잠해지면서 차 문이 쾅쾅 열리기 시작하고 들것의 바퀴 굴러오는 소리가 점점 더 커졌다. 네이트와 필레포가 일어나서 비켜주는 사이에 구급 의료사가 자루비나의 원피스 버튼을 풀고 그녀의 가슴에 패들을 붙인 후에 두 번 충격을 줬지만 그녀는 살아나지 않았다.

몽고메리와 벤포드가 마침내 나타났는데 둘 다 시체 같아 보였다. 프록터가 다가가서, 몽고메리의 팔꿈치를 붙잡고, 한쪽으로 데려갔다. 뒤를 이어 벤포드와 네이트와 필레포가 자루비나의 시체에 몰려 있는 사람들 속에서 빠져나왔다. 그들의 다리 사이로 자루비나의 발이 삐져나온 게 보였다. 벤포드는 하늘을 올려다보고 눈을 감았다.

"그 신호 장치를 잃어버렸다고?" 벤포드가 말했다.

프록터가 고개를 끄덕였다.

"그리고 스프레이를 맞았다고?" 벤포드가 물었다.

필레포가 고개를 끄덕였다.

"라인업에서 놈을 알아볼 수 있겠어?" 몽고메리가 물었다.

둘은 고개를 흔들었다.

"그래서 놈이 도망친 거야? 트리톤, CIA 내부에 있는 센터의 스파이. 러시아에 있는 우리 특급 정보원의 본명을 아는 놈이 달아났다는 거야?" 벤포드가 말했다.

"부장님, 러시아에 이런 속담이 있죠. 그것들은 그냥 꽃들일 뿐이라고. 곧 열매를 따게 될 거라고." 네이트가 말했다.

벤포드가 성난 눈으로 네이트를 봤다.

"네이트, 네가 사표 내고 월든 온라인 대학에서 그런 식으로 러시아어를 가르치고 싶다면 당장 그 사표를 수리하겠어." 벤포드가 필레포와 프록터에게 돌아섰다. "그리고 이 동료들은 분명 아이스 스케이팅 공연팀의 안무가로 취직할 수 있을 거야."

"벤포드 씨, 죄송하지만 엿 먹으시죠." 필레포가 말했다.

"모두 진정해." 몽고메리가 말했다.

"제가 말한 꽃과 열매의 뜻은 아직 최고의 결실이 남았을지도 모른다는 겁니다. 프록터, 말씀드려." 네이트가 말했다.

"제가 골목에서 도망치는 차의 번호판을 봤어요. 그놈이 날 보고는 냅다 토꼈지만." 프록터가 말했다. 몽고메리가 FBI 특별 수사관을 불러서 프록터가 불러주는 번호판으로 긴급 차량 조회를 하라고 했다.

"민간인일 수도 있어요." 프록터가 말했다.

"그럼 놈이 왜 도망쳤는데?" 몽고메리가 말했다.

“어두운 골목에서 그 몰골로 다가왔으면 누구든 도망칠 수 있지.” 벤포드가 말했다. 프록터가 입을 열었지만 몽고메리가 손을 들어 제지했다. 뒤에서 자루비나가 워싱턴 D.C. 검시관의 시체 부대에 담겨 쿵 소리를 내며 들것에 실렸다. 번호판을 조회한 수사관이 돌아왔다. 몽고메리가 메모지를 읽었다.

“비키 메이필드 차라는데. 벤톤 가의 글로버 파크에서 살고 있고.” 몽고메리가 말했다.

“거긴 위스콘신 대로의 러시아 대사관 근처잖아요.” 필레포가 말했다.

벤포드가 모두를 험악한 표정으로 봤다. “열매를 따기 전의 꽃이라니.” 그는 고개를 절레절레 흔들었다. “몽고메리, 이 메이필드란 여자에 대해 철저하게 조사해줄 수 있나?” 몽고메리가 고개를 끄덕였다.

“이제는 G맨들이 나설 때군. 미행 전문이니까.” 벤포드는 프록터에게 돌아섰다.

“그리고 퇴근하기 전에 제발 그 샵스넬 장치를 찾을 수 있는지 저 울타리들을 살펴보지 않겠나? 그건 자네 연봉 3년 치에 해당돼.”

“물론이죠, 벤포드 씨. 찾으면 어디다 둘까요?” 프록터가 말했다.

리볼리따 – 토스카나 수프
올리브 오일에 네모로 썬 양파와 토마토 페이스트를 볶고 거기에 네모로 썬 양파, 셀러리, 주키니, 부추와 감자를 넣고 물렁해질 때까지 익힌다. 거기에 닭고기 육수를 붓고, 잘게 썬 케일, 근대, 후추를 넣고 끓인다. 눅눅해진 토스카나 빵을 네모로 잘라서 수프에 넣고 잘 섞는다. 오일이나 발사믹 식초, 파르메산 치즈를 갈아서 위에 뿌려서 낸다.

38

아직도 카펫에 예브게니의 머리에서 새어 나온 뭔가가 묻은 적갈색 얼룩이 남아 있었다. 주가노프는 책상 앞에 앉아서 그 얼룩을 보면서도 다른 생각에 잠겨 눈에 들어오지 않았다. 그의 손 밑, 책상 압지 위에 간밤에 워싱턴에서 일어난 재앙과 같은 사고를 자세히 설명한 보고서가 들어와 있었다. 자루비나의 미행 감시팀은 현장에서 매복을 당한 것처럼 보이는 사건을 기술했다. 정보원은 밤의 어둠 속으로 사라져 두 남자에게 쫓겼는데 결과는 알려지지 않았다. 또 다른 메시지에 분수대 밑에서 일어난 장면이 묘사돼 있었다. 거기에 구급 의료사들이 누군가를 보살피고 있었다. 세 번째 메시지는 영사가 워싱턴 레지던트 율리아 자루비나의 사망을 보고하면서 그녀의 신원을 파악하기 위해 워싱턴 남서쪽에 있는 컬럼비아 하이츠의 시립 시체 안치소를 다녀왔다고 나와 있었다. 시체는 다음 날이나 돼야 러시아 대사관에 인계되겠지만, 자루비나의 소지품(손목시계, 코트, 신발 한 짝, 호주머니에 들어 있던 자잘한 물건들)은 확보할 수 있었는데 거기에 작전상 가치가 있을 만한 건 하나도 없다는 걸 확인했다. 그리고 영사는 시체 안치소에 있는 의사에게 자루비나의 얼굴이 얼룩덜룩하고 입술이 보라색인 걸로 봐서 급성 심근경색을 일으킨 것 같다는 정보를 끌어낼 수 있었다.

주가노프는 큰 충격을 받았다. 그는 자루비나의 엘리베이터를 타고 야세네보 4층까지 곧장 올라갈 계획이었다. 하지만 그 후원자가 사라진 것이다. 주가노프는 지금까지 푸틴에게 알랑거리면서 노력했지만 파충류 같은 본능으로 푸틴이 그를 좋아하지 않는다는 걸 알고 있었다. 사실 푸틴은 간신히 그를 참아주고 있었다. 워싱턴에서 온 네 번째 보고서는 작전에 관련된 것이었다. 트리톤의 상황이 확인되기 전까지는 워싱턴 레지덴투라는 그와 연락을 재개할 시도를 하지 않겠다는 것이었다. 이런 엄청난 실패를 겪고 난 후에는 체포된 정보원이 과거 담당자들을 끌어내기 위해 이용될 가능성이 높았다. 트리톤이 미국 정보부와 공존할 수 없는 정보(그러니까 미국인들이 절대 포기하지 않을 정보)를 보고하지 않는 한 이 작전은 중단됐다. 주가노프는 욕설을 퍼부었다. 이렇게 되면 그의 문제가 더 악화된다. 그는 예고로바가 첩자라는 걸 증명할 수 없다. 솔로비요프 장군은 사라졌는데 미국인들의 수중에 있을 가능성이 컸다. 예고로바의 차를 추적해서 상트페테르부르크로 간 주가노프의 화려한 플레이는 결국 경찰이 대통령궁 안의 영빈관에서 푸틴 대통령의 환대를 받고 있는 예고로바를 발견하는 결과를 낳았을 뿐이다.

불길하게도 대통령이나 국장은 주가노프에게 이런 작전 차질에 대해 문의하는 전화를 한 통도 하지 않았다. 스탈린 시절에 이렇게 상부와 허무하게 커뮤니케이션이 중단되는 건 오직 한 가지를 의미했다. 아내에게 작별 키스를 하라는 뜻이었다. 지금까지 받은 유일한 전화 한 통 때문에 그의 경계심은 배로 늘어났다. 고보르마렌코가 보안선으로 전화했다. '언제부터 민간인이 암호 처리된 정부의 커뮤니케이션 장비를 썼지? 푸틴이 그에게 수화기를 넘겨준 후부터겠지.' 고보르마렌코는 지금 이란으로 가고 있는 화물 문제에 대해 더 이상 그는 관여할 필요가 없다고 퉁명스럽게 말했다. 이제 그 거래는 종결됐으며, 남은 대금도 입금됐고, 정보부의 개입도 끝낼 때가 됐다고 떠들어댔다. 주가노프는 그게 무슨 뜻인지 아주 잘 알고 있었다. 이 작전을 성공시킨 그의 노고에 대한 설탕(보수)은 없을 거라는 뜻이었다. 이는 또한 배가 출발할 때 항구에 매어둔 계선을 하나씩 잘라 물속으로 떨어뜨리는 것처럼 푸틴에게 연결된 그의 연줄이 끊어졌다는 뜻이었다.

'예고로바.' 주가노프는 눈을 감고 부티르카 감옥 지하실의 스테인리스 테이블 위에 누워 있는 그녀의 발에서 정강이, 무릎, 골반, 배, 갈비뼈, 손목, 팔, 쇄골, 목까지 그가 철봉으로 하나씩 작업하면서 올라가는 모습을 봤다. 그리고 마지막으로 구부러진 스푼으로 그녀의 눈을 파낼 것이다. 그녀는 박살난 유리로 가득 찬 가죽 자루처럼 비명을 지르다 털썩 몸을 떨어뜨릴 것이다. 수사관들은 여전히 예브게니의 죽음에 대해 그와 이야기하고 싶어 했다. 주가노프는 그 멍청한 부관의 두개골을 박살낸 것에 대해 단 1초도 후회하지 않았다. 예브게니는 예고로바에게 그가 알고 있는 모든 걸 말했지만 그녀를 잡을 결정적인 단서는 없었다. 주가노프가 할 수 있는 선택이 줄어들고 있었고, 그의 지위가 무너지려 하고 있었고, 그의 앞날은 암울했다. 그의 경력은 신도 주지 않을 것이 됐고, 돼지도 먹지 않을 쓰레기가 돼버렸다.

어머니. 어머니는 소비에트라는 험난한 파도 속에서 40년간 살아남아 NKVD, KGB, SVR을 거치면서 고위 공무원으로 승승장구하며 흐루쇼프, 브레주네프, 안드로포프, 체르넨코, 고르바초프에서 소비에트연방 해체를 넘어, 주정뱅이 옐친이 일으킨 혼란을 딛고, 원래의 소비에트로 돌아간 것 같은 푸틴의 황량한 나라에 건재해 있다. 그녀는 명예롭게 은퇴해서 지금은 파리의 러시아 대사관 정치 공무원으로 재직하고 있다. 그것은 형식적인 자리로 평생 로디나에게 충성을 바친 대가로 받은 보상이었다. 아마 어머니는 지금 그를 도울 수 있을 것이다. 그는 보안선 수화기를 들어 교환원에게 파리와 연결해달라고 지시했다. 그는 어머니에게 모든 사정을 말할 것이다. 엄마는 뭘 해야 할지 알고 있을 것이다.

도미니카는 스트렐나의 영빈관에 사흘 동안 있었다. 그녀는 트리톤 접선 장소에서 무슨 일이 일어났는지 알 길이 없었고, 갑작스럽게 정체가 발각돼서, 그녀를 잡으러 오는 쿵쾅거리는 발소리들, 얼음처럼 차가운 파란 시선을 받으며 권력자들이 주말을 보내는 이 가식적인 소굴에서 끌려 나가는 걸 상상했다. 그녀는 이미 느끼한 크림소스, 끝도 없이 나오는 차갑게 식힌 보드카 병들, 장미 향이 풍기는 침대 시트, 무한한 암회색 바다, 아침, 점심, 저녁 식사 시간을 알리는 애국적인 노래들(푸틴이 좋아하는 노래는 〈조국에서 시작되는 것으로부터〉란 노래다)에 물릴 대로 물렸다. 이곳엔 꾸준하게 손님들이 들어와서(배 나온 올리가르히들, 손가락이 니코틴에 절은 장관들, 눈꼬리가 올라간 모델들, 방종한 여배우들) 응접실, 식당, 테라스에서 그룹별로 어울리다가, 흩어졌다가 다시 다른 그룹으로 모였다. 그들은 탐욕스러운 노란색, 두려움에 찬 초록색, 혹은 가끔 지적인 파란색 구름에 둘러싸여 있었다.

칙칙한 노란색 연기를 휘감고 있는 고보르마렌코는 초반부터 자기 마음대로 영빈관에 도착하는 거물들에게 도미니카를 소개하는 역할을 떠맡았다. 그는 그녀의 허리에 팔을 감고 '이 여자는 우리 편이야'라는 분위기를 은연중에 풍겼다. 그러면 사람들은 눈을 가늘게 뜨고 고개를 끄덕였고,

여자들은 도미니카의 툭 튀어나온 발레리나의 엉덩이를 전문가적인 시선으로 뜯어봤고, 남자들은 그녀의 가슴을 빤히 봤다. 그러면 고로브마렌코는 다시 그녀의 허리를 잡고 또 다른 사람을 소개하러 움직이곤 했다.

도미니카는 그녀의 허리를 감은 그의 팔 위로 올라가 새끼손가락을 뒤로 꺾어서 부러뜨릴 계획이었지만, 이내 이어지는 만남들을 보면서 그게 얼마나 대단한 기회가 될지 가늠해봤다. 그녀는 스라크 메시지를 한나에게(아, 맙소사. 한나는 죽었지) 보낼 순 없지만, 네이트가 뭐라고 할지, 게이블이 뭐라고 할지 알 수 있었다. 그리고 벤포드의 목소리를 들을 수 있었다. 그래서 그녀는 미소를 지으며 남자들과 농담을 나누고, 정보부에서 그녀가 하는 일에 대해 음산한 암시를 풍기고, 옷깃에 진한 파운데이션 얼룩이 묻어 있고 블라우스 겨드랑이가 축축하게 젖은 여자들의 외모를 칭찬해줬다.

도미니카의 놀라운 레이더가 그 주말 별장에서 만난 남자들이 그녀에게 전혀 성적인 접근을 하지 않았다는 걸 감지했다. 물론 그들이 뻔뻔한 눈길로 쳐다보고 은근슬쩍 곁눈질을 하긴 했지만, 이건 마치 그녀의 목에 보이지 않는 Z자가 걸려 있는 것 같았다. 자포베드니, 이 여자는 예약돼 있어요, 금지됐어요, 손대지 마세요. 하지만 누구를 위해 예약돼 있다는 거지?

처음에 건성으로 수작을 걸었던 고보르마렌코도 이젠 술과 음식에만 관심을 보이고 있었다. 그는 그녀의 허리에 손을 대고 가끔 용케도 그녀의 가슴 옆을 어깨로 부딪치는 것 외에 다른 짓은 하지 않았다. 이 저택의 유일한 우두머리 수컷이 이 나무에 대고 오줌을 갈겼고, 밑의 무리들은 그 영역에서 나오는 페로몬을 아주 잘 읽은 게 분명했다.

해변에 앉아 러시아 인어의 달콤한 노래를 부르던 우드란카의 영혼이 머리를 뒤로 젖히고 웃었다. 네가 푸틴의 여자라니.

좋아, 도미니카는 CIA 정보원으로 SVR뿐만 아니라 정계, 재계, 정부 주위를 빙글빙글 돌고 있는 푸틴의 독수리 무리에게도 침투할 작정이었다. 푸틴 대통령은 언제든 그녀를 볼 때마다 말을 걸었는데, 그 사실을 여배우 하나가 눈치챘다. 그녀의 울적한 표정으로 봐서 대통령이 과거에 가지고 놀다 버린 장난감 중 하나가 분명했다. 대통령은 확실히 멋쟁이로 맨 위 단추를 풀어놓은 셔츠와 몸에 딱 맞는 재킷을 입고 있었다. 그는 유쾌하고 의기양양하게 걸었다. 그는 대개 조각 같은 미모의 여자를 대동하고 나타났는데, 사람들이 수군거리는 말에 따르면 그녀는 리듬 체조 선수로 러시아 챔피언이자 올림픽에서 금메달을 땄다고 했다. 그 소문은 다음 날 기구들과 역기들로 가득 차고 사방이 거울로 둘러싸인 거대한 지하 체육관에서 스판덱스를 입은 그 금발의 여자가 가슴을 땅바닥에 대고 엎드려서 다리를 뒤로 꺾어 발가락을 그녀의 머리 양쪽의 바닥에 대는 자세를 비롯해 몇 가지 루틴(공연의 일부로 정해진 일련의 동작-옮긴이) 시범을 보여서 사실로 판명됐다. 묵직한 유도복에 검은 띠를 허리에 맨 대통령은 유연성이 끝내주는 그 여자 선수에게 환한 미소를 지어 보였다.

이제 유도 시범이 시작됐다. 거대한 체육관 매트를 둘러싼 지나치게 차려 입은 손님들을 즐겁게 해주려고 푸틴이 땅딸막한 체격의 이십 대 남자와 마주 잡고 서서 대련을 하다가 매번 상대가 서로의 옷깃을 잡을 때마다 엄청난 힘으로 그를 매트 위로 던졌다. 대통령은 단 한 번도 매트 위로 나가떨어지지 않았다. 그 청년은 여기서 어떻게 구르고 쓰러져야 하는지 잘 알고 있었다. 한 번은 유달리 격렬하게 상대를 쓰러뜨린 후에(푸틴은 허리치기 기술을 썼다) 한 여자가 놀라 비명을 지르자 피아니스트의 콘서트 연주를 방해한 것처럼 다른 사람들이 쉿 소리를 지르며 조용히 시켰다. 10분이 지난 후에 푸틴이 허리를 펴고 일어서서, 수건으로 얼굴을 닦고, 모여 있는 아첨쟁이들에게 다가가자 모두 공손히 박수를 쳤다. 푸틴은 신처럼 위엄 있게 그 갈채를 받아들였다. 그러다 사람들 뒤쪽에 서 있는 도미니카를 봤다.

"대위, 유도 할 줄 알아요?" 푸틴이 물었다. 모두 고개를 돌려 그녀를 봤다.

"아뇨, 대통령 각하." 도미니카가 말했다.

"어떻게 생각해요?" 푸틴이 말했다. 다시 모두의 시선이 푸틴과 도미니카 사이를 오락가락했다.

"아주 인상적입니다." 도미니카가 말했다.

"내가 알기론 대위가 시스테마 훈련을 받았다고 하던데." 푸틴이 말했다. 또다시 모두 기대에 찬 얼굴로 도미니카를 봤다.

"그렇습니다." 도미니카는 겁을 먹은 것처럼 들리지 않길 바라며 대답했다.

"유도와 시스테마를 비교할 수 있나요?" 대통령이 목에 수건을 걸치면서 물었다.

"비교하기 어려울 것 같습니다. 예를 들어 저는 각하가 대련하실 때 각하를 죽일 수 있는 방법을 네 가지밖에 못 찾아내겠더군요." 아까 그 겁쟁이 여자가 또다시 헉 소리를 냈고, 모두 푸틴의 반응을 보려고 고개를 돌렸다. 푸틴의 푸른 후광이 펄떡거리고 있었고, 그의 입가가 살짝 실룩거렸다.

"해외 부서의 악명 높은 신중함이군요." 푸틴이 대중에게 말했다. 그는 체육관을 가로질러 식당으로 이어지는 넓은 계단으로 가면서 흡족한 마음에 웅성거리는 손님들과 그의 푸른 아우라가 거위 떼처럼 따라오게 놔뒀다. 아까 그 여자가 코를 하늘로 치켜든 채 도미니카 옆을 휙 지나쳤고, 땀을 뻘뻘 흘리는 기업 경영자 하나가 손수건으로 얼굴을 닦으면서 도미니카를 향해 고개를 절레절레 흔들었지만, 도미니카는 푸틴에게 점수를 땄다는 걸 알고 있었다. 푸틴은 일차원적이고, 원시적이고, 국수주의적이고, 본능적으로 세상을 오직 흑과 백으로만 보는 인물이다. 하지만 그는 또한 타고난 음모자로 오직 한 가지, 즉 권력, 힘에만 관심이 있었다. 힘이 있고 그걸 유지하면 다른 건 다 자연스럽게 따라왔다. 개인적인 부, 러시아의 부활, 영토, 세계적인 존경, 두려움, 여자. 따라서 그는 힘을 보여주는 상대를 존경했다. 도미니카는 그저 자신이 오버하지 않았기만을 바랐다.

그날 밤 도미니카는 저녁 식사를 한 후에 테라스에서 가스프롬(전 세계 천연가스 매장량의 20퍼센트를 보유한 러시아의 세계 최대 가스 생산 업체-옮긴이)에서 나온 흰담비처럼 생긴 남자와 이야기를 하고 있었다. 그는 천연가스 수출을 통제하면 러시아는 발트 해 국가들을 36개월 만에 러시아연방에 속하는 공화국으로 다시 차지할 수 있게 된다고 예측했다. 도미니카는 벤포드가 이 말을 들으면 어떤 표정일지 상상했다. 흰 코트를 입은 종업원이 다가와서, 차렷 자세로 서서, 대통령이 서재에서 예고로바 대위를 기다리고 있다고 전했다.

그녀가 서재에 들어갔을 때 제일 먼저 본 건 거기에 그녀를 데려갈 무장 경호원들이 하나도 없다는 점이었다. 푸틴은 초록색 펠트를 깔고 그 위에 묵직한 유리를 놓은 화려한 책상 뒤에 앉아 있었다. 그는 목의 단추를 푼 셔츠 위에 파격적으로 면벨벳 스모킹 재킷(과거 남자들이 흡연 시에 입던 상의-옮긴이)을 입고 있었다. 저녁 식사가 끝난 후에 신사들은 이런 걸 입는다고 푸틴은 생각하는 모양이었다. 그는 도미니카에게 의자에 앉으라고 손짓하고 무려 10초 동안이나 입을 다물고 있었다. 그녀는 억지로 고개를 들어 그를 마주봤다. 트리톤이 그녀의 이름을 전한 걸까? 저 문이 쾅 열리면서 경비 깡패들이 이 방을 가득 채울까? 푸틴의 후광은 변함이 없었다. 밖으로 드러난 그의 표정은 동요된 것 같지 않았다. 그는 책상 유리 위에 손을 댄 채 계속 그녀를 바라보고 있었다. 이 사악한 마법사 연기도 정말 지겹다. 도미니카는 그의 푸른 눈을 짝짝 후려치고 싶었다.

"자루비나 레지던트가 사망했어요. 어젯밤 워싱턴에서 누굴 만나다 죽었습니다." 푸틴이 말했다. '이건 함정일까? 그녀는 트리톤에 대해 알아선 안 되는데. 모르는 척하자.'

도미니카는 계속 아무 내색도 하지 않았다. "맙소사, 어떻게 돌아가셨는데요?" '정말 흐뭇한 일이야. 하지만 놈들이 내 이름을 알까?'

"심장마비로. 매복을 당해서 도망치려고 하다가." 푸틴이 말했다.

'너무 안됐네요, 마귀할멈. 당신 빗자루가 안전한 곳으로 날아갈 수 없었나 봐요.' 도미니카는 생각했다. "매복이요? 어떻게 그런 일이 일어날 수 있죠? 자루비나 레지던트는 매복을 당하기엔 너무 뛰어난 분인데요." 도미니카는 고개를 절레절레 흔들면서 말했다. "그럼 정보원은 어떻게 하고요?" '당신이 내 이름을 아나?'

"정보원의 상황은 파악되지 않았어요." 푸틴은 여전히 그녀를 뚫어져라 보면서 말했다. '이자가 지금 게임을 하고 있는 걸까? 뭔가 다른 걸 알고 있는 걸까?'

"대통령 각하, 이건 재앙입니다. 하지만 제가 일하는 분야에서는 매복이라고 하면 미리 알고 덫을 놨다는 걸로 이해하는데요. 게다가 자루비나와 그녀의 팀에 대해 알고 있는 사람은 둘밖에 없었습니다. 워싱턴 D.C.의 약속 장소를 알고 있던 라인 KR의 두 사람은 주가노프 대령과 플레트네브 소령밖에 없었죠. 자루비나 씨는 그런 세부적인 작전 사항은 철저하게 기밀로 유지하고 있었습니다."

"플레트네브도 죽었소." 푸틴이 말했다.

도미니카는 이번에는 놀란 척할 필요가 없었다. '불쌍한 털북숭이 예브게니. 하지만 이제 그는 더 이상 그녀를 위험에 빠뜨릴 수 없다.' 그녀는 정신없이 머리를 써서, 계산하고, 지금부터 할 일의 위험을 가늠했다. "플레트네브가 죽었다고요? 주가노프 대령이 죽였나요?" 그녀가 물었다.

푸틴은 책상 위에서 몸을 앞으로 기울였다. "그것 참 흥미로운 질문이군요. 대체 왜 그렇게 생각했죠?" 푸틴이 말했다. 푸틴은 강에서 죽은 동물의 냄새를 맡는 악어처럼 본능적으로 음모의 냄새를 맡았다. 블라디미르 푸틴은 부하들을 서로 피 튀기게 경쟁시키는 것의 진가를 잘 알고 있었다. 도미니카는 그의 호기심이 동한 걸 알아차리고, 심호흡을 한 번 한 후에, 푸틴에게 주가노프가 라인 KR에서 그녀를 따돌리고 정보를 독점하고 있었던 이야기, 예브게니가 어떻게 그를 두려워했는지에 대한 이야기, 내부첩자를 밝히겠다는 주가노프의 집착에 대해 말했다.

"주가노프 대령은 불안하고 초조해하고 있었습니다. 그는 예브게니를 헛간의 짐승처럼 다뤘죠. 예브게니는 제게 고민을 조금 털어놓고, 솔직하게 작전상의 문제에 대해 제 조언을 요청했습니다." 도미니카는 최대한 태연하게 이야기를 이어갔다. 이제는 예브게니가 규정을 위반했다고 해도 그에게 해가 안 되겠지. "그리고 각하도 주가노프 대령이 어떻게 제 차를 추적하고, 제가 솔로비요프의 실종에 관련됐다고 생각하는지 보셨잖아요.

제일 먼저 그 장군이 의심스럽다고 밝힌 저를 말입니다." 도미니카는 극적인 효과를 주기 위해 잠시 입을 다물었다. "대령은 엄청난 스트레스를 받고 있었습니다. 그러면서 점점 이상해졌죠." 솔로비요프를 언급한 건 안전했다. 고보르마렌코가 장군이 실종됐다고 소문을 냈으니까.

"나도 그 점은 감지했어요. 대령을 어떻게 판단해요?" 대통령이 물었다. '부드럽게, 간접적으로 말해야 해.' 도미니카는 생각했다.

"대통령 각하, 플레트네브 소령이 제게 털어놓은 약간의 정보를 토대로 보면 이 모든 일이 자루비나가 곧 CIA 내부첩자의 본명을 확보할 거라고 보고한 이틀 전에 위기가 발생했습니다. 이건 엄청난 혼란입니다. 주가노프는 절 체포하러 여기에 경찰을 보냈고, 지금 각하는 그가 플레트네브를 살해했다고 말씀하셨고, 무적의 자루비나는 매복을 당했습니다."

"지금 무슨 말을 하자는 겁니까, 대위?" 푸틴이 말했다. 사기를 칠 때가 된 거지.

"이런 재난들은 바로 주가노프가 미국인들의 도움을 받아 자신을 보호하고 있다는 걸 뜻합니다. 내부첩자를 가장 요란하게 찾는 자는 누구일까요? 그자가 바로 첩자입니다, 대통령 각하."

푸틴의 파란 눈은 결코 그녀의 얼굴을 떠나지 않았지만, 파란 후광이 고동쳤고, 도미니카는 그가 그녀를 믿는다는 걸 알았다.

그날 밤 저택에 있는 침실에서 도미니카는 잠을 잘 수 없었다. 중세풍의 어마어마하게 부담스러운 저녁 식사들이 계속됐다. 오늘 밤은 얇게 썬 로스트비프, 송아지 요리, 구운 햄, 구운 오리 고기, 눈물 나게 매운 몰도바(루마니아 동부의 공화국-옮긴이) 고추 소스를 곁들이고 우크라이나식으로 빵가루를 묻힌 고기 꼬치가 나왔다. 크림과 버터 소스 보트들이 은제 촛대들 사이를 대형을 이루어 항해했다. 식탁에 청어, 연어, 딜과 사워크림을 곁들인 철갑상어와 퍼프 페이스트리를 곁들인 연어 요리 접시들이 있었다. 양식장에서 갓 부화한 물고기들을 건지는 것처럼 사람들은 큰 그릇에 있는 경단들을 국자로 듬뿍 펐다. 버터로 요리한 채소가 든 신선로 냄비들, 돼지고기, 연어, 전채 요리들, 송로를 넣어 스푼으로 뜨면 김이 나는 버섯 캐서롤 접시들이 테이블을 뒤덮고 있었다. 고보르마렌코는 큰 소리로 푸틴에게 우크라이나, 그루지야, 몰도바의 진미들은 한층 더 풍미가 깊다는 농담을 던져서 입속에 음식이 가득 든 손님들의 웃음을 끌어냈다. 노란 안개가 테이블을 감싸고 있었다.

도미니카는 4주식 침대(네 모서리에 기둥이 있고 덮개가 달린 큰 침대-옮긴이)에서 화려함의 극치를 달리는 장밋빛 구스다운 이불을 덮고 벽난로 선반에 놓인 오르몰루 제국 골동품 시계의 똑딱 소리와 그에 맞서 창밖 바다에서 희미하게 윙윙거리는 소리를 듣고 있었다. 그녀는 주말 휴가에 이어 하루를 더 여기서 보냈는데 어서 빨리 모스크바로 돌아가고 싶어 몸이 근질근질했다. 가서 스라크 장비를 작동시켜 지금까지 일어난 모든 일을 보고하는 메시지들을 단숨에 보내고 싶었다. 그리고 네이트와 벤포드가 보낸 스라크 메시지들이 기다리고 있을 것도 확신했다. 그녀는 트리톤의 상황과 자루비나가 죽은 상황과 리릭은 안전한지 그리고 그녀가 안전한가 하는 사소한 문제까지 모두 알고 싶어서 속이 탔다. 한나의 영혼이 그녀와 같이 차를 타고 다시 모스크바로 돌아가서, 그녀가 스라크 메시지를 받기 위해 차를 달리면서 미러들을 조정할 때, 한나가 옆에 있으면서 눈을 크게 뜨고 웃을 거라는 걸 도미니카는 알고 있었다.

그녀는 네이트가 너무 보고 싶었다. 지난 며칠간의 스트레스(상트페테르부르크까지 차를 몰고 가서, 탈출 작전을 감행하는 해변에서 기다리고, 이 무시무시한 푸틴의 야수들을 보고, 냄새 맡고, 맛을 보는 이 모든 것) 때문에 그녀는 탈진했다. 그녀는 네이트의 손길이 그리웠고, 그의 입술을 느낄 수 있기를 열망했다. 맙소사, 그녀는 그를 원했다. 도미니카는 부풀어 오른 이불 밑에 가만히 누워 다리 사이로 손을 움직이기 시작했다. 할머니의 손잡이가 긴 헤어브러시(그녀의 사춘기 시절 첫 욕구를 풀어줄 수 있게 도와준 거북딱지 부적)는 방 건너편에 있는 호화로운 타일이 깔린 욕실에 있어 너무 멀었다. 그건 중요하지 않았다. 그녀는 눈을 감고 네이트를 봤다. 우드란카가 창밖에서 웃는 동안 도미니카의 머리가 베개 속으로 더 깊이 파고 들어갔고, 살짝 벌어진 입술 틈으로 헐떡거리는 소리가 새어 나왔고, 감은 눈꺼풀 밑에서 눈동자가 흔들렸고, 다리 사이에서 강렬한 느낌이 시작돼서 구부린 발가락까지 갔다. 몇 초 동안 혼미한 순간이 흐른 후에 그녀의 호흡이 느려졌고, 그녀는 눈을 깜박이다 뜨면서 순간 자신이 어디에 있는지 어리둥절해했다. 그녀의 허벅지가 작은 여진으로 아직도 가늘게 떨리고 있었다. 그녀는 아랫입술에 맺힌 이슬을 닦아냈다. 그때 있을 수 없는 일이 일어났다.

문손잡이가 조용히 흔들리더니 문이 열렸다. 도미니카는 반쯤 일어나 앉았다. 환한 푸른색 후광의 앞부분이 천천히 문을 돌아오기 시작했다. '맙소사! 이럴 수는 없어.' 도미니카는 생각했다.

육감적이고, 세련됐고 풍성한 머리의 마르타가 방 건너편 소파에 다리를 꼬고 앉아 입에 담배를 물고 있었다. 도미니카의 죽은 자매이자 동료 스패로우가 천장을 향해 담배 연기를 뿜어내면서, 흔들리는 문을 보다가,

도미니카를 봤다. 넌 무슨 준비를 해놨어? 그녀가 속삭였다.

대통령이 도미니카의 방으로 슬며시 들어왔다. 푸틴이 무슨 꿍꿍이가 있을 때는 노크는 생각도 안 하는 모양이었다. 그가 천천히 걸어와서 바다로 향한 창문에서 들어오는 한 줄기 달빛을 지나치는 순간 그의 푸른 후광이 청록색으로 변했다. 그가 그녀의 침대 모서리를 돌아오는 사이에 도미니카는 서둘러 이불 밑에서 흐트러진 옷매무새를 다듬으려고 애를 썼다. 그녀는 네이트 생각을 하고 있었고 잠옷은 허리까지 올라가 뭉쳐 있었다. 대통령이 갑자기 그녀의 방에 들어온 건 그녀의 방에 설치된 비디오를 봐서 그런 걸까? 대통령이 이불 밑에서 그녀의 손이 움직이면서 전율하는 어둡고 선명하지 못한 화면을 지켜보고 있었던 것일까? 그렇다면 참 빨리도 움직였군.

대통령은 아무 무늬가 없는 진한 파란색 실크 잠옷 셔츠와 파자마 바지를 입고 있었다. 도미니카는 우스꽝스럽게도 그 셔츠 가슴에 아무 문장도 붙어 있지 않다는 점에 주목했다. 거기엔 로마노프 왕조의 등을 맞댄 독수리 두 마리도 없고, 망치와 낫의 상징도 없고, 붉은 별도 없었다. 푸틴은 우아한 골동품 의자를 끌어와서 침대 옆 도미니카 가까이 앉았다. 마치 환자의 체온을 재러 온 시골 병원 의사 같았다. 도미니카는 일어나 앉아서 조신한 척 이불을 턱까지 끌어당기려다 대신 무릎에 떨어지게 놨다. '뭐, 문제될 거 없잖아. 어차피 그녀는 푸틴의 스패로우니까.' 도미니카는 손을 뻗어 침대 옆 테이블에 있는 산호 색 램프를 켰다. 순간 대통령이 그녀의 민소매 잠옷 윗부분과 그 레이스 밑에 있는 풍만한 가슴을 흘끗 보는 걸 봤다.

방 건너편에서, 등받이가 없는 소파에 마르타와 이제 우드란카가 같이

앉아서 그녀를 보고 있었다. 그녀의 죽은 스패로우들이 힘을 주기 위해 온 것이다. 한나의 유령은 여기 있지 않을 것이다. 이런 곳에는 어울리지 않는 한나.

"좋은 밤이네요, 대통령 각하." 도미니카는 실크 파자마를 입은 러시아 군주가 자정이 넘은 시각에 스트렐나 영빈관의 여자 손님 침실에 불쑥 찾아온 것이 완벽하게 흔한 일인 것처럼(도미니카는 이런 일이 흔할 거라는 결론을 내렸다) 태연하게 말했다.

"예고로바 대위." 푸틴은 여전히 그녀의 가슴골을 뚫어져라 보면서 그녀의 침실에 침입한 걸 용서해달라는 말은 한마디도 하지 않았다. "우리가 의논한 주제에 관련된 정보들을 계속 받고 있었어요. 좀 전에 막 또 다른 정보가 들어왔고."

"어떤 주제인가요, 각하?" 도미니카가 말했다.

우드란카는 그냥 신중하게 스패로우 장기인 어깨를 으쓱해서 잠옷 끈 하나가 어깨에서 흘러내리게 하라는 신호를 보냈다. 입 다물어, 이 날라리. 조용히 하고 있어.

"자루비나의 정보원인 트리톤과 센터 내부에 있는 미국 첩자에 대해서." 푸틴은 초조한 기색 하나 없이 말했다. "오늘 밤 파리 레지덴투라에서 연락이 왔어요. 트리톤이 거기 대사관과 접촉을 시도했지만 거기 얼간이들이 트리톤이 허위 신고를 했다고 생각해서 실수로 그냥 돌려보냈다고. 트리톤이 그 지역 전화번호를 남기고 갔다고 하더군요."

'맙소사.' 도미니카는 생각했다. 그녀를 죽일 수 있었던 남자가 이미 탈출해서 파리를 멋대로 돌아다니고 있고, 전화 한 통이면 연락할 수 있다니. "그럼 그가 도망쳤을 가능성이 높군요. 파리 레지덴투라가 그자를 찾을 건가요?" 도미니카가 말했다. 그녀는 네이트와 게이블과 벤포드에게 십여 개의 스라크 메시지를 보내야 할 것이다. 그들은 그를 쫓아가서 잡아야 한다. 푸틴은 대답하지 않았다.

"주가노프 대령이 파리에 있는 자신의 모친이 승인도 받지 않은 보안선으로 한 전화를 받아서 트리톤이 거기 나타났다는 소식을 들었어요." 도미니카는 그 말은 이미 주가노프의 전화가 감시받고 있다는 의미란 걸 알아챘다. 그가 내부첩자라는 그녀의 의견이 대통령에게 깊은 인상을 준 모양이었다. 또 다른 게 있었다.

푸틴은 의자에 등을 기대고 앉았다. 그의 푸른 후광이 고동쳤다. 그는 지금 이 순간을 즐기고 있었다. 아마도 그녀의 이불 밑으로 들어가 그녀와 같이 누워 있는 상상을 하는 모양이었다. "주가노프 대령이 오늘 밤 브누코보 공항을 빠져나가 파리에 도착한 게 알려졌소. 그는 우리 대사관에 와서 수속도 안 밟았고, 파리 어디에 있는지도 몰라요. 그의 어머니 에카테리나는 자신의 아파트에서 살해된 채 발견됐고."

"그가 비행기를 타고 서방으로 갔다고 생각하세요?" 도미니카가 말했다.

"아마도. 하지만 내 생각에 그는 절박한 이유가 있어서 파리에 간 것 같아요. 내 생각에 주가노프는 트리톤이 남긴 파리 지역 번호로 전화를 걸어서 만나자고 할 것 같소." 푸틴은 위험할 정도로 이 모든 일을 충분히 생각하고 있었다. 아마 그는 주가노프가 유죄라는 점에 대해 의심을 품고 있을지도 모른다. 맙소사, 그녀는 당장 스라크 메시지들을 보내서 CIA에게 트리톤을 잡을 수 있는 충분한 정보를 보내야 한다. 만약 주가노프가 트리톤과 단 2분이라도 말한다면 그녀는 끝이다.

"그것도 가능하죠, 각하. 하지만 그자가 뭘 하려고 그러는 걸까요?" 도미니카가 물었다.

"당신이 보기엔 뻔하지 않나요? 주가노프는 트리톤을 제거하려고 하는 거요. 자신이 미국 첩자라는 걸 밝힐 정보원을 죽이려는 거지." 푸틴이 말했다.

"대통령 각하!" 도미니카는 충격을 받은 척했지만, 그가 틀린 추측을 해서 무한히 기뻤다. 푸틴의 푸른 후광이 긍정적으로 빛나고 있었다. 그의 러시아적 본성은 이 체스 게임을 즐기고 있었다. 전직 KGB 요원으로서 그는 서로 반대되는 주장들이 얽히고설킨 미로를 감상하고 있었다. 폭군인 그는 이 파괴 행위가 맘에 들었다. 그의 내면에서 뭔가 다른 것이 깨어나고 있었다. 그는 다시 도미니카의 가슴을 보면서 레이스 밑으로 어렴풋이 보이는 검은 젖꼭지를 봤다. *우드란카가 어두운 방구석에서 혀를 찼다.* 푸틴이 도미니카에게 몸을 더 가까이 기울이고 그녀의 손에 자신의 손을 얹었다.

"당신이 하나 해줬으면 하는 게 있어요." 그가 도미니카의 손목을 어루만지며 말했다. 도미니카는 그가 말하길 기다리면서 머릿속으로 퇴폐적인 가능성들을 하나하나 분류해보고 있었다. '예스, 노, 벤포드, 뭐라고 해요? 네이트, 당신은 이해해줄 건가요?'

"당신이 오늘 아침 당장 파리로 가줬으면 해요. 당신은 프랑스어를 유창하게 하죠?" 대통령의 손이 그녀의 배를 따라 올라가 가볍게 왼쪽 젖가슴 위를 더듬어갔다. 도미니카는 움직이지 않으려고 강한 의지력을 발휘했다. 하지만 순간 무의식적으로 자신의 눈이 커지는 걸 의식하고 있었다. 푸틴의 엑스레이같이 파란 눈이 그녀의 표정을 찬찬히 뜯어보고 있었다.

"주가노프가 트리톤을 잡기 전에 트리톤과 미팅을 잡아요." 그는 손가락 끝으로 레이스를 따라 그녀의 부풀어 오른 가슴 사이의 피부를 손가락으로 죽 그어 내렸다. 도미니카는 꼼짝도 하지 않았다. 그는 그녀의 심장이 뛰는 걸 느낄 수 있을까? 그가 일반적인 정열의 맥박과 역겨워서 쿵쾅거리는 소리의 차이를 구분할 수 있을까? 맙소사, 이렇게 쓰다듬고 있는 건 유혹의 전주곡인가 아니면 또 다른 것인가? 이를테면 골동품 꽃병을 다루는 탐욕스러운 수집가의 손길인가? 이제 이것이 자기 것이라는 걸 확인하는 그런 손길? 푸틴의 후광이 그녀를 둘러쌌다. 그의 물때가 낀 것 같은 향수(끔찍한 장미 향수와 소치 어딘가에서 강황을 우린 변기 물 같은) 냄새가 각다귀처럼 그녀의 콧속으로 들어왔다. 대통령은 그녀를 지켜보면서 손가락을 그녀의 옷 속에 넣어 천천히 왼쪽 젖꼭지 주위에 원을 그렸다. 임상적인 훈련을 받은 스패로우 도미니카는 그건 옥시토신이 배출되면서 야기된 무의식 입모 반사 반응이란 걸 알고 있었지만, 푸틴은 그저 그녀가 흥분하고 있는 걸로 알았다.

"트리톤이 주가노프가 첩자란 걸 말한 후에 트리톤을 처리해요. 그는 정체가 탄로 나서 도주 중이니 치욕스러운 존재지." 대통령이 말했다. '정말 끝내주는군. 손으로는 내 젖꼭지를 만지면서 국가적인 살인을 지시하다니. 그는 조국 러시아를 위해 내가 살인을 하길 바라고 있어.' 도미니카는 생각했다. 그는 자신의 나라에서 피를 뽑는 것만으로는 만족하지 못한 것이다. 이제 그는 또다시 그녀의 명예를 훼손시키려 하고 있었다. 도미니카는 그의 깜박이지 않는 눈을 들여다봤다. 그는 마치 달콤한 누가를 물고 있는 것처럼 입술을 오므리고 있었다. 그는 침대에 아주 가까이 앉아 기다리고 있었고, 도미니카는 아마도 2천 년 전에 기름을 바른 손을 크라우티우스의 토가 속에 집어 넣었을 메살리나(로마 황제 크라우티우스의 세 번째

아내로 음란한 생활을 하다가 황제에게 피살됨-옮긴이)와 같은 소름 끼치도록 무시무시한 직감이 들어 대통령의 무릎에 손을 댔다.

"그를 죽이라고요?" 도미니카가 속삭였다. 그러니까 이 클럽의 멤버가 되면 이렇게 되겠지. 도미니카가 그의 실크 파자마 속에 잠들어 있는 작은 족제비 주위를 가볍게 더듬자 대통령이 콧구멍을 벌름거렸다.

"그다음에 주가노프 대령과 남아 있는 오해를 깨끗이 청산했으면 좋겠군." 푸틴이 말했다. 도미니카의 손가락이 뭘 감지했다. 그녀가 찾고 있는 그것 같았다. 그건 아직 잠들어 있었다.

"무슨." 대통령이 부드럽게 그녀의 젖가슴을 움켜쥐어서(그의 손에 굳은살이 박여 있었다) 그녀의 입을 다물게 했다. 도미니카는 자신도 그에 화답해서 거길 세게 잡아주는 게 적당할 것 같다고 생각했다. 실크 숲에서는 아무것도 움직이지 않았다.

"그는 러시아로 돌아올 필요가 없어." 푸틴이 말했다. 그리고 그녀의 가슴에서 손을 뗐다. 그녀도 그렇게 해야 하나? 아직은 아니다.

"우리의 제5부서에 그런 일을 하는 사람들이 있잖아요." 도미니카가 엄지손가락을 파자마 위아래로 움직이며 말했다. "대통령 각하. 전 적임자가 아닌 것 같습니다." 그의 다리 사이에서는 아무 반응이 없었다. 스패로우로서 그녀의 감이 무뎌지고 있는 건가? 스패로우 학교에서 중년 여교사들이 멍키 러브라고 부른 부문에서 1등이었는데.

방구석에서 마르타와 우드란카가 서로 마주 보면서 고개를 절레절레 흔들었다.

"당신이 그 일을 처리해줬으면 좋겠어요. 파리에서 돌아오면 당신은 라인 KR 부장으로 진급할 테니까. 당신이 직접 이 인사 조치를 처리하는 게

적절하겠죠.” 인사 조치라고. 이건 스탈린이 한 사람을 지상에서 없애버릴 때 쓰는 유서 깊은 표현이다. 이건 곰을 잡는 전형적인 함정이다. 진급. 크렘린의 총애. 이익 배분. 그다음에 그녀는 이들의 소유물이 될 것이다. 이 입이 시커먼 파충류들이 그녀의 가슴을 꼬리로 돌돌 말아서 가까이 끌어당기고 있는 것이다. 왜 굳이 그녀를 보내서 이 둘을 죽이게 하는 건지 이해가 되지 않았지만 이해를 할 필요도 없었다. 그녀는 겉으로 보기에는 부드러워 보이는 이 강한 통치자가 알랑거리면서 내린 명령에 저도 모르게 뒷걸음을 쳤다. 도미니카는 이 명령을 실행하면 영원히 푸틴의 손에 놀아나게 될 거라는 걸 알고 있었다. 하지만 지난 5분간 푸틴이 그녀의 엄지손가락 밑에 있었는데 아무 결과가 나오지 않았다는 게 아이러니하다고 생각했다.

라인 KR 부장. 그녀는 방첩부를 통째로 운영하게 될 것이다. 그렇다면 무제한의 접근권이 생긴다는 뜻이었다. 네이트와 게이블과 포사이스와 벤포드는 처음에는 그녀의 말을 믿지 않으려 할 것이다. 그리고 푸른 눈과 수박 같은 머리의 후원자가 방금 그녀에게 그들을 만나 이야기할 수 있는 기회를 줬다. 하지만 맙소사, 그녀는 즉시 파리로 가서 주가노프가 트리톤에게 접근하는 걸 막아야 한다. 도미니카는 파리에 가서 센트리 번호로 전화하면 네이트가 곧바로 파리로 올 거라는 걸 알고 있었다. 그들은 함께 이 문제의 해결책을 찾을 것이다. 함께.

갑자기 떠오른 네이트에 대한 갈망에 그녀는 문득 아직도 자신이 대통령의 무릎에 손을 얹고 있었다는 걸 깨달았다. 그의 얼굴은 무표정했지만, 아래에서는 뭔가 느껴지고 있었다. 마치 푸틴이 원하면 언제든 숲에서 족제비를 나오게 할 수 있는 것처럼 그것도 상당히 많이 느껴지고 있었다.

노련한 도미니카는 그 크기가 평균보다 작다는 감이 왔지만 꽤 단단했다. 그가 손을 뻗어서 다시 도미니카의 가슴을 어루만졌다. 이번에도 가볍게 손가락 끝으로 피부를 스치는 정도였다. 도미니카는 비명을 지르고 싶었지만, 눈을 내리깔고 그에게 미소를 지어 보였다.

그는 어떤 동요나 감정도 없이 그녀를 마주봤다. "그 일들을 기꺼이 할 의사가 있나요?" 그가 물었는데 이제 힘이 빠진 족제비가 파자마 밑으로 보였다. 도미니카는 죽이라는 명령이 그의 자극이자 흥분제였다는 걸 깨달았다.

도미니카는 수십 년에 걸쳐 CIA를 위해 폭발적인 정보를 생산해내는 것과 이 쥐새끼들 패거리의 여성 멤버로 비참하고 천하게 살아가는 삶을 비교하고 평가해봤다. 그 끔찍한 삶의 첫 장면은 지금 그녀가 연기하는 대통령의 족제비를 지분거리는 것이었다.

"대통령 각하, 전 각하와 조국을 위해 뭐든 할 것입니다." 도미니카가 또한 '난 당신 것이 아니야'라는 뜻으로도 해석할 수 있는 표정으로 그를 보며 말했다.

푸틴 대통령이 그녀의 얼굴을 마주 보며 극히 드물게 아주 작은 미소를 지어 보였다. '넌 당연히 내 것이야.' 그리고 그의 굳은 의지를 보여주기라도 하는 것처럼 일어서서 그녀를 내려다보고 고개를 끄덕이곤 조용히 방을 나갔다. 그녀의 손은 아직도 따끔따끔했고, 도미니카는 오직 천천히 닫히는 문을 바라보는 것 말고는 할 수 있는 게 없었다. 지난 7분간의 긴장된 순간에 탈진한 그녀는 다시 베개로 쓰러졌고, 그사이 마르타와 우드란카는 어둠 속에서 박수를 쳤다. 하지만 이제 한나도 방에 있었다. *이봐요, 준비해요, 우린 할 일이 많아요.* 도미니카는 그들의 영혼이 그녀와 같이 있어서 기뻤다. 그리고 그녀는 곧 네이트를 볼 것이다. 200년 전에 콘스탄틴 대공을 위해 울렸던 벽난로 위의 작은 시계가 마치 파리로 가는 경주의 시작을 알리는 것처럼 이제 도미니카를 위해 울렸다.

고기 꼬치
식초에 양념한 사각형의 고기 덩어리들을 꼬치에 꿰고 한군데에 몰아서 케밥을 만든다. 빵가루, 카레 가루, 소금, 후추를 섞어서 고기 꼬챙이에 입힌다. 달걀을 푼 물에 그 꼬치를 굴린 후 다시 빵가루를 묻히고 빵가루가 떨어지지 않게 눌러주고 나서 고기가 풀어지지 않게 단단히 다진다. 고기 꼬치들이 갈색이 될 때까지 튀긴 후에 버터와 얇게 썬 양파 위에 놓고 고기가 부드러워질 때까지 저온의 온도에 넣어 굽는다. 샐러드와 아지카 소스와 같이 낸다.

39

앙주빈은 손으로 머리를 빗어 내리고 마음을 가다듬은 후에 비키의 아파트 문을 열어야 했다. 그는 공황 상태에서 차를 몰고 공원에서 빠져나와 억지로 차를 천천히 몰아 시내를 통과하면서 큰 충격에 빠진 채 번쩍거리는 붉은 불빛들이 보이는지 백미러를 살펴보고, 컬럼비아 도로 남쪽으로 들어와 조용한 22번가를 지나 버팔로 다리를 건너, 인적이 끊어진 조지타운으로 올라갔다가, 그다음엔 북쪽으로 37번가를 타고 글로버 공원으로 갔다. 그는 차를 몰고 가면서 감마에 저장된 디지털 파일들을 삭제하고, 떨리는 손으로 아주 작은 메모리칩을 빼냈다. 그 작은 카메라는 다리 너머 록 크리크로 던져 버렸고, CIA 정보원들의 본명을 포함해서 CIA 문서에 들어 있는 일급 기밀들을 담은 메모리 카드는 Q가의 하수구에 떨어뜨렸다. 그건 중요하지 않았다. 그는 도미니카 예고로바란 이름을 외웠으니까. 10분 후에 앙주빈은 비키의 차를 아파트 건물 뒷문 근처에 댔다. 그곳은 상업용 대형 쓰레기통에 가려 거리에서는 잘 보이지 않는 곳이었다. 그는 손가락 마디에서 나는 피를 빨면서 생각을 하려고 애를 썼다.

'빌어먹을.' 이건 재앙이고, 파멸이다. 바로 이래서 그가 러시아인들과 직접 상대하지 않으려 했던 것이다. 어떤 차 옆에 주차돼 있는 그의 BMW의 상어 코가 잘난 척하면서 못마땅하다는 듯이 그에게 코를 흔드는 것처럼 보였다. 그는 자신이 CIA 고위 간부로 자신의 에이전시에 반감을 품고

상사의 부당한 처사에 비위가 거슬려서 추잡할 정도로 엄청난 액수의 돈을 받고 러시아 해외정보국에 미국의 안보와 직결된 일급 기밀 정보들을 제공하는 반역죄를 저지르다가 오늘 밤 시내 공원에서 정체를 알 수 없는 요원들에게(아마 FBI겠지) 쫓기다 간신히 도망쳐왔는데 그 요원들은 지금 그를 체포하러 비키의 아파트로 오고 있을 가능성이 매우 높다는 소식을 비키가 어떻게 받아들일지 알 수 없었다. 그저 비키가 이 모든 걸 한꺼번에 아주 잘 다룰 수 있기를 빌었다.

"이 빌어먹을 개자식!" 비키가 말했다.

"난 별로 중요하지 않은 자료들만 넘겼어." 앙주빈이 거짓말을 했다.

"당신이 클럽에서 그 뚱뚱한 러시아 사내에게 그 쪽지를 전달하는 걸 내가 도왔잖아." 비키가 말했다. 그녀는 오늘 밤 무대에 서지 않아서 속옷만 입고 소파에 앉아 텔레비전을 보면서 새 의상을 바느질하고 있었다. 이제 그녀는 손을 엉덩이에 댄 채 한판 붙을 태세로 그 앞에 똑바로 서 있었다. 앙주빈은 문득 그녀의 몸매가 얼마나 근사한지 깨닫고 급조한 그의 계획에 그녀도 포함시켜야 할 것 같다는 생각을 문득 했다. '안 돼, 이 도망갈 구멍은 하나밖에 못 들어가. 정말 안됐어.' 그는 생각했다.

"아무도 다치지 않았어. 아무도." 그가 말했다. 앙주빈은 카라카스에서 소환된 군사 장교와 솔로비요프 장군이 견딘 30일간의 방첩 심문은 잊어버렸다.

"난 공범이라고, 이 개자식아. 널 도와줬기 때문에 내가 기소될 수도 있어." 비키가 말했다. 그녀의 보형물이 들어간 가슴이 격해진 감정에 들썩이고 있었고, 이제 두 주먹을 불끈 쥐고 있었다.

"내 정보는 그저 모스크바에게 우리가 국제적으로 더 나은 파트너가 될 수 있다는 걸 안심시켜주는 통찰력만 제공했을 뿐이야." 앙주빈이 거만하게 앨드리치 에임스(CIA 요원이었지만 러시아 스파이로 드러난 인물-옮긴이)가 법정에서 한 변명을 사용했지만 자신이 듣기에도 그 말은 페즈 모자를 쓴 유엔 대표단이 바이유비숄로뮤에서 새우 요리 이벤트에 참가해 국제적인 이슈를 토론한다는 소리처럼 터무니없게 들렸다.

"정말 빌어먹게 대단하시네. 더 나은 파트너들이라." 비키가 말했다.

"당신 도움이 필요해. 마지막으로 이번 한 번만." 앙주빈이 말했다.

"그래, 도와줄게. 짐 싸서 어서 여기서 썩 꺼지는 걸 도와줄게." 비키가 말했다.

"당신이 원한다면 떠날게. 하지만 당신이 날 태워다주면 좋겠어. 조금만 태워다주면 돼. 그게 다야." 앙주빈이 말했다. 이건 쉽지 않을 거라는 걸 그도 알고 있었지만 그녀 없인 해낼 수 없었다. 그는 NCIS에 있을 때 이 테크닉에 대해서 배웠고 한 번도 잊은 적이 없었다. 하지만 이제 비키를 조종해야 했다. 그는 그녀에게 BMW 키를 흔들어 보였다.

"내 차를 줄게. 저녁 먹으면서 당신을 놀라게 해주려고 했는데." 앙주빈이 말했다. 그녀의 표정을 보니 그 말을 믿지 않는 게 분명했다.

"있지. 당신에게 거짓말하진 않을게. 난 당신에게 빠졌어. 그것도 엄청 빠졌어. 이 나라를 빠져나가는 데 당신의 도움이 필요해. 난 프랑스로 갈 거야. 일단 내가 거기 도착하면 우리 거기서 만나자…… 에펠탑 밑에서." 그는 그 효과를 강조하려고 마지막 말을 덧붙였다. 비키는 팔짱을 끼고(방어적으로 나오면서도 조금 흔들리고 있었다) 고개를 흔들었다.

"우린 조금 서둘러야 해, 자기야." 앙주빈이 말했다. 그는 뒤쪽 주차장이 보이는 창가로 걸어가서 블라인드 틈으로 밖을 훔쳐봤다. 아무것도 없었다, 아직은. 그는 비키에게 돌아서서 그녀를 껴안고 팔로 그녀의 등을 문질렀다. "우린 많은 일을 같이 겪었잖아. 그리고 우리 앞에 좋은 날들이 기다리고 있어." 그가 다정하게 속삭였다.

"내가 어떻게 했으면 좋겠는데?" 비키가 천천히 물었다. 앙주빈은 거짓말만 늘어놓고 있는데도 놀랍게도 그가 불쌍하게 느껴졌다. 그리고 그녀에게 차를 준다고 했다. 게다가 그녀는 파리에 가본 적이 없었다.

"아가타는 어디 있어?" 앙주빈이 미소를 지으며 그녀의 두 팔을 잡은 채 물었다.

"벽장에. 아가타로 뭘 하려고?" 비키가 물었다.

"곧 알게 될 거야." 앙주빈이 대답했다.

주가노프는 40분 동안 그가 그동안 얼마나 어마어마하게 멍청했는지 어머니가 야단치는 소리를 듣고 전화를 끊었다. 그녀는 미쳐가고 있었다. 그녀는 점심으로 먹을 크림이 많이 든 마늘 수프를 저으면서 그를 꾸짖었다. '그 스푼 내려놓고 내 말을 들으란 말이야.' 주가노프는 생각했다. 그녀는 주가노프에게 뭐든 성급하게 하지 말고, 여기저기 명령을 내리는 건 그만하고, 가만히 있으라고 했다. 다른 사람들의 시선을 끌지 마. 그녀가 충고했다. 어머니는 이게 다 그가 자초한 거라고 했다. 그리고 전화를 한두 통 넣어보고, 오랜 인맥들을 다시 살려보고, 그에게 다시 전화를 주기로 했다. 그녀는 주가노프에게 그의 첫 번째 의무는 국가에 충성하는 것이고, 그러면 국가가 그를 보살펴줄 것이고, 그는 러시아에 처음이자 마지막 충성을 바쳐야 할 의무가 있다고 말했다. 주가노프는 몰래 자신의 어머니는 한물간 볼셰비키라고 생각했다. 그는 어머니가 얼마나 구식인지 잊고 있었다.

에카테리나 주가노프는 자루비나와 아는 사이였고 그녀가 심장마비를 일으켰다는 소식을 듣고 충격을 받았다. 그녀의 부고는 센터와 전 세계에 있는 레지덴투라들을 미사일로 공격한 것 같은 효과를 일으켰다. 그녀는 아들에게 트리톤의 운명은(그리고 결과적으로 센터 내부에 있는 내부첩자) 시간이 좀 지나야 알려지겠지만, 스탈린 치하에서 살아남은 그녀의 경험으로 봐서, 모든 반역자들은 결국 밝혀졌다고 말했다.

"결국이란 말은 내게 너무 늦어요." 주가노프가 어머니에게 말했다. 예브게니 플레트네브의 죽음이라는 결말이 난 그 '싸움'을 조사 중인 수사관들이 주가노프 대령에게 공무용 여권을 내놓으라고 요구했다. 당분간 해외여행은 생각하지 않는 게 최선일 거라고. 격노한 주가노프는 또한 자신의 부서를 감사받기 위해 잠자코 앉아 있어야 했다. 과거에 라인 KR은 그런 내부 규제로부터 자유로웠는데. 라인 KR의 전 직원들의 면담 일정이 잡혔다. 주가노프는 그 신호들이 뭘 의미하는지 알고 있었다. 다 허울 좋은 명분일 뿐 그는 사실상 느슨한 가택 연금 상태에 처한 것이다. 라인 KR의 지휘권도 곧 빼앗길 것이다. 얼마 못 가 체포돼서, 재판을 받고 감옥에 가겠지. 그리고 예고로바(그녀가 CIA 스파이라는 걸 그는 확실히 알고 있는데)는 핀란드 만 해변에서 대통령과 그의 손님들과 화려한 만찬을 들고 있겠지.

Gs팀에서 나온 차 5대가 이 특별한 감시에 맞춰 제 위치를 잡았다. 그들은 비키 메이필드가 누구와 같이 있는지 보려고 그녀를 감시할 것이다. 몰래 미행을 할 필요도 없었다. 목표는 공원에서 도망친 남자의 정체를 밝히는 것이다. 필레포와 프록터가 그 남자의 인상착의를 최대한 자세히 제공하면서 자기들끼리 걸핏하면 입씨름을 했다. 그들은 같은 차에 타고 있었다. 네이트는 바노이라고 하는 또 다른 요원과 한차를 탔다. 그는 스물여섯 살의 침착한 청년으로 영화배우 같은 외모에 팔뚝은 뽀빠이 같았다. 감시팀이 도착해서 검은 감시 차량 1대가 비키의 아파트 뒤쪽 주차장을 소리 없이 다니는 동안 조수석에 탄 요원이 주차된 차들의 번호판을 무전기에 대고 읽었다. 이 번호들은 즉시 FBI가 연방, 대도시, 전국 데이터베이스를 조회할 것이다. 그 팀은 앞쪽과 뒤쪽으로 흩어져서, 메이필드의 건물에서 나갈 수 있는 모든 방향을 차 4대로 감시했다. 네이트의 차는 돌아다니면서 4대의 차가 갈 방향을 조정하고 있었다. 그들은 적당한 곳에 자리를 잡았다.

"난 항상 미행당하는 쪽이었는데. 이쪽은 기다리는 게 힘들군. 난 전혀 몰랐어." 네이트가 말했다.

바노이가 그를 봤다. "익숙해져요. 당신은 모스크바에 있었죠?" 그가 말했다.

네이트는 고개를 끄덕였다.

"거기 사람들이 상당히 실력이 좋다면서요?" 가로등 불빛에 비친 그는 무성영화 스타 같아 보였다.

"상당히 세게 들어가지. 자원을 무제한적으로 투입하는 데다 누구에게든 책임질 필요가 없거든." 네이트가 말했다.

그는 잠시 창밖을 내다봤다. "우린 몇 주 전에 모스크바에서 요원 하나를 잃었어. 놈들의 차에 치였지. 사고였을 거라고 짐작해."

바노이의 눈이 가늘어졌다. "그 여자 요원이요?" 그가 물었다.

"그래, 한나 아처. 우리 둘을 합친 것보다 더 배짱이 큰 여자였는데." 네이트가 대답했다. 둘은 한동안 입을 다물고 있었다. "이제 그녀는 본부 벽에 별 하나를 달았지."

"나도 그 벽 봤어요. 별이 많더군요." 바노이가 대답했다.

"나도 FBI 명예의 전당을 봤어." 네이트가 대꾸했다. 둘은 또다시 입을 다물고 어두운 동네에서 들리는 밤의 소리에 귀를 기울였다. 하수구에 떨어진 마른 잎들이 산들바람에 바스락거렸다. 자정이 지난 지금은 아까보다 더 추워졌다. 볼륨을 낮춘 무전기에서 한 번 칙 소리가 났다.

"그 번호판들을 조회하는 데 얼마나 걸리지?" 네이트가 말했다.

"밤에는 좀 더 오래 걸려요." 바노이가 대답했다.

"필레포와 프록터는 반드시 그놈을 잡고 싶어 할 거야. 그놈이 누구건 간에. 그 개자식이 필레포에게 엄청 독한 걸 뿌렸어."

"프록터가 얼음으로 진정시켜줄 겁니다." 바노이가 말했다. 그의 목소리에 뭔가 다른 게 느껴졌나?

"둘이 정말 거리에서 끝내주더군. 진심으로 하는 말인데 남자 둘이 일하면서 그렇게 손발이 척척 맞는 건 처음 봤어." 네이트가 말했다.

바노이가 앉아 있던 의자에서 자세를 바꿨다. "둘 다 실력 좋죠. 아마 우리 팀 최고일 걸요. 사람을 화나게 만드는 재주가 있지만, 일 하나는 확실하게 하니까." 바노이가 말했다.

"마치 서로 무슨 생각을 하는지 알고 있는 것 같더라니까." 네이트가 말했다.

"당연히 그래야죠. 둘이 같이 있은 지 오래됐는데." 바노이가 말했다.

"뭐, 룸메이트로 오래 있었단 말이야?" 네이트가 말했다.

바노이는 네이트가 지금 놀리나 싶었지만 얼굴을 보고 그게 아니란 걸 알았다. "그래요, 룸메이트." 바노이가 대답했다.

네이트가 입을 열어서 뭐라고 하려 했는데 그때 무전기가 세 번 칙칙 울렸다(누군가 움직이고 있다). 바노이가 차의 시동을 걸었다. 비키 메이필드의 빨간 기아가 주차장에서 빠져나와 벤톤 가로 갔다. 후드를 쓴 여자가 운전하고 있었다. 조수석에 앉아 있는 사람은 키가 크고 챙이 넓은 모자를 쓰고 있었다. 망원경으로 본 네이트는 뚜렷하게 그 남자(코가 툭 튀어나온 남자)를 볼 수 있었다. 그 남자가 손을 뻗어서 운전하는 여자의 어깨를 만졌다. 바노이가 기아 뒤로 차 2대가 끼어들어오게 둔 후에 세 번째로 들어갔다. 이번 미행에는 다른 차에게 미행을 넘긴다거나 다른 길로 돌아갔다가 토끼 앞으로 튀어나가는 그런 화려한 기술은 쓸 필요가 없었다. 그냥 기아만 따라가면 끝이다. 바노이가 무전으로 보고하는 동안 감시팀이 출발했다. 2분 후에 네이트의 핸드폰이 울렸다. 벤포드였다. 벤포드는 화가 났다. 그것도 아주 많이.

"네이트, 스피커폰으로 돌려. 자네 팀 리더가 이걸 들어야 해. 몽고메리 특별 수사관과 내가 FBI 사무국에서 나온 영양들에 둘러싸인 워싱턴 지부 작전 센터에 앉아 있어. 그와 한마음인 영양들이 지금 CIA 본부에도 앉아 있지. 우린, 지금 실시간으로 화상 회의를 하고 있네." 벤포드가 말했다.

"아주 잘 들립니다, 부장님." 네이트는 바노이에게 윙크를 하며 말했다. 바노이는 웃음을 애써 참았다. 잠시 침묵이 흘렀다. 벤포드의 불안한 마음이 손에 잡힐 것 같았다.

"그 공원에 있던 남자, 그리고 지금 자네들이 추적하는 차의 조수석에 타고 있는 그 남자는 세바스티앙 앙주빈이라고 우리는 믿고 있어. CIA 군사부 차장이지. 메이필드 아파트 주차장에 있던 차 중에 그의 번호판이 나왔어. 우린 지금 앙주빈의 내부 컴퓨터 접속 기록을 검토 중이야. 그의 재무 상태와 계좌 추적은 내일 아침에 시작될 거야. 메이필드는 워싱턴에서 이국적인 댄서로 일하고 있고, 아마 앙주빈의 연인일 거야." 네이트는 '연인'이라는 말에 대한 재치 있는 농담이 생각났지만 지금은 그럴 때가 아니라고 현명하게 판단했다.

"난 FBI와 CIA 양쪽에게 지금 이 시각 앙주빈이 간첩 혐의에 대해 유죄라는 증거가 없다는 조언을 받았어. 18 U.S.C. 794(a)나 (b) 혹은 17 U.S.C. 794(c)에 해당이 안 된다는 거야. 강력한 증거가 나오면 이 상황은 바뀔 수 있어. 따라서 네이트, 잘 들어. 우리에겐 앙주빈이나 메이필드를 세우거나 잡아둘 권한이 없어. 제발 감시팀이 이 점을 잘 이해해주길 바라겠네. 몽고메리 특별 수사관이 내게 '이건 명령이라고' 하는데 그 말은 FBI 문화로 보면 반드시 따라야 한다는 뜻이겠지."

"알겠습니다, 부장님. 팀이 다 알 수 있도록 조처하겠습니다." 네이트가 전화기에 대고 말했다. "우린 지금 글로버 공원을 나와서 위스콘신 북쪽으로 가고 있습니다. 그 여자가 차가 별로 없는 도로를 적당히 달리고 있습니다. 아직 어디로 가는지 예측하긴 이릅니다. 아마 그자를 집에 데려다주는 것 같습니다. 그자는 버지니아에 사는 걸로 짐작되는데요."

벤포드는 불분명한 목소리로 방에 있는 누군가에게 질문을 하고 있었다.

"맞아. 버지니아의 비엔나에 있는 불라 도로에서 좀 떨어진 곳에 산다는군. 네이트, 이 두 사람이 이제 고인이 된 러시아 레지던트와 비밀 만남이 급습된 날 밤 자정이 지난 시각에 도로에서 달리고 있다는 건 우리같이 지각이 있고 변호사가 아닌 사람들이 보기엔 유죄라고 상당히 자신 있게 말할 수 있는 거잖아. 우리는 앙주빈이 자신의 상황을 어떻게 판단하고 있을지 알 길이 없어. 특히 증거라는 맥락에서 말이야. 앙주빈은 자신이 있거나 아니면 공황 상태에 빠져 있을 수도 있어. 그래서 자네들이 할 일은 그저 가까이서 지켜보면서 절대로 시야에서 놓쳐서는 안 돼. 만약 그자가 화장실에 가면 자네는 옆 칸으로 가. 만약 그들이 그자의 집으로 가면, 밖에서 진을 치고, 절대로 뒷문으로 빠져나가지 못하게 해. 우리에게 전화하면 비엔나 경찰들이 자네를 쏘지 못하게 할게. 내 말 잘 알아들었어?"

비키는 앙주빈의 지시에 따라 운전하면서 혼잣말을 중얼거리고 있었다. 위스콘신 대로는 거의 비어 있었다. 앙주빈은 조수석에 앉아 아가타(그것은 재봉사가 쓰는 7부 길이의 마네킹이었다)를 무릎 사이에 끼우고 있었다. 비키는 그 패딩을 댄 인형을 써서 스트리퍼 복장들과 쇼걸들이 쓰는 머리 장식물을 디자인했다. 아가타의 플라스틱 머리는 이목구비가 없이 하얗고 매끈했다. 상반신에는 코트를 입혔고, 베이지색 플라스틱 모자를 머리 위에 씌우고 모자가 움직이지 않게 테이프로 목을 단단히 감았다. 앙주빈이 그 마네킹의 밑부분에 있는 금속 스탠드를 비틀어서 떼버렸을 때 비키가 불평했지만, 그는 이제 그녀는 더 이상 원피스를 만들 일이 없다고 말했다. 크리스마스 즈음엔 파리에서 샤넬을 입고 있을 거라고 앙주빈이 말하자 비키는 '개소리'라고 대꾸했지만 속으로는 그러길 바랐다.

그는 분명 어디로 가야 할지 알고 있었다. 그는 이전에 미리 이 루트를 답사해 놨다. 활기 넘치는 앙주빈이 그녀에게 텐리 서클을 통과해서, 앨버마를을 타고 아메리칸 대학 공원으로 들어가라고 했다. 그곳의 거리들은 빽빽한 격자무늬로 배치돼 있고, 주택들 뒤로 골목길들이 나란히 있는 곳이었다. 비키는 방향을 바꿀 때마다 조금 떨어진 거리에서 따라오는 차 3대의 헤드라이트를 봤다. 앙주빈은 그들에 대해서는 걱정하지 말라고 말하고, 그가 차에서 내렸을 때 그녀가 어떻게 해야 하는지 정확히 다시 반복해서 말하게 시켰다. 바로 여기였다. 그는 비키에게 우회전을 하라고 소리를 지른 후에, 재빨리 차를 왼쪽으로 돌려서 머독 밀 도로로 가라고 했다. 그곳은 짧은 일방통행로로 뒤에서 따라오던 차들은 엉뚱한 방향으로 갔다. 미행하던 차들이 이중 모퉁이에서 잠시 사라진 사이에 앙주빈이 비키의 팔을 툭툭 치자 그녀는 급브레이크를 잡아당겨서 차의 속도를 늦췄다. 앙주빈이 어깨로 문을 밀어서 열고 뛰어내린 후, 어두운 골목으로 내달려서 쓰레기통들이 줄줄이 서 있는 곳으로 미끄러져 갔다. 그는 거기서 쭈그리고 앉아 숨을 참았다.

겁에 질린 아마추어가 처음 하는 것치고는 비키는 제대로 해냈다. 그녀는 브레이크를 풀고 속도는 확인도 하지 않고 계속 직진하면서, 문을 손으로 잡아당겨서 닫고, 바닥에 쓰러져 있던 아가타를 잡아서 조수석에 앉힌 후에, 앙주빈이 버리고 간 모자를 인형의 머리에 씌웠다. '내가 미친년이지.' 이제 혼자가 된 비키는 비통하게 생각하면서 또다시 뒤에서 노려보는 헤드라이트 불빛들을 받으며 달렸다. 그녀는 동쪽으로 가서 버터워스를 지나, 웨스트모어랜드 서클을 돌아 달레카를리아로 갔다. 그 도로로 가면 카날 도로와 체인 다리를 경유해서 버지니아 교외로 들어가게 된다. 앙주빈은 그녀에게 그의 타운 하우스로 차를 몰고 가서 곧바로 거기 붙은 차고로 들어가라고 지시했다. 비키는 그 집에서 커튼을 다 닫아놓은 채 하룻밤을 보내기로 했다. 그녀는 옷을 벗고 아가타를 지하실에 있는 쓰레기를 놔두는 벽장에 버리기로 했다. 아침에는 자신의 집으로 돌아와 FBI가 앙주빈이 어떻게 그리고 정확히 언제 흔적도 없이 사라졌는지 궁금해하게 될 것이다.

차 3대 뒤에 있던 네이트는 본능적으로 뭔가 찜찜한 느낌이 들었다. 아까 그 공원을 지나간 루트는 비논리적이고 말이 되지 않았다. 그 재수 없는 인간에게 뭔가 다른 속셈이 있는 게 분명했다. 네이트는 바노이에게 제일 앞에 있는 차에 가까이 붙어서 앙주빈이 차량 탈출을 시도하는지 감시하라고 요청했다. 그는 앙주빈이 미행당하는 와중에 달리는 차에서 빠져나오는 법을 알고 있기는 한지조차 알 수 없었지만 제일 앞에 있는 차가 규칙적으로 차에 두 사람이 타고 있다는 걸 확인해야 했다. 네이트는 전화로 벤포드에게 계속 현황을 보고했다. 필레포와 프록터가 두 번째 차를 타고 가면서 나머지 팀원들에게 계속 거친 농담을 해댔다. 바노이는 그들에게 닥치고 감시나 잘하라고 말했다. 그들은 즉시 차에 두 사람, 그 여자와 모자를 쓴 키가 큰 남자가 있다고 보고했다.

앙주빈은 그가 숨어 있는 골목에 차가 5대 정도 지나가는 걸 봤는데 모두 속도를 늦추지 않았고, 옆을 보는 사람도 없었다. 그들은 그가 탈출하는 걸 놓친 것이다. 이제 시간이 필요했다. 모든 건 비키(그리고 아가타)가 게임을 계속하느냐에 달려 있었다. 그는 시계를 확인했다. 거의 새벽 2시가 됐다. 그는 걸어서 동네를 빠져나와야 했지만, 지하철은 새벽 5시면 운행을 시작할 것이다. 그는 유니언 역으로 가서 MARC 기차를 타고 볼티모어 워싱턴 국제공항으로 가야 한다. 만약 놈들이 그가 사라진 걸 발견하면 덜레스와 국내 공항들을 먼저 폐쇄하고, 그다음에 볼티모어 워싱턴 국제공항을 생각할 것이다. 그때쯤이면 그는 첫 해외 비행기를 타고 어디든 갈 수 있다. 멕시코시티, 코스타리카, 토론토. 첫 목적지는 신용카드와 본명이 들어간 여권을 사용해서 흔적을 남긴 후에, 유럽으로 두 번째 비행기를 타고 가서 사라질 것이다. 그는 흔적 없이 파리로 갈 수 있다. 파리가 바로 그가 가야 할 곳이었다. 그는 그 나라의 언어를 구사하고, 그 도시도 잘 알고, 거기 친척들도 있다. 그에겐 현금이 있으니, 결국엔 암시장에서 가명으로 된 프랑스 신분증을 살 것이다. 그리고 16구의 란 대로에 있는 불로뉴 숲 근처에 콘크리트와 유리로 지은 요새인 러시아 대사관이 그를 두 팔 벌려 환영할 것이다. 특히 그가 러시아 첩보부에서 활동하는 CIA 정보원의 이름을 가지고 찾아간다면. 그것은 그의 탐욕스러운 두뇌에 새겨져 있었다. '도미니카 예고로바.'

앙주빈은 음침한 FSB 감시견들의 감시를 받으며, 고집불통에다 잔소리나 늘어놓는 중년 여자가 해주는 밥을 먹고, 가슴골에 여드름이 나고 목에는 섬유종이 난 삼류 창녀에게 열흘에 한 번씩 접대를 받았던 킴 필비, 에드 하워드나 에드워드 스노든처럼 모스크바의 지나치게 더운 망명자 아파트에서 은퇴할 생각은 전혀 없었다. 아니, 그건 사양하겠어. 그가 러시아인들에게 바라는 건 은퇴 자금으로 쓸 보수와 그의 이름으로 개설된 해외 계좌들을 알아내는 것이다. 앙주빈이 대충 따져봐도 그 계좌에는 대강 5백만 달러가 있을 것이다. 돈이 수중에 들어오면 사라질 것이다. 리파리 제도에서 꽃이 피는 덩굴로 그늘지는 테라스가 있는 작은 집을 한 채 장만할까, 아니면 코파카바나 해변의 아베니다 아틀란티카에 있는 펜트하우스를 하나 사볼까, 아니면 그의 포도원으로 둘러싸인 토스카나 언덕에 석재 저택을 하나 사버릴까. 여자친구는 한두 명(브라질 여자들이 끝내주게 섹시하던데) 정도. 하지만 앙주빈은 비키가 그 꿈에 어울린다는 생각은 하지 않았다. 그가 비키의 팔을 톡톡 쳐서 그가 탈출한다는 걸 알렸을 때, 그때가 그들이 마지막으로 접촉한 때였다는 사실을 비키가 깨닫게 될지 궁금했다. 어쨌든 비키는 BMW를 받았으니까.

앙주빈이 골목의 그늘로만 찰싹 붙어서 걸어가면서 미래에 만날 여자들을 생각하다가 뜬금없이 그의 승진 기회를 가로챈 그 암퇘지 글로리아가 승진 발표가 나던 날 아침에 어떻게 그를 조롱했는지 떠올랐다. '여자들은 당신이라면 환장하잖아.' 그녀는 히죽히죽 웃으며 그렇게 말했고, 격분한 그가 이 전적으로 미치고, 전적으로 파괴적인 러시아인들과의 여정을 시작한 것이다. 그래서 이제 그는 발이 아프도록 걸어 다니면서 밤이 되면 걱정이 돼서 잠을 이루지 못하는 도망자가 된 것이다. 그는 공원에서 질주하는 야밤의 스토커들에게 간신히 도망쳤지만, 공항을 통과할 수 있다는 보장도 없었다. 자신이 한 일이 후회되진 않았지만 스스로가 안쓰러웠다. 그의 목에서 흐느낌이 새어나왔다. 그는 조용히 울면서 걸어갔다. '여자들은 당신이라면 환장하잖아.' 그 말이 머릿속을 맴돌았다. 대형 스파이, 멋진 남자. 그는 자루비나가 모스크바에 무슨 보고를 올렸을지 궁금했다. 아마 그가 잡혀서 체포됐다는 보고겠지. 그들은 그가 파리에 나타나는 걸 보면 놀랄 것이다. 러시아 대사관 접수원에게 위층에 전화해서 로비에 트리톤이 있다고 해당 사무처에 연락하라고 멋지게 말할 때를 상상하자 기분이 좋아졌다.

비키 역시 울면서 작은 차의 핸들을 움켜쥔 채 앙주빈이 제때 탈출할 수 있도록 거대한 버지니아 교외로 들어가는 그녀를 장시간 쫓아오는 5대의 FBI 차들 때문에 감옥에 가게 될지 궁금해하고 있었다. 어쩌면 몰랐다고 주장할 수도 있을 것이다. 그가 그녀에게 거짓말을 하고, 오해하게 만들었고, 자신은 그 일과 아무 관계가 없다고. 하지만 옆에서 모자를 눌러 쓴 채 뻣뻣하게 앉아 있는 마네킹은 그녀가 공범이라는 증거가 될 것이다.

비키는 다음번 스트립 몰(번화가에 상점과 식당들이 일렬로 서 있는 곳-옮긴이) 주차장으로 들어가서 차를 세우고 그들의 차로 걸어가 그녀가 아는 모든 걸(아는 것도 별로 없지만) 말할까도 생각해봤다. 그녀는 죄가 없다. 스트리퍼로 오랫동안 먹고 살면서 생긴 감으로 그녀는 앙주빈이 그녀를 파리로 부를 일은 결코 없을 거라는 걸 알고 있었다. 하지만 그를 다치게 할 수 없었다. 어쨌든 예상치 못하게 다른 사람이 그 결정을 대신 내려줬다.

술에 취한 어떤 사람이 24시간 영업하는 패스트푸드 드라이브 스루에서 나오다 비엔나의 123 루트의 2차선을 가로지르면서 비키의 차를 박을 뻔했지만 비키가 차를 홱 틀기도 했고 브레이크들이 잠겨 있어서 다행히 사고는 나지 않았다. 그녀 뒤에 있는 필레포와 프록터도 끽 소리를 내며 차를 멈추고 차들이 충돌할 때 나는 쿵 소리를 대비해 마음을 단단히 먹었다. 그들이 탄 차는 비키의 뒤쪽 범퍼에서 몇 센티미터 떨어진 거리에서 간신히 멈췄지만 그들 뒤에 따라오던 FBI 감시팀의 두 번째 차가 필레포가 탄 차 뒤를 박으면서 결과적으로 필레포의 차까지 밀고 비키의 차를 쳤다. 연쇄 반응의 충격파가 범퍼와 프레임을 통해 계속 전달됐고 그 결과 깃털처럼 가벼운 아가타는 차 앞 유리를 향해 획 날아갔다가 다시 제자리로 돌아오면서 플라스틱 머리가 부러졌고, 이제 모자도 떨어진 상태에서 다시 날아가 뒤쪽 유리창 선반에 떨어져 그 선반 위에서 머리를 끄덕이는 자동차 액세서리 인형처럼 계속 머리를 앞뒤로 흔들고 있었다. 비키는 두 손으로 얼굴을 덮어버렸다. '내가 벌어줄 수 있는 시간은 여기까지야, 앙주빈.' 그녀는 생각했다. 프록터와 필레포가 비키의 차로 걸어왔다. 필레포가 창문에 머리를 숙여서 넣고 그녀를 보면서 괜찮은지 물었고, 시동을 끄라고 말했다. 그녀는 핸들에 이마를 대고 눈을 감았다.

또 다른 목소리가 전화기에 대고 말하는 게 들렸다. "벤포드 부장님. 그 자식이 빌어먹을 인형을 이용해서 달아났어요. 아마도 아까 그 대학 공원에서 튄 것 같아요. 탈출하려고 거길 통과한 것 말고는 거길 갈 이유가 없어요. 아마 40분 전에 튀었을 겁니다. 그 지역을 수색하러 차 2대가 돌아갔지만, 택시나 지하철을 탔을 겁니다. 놈은 떠버렸어요." 그 남자가 말했다. 비키는 핸들에서 고개를 떼서 검은 머리에 통화하고 있는 젊은 남자를 봤다. 그는 주의 깊게 상대방이 하는 말을 듣고 있었다. 그리고 엄지손가락으로 버튼을 눌러 전화를 끄고 다른 두 명에게 돌아섰다. 세 남자 모두 그녀가 예상했던 것보다 젊었지만 아주 엄격한 표정이었다. 첫 번째 청년이 말했다. "특별 수사관이 올 때까지 모두 여기 있어야 해. 우리 중에서 체포권이 있는 사람이 없으니까." 네이트가 비키의 창문에 고개를 댔다.

"괜찮아요?" 네이트가 미소를 지었다.

비키는 고개를 끄덕였다.

"비공식적으로 물어보는 말인데 당신 남자친구가 어디로 가는지 혹시 알아요?" 네이트는 방금 비키의 권리를 위반했을 수도 있었다.

"이봐, 진정해." 필레포가 말했다. 프록터가 고개를 끄덕였다. 그들은 이 말도 안 되는 법에 대해 잘 알고 있었다.

"우린 벌써 이 작전을 여러 번 말아먹었어. 이러지 말자고." 프록터가 말했다. 네이트는 그들을 무시하고 비키를 봤다.

"당신이 누군지, 그가 당신에게 무슨 짓을 했는지, 당신이 무슨 생각을 하는지 난 몰라요. 하지만 그가 탈출하면, 당신 또래의 여자가 산 채로 발부터 소각로에 들어가 죽게 될 겁니다." 네이트가 말했다.

필레포가 깜짝 놀라 네이트를 봤다. "제발요, 아가씨. 그런 일이 일어나게 하지 말아요." 필레포가 말했다. 그도 이제 본분을 잊고 있었다.

"너까지 그러지 마. 둘 다 닥쳐." 프록터가 말했다.

비키가 세 남자를 올려다보며 말했다. "그는 파리로 간다고 했어요. 난 그것밖에 몰라요." 비키가 스트리퍼 일을 시작한 후 처음으로 굿 가이스 클럽에서 쓰는 그녀의 예명이 지닌 아이러니를 생각하며 말했다. 펠로니(중죄라는 뜻이 있음-옮긴이).

프랑스 마늘 수프
닭고기 육수를 끓인다. 오리 기름(혹은 올리브 오일)에 다량의 잘게 다진 마늘을 볶은 후 육수에 향초 다발과 같이 넣고 뭉근하게 끓인다. 향초를 들어내고 달걀 흰자 저은 걸 수프에 넣어서 굳힌 후에, 불에서 내린다. 노른자를 풀어 수프에 넣고 소금과 후추로 간을 한다. 하루 지난 빵을 얇게 썰어서 넓적한 그릇에 담고, 파르메산 치즈를 뿌린 후 그 위에 수프를 붓는다. 달걀 흰자는 작게 여러 조각으로 잘라도 된다.

40

탈출한 다음 날 아침 앙주빈은 파리의 러시아 대사관 밖 보도에 서 있었다. 란 대로를 달리는 차들은 프랑스적인 광기 그 자체였다. 평소에는 넓고 우아한 2차선 도로가 지금 오전 러시아워에는 지저분하게 파란 배기가스를 뿜어대고, 경적을 울리고, 신경이 곤두선 까칠한 파리인들로 가득 차 도무지 움직이질 않았다. 그는 별문제 없이 탈출했다. 볼티모어 워싱턴 국제공항에 도착했을 때 경보는 울리지 않았다. 그는 충동적으로 위험을 무릅쓰고 볼티모어 국제공항에서 암스테르담 직항 비행기를 탔고, 곧바로 중앙역으로 가서 탈리스 고속 열차를 타고 파리 북 역에 도착했다. 국경이 없는 유럽 연합(1995년 맺은 솅겐 조약 덕분에)은 유럽 연합 내에서는 출입국 소속을 밟지 않는다. 그의 유일한 여행 기록은 볼티모어 공항의 항공편 적하 목록에 이름이 남겠지만 암스테르담에 도착한 후에 그는 사라졌다. 그리고 수십 년간 다른 탈주자들의 탈출을 토대로 CIA는 그가 이미 모스크바에 있다고 짐작할 것이다.

파리에 도착한 앙주빈은 곧바로 생루이 섬의 콰 드 부르봉 11번지에 있는 아파트(지붕창이 있는) 꼭대기 층에 사는 고모에게 갔다. 마름모꼴의 섬인 생루이 섬은 센 강 상류에 있고 그보다 더 큰 시테 섬과 연결돼 있다. 미망인인 고모는 죽은 아버지의 누이로 귀가 먹고 정신이 혼미한데, 가장 중요한 점은 이 할망구가 그와 성이 다르다는 점이다. 호텔 숙박부도 없으니, 그의 흔적을 따라 여기로 추적할 수도 없다. 그 아파트는 어질러졌지만 편안했고, 책꽂이들은 종이와 도자기 인형들로 터질 것 같았다. 아파트는 고양이들 냄새와 양배추 냄새가 났다. 손님방의 더러운 유리창으로 안을 내다볼 수 있었고, 나무들 너머로 이중 경사 지붕인 파리 시청이 보였다. 앙주빈은 매시간 울리는 노르트담 성당의 종소리를 들었다. 다시 집에 온 것이다(적어도 그렇게 느껴졌다). 그리고 그는 여기서 공작할 수 있다. 내일 경악한 러시아인들이 그의 암호명을 트리톤에서 라자루스로 바꾼다고 해도 놀라지 않을 것이다.

그는 그렇게 생각했다. 이제 그는 보도에 서서 멍든 팔뚝을 쓰다듬으면서 대사관 문 앞에 서 있는 목이 없고 우람한 대사관 경비를 돌아봤다. 그 경비가 그를 영사부에서 끌어내서 비자를 기다리며 재미있어 하는 표정을 짓고 있는 프랑스인들을 지나쳐서 대사관 문밖으로 거칠게 떠밀어버렸다. 앙주빈은 그 오랑우탄 같은 놈에게 지금 너희들은 무슨 실수를 저지르고 있는지도 모른다고 꽥 소리를 지르고 싶었다. 하지만 대사관 밖에서 줄을 선 사람들이 그를 빤히 쳐다보고 있었다. 그는 사람들의 관심을 끌고 싶지 않았다. 그는 대사관 안에 있는 깜짝 놀란 접수원에게도 고함을 지르면서, 그의 성을 다시 한 번 말하고 철자를 불러주면서 책임자를 부르라고 요구하며, 자신이 워싱턴 D.C.의 자루비나 씨와 일 관계로 아는 사람이라고 주장했다. 그의 모든 말이 젊은 접수원(그녀는 부영사의 아내다)에겐 아무 의미가 없었지만 그녀는 비자 발급하는 곳에 자주 나타나는 미친 사람들에게 익숙했다. 그들은 외국 대사관의 매력에 끌려서 찾아와 자세히 말할 수는 없지만 자기가 중요한 임무를 맡고 왔다고 설득하는데 대개는 우주에서 왔다고 하거나 첩보 임무를 맡고 있다는 두 타입으로 나뉘었다. 그

접수원은 카운터 밑에 있는 버튼을 누르고, 경비가 옆문으로 들어와 그 미친 남자를 쫓아내기 전까지 그를 달래려고 불러주는 지역 전화번호를 받아 적었다.

그녀는 남편과 알로 식당에서 점심으로 블랑켓 드 보(부드럽고 우유처럼 뽀얀 송아지 고기 스튜)를 먹으면서 좀 전에 만난 미친놈에 대해 이야기했다. 남편은 자루비나라는 이름을 들어본 적이 있었지만 그게 어떤 일로 들었는지 기억이 나지 않았다. 다만 그 일이 위층에 있는 그들과 관련된 일이라는 것밖에는. 그들을 대할 때는 항상 조심하는 게 좋았다. 점심을 먹은 후에 부영사는 그 미치광이가 휘갈겨 쓴 이름과 아내가 적은 전화번호를 받아서 2층으로 올라가 레지덴투라의 창살문에 달린 버튼을 눌렀다. 30초 동안 문 안쪽 복도에서 아무 움직임이 없다가 발자국 소리가 들렸다. 통통한 체격의 중년 부인 주가노바(대사관에서는 그녀가 안드로포프의 눈에 들어서 그가 서기장이 됐을 때 그녀를 KGB에서 데려왔다는 소문이 돌았다)가 말없이 서서 화면으로 그를 보고 있었다. '이 아줌마는 진정한 볼셰비키군. 이제 볼셰비키도 몇 명 안 남았는데.' 그 젊은 부영사는 생각했다. 그는 간단하게 용건을 설명하고 우편함 틈으로 그녀에게 그 종이를 건넸다.

"중요한 일일지도 몰라서요." 그는 가볍게 허리를 숙여 인사하며 말했다.

"고마워요, 동지." 주가노바는 아무 내색도 하지 않은 채 말했다. '지금 누구더러 동지라고 하는 거야?' 그 부영사는 계단으로 내려가며 생각했다.

주가노바는 그 번호를 자신의 메모장에 적은 후에, 원본은 레지던트에게 가져갔다. 그는 원래 꽉 막힌 퇴물 소비에트 정치국원인 이 여자와 작전에 관련된 일들을 논의하는 걸 좋아하지 않았다. 그는 센터에서 정치 고문 자격으로 보낸 이 여자를 어쩔 수 없이 떠맡았지만 미치광이 방문객이 자루비나란 이름을 언급했다고 하는 그녀의 보고를 들었다. 그들 모두 워싱턴에서 그녀가 사망했다는 소식을 들었으니(첩보 보고서보다 소문이 더 빨리 돌았다) 이건 중요한 일 같았다. 에카테리나 주가노바는 흐루쇼프 시절에 유행했던 정교하게 위로 빗어 올린 머리를 매만지며 신속하게 조치해야 한다고 주장했다. 파리 레지덴투라가 곧바로 이 미국인과 연락해서 가능한 한 빨리 만나야 한다고. 그녀는 아들과 통화해서 트리톤이란 자와 내부첩자 사냥에 대해 모든 걸 알고 있다는 말은 하지 않았고, 이 모든 것이 아들 알렉세이에게 중요하다는 말도 하지 않았다. 센터에서 활약하는 미국 첩자의 정체가 밝혀지면 아들의 혐의가 풀리고, 모든 책임이 면제되고, 원래 지위를 회복하게 될 것이다.

파리 레지던트는 그녀가 한 어떤 제안도 마음에 들어 하지 않았다. 그는 자신의 밥그릇 생각만 하고, 최근에 파리 정보부가 거리에서 압박해 들어오고 있다는 느낌을 받고 있었다. 사방에 위험 신호가 보였다. 아무도 워싱턴에서 무슨 일이 일어났는지 모른다. 거기에 소란이 일어나서 정보원이 체포됐는지 그건 잘 모르겠지만 자루비나 같은 인물이 죽었다면 아마 좋은 소식은 아닐 것이다. 이제 신원도 확인되지 않은 미치광이가 기적적으로 파리에 나타나서 SVR과 접촉을 요구하고 있다. 그는 그 말은 믿지 않았다. 이건 분명 함정일 것이다. 미국인들은 지금 공격적으로 나오고 있는데 아마 프랑스와 작당했을 것이다. 그는 매복, 도발, 그들이 파견한 이중간첩의 냄새를 맡았다.

주가노바는 책상 뒤에서 진땀을 흘리고 있는 레지던트가 겁을 내면서 그저 출세와 자리보전에만 눈이 멀어 있다는 걸 감지했지만, 그녀는 야세네보가 행동에 나서게 만들어야겠다는 굳은 결심이 서 있었다. 파리 레지던트가 움직이지 않는다면, 적어도 모스크바에 이 미치광이의 출현에 대해 자세하게 보고한 전보를 보내서 그들이 결정하게 하자고 설득했다. 그녀가 서열이 더 높기도 하고 아직 야세네보에 영향력이 남아 있기 때문에 레지던트는 한발 양보해서 함께 센터에 보내는 긴급 메시지를 작성했다. 모스크바가 응답하려면 길면 하루 정도 걸릴 것이다. 주가노바는 한 시간을 기다린 후에, 보안선으로 아들에게 전화를 걸어서 다 이야기해줬다.

"내가 파리로 가겠어요." 주가노프가 말했다. 그는 트리톤의 파리 전화번호를 원했다.

"그런 건 아예 생각도 하지 마. 넌 직장에 남아 있으라는 지시를 받았잖아. 이동할 수 없어." 주가노바가 쏘아붙였다. 그녀는 자신의 소중한 아들이 아주 위험한 상황에 있는 것도 알지만, 지시에 따르면서 이 난국에서 살아남는 것이 중요하다는 것도 알고 있었다. SVR에서 살아남는 건 쉽지 않다. 에카테리나는 밑에서 잠자던 괴물이 어떻게 무시무시하게 빠른 속도로 나타나서 범법자들을 잡아먹는지 알고 있었다. 첩보부에서 40년간 일하면서 그녀는 규칙을 따랐고, 정치적으로 위선적인 말을 거침없이 했고, KGB 자문 위원회에서, 중앙 위원회에서, 그리고 당의장 사무실에서 잔인한 남자들보다 더 잔인하게 굴어서 지금까지 살아남았다.

그래서 다음 날 파리 교외인 뇌이에 있는 그녀의 아파트에 아들이 나타났을 때 에카테리나는 경악과 분노로 아들을 맞았다. 아들은 허름한 코트와 헐렁한 바지를 입은 누추한 행색에 면도도 하지 않았다. 멀건 아들의 눈을 보고 그녀는 아들이 지금 루비안카 감옥에 있을 때처럼 예측할 수 없고 잔인한 상태라는 걸 알았다. 센터는 이미 레지덴투라에 주가노프가 파리로 가고 있다는 주의보를 보냈다. 주가노프는 SVR 수사관들이 수사를 진행하면서 여행을 금지시킨 걸 위반하고 민간인용 여권을 가지고 브누코바 공항을 떠난 것이다. 센터는 파리 레지덴투라에게 주가노프를 호송하라고 지시했다. 그가 대사관에 나타나면 즉시 공항으로 데려가서 모스크바행 비행기로 보내라는 뜻이었다. 주가노프는 공식적으로는 도망자가 아니었지만, 즉시 돌아가지 않는 한 트리톤과의 결과가 어떻게 나오건 파멸할 거라는 걸 에카테리나는 알고 있었다. 그녀는 아들을 신고해서 살리겠다고 결심했다.

주가노프는 이제 생각을 이성적으로 하는 건 고사하고 제대로 생각도 못하는 상태였다. 그는 단지 그 내부첩자의 이름을 밝히겠다는 자신의 동물적인 욕구만 의식하고 있었고, 명령을 위반하고 러시아를 빠져나가 미국 첩보원들이 매복하고 있을지도 모르는 곳으로 위험하게 뛰어들어야 하는 게 유일한 길이라면, 그렇게 할 것이다. 그의 어머니는 고상한 아파트 한가운데 서서 중앙 위원회에서 하는 말투로 그때그때 하고 싶은 말과 감정의 파고에 따라 강철처럼 단조롭게 말하다 목청이 터져라 고함을 지르며 말하고 있었다. 그녀는 마흔이 넘은 아들이 어리석게 그녀의 말을 듣지 않고, 국가의 법을 어기고 온 것에 격노해서 고함을 지르고 있었다. '머리에 똥만 찬 놈 같으니라고.'

에카테리나는 거실의 사이드 테이블로 걸어가서 전화기를 들었다. 숲 건너편에 있는 근처 대사관 경비가 2분 내로 도착해서 필요하다면 아들을 고리버들 빨래 바구니에 처박아서라도 다시 고국으로 데려갈 것이다. 그녀는 전화 교환원에게 자신의 신분을 밝히고 레지던트로 연결해달라고 부탁했다. 그게 그녀가 분명하게 기억하는 마지막이었다. 주가노프가 어머니 뒤로 다가와서, 주먹을 휘둘러 그녀의 목 옆을 쳤다. 그녀는 신음하며 전화기를 떨어뜨리고 쪽모이 세공마루 바닥으로 쓰러졌다. 그녀는 고개를 흔들면서 주가노프를 올려보다가 지하 감방에 있던 수많은 죄수들이 본 걸 봤다. 한밤중에 도살자의 이글거리며 쏘아보는 눈빛. 하지만 그 어떤 어머니도 아들의 얼굴에서 그런 눈빛을 보고 싶지 않을 것이다. 주가노프는 벽에 붙어 있는 전화기를 뜯어버렸다.

에카테리나는 간신히 일어나 비틀거리며 목을 잡고 자신의 침실로 걸어갔다. 침실 탁자 위에 전화기가 한 대 더 있었다. 주가노프는 뒤에서 사납게 그녀를 침대로 밀어버렸다. 에카테리나는 비명을 지르면서, 그의 이름을 부르며, 그의 눈에 불타고 있는 광기를 돌파해보려고 애를 썼다. 난쟁이 아들은 그녀의 몸 위로 훌쩍 뛰어올라와 손가락으로 세탁소에서 가져온 비닐로 싼 옷을 훑었다. 그는 그 부풀어 오르는 비닐로 그녀의 머리를 한 번, 두 번, 세 번 싼 후에 턱 밑에서 단단히 묶었다. 그리고 그녀의 눈이 커지면서, 입을 벌려 플라스틱을 빨아들이고, 고개가 좌우로 흔들리면서 필사적으로 숨을 쉬려고 하는 모습을 지켜봤다. 그는 어머니의 몸 위에 올라타고 그녀의 들썩이는 숨이 느려질 때까지, 그녀가 발길질을 멈출 때까지, 그리고 익숙한 전율(주가노프에게는 익숙한)이 그녀의 몸을 통과해서 비닐 너머로 그를 빤히 바라볼 때까지 세게 눌렀다. 그는 몸을 굴려 그녀에게서 벗어난 후에 그녀의 주머니를 뒤졌다. 너무 쉬웠다. 트리톤의 전화번호를 확보했다. 그는 즉시 아파트를 나가야 한다는 걸 알고 있었다. 그는 급히 나가는 길에 서랍을 뒤졌다.

그가 아파트에서 걸어 나갈 때 러시아 대사관 소속 푸조가 서는 게 보였다. 차에 외교관 번호판이 붙어 있었고, 차에 타고 있는 사람들의 둥근 머리를 보니 확실했다. 그들은 그의 어머니를 찾았지만 확실하게 그를 범인으로 지목하지는 못할 것이다. 프랑스 경찰이 그를 취조하고 싶어 하겠지. 하지만 그건 중요하지 않다고 그는 자신에게 말도 안 되는 소리를 했다. 그는 예고로바가 CIA의 돈을 받아먹고 있다는 증거를 가지고 모스크바로 금의환향할 것이다. 그는 혐의를 벗고, 축하받고, 승진할 것이다. 문득 '트리톤을 데리고 같이 돌아갈까'라는 무모한 생각이 들었다. 푸틴의 트로피 벽에 걸 선물로 가지고 가면 어떨까 하는 생각이 튀어나왔다.

주가노프는 재빨리 롱샴 거리의 상점들과 아파트들을 지나 뇌이 다리 지하철역으로 가서 그곳을 벗어났다. 덜컹거리는 지하철을 타고 파리 중심지로 돌아가면서(그는 오스망 대로에 있는 라파예트 백화점의 공중전화에서 트리톤에게 전화할 계획이었다) 전축 레코드판처럼 빙글빙글 돌아가는 그간의 기억들을 정신없이 되짚어봤다. 여러 가지 일들이 한꺼번에 떠올랐다. 반역자 솔로비요프가 사라진 일. 예고로바가 푸틴의 초대를 받은 손님이라는 것. 트리톤의 워싱턴 접선이 결딴난 일. 자루비나의 죽음. 트리톤이 파리에 나타나 연락을 요청한 일. 어머니의 전화. 그가 파리로 온 것. 그리고 어머니와 해묵은 문제들을 청산한 것. 오늘 밤 그는 트리톤과 이야기를 할 것이고, 승리해서 모스크바로 돌아갈 수 있을 것이다. 푸틴과의 문제들은 사라지고, 예브게니에 관련된 비난도 희미해질 것이다.

그가 몰랐던 건 러시아연방 대통령도 자기만의 시간표가 있다는 것이었다.

블랑켓 드 보
껍질을 벗긴 알이 작은 양파와 얇게 썬 버섯을 물과 버터에 윤이 나고 부드러워질 때까지 끓인다. 네모로 썬 송아지 고기, 뭉텅뭉텅하게 썬 양파, 당근, 셀러리, 향초 다발에 물을 붓고 한 번 팍 끓인 후에 송아지 고기가 포크로 찍어 먹을 수 있을 정도로 부드러워질 때까지 뭉근하게 다시 끓인다. 체에 받쳐 고기의 물기를 빼고, 육수는 그대로 보관하고, 채소와 향초 다발은 버린다. 루를 만들어서 육수에 넣은 후, 소스가 걸쭉해질 때까지 끓인다. 거기에 양파, 버섯, 크림, 소금, 후추와 송아지 고기를 넣고 계속 뭉근하게 끓인다. 달걀 노른자를 저어서 스튜에 넣고 끓이진 않는다. 거기에 레몬주스를 넣고 감자 퓌레나 흰 쌀밥과 같이 낸다.

41

도미니카는 스트렐나의 목이 더러운 올리가르히들의 구애와 금방이라도 부서질 것 같이 건조한 머리의 여자들이 저녁을 먹고 은제 이쑤시개로 이를 쑤시는 시끄러운 소리와 파자마만 입은 대통령이 밤중에 찾아와 하는 애무로부터 해방됐다. 그녀는 상트페테르부르크에서 첫 비행기를 타고 샤를 드골 공항에 도착해 CIA의 센트리 번호로 전화해서 지명인의 이름을 다시 불러주면서 교환원에게 지금 파리에 있다고 말하고 그녀가 묵는 호텔 이름과 새로 구입한 핸드폰 번호를 불러줬다. 네이트가 도착하는 데 48시간이 걸렸다.

지난번에 도미니카가 마레 지구에 있는 잔다르크 호텔에 묵었을 때 그녀는 자갈길 위로 끌려가 가죽점퍼를 입은 장발 깡패에게 발로 차였다. 그는 주가노프가 그녀를 죽이라고 보낸 자였다. 도미니카는 검은 재킷을 입은 두 번째 공격자의 가슴에 총알을 박을 때 찰칵 소리가 나던 그녀의 립스틱 권총이 떠올랐다. 이제 그녀의 핸드백에는 한 발씩 쏠 수 있는 그런 전기 권총 립스틱(급히 떠나서 이것이 그녀가 챙겨올 수 있는 유일한 무기였다)이 두 자루 들어 있었다. 그 립스틱 권총 안에는 진짜 립글로스도 들어 있다. 하나는 러시안 레드고, 다른 하나는 누드 핑크다. 하나는 트리톤, 또 하나는 주가노프를 위해.

'그래서 이제 스패로우 도미니카는 암살범 도미니카, 푸틴의 창녀 킬러가 됐지. 이거야말로 천지개벽할 일이지.' 그녀는 그 생각을 하면서 호텔 침대 위에 놓인 그 사악한 작은 튜브들, 그녀의 첩보부에서 지급한 악마의 도구들을 바라봤다. 그녀는 전에도 네이트와 게이블을 구하기 위해 사람들을 죽였지만 이번은 다르다. 주가노프는 여행할 때 그런 것처럼 도망 다닐 때도 무장하고 있을까? 그가 그녀를 파멸하고 싶은 만큼 그녀도 그를 경멸하지만, 그의 관자놀이에 립스틱 권총을 대고 쏠 수 있을까? 그녀가 거리에서 트리톤 옆을 지나쳐서, 그가 지나가게 둔 후에, 핑그르르 돌아서 그의 뒤통수에 대고 쏠 수 있을까? 그녀는 할 수 있다고, 그녀나 네이트를 보호하기 위해 죽일 거라고 생각했다. 그녀는 그녀가 증오한 모든 걸 파괴할 것이다. 하지만 어떤 대가를 치르게 될까?

그녀의 상사들, 그녀의 정보부, 성큼성큼 걸어가는 푸른 눈의 유도 선수에 대한 격노가 지금까지 그녀를 지탱해줬다. CIA 친구들을 위해 그 막대한 정보에 접근하는 것이 그녀의 영혼을 희생시킬 가치가 있는 일일까? 네이트는(냉소적이고, 영리하고, 정열적인) 그녀에게 아무것도, 세상의 모든 비밀도 그녀의 영혼을 희생시킬 가치는 없다고 말할까? 그가 그럴까?

우드린카가 방구석에 서서 창밖을 내다보고 있었다. 그에게 물어보지 그래? 그녀가 말했다.

방문을 조용히 노크하는 소리가 들렸다. 도미니카는 문으로 가서, 체인을 풀고, 립스틱을 옆에 든 채, 문을 열었다. 네이트가 옷깃을 세운 얇은 코트를 입고 주머니에 손을 넣은 채 거기 서 있었다. 그의 보라색 후광이 복도를 채우고 있다가 방으로 밀려들어와 그녀 주위를 빙빙 돌았다. 그는 그녀를 보고 미소 짓고 있다가 들고 있는 립스틱을 봤다.

"그게 내가 생각하는 그거예요? 호텔 청소부가 수건을 조금 갖다 줬다고 그래요?" 네이트가 러시아어로 속삭였다. 도미니카는 고개를 흔들었다.

"바보, 난 방금 당신 생각을 하고 있었어요." 도미니카가 말했다. 그녀는 그를 안으로 끌어당기고, 문을 닫은 후에, 립스틱을 침대 위로 던졌다. 그리고 그의 목을 두 팔로 안아서 키스했다. 그의 입술의 감촉, 그녀를 껴안은 그의 팔의 감촉으로 그녀의 머리가 빙빙 돌았다. 둘은 떨어져서 잠시 말없이 서로를 봤다. 그러다 네이트가 그녀의 머리를 두 손으로 안고 다시 키스했다. 도미니카가 몸을 뗐다.

"잠깐만요. 한나가 죽던 날 밤 내 목숨을 구해줬다는 말을 하고 싶어요." 도미니카가 눈물이 솟구치는 눈을 빠르게 깜박이며 말했다.

"난 알고 있었던 것 같아요." 네이트가 말했다.

"감시팀이 날 발견하지 못하게 한나가 유도했어요. 난 100미터 떨어진 곳에 있었고. 놈들이 흥분했다가 한나를 차로 치어버렸어요. 아마 사고였겠죠." 도미니카가 말했다.

"뉴햄프셔에서 하는 장례식에 갔어요. 한나의 가족은 모두 너무나 큰 충격을 받았죠." 네이트가 말했다. 그의 눈도 눈물에 젖어 있었다. 그들은 서로 마주봤고, 도미니카가 '그녀에 대해 알고 있어요'라고 소리 없이 말하자 네이트도 '미안해요'라고 소리 없이 대답했다. 둘은 한나를 위해 더 이상 그 이야기는 하지 않았다.

"여긴 어떻게 이렇게 빨리 왔어요?" 도미니카가 물었다.

"우린 앙주빈이 도망친 날 여기로 왔다는 걸 알고 있었어요. 게이블과 난 파리에 온 지 이틀 됐어요. 벤포드는 어젯밤 도착했고. 우리가 시내를 이 잡듯이 뒤지고 있어요. 당신에게 계속 스라크 메시지를 보냈는데." 네이트가 말했다.

“장군을 해변에 데리고 간 후로 난 스트렐나에 꼼짝없이 갇혀 있었어요. 장군은 안전해요?” 도미니카가 물었다.

“골칫거리긴 하지만 안전해요. 벤포드는 당신이 탈출 계획을 쓰지 말라는 지시를 무시했다고 크게 걱정하고 있었어요. 이제 당신이 쓸 수 있는 비상 탈출 계획이 없어요.” 네이트가 말했다.

도미니카는 어깨를 으쓱했다. “앙주빈은 누구죠?” 그녀가 말했다.

“당신은 트리톤이라고 알고 있는 인물.” 네이트가 말했다.

“내게 트리톤의 핸드폰 번호가 있어요. 그자가 대사관에 준 번호.” 도미니카가 그걸 기억해내고 재빨리 말했다. “내가 스트렐나를 떠나기 전에 그들이 내게 그걸 줬어요.” 네이트는 즉시 미국 대사관에서 전화와 이름 추적을 하고 있던 게이블에게 전화로 알렸다.

“난 이 번호로 전화해서, 센터에서 보낸 러시아인인 척하고 만날 거예요.” 도미니카가 말했다.

네이트는 그녀의 얼굴에 떨어진 머리카락 한 가닥을 쓸어 넘겼다. “뭘 하려고요? 그 사람을 감옥에 보내게요?” 네이트는 미소를 지으며 물었다.

도미니카는 네이트가 그녀의 머리를 만지작거리는 걸 멈추길 기다렸다. “아뇨, 그를 죽이려고.” 네이트는 머리카락을 만지던 걸 멈췄다. “그리고 주가노프를 죽이러 갈 거예요. 그는 어젯밤 늦게 여기 도착했어요.”

네이트가 그녀의 손을 잡았다. “그건 좀 야심찬 계획인데요, 그렇지 않아요?”

“당신은 그렇게 생각해요?” 도미니카가 손을 빼면서 물었다. “푸틴의 명령이에요.” 그녀는 푸틴이 밤중에 그녀의 방에 왔다는 것도 포함해서, 그가 내린 지시들과 그녀를 진급시키겠다는 약속까지 모든 걸 간단하게 설명했다. 네이트의 후광이 번쩍였고 도미니카는 미소가 나오려는 걸 참았다.

"그자가 당신 잠옷에 손을 넣었다고요?" 네이트가 말했다.

"질투한단 말은 하지 말아요." 도미니카가 말했다. 그리고 그의 팔에 손을 댔다. "난 자기가 질투할 때 매력 있더라."

파리에 도착한 지 한 시간 후에 네이트와 게이블은 파리 지부장인 고든 곤도프의 사무실에 서 있었다. 곤도프의 직속 부하로 오랫동안 고통받고 있는 에버솔이란 고위 작전 요원이 방구석 벽에 기대어 서 있었다. 그는 게이블이 아시아 근무를 할 때 조금 인연이 있는 사이였다. 네이트는 게이블이 그와 악수를 하고 등을 두드려주는 걸 봤다. 그건 게이블식 암호로 이 요원을 좋아하고 인정한다는 뜻이었다. 게이블의 행성에는 두 개의 달이 떠 있었다. 그가 인정하는 사람이거나 아니면 무지하다고 생각하는 사람.

지부장은 또 다른 문제였다. 네이트는 모스크바 이후로 고든 곤도프를 만난 적이 없었다. 그때 네이트에게 앙심을 품은 곤도프가 아주 부당하게 곧바로 그의 해외 근무 기간을 단축시키고 본부로 보내버렸다. 곤도프는 (일반적으로는 곤바보로 알려진) 항상 히스테리 상태로 작전에 대한 두려움에 사로잡혀 있는 화상이었다. 곤도프에게는 모두(상관들, 부하들, 동료 지부장들, 주재국의 연락책 요원들) 골칫거리이자 힘차게 기차처럼 달려가는 그의 경력을 조만간 탈선시킬 잠재적인 라이벌로 알고 있었다(그냥 그렇게 본능적으로 알고 있었다).

그는 휘펫(그레이하운드와 비슷하게 생긴 날쌘 개-옮긴이)처럼 생긴 얼굴에 키가 작았고 점점 가늘어지는 머리카락을 조심스럽게 빗어 넘겼다. 손톱 밑은 항상 물어뜯어서 너덜너덜했고, M&M 초콜릿 같은 두 눈은 너무 가까이 붙어 있었고, 지부에서는 '순례자의 신발'이라고 수군대는 옆 부분이 이상하게 높은 간편화를 작은 발에 신고 있었다. 곤도프는 도통 직원들이 무슨 생각을 하고, 무슨 말을 하고, 무슨 행동을 하는지 전혀 의식하지 못했다. 지부장으로서 곤도프의 기교를 나타내는 대표적인 상징은 그의 사무실 벽에 걸린 대형 포스터로 거기엔 나뭇가지에 앞발을 건 아기 고양이 한 마리가 대롱대롱 걸려 있었다. 그리고 그 윗부분에 '꿋꿋이 버텨라, 베이비!'라는 큰 글자가 찍혀 있었다.

그를 다시 보자 네이트는 곤도프가 어떻게 전 남미 지부를 잘못 관리하고, 오판하고, 방치해서 없애버렸는지에 대한 이야기를 들은 기억이 났다. 그는 그 지부 내에서 터무니없는 명령을 내리는 걸로 악명이 높았다. 곤도프의 열두 가지 규칙은 각 지부와 지부장들이 말썽도 일으키지 않고, 소란도 부리지 말고, 스캔들도 없게 하라는 것이었다. 따라서 서글프게도 어떤 작전도 성공할 수 없었다. 그렇게 남미 지부를 말아먹는 수완을 부린 곤도프는 형틀을 차고 본부 빌딩 앞에 있는 기념 공원에 전시돼야 마땅했다. 대신 고위 간부 인사에 대한 인사부의 아무도 흉내 낼 수 없는 독특한 관습에 따라 그가 워싱턴에 발을 들이지 못하도록 명망 높은 파리 지부로 발령받았다(그런 식으로 지나치게 까다롭고 시끄러운 프랑스인들을 괴롭게 만들었다).

곤도프에게 절박하고 위험한 작전에 대해 브리핑하는 것은 항상 풀을 뜯어먹고 있는 사슴에게 몰래 접근하는 것처럼 아주 힘든 일이었다. 너무 빨리 너무 직설적으로 말해버리면 그는 위험을 감지하고 곧바로 달아나 버릴 것이다. 네이트는 곤도프에게 트리톤이 파리로 탈출했고, 중요한 정보원이 위험에 처했다는 이야기를 하면서 도미니카의 이름은 언급하지 않았다. 곤도프가 들으면 오줌을 지릴 테니까.

그리고 네이트는 10분 동안 기다렸다. 곤도프는 책상 뒤에 앉아, 손가락을 만지작거리고 있었고, 네이트는 지금 그가 머리를 사정없이 굴리고 있다는 걸 알고 있었다. 네이트는 부지부장인 에버솔을 힐끗 봤는데 그의 얼굴은 이스터 섬의 석상처럼 무표정했다. 분명 곤도프 지부라는 지하 벙커 같은 환경에서 살아남기 위해 익힌 행동이겠지.

"그래서 우리가 단독으로 앙주빈의 핸드폰을 추적해야 합니다. 프랑스인들에게 가서 우리 정보원을 노출시킬 위험을 무릅쓰고 싶지 않아요. 그리고 경찰 없이 우리가 직접 이자를 찾아야 하고. 그것도 빨리 해야 합니다." 게이블이 곤도프에게 말하고 있었다.

"자네가 원하는 것과 앞으로 벌어질 일은 완전히 다른 일이지." 곤도프가 말했다. 그의 목소리는 기니피그가 하는 말처럼 가늘게 떨리고 있었다. 기니피그가 말할 수 있다면 말이다. "난 자네들의 첩자 사냥 때문에 프랑스인들을 화나게 하는 모험을 할 수 없어. 자네들이 애초에 그놈을 놓쳐선 안 되는 거였잖아." 그는 그들의 반격을 저울질하면서 방 안에 있는 얼굴들을 훑어봤다. 하지만 게이블의 반격은 계산에 넣지 않았다.

"이제 내 말 단단히 들어요, 지부장. 우리 정보원의 목숨이 걸린 일이요. 어쩌면도 아니고, 나중에도 아니고, 지금 당장." 게이블이 일어서서 책상 앞에 기댔다. "당신이 당신 똥구멍에 박힌 그 시멘트를 꺼내지 않겠다면, 내가 여기 에버솔을 데리고 2층으로 올라가서 그 핸드폰 번호를 추적하고 그 망할 놈의 핸드폰 위치를 추적할 거요. 우리가 놈이 있는 곳을 찾아내면, 그다음에 네이트와 내가 당신의 무기 사물함에 있는 브라우닝 두 정을 꺼내서, 거리로 나가, 놈을 찾을 거요. 만약 그 정보원의 목숨을 구하기 위해 누군가 쏴야 한다면, 이 대사관 안이건 밖이건, 난 당장 쏴버릴 거요." 게이블의 아주 짧게 깎은 머리가 곤도프를 내려다봤다. 곤도프는 그의 눈을 외면했다.

곤도프는 조용히 머릿속으로 본부에서 온 이 투박한 인간이 방금 저지른 대여섯 개나 되는 심각한 규정 위반들을 표로 만들고 있었는데, 그중 가장 중요한 건 그를 해치겠다는 은근한 협박이었다. "너희 두 얼간이에게 조용히 물러나라고 명령한다. 둘 다 내 지부에서 그리고 이 나라에서 당장 나가." 그게 이 로트와일러(덩치가 크고 사나운 개-옮긴이)가 그의 책상 위에서 침을 흘리고 있는 상황에서 그가 할 수 있는 최선이었다.

네이트가 일어섰다. "여기서 나가죠." 그가 게이블에게 말했다.

"시몬 벤포드 부장이 오늘 밤 도착합니다. 부장에게 우리가 뭘 하고 할 수 없는지 말해요." 게이블이 벤포드에게 말했다. 그리고 부지부장에게 돌아섰다. "같이 2층으로 가서 작업을 시작할 수 있겠나?"

지난 5분간 에버솔 역시 조용히 머릿속으로 이곳의 지각 변동을 계산하고 있었다. 그는 무엇이 옳은 일인지, 뭘 해야 할지 알고 있었다. 만약 앙심을 품은 곤도프가 그를 본부로 보낸다면 그거야말로 축복일 것이다. "브라우닝은 재고가 없어요. 하지만 9밀리미터 헤클러&코흐 P2000은 두 자루 있어요." 에버솔이 말했다.

"권총집은 뭐가 있지?" 게이블은 곤도프를 골려주려고 일부러 물었다.

"나일론 비앙키 벨트 권총집. 최고죠." 에버솔이 말했다.

"어서 가자고." 게이블이 말했다.

그들이 한 줄로 서서 나가는 동안 열이 나서 씩씩거리는 곤도프가 네이트에게 삿대질을 했다. "네이트, 넌 항상 개판이었어."

그 말을 듣고도 곧바로 증오나 분노가 일지 않는다는 걸 깨달은 네이트는 그가 곤도프를, 신입 요원이었을 때 겪었던 불안을 극복했다는 걸 알았다. 그는 이제 곤도프는 꿈도 꿀 수 없는 대형 작전에서 맹활약하고 있다. 네이트는 문 앞에서 멈춰 섰다. "고든, 우리가 지난번 같이 일한 후로 우리 관계가 나아지지 않았다는 게 개인적으로 아쉽군요. 그때 당신은 거리를 무서워했던 기억이 나는데. 변한 게 하나도 없군요." 그가 말했다.

네이트는 나가면서 벽에 있는 그 우스꽝스러운 포스터를 톡톡 쳤다. "꿋꿋이 버텨요, 베이비." 그가 말했다.

그들은 앙주빈의 미국 핸드폰을 추적하는 데 실패했지만, 다음 날 도미니카가 알려준 앙주빈의 선불 프랑스 핸드폰을 조회한 결과 14분 만에 찾아냈다. 지부는 네트워크 다운링크의 신호 강도를 토대로 앙주빈의 핸드폰 위치를 찾아낼 수 있었다. 그들은 그의 핸드폰이 주로 생루이 섬 어딘가에 있다고 판단했다. 10만 제곱미터에 달하는 그 섬에는 이동 전화 기지국이 없기 때문에 정확한 위치를 찾아낼 수 없었고, 그곳에 4구와 5구 사이의 경계선이 존재해서 더욱 더 추적하기가 힘들었다. 센 강의 양쪽 섬은 신호가 잘 잡히지 않는 지역이었지만 어쨌든 그걸로 그가 거기 있다는 단서는 나왔다. 그 지역 근처에서 역방향으로 재빨리 추적해보긴 했지만 앙주빈의 흔적은 없었다.

생루이 섬. 그 개자식이 항공모함의 비행갑판 네 개 크기인 그 지역 어딘가에 있는 건 분명했다. 넓은 거리가 세 개 있는 그 섬은 다섯 개의 다리를 통해 좌안과 우안으로 연결된 곳으로 파리 한가운데서 쉽게 눈에 띄지 않고 배타적인 곳이다. 이곳에 소를 키우던 15세기 방목장, 석탄 더미를 쌓아둔 보관소, 왕족이 매를 날려 보내던 발코니들이 있던 15세기 중세의 뿌리에서 생긴 우아한 17세기 시대 슬레이트 지붕의 바로크식 아파트들이 있다. 게이블과 네이트는 좁은 일방통행로를 두 번씩 걸어 다니면서, 미늘창의 덧문들과 사자머리 놋쇠 노커가 달린 우아한 오크 문들을 지나쳐서 오후의 햇살을 피해 가게 주인들이 쳐놓은 줄무늬가 있는 차양 밑으로 쓱 들어갔다. 그들은 치즈나 빵을 높이 쌓아놨거나 와인 병들이 있는 예스러운 상점 창문들을 하나씩 세면서 얼마만큼 왔는지 계산하며, 굵은 실로 짠 백을 들고 팔 밑에 바게트를 끼고 초저녁 쇼핑을 다니는 사람들 사이를 걸어 다녔다. 앙주빈의 얼굴이 그들의 뇌리에 박혀 있었고, 프라이팬처럼 넓적하고 밋밋한 키 157센티미터의 주가노프를 찾아 다녔다. 벤포드가 우겨서 러시아 분석가들이 주가노프의 사진을 찾아냈다.

벤포드는 선글라스를 쓰고, 레인코트를 입고, 노트르담 성당 북쪽에 있는 수십 개의 선물 가게 중 한 곳에서 산 베레모를 쓴 별난 옷차림을 하고 그들을 향해 다가왔다. 게이블이 벤포드에게 포르노 책방 주인처럼 보인다고 말했고 벤포드는 무시해버렸다. 벤포드는 곤도프 지부장과 한판 해서 기분이 더러운 상태였다. 벤포드는 곤도프를 보니까 도롱뇽이 제 꼬리를 자르고 나뭇잎 밑으로 꿈틀거리며 기어가는 걸 지켜보는 것 같았다고 표현했다. "난 그 자식을 합법적인 이유로 해외 근무에서 빼라고 권할 작정이야. 그 자식은 발리우드(인도 영화 산업을 일컫는 말-옮긴이)에서 무희로 스톡모턴과 새 인생을 시작할 수 있겠지." 벤포드가 말했다.

그들은 와인 바 안에 고리버들로 만든 테이블 앞에 앉아 있었다. 벤포드는 창을 등지고 있었다. "디바는 어디 있어?" 벤포드가 물었다.

"이제 막 들어왔어요. 그녀는 강 건너편 마레 지구의 호텔에 있어요. 걸어서 15분 거리예요." 네이트가 말했다. 네이트는 그에게 주가노프에 대해, 푸틴에 대해, 대통령이 도미니카에게 어떤 지시를 내렸는지 말했다.

벤포드는 한동안 아무 말도 하지 않았다. "전례 없는, 일생에 한 번 올까 말까 한 접근권이군. 하지만 까딱 잘못하면 잃어버릴 수 있어. 그녀를 잃을 수 있다고. 우리가 앙주빈과 주가노프의 만남을 덮치지 않으면 그건 물 건너가는 거야. 난 그녀를 배짱으로 버텨보라고 다시 모스크바로 보내는 모험은 하지 않을 거야." 벤포드가 말했다.

"도미니카가 도망치지 않을 거라는 건 아시잖아요. 결코 그런 일은 하지 않을 겁니다." 네이트가 말했다.

"결코 일어나지 않을 일이란 없어." 게이블이 말했다.

"이건 그래요. 난 도미니카를 알아요. 모두 저를 야단치시지만, 어쩌면 전 그녀가 뭣 때문에 그러는지 그 이유를 알 것 같아요. 그녀는 절대로 그만두지 않을 겁니다." 네이트가 말했다.

"나도 도미니카가 그러지 않을 거라는 건 알아. 자발적으로 그러진 않겠지. 놀라운 여자야." 벤포드는 그렇게 말하고 의자에 등을 기대고 앉았다. "어쨌든 우리는 어떤 화물이 오랜 항해 끝에 도착해서 구매한 쪽에서 받아서 아주 힘들게 육상 운송을 끝내고 지금 우리가 이야기를 하는 순간에도 설치되고 있다는 소식을 들었어. 그걸 도미니카에게 전해줘. 도미니카가 그렇게 될 수 있게 해낸 거니까." 벤포드가 말했다.

"그래도 그녀는 그만두지 않을 겁니다." 네이트가 말했다.

벤포드는 손을 저으면서 그 말을 무시해버렸다. "네이트, 그 섬에 방을 하나 잡아. 도미니카는 거리 외출을 삼가야겠지만, 자네 둘 중 하나가 그녀와 항상 같이 있었으면 해." 그들은 맥주를 주문하고 웨이터가 맥주를 따라줄 때까지 기다렸다.

벤포드는 선글라스를 벗었다. "앙주빈을 막는 데 오늘 밤과 그리고 어쩌면 내일까지 시간이 있을 거야. 그걸 막지 못하면 나는 도미니카의 이름이 모스크바에 있을 거라고 짐작할 거야. 그 배신자의 입술에서 나온 그 이름 말이야. 상황이 그렇게 되면, 둘 중 하나가 그녀를 어깨에 들쳐 메고 미국 대사관으로 데려와. 우리가 그녀를 안전한 곳으로 비행기를 태워서 보낼 거야."

게이블이 맥주를 비웠다. "예를 들어 오늘 밤 앙주빈과 주가노프를 보면요?" 그가 말했다.

벤포드는 선글라스를 다시 쓰고 가려고 일어났다. "그럼 자네들이 디바를 위해 푸틴의 명령을 실행해야지."

네이트는 생루이 섬에 있는 주드 폼 호텔에 방을 잡았다. 그 호텔은 작고, 우아하고, 천장에 윤이 나는 천장 보가 설치돼 있었는데 그 천장 보는 처음에 루이 13세의 핸드볼 코트를 짓는 데 베어낸 나무로 만든 것이었다. 도미니카는 4주식 침대를 의미심장한 눈길로 봤지만, 게이블이 먼저 신발을 벗고 소파 위에 털썩 드러누웠다.

"난 섬을 다시 한 바퀴 돌아보고 올게요." 네이트가 시계를 보면서 말했다. "강의 부잔교들과 동쪽 끝에 있는 작은 공원은 확인 안 했으니까."

게이블이 손을 흔들었다. "돌아오면 내가 나갈게. 전화기 챙겼어?"

도미니카가 코트를 입자 게이블이 고개를 들어 그녀를 봤다. "어디 가려고?" 그가 말했다.

"네이트랑 같이 가려고요." 도미니카가 말했다.

게이블이 고개를 흔들었다. "여기서 나랑 같이 있는 게 나아. 러시아인들이 당신이 네이트랑 같이 거리를 다니는 걸 보면 안 돼." 그는 네이트를 손가락으로 가리켰다. "특히 성적 정체성이 모호한 인간하고는 안 돼."

네이트가 그에게 엿 먹으란 제스처를 했다.

도미니카가 천천히 돌아서 게이블을 봤다. '이런.' 네이트는 생각했다.

"브라톡, 지금 나보고 밖에 나가지 말란 말이에요?"

"그래." 게이블은 도미니카의 불같은 성질이 언제 폭발하는지 잘 모르는 데다 분명 이제 거기에 익숙해져 있었다. "이 일이 끝나기 전까지는 우린 여름 속옷처럼 찰싹 달라붙어 있어야 해."

도미니카는 마치 휘파람 소리를 들은 강아지처럼 머리를 갸우뚱하면서 네이트를 봤다. "당신도 같은 말을 할 건가요?" 그녀가 말했다.

"어두워지면 같이 나갈 수 있어요. 우린 그저 주가노프에게 우리 둘이 같이 있는 걸 보이고 싶지 않아서 그래요. 그는 내가 모스크바에 있을 때 내 얼굴을 봤어요. 당신도 그건 알잖아요." 네이트가 말했다.

도미니카는 팔짱을 꼈다.

"자기만 그런 게 아니야, 귀염둥이. 벤포드도 여기서 멀찍이 떨어져 있으니까. 트리톤이 벤포드의 얼굴을 알거든. 이봐, 우린 여기 그 개자식들을 막고, 당신의 위장 신분을 보호하기 위해 와 있는 거라고." 게이블이 말했다.

"내 신분을 보호하는 길은 내가 주가노프를 찾아서 그놈을 끝내게 놔두는 거예요. 트리톤은 당신들이 체포해서 원하는 대로 해도 좋지만."

"그리고 놈이 재판을 받을 때 당신 이름을 말하라고? 그런 일은 일어나지 않아." 게이블이 말했다.

“그럼 어떻게 할 건데요?” 도미니카가 말했다.

네이트는 찰칵 소리를 내며 헤클러&코흐 P2000을 꺼내 안전장치를 잠그고, 권총을 다시 오른쪽 엉덩이 위에 찬 권총집에 넣었다. “한 시간 후에 돌아올게요.” 그가 말했다.

네이트는 지치고, 춥고, 시장한 상태로 방으로 돌아왔다. 그는 세 바퀴를 돌면서 키가 크고 각진 체격에, 매부리코에, 극적인 헤어스타일을 찾아다녔다. 넓적한 슬라브인의 얼굴에 귀가 툭 튀어나온 러시아 사이코도 찾아보고. 그는 강물과 같은 높이에 있는 부두로 내려가는 포장된 경사로도 둘러봤다. 센 강이 생루이 섬 주위와 그보다 더 큰 시테 섬을 분리하는 수로를 통해 흐르면서 정기적으로 거기 있는 거친 돌들을 씻어 내리고 있었다. 그는 섬의 동쪽 끝에 있는 작은 공원 주위를 돌아다니면서 레바논 삼나무들과 겨울에 듬성듬성 자란 버드나무들을 보고, 강철처럼 파란 강물이 마치 뱃머리에 갈라지는 물살처럼 굴곡진 석재 테라스에 부딪쳐 갈라지는 곳으로 내려가는 넓은 계단도 확인했다.

게이블은 여전히 소파 위에 드러누워 잡지를 읽고 있었다. 도미니카는 침대에 옆으로 누워 눈을 감고 있었다. 그녀는 방에 갇혀서 일종의 소유물 같은 취급을 받고 있는 것에(물론 어떤 면에선 그녀가 그들의 소유물이란 걸 알고 있지만) 화가 났다.

그녀는 그 상황을 마르타, 우드란카, 한나와 토론했다. 모두 그녀와 같이 침대 위에 앉아 있었다. 이거야말로 러시아 인어들의 파자마 파티군. 이들은 자신들이 뭘 하고 있는지 알고 있다고 요원인 한나가 말했다. 인내심을 가져, 현명한 마르타가 말했다. 닥쳐, 열정적인 우드란카가 말했다.

네가 사랑하고 널 사랑해주는 사람이 있는 게 행운인 줄이나 알아.

네이트가 방에 들어왔을 때 게이블의 핸드폰이 울려서 도미니카는 잠이 깼다. 그녀는 침대 위에 일어나 앉아 눈을 깜박였다. 머리는 헝클어져 있었고, 그녀는 모직 치마를 잡아서 내렸다. 게이블이 일어나서 신발에 발을 쑤셔 넣기 시작했다. "대사관에서 벤포드가 건 전화야. 전화로는 말을 안 하려고 하는데 본부에서 무슨 일이 생겼어. 우리가 알아야 할 일이 생긴 거지." 게이블이 말했다.

"어쩌면 푸틴에 대한 새로운 SIGINT(신호 정보)가 들어온 건지도 모르죠." 네이트가 말했다.

"SIGINT라고? 그건 아니야. 스노든이 거기로 넘어간 후로 그건 끝났어. 그 병신이 러시아인들에게 모든 키를 줬거든. 러시아인들이 채널을 다 바꿔버렸어. 우린 발트 해에서 보스포루스까지 개똥 하나 건질 수 없어." 게이블이 코트 벨트를 채웠다. "난 거기 가봐야겠어. 얼마나 걸릴지는 모르고." 그가 슬쩍 빠져나갔다.

"뭘 좀 봤어요?" 도미니카가 말했다. 그녀는 침대에서 내려와 그의 목에 팔을 둘렀다. 네이트는 고개를 흔들었다.

도미니카는 그의 얼굴에 자신의 얼굴을 대고 그의 입술에 자신의 입술을 스쳤다. "나의 간수님, 나를 데리고 나가줄래요? 저녁 식사하러? 난 배가 고파요." 그녀는 팔을 내려서 네이트의 등을 쓸어내렸다.

"난 당신의 간수가 아니에요. 그리고 내 총에서 손 떼요." 네이트가 말했다.

도미니카는 미소를 지으며 한발 물러났다. "당신은 참 머리가 좋다니까, 네잇 씨. 성적 정체성은 모호하지만. 이제 저녁 먹으러 나갈래요?"

네이트와 도미니카는 생루이 섬의 식당에서 눈에 안 띄는 뒤쪽 부스로 갔다. 그들은 앙주빈이 거기서 200미터 떨어진 고모의 아파트에 앉아 거실에 걸린 벽시계를 보고 있다는 건 몰랐다.

샐러드와 흙 맛이 나는 카술레(돼지고기 스튜-옮긴이)와 설탕에 졸인 양파를 곁들인 구운 카망베르 치즈를 먹으며 그들은 도미니카가 그와 같이 미국으로 돌아가서 다시 정착하는 게 좋겠다는 생각에 대해 속삭였다. 도미니카는 와인 잔 너머로 네이트를 봤다.

"모스크바가 내게 사형선고를 내린 상황에서 내가 미국으로 돌아가서 뭘 할 수 있죠? 제5부서 킬러들이 날 찾아다닐 텐데?" 도미니카가 말했다.

"당신은 모스크바로 돌아갈 수 없어요. 두 놈 중 하나라도 멋대로 돌아다니는 상황에선 안 돼요." 네이트가 말했다.

"주가노프는 지명 수배자예요. 트리톤도 그렇고. 난 그동안 내 지위를 공고하게 굳힐 시간이 있을 거예요." 도미니카가 말했다.

"당신은 지금 말이 안 되는 소리를 하고 있어요." 네이트가 말했다. 그는 그녀의 손을 잡았고, 그의 후광이 고동치고 있었다. "지금 이것만으로도 힘들어요. 만약 당신이 계속 일한다면 아마도 러시아 작전 역사상 최고의 정보원이 되겠죠. 하지만 당신의 정체가 발각돼서 그들이 당신을 죽인다면 그게 다 무슨 소용이 있어요. 안 돼요, 도미, 당신이 철수해서 다시 정착해야 한다면, 머리를 비우고 그냥 나와요."

"그게 그렇게 쉽지 않아요. '그냥 나오기가' 쉽지 않다고요." 도미니카가 말했다.

"난 그저 이 일이 어떻게 될지 걱정하고 있는 거예요." 네이트가 말했다. 그의 머리를 둘러싼 후광으로 네이트가 걱정하고 있는 걸 알 수 있었다.

"계산이나 하시죠." 도미니카가 말했다. 논쟁은 나중에 해도 된다. 지금 그 논쟁이 그들 사이를 감돌고 있었다.

그들은 거리로 나와서, 어두워진 상점들과 화랑들을 지났다. 네이트는 여전히 추운 밤 서둘러 집에 돌아가는 몇 안 되는 사람들의 얼굴을 보며 찾고 있었다. 방에 들어와서 아직 코트도 안 벗었을 때 게이블이 전화를 했는데 화난 목소리였다. 그는 두 시간 안에 올 테니까 거기 꼭 붙어 있으라고 했다. '무슨 뉴스를 가지고 올 건데?' 네이트는 생각했다. 그녀를 철수시키라고? 다시 그녀가 모스크바로 돌아가게 놔두라고? 네이트는 그 논쟁을 상상할 수 있었다. 디바에게서 나오는 정보 흐름을 끊지 마. 그녀가 할 수 있는 한 최대한 활동하게 해. 그 건을 엎지 말란 말이야. '변호사들과 정치가들이 그녀의 운명을 결정하게 놔둬.'

그들은 코트를 입은 서로를 바라봤다. 네이트는 망명자들이 새 인생에 적응하는 건 악몽과 같다는 걸 알고 있었다. 해외에서 활동하는 노련한 스파이라도 끊임없이 공격해오는 낯선 문화의 정서를 피할 수 없었다. 엘리베이터의 보이지 않는 스피커에서 흘러나오는 음악, 사람들로 붐비는 쇼핑몰 주차장의 이곳저곳에서 나오는 배기가스, 고국과 물맛이 다른 수돗물, 슈퍼마켓의 시리얼 칸에 있는 눈이 아플 정도로 수많은 색깔들의 습격, 와이드 스크린, 아이폰, 태블릿, 여기저기서 울려대고 삑삑거리는 소리들. 그리고 그의 아름다운 러시아 여자는 좀 더 눈에 안 띄고 외딴 곳에서 새 삶에 적응해야 할 것이다. 네이트는 그녀가 몬타나 화이트피시의 중앙대로를 걸으면서 헛되이 솔얀카, 피로시키, 펠메니 같은 러시아 음식들을 찾는 모습을 상상했다.

그는 그녀를 보고 그 징조를 알아차렸다. 번뜩이는 짙은 청록색 눈과 붉게 물든 뺨. 네이트는 그녀에게 코트를 벗으라고 했지만 그녀가 다가와서 부드럽게 그를 플러시 안락의자로 밀어 넣고, 그의 무릎 위에 다리를 벌리고 앉았다.

"이제 어떻게 할지 내가 설명해줄게요." 도미니카가 말했다.

"아니, 안 돼요. 당신은 담당 요원의 말을 듣고 지시에 따라야 해요." 네이트가 말했다. 도미니카가 그의 어깨에 손을 얹었다.

"무슨 지시?" 도미니카가 말했다. 네이트가 그녀의 코트 옷깃을 잡아당겨 키스했다.

"움직이지 말아요." 그녀가 말했다. 그녀는 그의 재킷 밑으로 손을 넣었고, 그다음에 자신의 셔츠 밑으로 손을 넣어서, 여러 겹의 그의 옷과 자신의 옷 속을 손으로 만져서, 자세를 바꾸고, 다시 조정하고, 잡아당기고, 버튼을 풀고, 지퍼를 내려서, 마침내 불가능한 일이 일어났고, 그녀는 자신의 다리 사이로 그가 들어온 걸 느꼈다. 둘은 옷을 다 입고 부츠까지 신고 있었지만, 동시에 몇 겹의 옷 밑에서 서로 떼어낼 수 없이 연결됐다. 도미니카는 눈을 크게 뜬 네이트를 보며 천천히 그의 위에서 엉덩이를 움직였다. *그녀는 구석에 있는 우드란카를 무시했다.* 그녀의 배 속에서 익숙한 진동이 커져서, 가슴으로 퍼져, 숨을 쉴 수 없었다. 그녀가 할 수 있는 거라곤 그를 향해 허리를 구부리고, 그의 얼굴에 바짝 얼굴을 댄 채, 계속 앉아서, 떨리는 입술에 눈을 감고, 그의 이마에 대고 '해요, 해요, 해요'라고 속삭이는 것뿐이었다. 둘은 같이 움직이기 시작하면서 지구에서 떨어지지 않게 조심하려고 애를 썼다.

"무슨 지시요?" 그녀가 떨리는 목소리로 말했다.

졸인 양파를 곁들인 구운 카망베르 치즈
카망베르 치즈 하나를 박스에서 꺼내서 위쪽 껍질 부분을 얇게 X자 모양으로 자른다. 그 부분에 가늘고 길게 썬 마늘 조각과 백리향의 잔가지를 끼워 넣는다. 치즈를 다시 나무 상자에 넣고, 그 위에 올리브 오일(화이트 와인이나 베르무트도 좋다)을 뿌리고, 구이판 위에 올린 후에 중온으로 맞춘 오븐에 넣어 치즈가 흘러내릴 정도가 될 때까지 굽는다. 버터와 발사믹 식초에 졸인 얇게 썬 양파와 같이 낸다.

42

그들은 몇 분이 지난 후에 다시 움직였다. 둘은 방금 너무 더운 호텔 방에서 스웨터와 코트를 포함해 겨울옷을 입은 채 섹스를 해서 숨이 막힐 것 같았다. 이 건물이 마지막으로 한증탕으로 사용된 건 1634년이었다. 네이트가 샤워를 하자고 제안했을 때 도미니카는 다시 차가운 밤바람이 부는 밖으로 나가서 낭만적인 작은 섬을 둘러보며 산책도 하고, 다리를 건너 생제르망 데프레로 가서 밤늦게까지 하는 센 강 좌안의 작은 식당에서 와인을 한잔하는 게 어떠냐고 받아쳤다. 네이트는 도미니카가 긴장하고 흥분한 걸 알았다. 그것은 단순히 격렬한 정사가 끝난 후에 흥분을 가라앉히기 위해 바람이나 쐬자는 제안이 아니라 거리로 돌아가는 것 자체가 그녀에게 힘을 주기 때문이었다. 그녀는 말은 안 했지만 첩보원으로서의 인생이 갑자기 끝나버릴 수 있다는 걸 알고 있었고, 그걸 지키기 위해 싸울 준비가 돼 있었다.

도미니카는 네이트의 팔짱을 끼고 같이 호텔을 나갔다. 항상 그렇듯이 텅 빈 거리를 걸으며 내내 양쪽을 살폈다. 그들은 오른쪽으로 돌아서 시테 섬을 향해 갔다. 노르트담 성당은 불이 켜져 있을 것이고, 그들은 난간에 연인들이 채워놓은 수백 개의 자물쇠가 달린 '러브록' 다리를 건너갈 수 있었다. 그 섬의 서쪽 끝에 있는 작은 광장에 가까워졌을 때 거리에 있는 사람은 그들뿐이었다. 작은 식당들과 맥줏집들은 모두 어두웠고, 보도 옆에 테이블과 의자들이 쌓여서 체인에 묶여 있었다. 자정이 다 된 시각이었고 공기는 차가워졌다. 강에서 바지선 한 척이 통통거리는 디젤 엔진 소리를 내며 왼쪽 물길로 내려가 우아한 가로등의 불빛이 강물에 비친 풍경을 가리고 있었다.

도미니카가 갑자기 네이트를 한 팔로 잡고 빙 돌려서, 그의 머리를 두 손으로 껴안고 키스했다. 네이트도 그녀에게 키스하다가, 몸을 떼면서 그녀를 놀리려고 했지만, 도미니카는 그의 머리를 놔주지 않고 계속 얼굴을 바짝 들이대고 있었다. 그녀는 눈을 크게 뜨고 계속 그의 머리를 잡은 채 고개를 살짝 흔들었다. 네이트는 움직이지 않은 채 두 팔로 그녀를 안았다. 그녀가 곁눈질로 뭔가 보고 있는 게 보였다. 그는 누군가 지나가는 걸 의식했지만, 도미니카의 손이 그의 시야를 막고 있었다. 그녀는 갑자기 손을 움직이더니 다시 고개를 흔들었다. 마침내 그녀가 손을 놔줬다. 그녀는 눈을 크게 뜨고 있었다.

"주가노프예요. 저게 주가노프라고." 그녀가 속삭였다. 그녀는 돌아서서 그 작은 그림자 같은 형체가 지나간 쪽을 향해 섬의 남쪽으로 움직이기 시작했다. 네이트가 손을 뻗어서 그녀의 손을 움켜쥐었다.

"멈춰요. 내가 놈을 따라가면서 지원을 요청할게요. 게이블이 15분 안에 여기로 올 거예요." 네이트가 말했다. 도미니카는 고개를 흔들면서 그의 손에서 자신의 손을 비틀어 빼냈다.

"놈이 도망치면 난 끝이에요." 그녀가 말했다.

"당신이 호텔로 돌아가면 괜찮아요." 네이트가 말했다.

"그만둬요. 놈은 날 죽이려 하고 있어요. 난 뒷문으로 나가지 않아요. 날 막을 생각조차 하지 말아요."

“당신이 하고 싶은 말은 숨지 않겠다는 말이겠죠.” 네이트가 말했다.

“지금 이럴 시간 없어요. 주가노프가 움직이고 있어요. 트리톤이 이 섬에 있고. 그들이 건물 속으로 들어가버리면 우린 절대로 놈들을 찾을 수 없어요.” 그녀는 걸어가다가 다시 그를 돌아봤다. “어서 와요.” 그녀가 작은 목소리로 말했다.

그들은 건물 벽에 찰싹 붙어 걸어가면서 문간이 나올 때마다 멈춰서 주가노프와 거리를 유지했다. 주가노프의 그림자가 반대쪽 보도에서 소리 없이 움직이고 있었다. 그는 서두르지 않았다. 그는 가끔 물 건너편을 내다봤다. 그리고 분명 미행이 있는지 확인하지 않았다. ‘맙소사, 절대 이건 실패하면 안 돼.’ 네이트는 생각했다. 주가노프가 강물에 반사된 불빛을 따라 걸으면서 그의 머리와 어깨가 나타났다가 희미해졌다가 다시 나타났다. 거리를 절반쯤 걸어갔을 때, 주가노프는 속도를 줄이고, 부두로 이어지는 넓은 경사로 중 하나를 향해 내려가서 시야에서 사라졌다. 네이트와 도미니카는 조용히 거리를 건너 벽 너머로 슬쩍 봤다. 주가노프는 경사로 밑의 가로등에 기대서 있었다. 검은 강물이 소용돌이치며 그의 옆을 지나갔다.

“트리톤이 나타나길 기다려요, 아니면 지금 가요?” 도미니카가 물었다.

네이트는 그녀의 소매를 잡아당겨 다시 보도 밖까지 자란 나무가 드리운 그늘 속으로 끌어들였다.

“주가노프는 저 부두를 떠나지 않을 거예요. 그리고 트리톤은 그를 만나러 바로 우리 옆을 지나서 내려갈 거고. 우린 둘 다 원해요.” 네이트가 말했다. 도미니카는 고개를 끄덕이고 립스틱 권총 두 자루를 꺼냈다. ‘맙소사, 그 립스틱 권총이 또 나왔네. 러시아인들이란.’ 네이트는 생각했다.

그들은 이야기를 멈추고 경사로 꼭대기를 주시했다. 그들은 추위 속에서 2분, 3분, 5분을 기다렸다.

갑자기 강변 플랫폼에서 목소리가 들렸다. 그들이 다시 벽 너머로 목을 빼서 아래를 내려다보자 주가노프와 앙주빈의 정수리가 보였다. 네이트가 똑바로 섰다. '빌어먹을 개자식이 강변에 있는 반대쪽 산책로로 왔구나.' 네이트는 생각했다. 도미니카는 아래를 내려다보고 있다가 네이트의 소매를 잡아당기기 시작했다. 두 남자는 말다툼을 벌이고 있었고, 둘의 목소리가 점점 커지고 있었다. 앙주빈이 손을 뻗어서 주가노프의 재킷 옷깃을 움켜쥐었다. 난쟁이가 화를 내면서 몸을 빼고, 돌아서서, 경사로를 올라오기 시작했다. 앙주빈이 그를 따라잡으면서 소리를 질렀다. 네이트는 '유로'란 말을 두 번 들었다. 주가노프는 그를 무시하고 계속 경사로를 올라갔다.

"트리톤이 방금 주가노프에게 내 이름을 말했어요." 도미니카가 움직이기 시작하면서 말했다. '그리고 주가노프는 방금 그에게 돈이 없다고 말했지.' 네이트는 생각하면서 그녀 뒤를 따라갔다. '둘이 아무래도 서로 죽일 것 같군.'

경사로 꼭대기에서 앙주빈이 주가노프를 잡아서 돌려세웠다. 그 미국인은 러시아인을 한참 내려다봐야 했다. 그다음에 두 남자는 그들 앞에 네이트와 도미니카가 서 있는 그림자를 보고 멈췄다. 그들은 1.5미터 떨어진 거리에서 서로 마주보면서 그대로 얼어붙었다. 앙주빈이 머리카락 속에 손가락을 넣어 쓸어 넘겼다. 주가노프의 얼굴은 미쳐 날뛰는 표정이었고, 가슴을 들썩이며 숨을 쉬고 있었다.

"쌍년." 주가노프가 도미니카와 눈을 마주치며 말했다. "너인 줄 알고 있었어. 죽으러 조국으로 돌아갈 준비가 됐나?" 그가 걸걸한 러시아어로 말했다.

"난 네가 다시는 로디나에 발을 들일 수 없다는 사실을 아는지 그게 더 관심이 가는데. 파리의 극빈자 묘지는 티아스라고 해. 이 개자식아." 둘이 주고받는 서늘하고 치명적인 러시아어를 들으며 네이트는 다시 한 번 러시아인들이 외국인들보다 더 증오하는 유일한 대상은 자신들이라는 걸 깨달았다. 그다음에 모든 게 엉망이 됐다.

출발 신호용 총을 쏘는 것처럼 바지선이 에어 혼(압축 공기로 작동하는 경적-옮긴이)을 울리자 앙주빈이 홱 돌아서서 다시 경사로를 내려가다가 울퉁불퉁한 자갈길에 주르르 미끄러지며 달려갔다. 주가노프는 오른쪽으로 튀어 도미니카를 지나갔다. 도미니카와 네이트는 동시에 본능적으로 반응했다. 네이트는 요란한 소리를 내며 경사로를 내려가 부두를 따라 앙주빈을 추격했다. 도미니카는 주가노프를 향해 움직여서 발을 걸려고 했지만 그 독기 어린 난쟁이가 민첩하게 그녀의 다리를 뛰어넘어 어두워진 오를레앙 부두를 죽어라 달려갔다. 도미니카는 그를 쫓아 한밤중에 텅 빈 거리 한가운데를 달렸다. 그녀는 이 섬의 동쪽 모퉁이에 있는 쉴리 다리의 양쪽이 다른 구로 연결되는 걸 흘끗 봤다. 그가 도망치게 놔둘 수 없었다. 주가노프는 그녀가 첩자인 걸 알고 있다.

주가노프는 놀랄 정도로 빨랐고, 도미니카는 주차된 차의 지붕 위로 뛰어올라가서 거리를 좁히려고 했지만 그를 따라잡을 수 없었다. 주가노프는 그녀가 가까이 온 걸 감지하고 갑자기 방향을 홱 틀어서 다리를 벗어나 작은 바리 공원의 허리까지 오는 높이의 담장을 뛰어넘어서 축 늘어진 버드나무 가지들을 찢어버리고 넓은 계단을 보지도 않고 뛰어 내려가 강 위의 플랫폼으로 갔다. 어둠 속에서 경비원 하나가 쉰 목소리로 소리를 질렀다. 이곳은 생루이 섬의 동쪽 끝이고, 센 강이 끊임없이 흘러와서 뱃머리 모양의 방파제 주위를 돌아서 흘러갔다. 주가노프가 갑자기 멈춰서 돌아섰다. 도미니카는 계단 꼭대기에 서서, 숨을 거칠게 몰아쉬고 있었다. 그녀는 검은 주름 장식이 잡힌 모직 스커트에 스타킹을 신고, 스웨터 위에 재킷을 입고, 조깅화를 신고 있었다. 달리느라 머리가 반쯤 풀어져서 무의식중에 머리를 귀 뒤로 빗어 넘기면서 천천히 계단을 내려와 그에게 다가갔다. 그녀는 아직도 허벅지 안쪽에서 네이트를 느낄 수 있었다. 그녀는 어마어마하게 피곤했다.

부두 모퉁이를 돈 네이트는 미끌미끌한 자갈 위에 미끄러져서 세게 엉덩방아를 찧었지만 덕분에 3미터 길이의 파이프를 피할 수 있었다. 앙주빈이 벽에 쌓여 있던 파이프를 집어서 네이트의 머리를 향해 휘둘렀지만 빗나가면서 석재 벽에 부딪쳐 종이 울리는 것 같은 소리가 났다. 앙주빈은 다시 장작을 쪼개는 것처럼 네이트의 머리 바로 위로 계속 칼처럼 휘둘렀다. 아직 벽에 등을 기대고 앉아 있던 네이트는 상체를 홱 돌려서 그의 두개골을 찌그러뜨리려고 하는 타격을 피해 몸을 굴려 얼어붙을 것 같은 센 강으로 뛰어들었다. 하수구 같은 냄새가 나면서 쓴 물맛이 느껴졌다. 그는 즉시 보글거리며 흘러가는 물을 느꼈고 강물에 휩쓸려 하구로 떠내려가지 않게 석재 건물의 모서리에 두 손과 한쪽 신발 끝을 걸었다. 물속에 있었다면 3분 안에 오르세이 굽이와 에펠탑을 지났을 것이다. 가는 도중에 소용돌이에 빨려들거나 부두 아래 걸려서 익사하지 않았다면 말이다. 그는 벨트에 찬 권총을 잡으려다 위를 잡고 있던 손을 놓칠 뻔하면서 그를 끌고 가려는 강물에 저항해 매달렸다.

앙주빈은 두 다리를 벌린 채 그를 내려다보고 서 있었다. 그는 숨이 차서 죽을 것 같았지만 네이트의 얼굴을 후려치거나 바닥을 잡고 매달리는 손가락을 박살내기 위해 마지막으로 한 번 더 파이프를 휘두를 준비를 하고 있었다. "너희 개새끼들은 상대를 과소평가한 거야." 그는 헐떡이면서, 마치 타석에서 순서를 기다리는 것처럼 어깨에 그 파이프를 걸쳤다.

"그래, 네 말이 맞아. 넌 그 누구도 상상하지 못할 만큼 큰 반역자지." 네이트가 말했다.

앙주빈이 그 모욕에 불끈해서, 좀 더 정확하게 휘두르려고 파이프를 두 손으로 꽉 움켜쥐고 다가갔다. 네이트는 강물에 쓸려갈 위험을 무릅쓰고 한 손을 뻗어 앙주빈의 바지 자락을 잡아당겼다. 머리 위로 치켜든 파이프 때문에 균형을 잃은 앙주빈의 발이 미끄러운 둑 밖으로 기울어지면서 강물 속으로 풍덩 떨어졌다. 그 파이프는 돌멩이들을 치고 튕겨서 그의 옆에 떨어졌다. 그는 네이트 옆에서 물을 뿜어내면서 손으로 잡을 곳을 찾았지만 너무 멀리 떨어져서 곧바로 둑에서 쓸려 내려가, 물속에서 빙그르르 돌면서, 균형을 잡으려고 힘없이 허우적거리고 있었다. 3초 만에 그는 수로 한가운데로 떠내려갔다.

야간에 운항하는 바토무슈 유람선(길고, 넓고, 환하게 불이 밝혀지고, 유리 지붕을 씌운) 한 척이 통통 소리를 내면서 하류로 내려가다가 호루라기를 부는 사이에 앙주빈의 머리가 선수파 속에서 까닥거리다가 다시 파도 사이로 내려가 선미에서 일으킨 물보라에 잠겨 있다가 거품이 이는 프로펠러에 빨려 들어가면서 비명을 질렀다. 그의 몸이 물속으로 사라졌다가 다시 프로펠러 날개에 밀려 떠올랐고, 그다음에 잘린 그의 머리가 수면 위로 올라왔다. 정신없이 낮고 굵은 소리를 내며 유람선의 경적이 울리는 사이에 2층 뒤쪽 갑판 위에 있던 일본 여행객들이 일제히 카메라의 플래시를 터트려 어두운 밤을 낮처럼 환하게 밝혔다. 앙주빈의 몸은 반짝이는 강둑의 불빛을 받으며 하류로 계속 떠내려가다가 시테 섬 주위에서 사라졌다.

네이트는 엄청난 노력을 기울여서 다시 부두 위로 기어올라와, 덜덜 떨었다. 그의 옷은 흐르는 강물에 다 젖어버렸다. 계단을 달려 올라가는 동안 그의 생각도 정신없이 줄달음을 쳤다. 앙주빈은 죽었다. 그 재수 없는 자식은 결국 조국을 배신한 대가인 마지막 보수를 받지 못하고 죽어버렸다. 게이블은 강에서 건져 올린 앙주빈의 머리를 다시 강으로 차버리면서 말할 것이다. "우리가 슬퍼한다고 해서 놈이 살아 돌아오진 않잖아." 그다음에 네이트는 자루비나가 분수에서 얼굴을 물에 담근 채 둥둥 떠다니던 생각이 문득 났다. 도미니카. 그는 거친 호흡을 내뱉으며, 물로 철벅거리는 신발을 신고, 콧속에서 아직도 풍기는 지독한 강물 냄새를 맡으며 달렸다. 섬 반대쪽 끝이 불빛과 사이렌으로 요란했다.

도미니카는 주가노프를 향해 계단을 내려가면서 자신이 그를 죽일 거라는 걸 알고 있었다. 그를 사슬에 묶어서 모스크바로 다시 데려가는 건 매력적인 선택이었다. 푸틴은 감동받을 것이다. 하지만 주가노프가 트리톤의 입을 통해 그녀의 이름을 들은 지금은 안 된다. 그녀는 주머니에 든 립스틱 권총을 만지작거리면서, 방아쇠 플런저가 있는 끝부분을 손가락으로 스쳤다. 그녀는 팔 하나 뻗을 정도 거리까지 다가가서 한가운데를 겨냥할 것이다. 그 폭발성 총알은 주가노프의 손만 맞혀도 기화돼서 손목까지 날아가 다량의 피를 쏟게 할 것이다. 몸통에 맞으면 유체정역학적 충격에 흉곽 안의 빈 공간이 캔디 봉지처럼 부풀어 오를 것이고,

주가노프는 서서 그녀를 보며 재빨리 좌우를 훑어보고 있었다. 여긴 계단도 없고, 사다리도 없고, 플랫폼에서 벗어날 길이 없다. 강물? 그는 수영도 잘 못하고 물속에 뛰어들면 살아남을 것 같지 않았다. 예고로바는 잘 싸운다는 명성도 있고, 남자들도 죽였고, 시스테마 백병전 훈련도 받았지만, 정말 그 정도로 실력이 좋을까? 그녀를 기다리는 동안 난쟁이 주가노프는 상대에게 어서 가까이 다가가서 부드러운 부분에 날카로운 걸 콱 찔러 넣고 싶은 암살범 특유의 초조한 느낌이 온몸을 쿡쿡 찌르는 게 느껴졌다. 그의 본능은 그에게 기다리라고, 그녀가 가까이 오면, 그녀의 눈을 멀게 하거나 불구로 만든 다음에 끝내라고 말하고 있었다. 주가노프는 그녀가 죽을 때 그 얼굴을 보고 싶었다.

근처 노트르담 성당의 처마 돌림띠에 있는 가고일(괴물 석상-옮긴이)들도 머리 뒤에서 검은 박쥐 날개들이 움직이는 주가노프처럼 무시무시하진 않았다. 도미니카는 천천히 주머니에서 립스틱을 꺼내면서 그에게 다가갔다.

마르타와 우드란카가 러시아 인어들처럼 강둑에서 노래를 부르고 있었다. 쿵쿵 뛰는 자신의 심장소리 너머로 한나가 뒤에 서 있는 소리를 들을 수 있었다.

도미니카는 립스틱 권총을 들어서 팔을 똑바로 펴고 긴장한 채 그의 가슴을 겨눠 방아쇠를 당겼다. 주가노프는 움찔하면서 피했다. 그때 세상이 느려지면서, 별들이 궤도에서 움직임을 멈추고, 강물이 흐르는 걸 멈췄다. 그 립스틱에서 마치 회중시계의 스프링이 뚝 끊어진 것처럼 희미하게 금속성의 핑 소리만 났다. 불발이다. 전기 뇌관에 결함이 있는 건지 아니면 부품이 부서진 건지 알 수 없다.

두 번째 립스틱을 꺼낼 시간이 없었다. 도미니카는 그 불발된 립스틱을 강물에 획 던지고 주가노프의 왼쪽으로 살짝 다가가서 그의 소매를 잡았다. 그는 뒤로 물러났다. 그녀는 계속 그를 향해 다가가면서, 잡고 있는 그의 팔이 원하는 방향대로 휘두르게 놔두다가, 갑자기 그 팔이 그녀를 향해 날아오자, 다른 팔을 들어 그의 목을 막았다. 그녀가 그를 치기도 전에 주가노프가 어떻게 그녀의 팔을 막아내고 그녀에게서 물러섰다. 그는 빠르면서도 기술적으로 움직였다. 둘은 서서 마주봤다. 그의 눈과 입에서 검은 안개가 피어오르고 있었고, 그는 그녀를 보고 으르렁거렸다. 그녀는 한 팔로 그를 휘감고 또 한 팔로 그의 머리를 친 다음에, 두 번째 립스틱을 꺼내려 했다.

주가노프가 이상한 자세로 성큼성큼 달려왔고, 도미니카는 그의 가속도를 이용해서 그에게 달려들었지만, 그가 한 팔을 그녀의 목에 감고 이를 드러냈다. 그 작은 식인종 이빨로 물려고? 도미니카가 머리를 뒤로 젖히면서 그의 두개골에서 5센티미터 들어간 곳을 겨냥해 그의 코 밑을 아주 빠르게 두 번 쳤다. 주가노프의 머리가 뒤로 획 넘어가면서 눈이 흐려졌지만 그는 계속 도미니카의 목을 감은 팔을 풀지 않았다. 그리고 그녀를 그에게 끌어당겨 그녀의 젖가슴을 그의 가슴에 대고 뭉갰다. 그에게는 식초와 똥거름 같은 악취가 났다.

주가노프가 자유로운 한 손으로 어머니의 부엌에서 가져온 20센티미터 길이의 사바티에 살코기용 칼을 꺼내서 도미니카의 옆구리, 엉덩이뼈 바로 위를 푹 찔렀다. 그 굴곡진 칼날은 얇으면서 치명적으로 날카로웠지만 신축성 있게(가시나 뼈를 발라내는 칼이 그렇듯) 살짝 구부러지면서 그녀의 재킷을 뚫고 7.5센티미터밖에 안 되는 날이 도미니카의 몸속을 뚫고 들어갔다. 도미니카는 순간 번쩍하는 불길이 옆구리에 들어와 허리로 퍼져서 배 위로 올라오는 걸 느꼈다. 그녀는 양손의 엄지손톱을 주가노프의 눈에 찔렀다(하나는 들어갔지만 다른 하나는 빗나갔다). 그는 고통에 몸부림쳤다.

주가노프는 살을 찌르는 느낌이 어떤 느낌인지 알았고 칼날을 빼면서 다시 코트 안을 찌르려고 했는데 이번에는 모직 스웨터가 손가락 마디에 느껴졌지만 도미니카가 그의 손목을 움켜쥐어서 2.5센티미터밖에 찔러 넣지 못했다. 칼날을 확 비틀어서 빼낸 주가노프는 다시 그녀의 허리 아래쪽을 계속 찌르면서 신장이나 간의 아랫부분을 노렸다. 그러면서 고개를 들어 성한 한쪽 눈으로(다른 한쪽은 희미해져서 눈물이 계속 나왔다) 도미니카의 얼굴을 봤다. 이 계집은 입을 벌리고 헐떡이면서 그 파란 눈을 사정없이 깜박거리고 있었다. 그녀의 몸이 살짝 떨리면서 천천히 그의 앞에서 옆으로 미끄러지고 있었다. 그가 그녀의 목을 놓아주자 그녀는 쿵 소리를 내며 돌바닥 위에 앉아 옆으로 몸을 조금 기울이고 옆구리를 움켜쥐었다.

도미니카는 허리 주위에 느껴지는 끔찍한 고통과 성한 허리 쪽으로 기댄 땅바닥에 깔린 돌들과 뺨에 묻은 젖은 모래만 의식하고 있었다. 주가노프가 검은 안개에 휩싸인 채 다가와 그녀를 땅바닥으로 밀어 쓰러지게 했다. 그녀의 몸속에서 뭔가가 돌아다니면서 뜨겁고 축축한 것이 느껴지고 있었기 때문에 몸을 돌리는 건 끔찍한 고통이었다. 그녀는 남자의 목소리를 들었다. '네이트, 도와줘요.' 그녀는 생각했다. 하지만 주가노프가 고함을 지르면서 칼을 휘두르자 그 남자의 목소리도(네이트가 아니라 야경꾼이었다) 사라져버렸다. 주가노프는 그녀 위에 다리를 벌리고 올라앉아 힘을 주고 꾹 눌러서 더 큰 고통을 자아냈다. 그는 예고로바와 몇 시간씩 보낼 수 없어서 너무 아쉬웠지만 이렇게 해야 했다. 그 오지랖 넓은 야경꾼이 경찰을 부를 것이다. 1, 2분밖에 시간이 없었다.

빛의 도시 파리의 불빛들이 그녀의 시야를 가득 채웠다. 배의 통증이 물결치면서 턱까지 올라왔고, 제일 처음 찔린 상처를 움켜쥐고 있는 손은 피로 흠뻑 젖었다. 그녀는 눈을 뜨고 주가노프가 그녀에게 몸을 기울이는 걸 봤다. 도시의 불빛을 배경으로 그의 검은 날개가 활짝 펴져 있었다. 그녀는 배와 젖가슴에 차가운 바람이 닿는 걸 느끼고 주가노프가 그녀의 스웨터를 턱까지 끌어 올린 걸 깨달았다. '이 새끼답지 않네, 무성욕자 벌레 같은 놈.' 그녀는 생각했다. 차갑게 탐색하는 손가락들이 그녀의 흉곽을 따라 내려오는 게 느껴졌다. 차가운 딱정벌레 같은 손가락들이 그녀의 심장과 폐를 저미기 위해 칼을 박아 넣을 네 번째와 다섯 번째 갈비뼈 사이를 찾고 있었다.

주가노프는 시간을 낭비하지 않았다. 그의 손가락이 움직임을 멈췄다. 그는 그녀의 갈비뼈들 사이의 우묵한 곳, 칼끝을 찔러 들어갈 수 있는 바로 그 자리를 찾았다. 주가노프는 도미니카에게 몸을 기울이고(그의 한쪽 눈은 부어서 닫혀 있었다) 그녀의 얼굴에 대고 숨을 들이마셨다. 그리고 한 손을 그녀의 목 뒤에 대고 마치 아픈 가족에게 수프를 떠먹이려는 것처럼 그녀의 얼굴을 들어 올렸다. 그는 쉰 목소리로 말했다.

"사람은 정확히 언제 어디서 죽을지 결코 모르는 법이지. 하지만 넌 이제 알 수 있어, 예고로바. 한밤중 파리의 냄새나는 강둑에서, 네 혀에서 피 맛을 보면서, 네 콧속의 피 냄새를 맡으면서 죽을 거야. 난 네 옷을 찢어서 벗기고 널 센 강에 처박을 거야. 너의 미국 친구들이 하류에서 널 찾을 수 있게. 퉁퉁 붓고, 쪼개지고, 네 간을 입속에 물고 있는 너, 그게 너의 종말이야." 도미니카는 눈꺼풀을 움직이면서 작은 목소리로 속삭였다. 주가노프는 얼굴을 찡그리고 그녀의 입에 귀를 가까이 댔다. 그는 고통에 차서 죽어가는 사람들이 하는 말을 듣는 게 너무 좋았고, 특히 그가 직접 그 고통을 가했을 때는 더 그랬다.

"네가 언제 죽을지 알아, 돼지야?" 도미니카가 말했다.

주가노프는 그녀의 파란 눈을 들여다봤다. 그 눈은 충격으로 생기가 빠져나가고 멍해져 있었다. 그는 미소를 지으며 그녀를 꾸짖는 것처럼 그녀의 머리를 조금씩 흔들면서 속삭였다.

"작은 스패로우, 넌 절대로."

도미니카는 립스틱을 주가노프의 턱 밑에 대고 방아쇠를 당겼다. 그 독특한 찰칵 소리가 희미하게 들렸고, 이어서 젖은 수박이 벽에 부딪치는 소리가 났다. 주가노프가 한쪽으로 쓰러지면서 성한 눈을 크게 떴고, 그의 머리가 돌바닥에 퍽 소리를 내며 부딪쳤다. 그의 다리 하나는 도미니카의 배 위에 걸쳐져 있었고, 그의 얼굴은 그녀를 외면하고 있었다. 그의 뒤통수는(이제 주위에 아우라는 보이지 않았다) 털이 난 빨간 접시처럼 납작해져서 속이 텅 비어 이빨까지 보였다. 밤바람이 박살난 그의 두개골 주위에 붙어 있는 머리카락을 뒤척였다.

그녀는 떨리는 손으로 립스틱 권총을 주가노프 너머 강으로 던져버렸다. 그 동작 때문에 배에 어마어마한 고통이 일었고, 그녀는 자신의 배에 걸친 주가노프의 다리를 밀어내려고 애를 썼다. 그녀의 팔은 말을 듣지 않았고 손에는 아무 감각이 없었다. 또다시 움직이느라 가슴에 새롭게 고통이 밀려왔고 귀에서 윙윙거리는 소리가 주변의 강물 소리까지 다 지워버렸다. 그래서 달려오는 발소리들도 듣지 못했고 오렌지색 재킷을 입은 젊은 남자의 얼굴이 다가오자 깜짝 놀랐다. 그의 애프터셰이브 로션 냄새를 맡을 수 있었다. 그는 네이트만큼은 아니지만 아주 미남이었다. 그 남자가 미소를 지으며 움직이지 말라고 프랑스어로 말했다. 그리고 그녀는 '혈장'이라는 말을 들었고 그가 그녀의 스웨터를 올려서 찔린 상처에 압력을 가하는 걸 느끼면서 그들이 그녀의 시체를 강물에 놓아줄 건지 궁금해했다. 그녀는 수영을 할 수 있고 마르타와 우드란카와 같이 노래도 할 수 있으니까. 순간 알코올 냄새가 났고, 팔에 따끔한 느낌이 들었다. 그들이 그녀의 몸을 들어 올려 바퀴가 달린 들것에 싣고 계단을 올라가 강물에서 벗어나는 동안 그녀는 한나의 손을 잡고 있었다. 그녀의 눈에서 밤의 불빛이 흐려지고 있었다.

불빛들이 건물 정면에 부딪쳐 반사됐다. 거기에 구경꾼 한 무리가 모여 있었다. 이렇게 이른 시간에 이미 밖에 나와 있던 사람들이었다. 네이트는 그들을 밀고 지나가서 경찰에게 달려갔다. 한 경찰이 두 손으로 그를 막았다. 네이트는 생각나는 불어가 '마 팜므(내 아내)'밖에 없었는데 그 아이러니 때문에 감정이 복받쳐 울컥했다. 경찰이 고개를 끄덕여서 네이트는 몇 미터 걸어가 계단 꼭대기에서 멈췄다. 자갈이 깔린 테라스는 침략당한 해변 같았다. 버려진 약품 포장지들과 붉게 물든 거즈 두 뭉치가 검은 당밀(가로등 불빛에 비친 피는 아주 까맣게 번쩍거렸다) 같은 웅덩이 두 개 주위에 흩어져 있었다. 네이트는 땅바닥에 떨어진 칼을 볼 수 있었고, 그 칼날에 묻은 선혈도 볼 수 있었다. 도미니카에게는 칼이 없었다. 주가노프의 칼이 분명했다. 그리고 그 칼날에 묻어 있는 건 도미니카의 피일 것이다.

또 다른 경찰이 땅바닥의 시체 옆에 서 있었다. 그 시체 위에 고무 시트가 덮여 있었는데 그 밑으로 더 많은 피가 보였다. 앰뷸런스 팀이 시체 담는 자루의 지퍼를 열고 있었다. 옷 위에 위아래가 붙은 작업복을 입고 차양이 없는 약식 모자를 쓴 두 번째 경찰이 클립보드에 뭐라고 적고 있었다. 그 경찰이 의료진에게 손을 한 번 흔들자 그들은 그 자루를 그 시체 옆에 놓고 시체를 덮고 있던 시트를 벗겼다. 네이트는 순간 숨을 멈췄다.

그건 머리 윗부분이 달아난 주가노프였다. '립스틱 권총이군. 도미니카는 어디 있는 걸까? 칼에 찔렸을까? 맙소사, 강에 빠진 걸까.' 네이트는 생각했다. 네이트는 도미니카가 난쟁이의 머리를 날리고, 내장이 흘러내리는 몸을 움켜쥔 채 비틀거리며 앞이 보이지 않는 상태에서 강물에 머리부터 떨어지는 상상을 했다. 자루에 든 주가노프 시체를 실은 들것이 계단을 올라왔고, 경찰 두 명이 그 뒤를 따라갔다. '저 작은 개자식은 화장해버려. 안 그러면 다음번 달이 뜰 때 묘지에서 기어 나올 거야.' 네이트는 생각했다.

첫 번째 경찰이 네이트에게 여기서 나가라는 신호를 보냈다. 네이트는 그 경찰에게 물어보려고 했지만 그의 두뇌 속에는 러시아어만 박혀 있었다. 그가 할 수 있는 말이라곤 다시 "마 퐘므?"라는 말뿐이었다. 경찰은 어깨를 으쓱하며 오삐딸(병원)이라고 여러 번 말하고 나서 "엘 에테 무랑트"라고 말했다. 네이트는 그만하면 충분히 알아들었고 자신의 얼굴에서 핏기가 가시는 걸 느끼며 더듬었다. 무랑트? 죽었단 뜻인가? 하지만 그 경찰이 짜증을 내면서 다시 말했다. "엘 에테 무랑트." 네이트는 그 말이 죽지는 않았지만 죽어간다는 뜻으로 짐작했다. 경찰은 흥미로운 눈빛으로 그를 바라봤다.

네이트는 그늘에 있는 벤치에 앉아 눈을 감고 있었다. 손이 덜덜 떨리고, 옷에서는 물이 뚝뚝 떨어지고 있었다. '전화해야 해. 암호로 처리된 전화지만 조심해야 해.'

벨이 한 번 울리자 게이블이 받았다. "뭐야?" 그가 말했다.

"우리가 그들을 섬에서 봤어요. 전 트리톤을 쫓아갔습니다."

"놈을 잡았어? 제발 잡았다고 말해." 게이블이 말했다.

윙 소리가 울리면서 뭔가 탁 치는 소리가 들렸다. "네이트? 지금 스피커폰으로 돌렸어. 어떻게 된 거야?" 벤포드가 말했다.

"부장님, 잘 들으세요. 당신의 내부첩자는 죽었어요. 나랑 싸우다가 놈이 물에 떨어져서 리버 보트에 치였어요. 프로펠러에 목이 잘렸습니다. 제가 봤어요. 지금쯤이면 에펠탑을 향해 하류로 흘러가면서 여기저기 부딪치고 있을 겁니다."

"귀염둥이는 어디 있어?" 게이블이 말했다.

"그녀는 자기 상관을 따라 섬 끝까지 쫓아갔습니다."

"대체 둘이서 호텔 밖에서 뭘 하고 있었던 거야?" 게이블이 말했다.

"우린 저녁을 먹으러 나갔다가 다시 걸어서 돌아오고 있었습니다. 전 나중에 자르셔도 되잖아요." 네이트가 말했다.

"그건 신경 쓰지 말고. 무슨 일이 있었던 거지? 난쟁이는 어디 있어?" 벤포드가 말했다.

"두개골 절반이 날아갔어요. 그녀가 죽였지만, 맙소사, 부장님, 놈이 그녀를 찌른 것 같습니다. 현장에 피가 아주 많았어요. 제가 거기 도착하기 전에 의료진이 그녀를 데려갔어요. 제 생각에 경찰은 그녀가 죽어간다고 말한 것 같습니다."

"아마 놈의 피일 거야." 벤포드가 말했다.

"땅바닥에 피범벅이 된 칼이 있었어요. 경찰은 계속 '병원'이라고 말했고."

"경찰이 어디 병원이라고 했어?" 벤포드가 물었다.

"어느 병원인지는 모르지만 제가 알아내서 갈 겁니다."

"안 돼, 네이트. 물러나." 벤포드가 말했다.

"물러나라니 무슨 뜻이에요? 그녀가 망할, 죽어가고 있다고요."

"네이트, 그녀가 외교관 여권을 가지고 있었어?" 벤포드가 물었다.

"네." 네이트는 머리를 움켜쥔 채 말했다.

"병원에서 그녀의 대사관에 알릴 거야. 그들이 그녀의 이름을 들으면, 외교관, 영사관 직원과 경비 두 명이 30분 안에 그녀의 병실로 들어올 거라고."

"우리도 그건 확실히 모르잖아요." 네이트가 말했다.

"이봐, 멍청이. 지금 네가 무슨 소리를 하는지 모르겠어? 데이지 한 다발을 들고 그녀를 찾아갔다가 러시아 대사관 직원 절반과 마주치고 싶어?" 게이블이 말했다.

"그녀를 그냥 그렇게 내버려둘 수 없어요." 네이트가 몸을 앞뒤로 흔들면서 말했다.

"이야긴 그만하고 생각 좀 해. 그녀는 자신이 해야 할 일을 했어. 자신의 임무를 완수했다고. 그녀는 빌어먹을 영웅이란 말이야." 게이블이 말했다.

"어쩌면 죽은 영웅일지도 모르죠." 네이트가 말했다.

"그럴 수도 있고, 아닐 수도 있어. 충분히 생각해봐." 게이블이 말했다.

"그래서 우린 철수하고 그녀 혼자 이걸 감당하게 하란 말입니까?"

"그리고 우리는 최선의 상황이길 바라면서 그녀가 다시 돌아가서 연락해올 때까지 기다리는 거야." 벤포드가 조용히 말했다.

"최선의 상황이길 바라다니요? 대체 무슨 소리를 하는 거냐고요? 그녀가 죽으면 어떻게 해요? 우리가 보낸 메시지에 대답도 할 수 없게 되잖아요."

"만약 그녀가 여기서 살아남으면 그녀는 진짜 무적이 돼. 그녀를 해칠 수 있는 사람들은 이제 다 죽었어. 완벽하단 말이야." 벤포드가 대답했다.

"부장님, 지금 자기가 무슨 소리를 하는지 좀 들어보세요. 그녀는 갈가리 찢겨졌는데 지금 위장 신분 이야길 하고 있습니까?" 네이트가 말했다.

"나도 너만큼이나 그녀가 걱정돼. 하지만 그녀는 국가에 대한 봉사를 탁월하게 해냈어. 그녀는 누구도 건드릴 수 없는 존재가 될 거라고." 벤포드가 말했다.

"놈들의 형편없는 병원에서 죽지 않으면 그렇게 되겠죠." 네이트가 말했다.

"네이트, 20분 후에 호텔에서 보자. 체크아웃 하는 거 도와줄게." 게이블이 말했다.

"그러죠, 브라톡. 큰형님 납셨군요." 네이트가 말했다.

"그래, 맞아. 그녀를 안전하게 지킬 수만 있다면 난 아무리 어려운 일이라도 다 할 거야." 게이블이 말했다.

"그녀를 내버려두는 게 그녀를 안전하게 지키는 선배의 방식입니까?" 네이트는 핸드폰을 꽉 움켜쥐면서 말했다. '얼굴을 마주보고 이야기하지 않는 게 다행이군.' 네이트는 생각했다.

"우린 바로 그렇게 그녀를 지킬 거야. 내가 너희 둘에게 말했던 그 어두운 날이 오늘인 거야." 게이블이 말했다.

네이트는 눈을 감고 도미니카가 입에 튜브를 물고, 초록색 화면 위에 그녀의 바이탈 사인이 춤을 추고, 한 손과 한 팔에 센서들과 정맥 주사들이 꽂혀 있고, 다른 팔은 그녀의 몸 옆에 놓여 있는 모습을 봤다. 그는 그 팔을 잡아 자신의 뺨에 대고 그가 옆에 있다는 걸 알려야 했다.

눈이 따끔거렸고, 그는 아무 말도 하지 않았다.

"네이트, 듣고 있어?" 게이블이 말했다.

그는 대꾸하지 않고 강을 바라봤고, 흐릿한 불빛을 보며 눈만 깜박거렸다.

"네이트, 그녀에게 지금 이야기해봐. 그녀는 너에게 뭐라고 할 것 같아?" 벤포드가 말했다.

"나도 모르겠어요." 네이트가 말했다.

"아니, 넌 알고 있어. 그녀의 말을 들어봐." 벤포드가 말했다.

네이트가 그녀의 목소리를 듣고 있는 동안 한기가 몸을 훑고 지나갔다. 그녀가 엄격하면서도 다정하게 경쾌한 목소리로 하는 말이 그의 마음속을 스쳐 지나갔다. 그녀는 '네잇'이라고 그의 이름을 부르면서 말했다. 자기, 날 보내줘요. 내가 이 일을 하고 다음번에 다시 만나요. 그가 그때가 언제냐고 묻자 그녀는 다음번이라고 대답했다. 네이트는 도미니카의 크렘린 인어들이 강둑에서 노래를 부르는 소리를 들을 수 있을 것 같다는 생각이 들었다.

그는 전율하며 한숨을 쉬었다. "호텔에서 만나요." 네이트는 퉁명스럽게 말하고 핸드폰의 폴더를 탁 덮어버렸다.

18개월 후, 테헤란에서 남동쪽으로 321킬로미터 떨어진 곳, 자정. 음악 같은 소리가(증권 시세 표시가 나오는 수신용 테이프 벨소리 같은) 나탄즈 우라늄 농축 시설에 있는 원심분리기 C홀 지하 제어실에서 울리기 시작했다. 야간조 기술자 두 명이 일어나서 제어실 콘솔 너머로 서로 얼굴을 봤다. 그들은 바닥이 움직이는 걸 느낄 수 있었고, 바퀴 달린 그들의 의자가 살짝 흔들렸다. 벽에 걸린 아야톨라 하메네이의 사진 액자가 흔들려서 한쪽으로 기울어졌고, 책상 저쪽 편에 스푼과 같이 둔 찻잔이 태엽을 돌려 움직이는 장난감처럼 떨리고 있었다. 그 작은 벨은 계속 땡땡 울리고 있었다. 지진이다.

기술자 하나가 태연하게 제어실 구석에 있는 대형 통 모양의 CMT40T 삼축 브로드밴드 지진계까지 의자에 앉은 채 굴러가서 그 계기 수치를 기록해서 그들의 데스크탑으로 MMI(수정메르칼리 진도) 값을 보내는지 확인했다. 그는 최초 진도가 4.0에서 4.5대인 것에 주목했다. 이 정도면 중진이긴 하지만 위험하진 않다. 적어도 이제는 기계 밑에 내진 바닥재를 깔아서 위험하지 않았다.

기술자 둘은 자동적으로 디지털과 아날로그 눈금판을 보면서 캐스케이드 공급 원료 흐름, 로터 상태, 베어링 온도가 정상적인지 확인했다. 모두 정상이었다. C홀 캐스케이드는 1년 전 내진 바닥재를 설치해서 시험한 후로 백 퍼센트 완벽하게 가동되고 있었다. 1,700개의 기체 원심분리기는 마하 2를 넘는 속도로 1초당 1,500번 회전하고 있다. 이제, 6개월간 신중하게 조정한 생산량(IAEA 조사관들에게는 숨긴) 덕분에 저장분이 증가하면서 농도가 핵무기 등급인 90퍼센트를 향해 올라가고 있다. 고인이 된 순교자 잠쉬디 교수(시온주의자 암살범들에게 희생됐을 가능성이 크다)가 이걸 개발해냈다. '이건 교수님의 훌륭한 유산이지.' 기술자들은 생각했다.

지진 발생을 알리는 벨이 계속 울리고 있었지만, 진동 수치는 계속 떨어지고 있었다. 여진이 있긴 하겠지만 이제 지진은 지나갔다. 두 기술자는 캐스케이드 홀의 폐쇄 회로 비디오를 힐끗 봤다. 서늘하고 희미한 조명 아래, 튜브들과 그들의 머리 위로 스파게티 더미처럼 모여 있는 파이프 숲에서는 끊임없이 윙윙거리는 원심분리기의 로터 소리만 들렸다. 모두 정상적으로 원활하게 돌아가고 있다. '4도 지진이 발생했는데도 그렇군.' 기술자는 생각했다.

독일 엔지니어링의 진정한 경이로움인 그 내진 바닥재 덕분이었다. 기술자들은 그 장비가 독일제(모든 라벨이 독일어로 적혀 있었다)라는 걸 알고 있었지만 조립은 러시아 기술자들이 지원해줬다. '그 이유를 누가 알까? 묻지 말자.' 보드의 새 디스플레이는 최면에 걸린 것처럼 눈을 뗄 수 없었다. 내진 바닥재의 그래픽 구성도(모든 것이 컴퓨터로 통제되고 있다)에 하부 바닥재의 중심축들, 견인 고리들, 경첩들을 나타내는 수백, 아니 수천 개의 LED 불빛들이 반짝이고 있었다. 어두운 파란색의 LED 불빛들이 깜박이며 번쩍이고 있는데, 가끔은 하나만 번쩍일 때도 있고, 때로는 한 블록으로, 혹은 한 줄로, 또 때로는 어질어질한 물결 모양으로 번쩍여서, 조약돌과 알루미늄 바닥재 밑에 있는 기계 장치가 개별적이고도 지속적으로 1분마다 조정되는 모습을 보여주고 있었다. '라스베이거스의 카지노와 호텔의 그 번쩍거리는 전광판들처럼 환하군. 그 전광판들 좀 보고 싶네. 우리가 뉴욕을 폭파하기 전에 말이야.' 기술자는 생각했다.

LED 디스플레이의 불빛들이 처음에는 한쪽에서 깜박이다가 그다음엔 반대쪽에서 깜박였다. 기술자들은 이제 더 이상 느껴지지 않는 바닥의 진동에 반응해서 자동적으로 조절하는 모습을 보여주고 있었다. 놀랍다. 그때 붉은 경고등 하나가 마스터 디스플레이에 나타났다. 그들이 결코 보게 되리라고 예상하지 않았던 등이었다. '불이다.' 기술자들은 그 눈금판을 보다가, 다시 서로 마주봤다. 합선인가? 아닌데. 기계 결함? 디스플레이에는 아무것도 나와 있지 않았다. 장비 선반인가? 공조기? AC 전원? 다 아닌데.

바닥재 디스플레의 모든 LED 불빛들이 깜박이면서 한 번 번쩍이다가 꺼져버렸다. 기술자 둘이 동시에 비디오 모니터로 얼굴을 돌리자 눈을 멀게 하는 흰빛이 바닥 밑에서부터 타올라 이제는 로터 사이로 번지면서 아크 용접처럼 흰색으로 커져가며 저쪽에 떨어진 원심분리기 튜브들 위에 오렌지색 그림자들을 드리우고 있는 게 보였다. 기술자 하나가 몸을 던져서 붉은 SCRAM 버튼을 눌러 원심분리기들을 멈추려고 했지만 바닥이 녹기 시작하면서 두 번째 줄, 세 번째에 있는 캐스케이드에 미세한 불균형이 발생했다. 그 기계 밑부분에 있는 베어링들이 떨어져 나오면서 진공 상태가 깨졌고, 내부에서 돌아가던 로터가 먼저 케이스에 금이 가게 했다가 박살내서 윙윙거리는 파편들이 주변에 있는 다른 기계들로 날아가 요란한 소리를 내며 충돌해서 연쇄적으로 옆에 있는 기계들의 로터들이 걷잡을 수 없이 회전하고 있었다. 그 요란한 파괴의 소음은 복도에서 울려 퍼지는 화재 경보음과 섞여 귀가 멀 지경이었다.

기술자 하나가 이미 비상 방사선 경보 장치를 눌러서 그 경적 소리가 제어실 밖으로 요란하게 울려 퍼지기 시작했다. 다른 기술자가 전화기를 들어서 이 시설 책임자인 이란 혁명수비대 사령관 레자 바크티에게 전화했다. 바크티는 전화기에 대고 소리를 지르면서 불경스러운 욕을 하며 기술자 둘에게 자기가 거기 도착할 때까지 제어실에 있으라고 지시했다. 그는 챙에 황금 잎들이 달린 군모를 쓰고 지프차로 달려가서 지상에 있는 C홀 터널 입구에 도착했다. 두 기술자 모두 비상 절차를 따르면서 침착하게 남아 있었다. 그들은 이 위기가 끝날 때까지 창문도 없는 밀폐된 제어실에 있어야 하고, 그다음에 벽장에 걸려 있는 방사능 보호복을 입고 나가야 한다. 하지만 이 비상 절차는 백린과 알루미늄을 연료로 한 가속화된 원자로 노심의 용융이 이제 지구 중심으로 향할 수도 있다는 건 고려하지 못했다.

기술자들이 모니터를 지켜보는 동안 화소 과부하로 하얗게 변했던 화면의 렌즈들이 녹으면서 갈색으로 변했고 벽에 걸려 있던 카메라가 양초처럼 녹아버리면서 꺼졌다. 카메라가 계속 작동되고 있었다면 기술자들은 아직까지 똑바로 세워져 있던 몇 개 안 남은 원심분리기 튜브들이 높은 파도에 허물어지는 모래성들처럼 녹는 모습을 봤을 것이다. 기화된 공급 원료가 가열된 공기 중으로 방출돼서 이제 그 대화재는 방사능 화재로 변했다. 이제 백린은 알루미늄 바닥 전체를 삼키고 시멘트 벽과 천장에 있는 강철 빔들을 태워서 초음속으로 소용돌이치는 불길들이 격렬하게 공기를 빨아들여 C홀 방폭 문들이 안으로 휘어졌다. 비스듬하게 기울어진 402미터 길이의 수직 출입구 통로가 풍동으로 변해서 장비들, 카트들, 고정되지 않은 건축 자재들을 시속 160킬로미터의 속도로 빨아들이는 용광로가 됐다. C홀 공기 구멍들도 마찬가지로 제트 엔진실로 변했는데 그 효과는 바크티 장군이 지프차를 지상의 공기 흡입구 옆에 주차했다가 바로 좌석 위에서 튕겨나가 흡입구의 보호 창살문을 뚫고 밑으로 떨어져서 과열된 흡입구로 빨려 들어가 등유 램프의 심지처럼 타버리면서 직접 경험했다. 장군의 모자만 지프차 바닥에 남아 있었다.

제어실은 점점 뜨거워지고 있었고, 전화는 이제 먹통이 됐다. 모든 눈금판은 작동을 멈췄고, 디지털 디스플레이들도 꺼졌고, 공기가 비명을 지르며 터널 밑으로 내려와서 문을 흔들어대고 있었다. 기술자들은 쉭쉭거리는 소음을 들었을 때 앉아 있던 의자를 홱 돌렸다. 불길이 관제실의 아래 구석에서 시작됐고 곧 길어져서 벽을 타고 천장으로 올라가기 시작했다. 제어실은 콘크리트로 지어졌기 때문에 불에 타지 않아야 했다. 기술자들이 보호복을 입으려고 애쓰는 사이에 불길이 천장의 이음매를 따라 퍼져갔다. 저쪽 벽의 색깔이 변하면서 옆방에 있던 캐스케이드 홀의 마그마가 타기 시작했다. 보호복을 입은 기술자들은 문 앞에서 벽력 같은 소리를 내고 있는 출입구 통로로 나가야 할지 말지 고민하며 망설였다. 기울어져 있던 아야톨라 하메네이의 사진 액자가 바닥에 떨어져서 불에 타기 시작했다.

일주일 후에 이란 국회의장 알리 라리자니가 최고 지도자인 아야톨라 하메네이의 지시로 러시아연방 대통령궁에 전화를 걸었다. 이란의 최고 국가 안전보장회의 의장이자 이란 핵 협상 대표였던 경력 덕분에 그는 이란의 핵 프로그램의 세부 사항에 정통했다. 게다가 국회의장이라는 높은 지위 덕분에 그는 아주 진지하게 크렘린에 이란 공화국과 러시아의 외교 관계를 중지할 것이며, 이란은 카프카스에 있는 이슬람 단체들과 다시 협조적으로 연락을 재개할 것이라고 밝혔다. 라리자니는 최고 지도자가 러시아의 대통령에게 개인적으로 보내는 메시지를 마지막으로 전하고 전화를 끊었다. 당신이 남은 평생 애도하기를 빌겠소.

43

푸틴 대통령은 크렘린 상원 빌딩의 자작나무 패널을 두른 대통령 집무실 책상 앞에 앉아 있었다. 그는 진한 파란색 양복에 옅은 파란색 셔츠를 입고 은빛이 감도는 파란색 넥타이를 맸다. 그는 나탄즈의 우라늄 농축 시설에서 이틀 전에 화재가 나서 원심분리기가 붕괴됐다는 긴급 보고서를 읽으면서 짧은 손가락으로 책상을 툭툭 치고 있었다. 러시아 국방부의 YOBAR 위성에서 찍은 사진이 그 폴더에 들어 있었다. 적외선 사진을 보니 그 현장에서 남동쪽으로 1.6킬로미터 길이의 과열된 연기가 하늘로 뭉게뭉게 피어오르는 모습이 보였다. 그것은 유독성 연기로, 바람이 부는 방향에 있는 사람들은 다 죽을 것이다. 이란인들, 아프가니스탄인들, 파키스탄인들 모두 다. 위성에 탑재된 레이더에 연기 기둥을 뚫고 C홀 지붕이 있던 자리가 녹아서 무너진 칼데라(보통 화산 폭발로 화산 꼭대기가 거대하게 패여 생긴 부분-옮긴이)가 잡혔다. 보고서 말미의 기술적인 주석에는 나탄즈 열 폭발 강도는 2014년 자바 동부의 켈루드 화산 폭발과 맞먹는 규모라고 나와 있었다.

'누가 신경이나 쓴대?' 푸틴은 그렇게 생각하면서 폴더를 덮어 서류들을 보관하는 하얀 대리석 상자에 던져 넣었다. 그는 하나도 관심 없었다. 세계적 불균형, 혼란, 카오스는 그에게 어울렸고, 러시아로서는 딱 좋았다. 아마 이 화재는 미국이나 이스라엘의 작품일 것이고, 아니면 그 이란 원숭이들이 우라늄을 제대로 다루는 법을 몰라서 발생했을 것이다. 뭐, 그는 이란에서 보낸 선적 대금을 오래전에 받았고, '투자자들'에게 입금도 했다(고보르마렌코가 이미 유로로 분배했다).. 신경 쓰지 마. 이란인들이 다시 그 시설을 지을 준비가 되면 러시아가 장비와 전문 기술을 가지고 도와줄 테니까. 고객의 특별 주문에 맞춘 비용으로.

그리고 놈들이 카프카스 쪽 상황을 악화시키려고 하는 건 그냥 놔두지, 뭐. 그럴 가능성은 1퍼센트도 없으니까. 그는 민심을 꽉 잡고 있다. 러시아인의 96퍼센트가 우크라이나에서 그가 최근에 군사 주도권을 잡은 것에 찬성했다. 95퍼센트의 국민들이 미국이 괴팍한 우크라이나를 부추겨서 그 나라에 있는 러시아인들을 박해하라고 했다고 믿고 있다. 92퍼센트는 카프카스, 몰도바, 에스토니아, 리투아니아, 라트비아에서 같은 상황이 일어나고 있다고 믿고(아니 알고) 있다. 기회가 올 것이다. 항상 그랬다.

그는 올리가르히들을 주시할 것이다. 그들은 서구의 금융 제재 때문에 재정적인 위기를 겪고 있다고 하염없이 불평하고 있다. 부패 재판이나 몇 개 해서 실형을 때려주면 그런 불평도 쏙 들어가겠지. 중국, 인도, 일본과 막대한 양의 가스와 석유 거래를 체결하면 곧 그 제재도 힘이 빠질 것이다. 그리고 그는 계속해서 나토의 약해빠진 자매들의 연합을 비방하고 스트레스를 줄 것이다. 단번에 이들의 연합을 박살내줄 조건들이 무르익고 있었다. 그렇게 되면 소비에트 사회주의 공화국 연방 해체에 대한 보상이 될 것이다. 나토가 쑥대밭이 되면 체코와 폴란드의 미사일 방어 시스템 제안도 걱정할 필요가 없게 되겠지.

푸틴 대통령은 자신의 종주권을 생각하다 기분이 좋아졌다. 그는 자신의 의견을 일종의 계시라고 여겼다. 그 혼자 야만인들이 가까이 오지 못하게 저지하고 있는 것이다. 러시아는 다시 두려움의 대상이 될 것이다. 러시아는 다시 존경받을 것이다. 그는 자신의 목표들을 이루기 위해 필요한 가혹한 조치들에 대해선 깊게 생각하지 않았다. 과거에 우크라이나 고아들이 거리에서 검게 타들어갔지만, 필요하다면 또 그렇게 할 것이다. 이건 그의 것이었다. 그의 영혼이 날아가 크렘린 벽의 총안 위로 솟아올라, 수천 명이 헛되이 시위하고 있는 볼로트나야 광장을 지나쳤다가, 발톱이 달린 날개를 강물에 살짝 담그면서 강을 따라 날아가 V자 모양의 회색 레포르토보 감옥(러시아 반역자들이 죽으러 가는 곳)을 지나갔다. 바람을 탄 그는 루비안카 위로 높이 날아올라 칼과 방패로 그들 모두를 보호하다가, 기울어져서 하모브니키에 있는 톨스토이의 지붕 위로 날아가 도리아 양식으로 지어진 국립음악원을 지났다. 그곳에서 신이 내린 피아니스트 소프로니츠키가 필멸의 인간들을 경악시켰지만, 결코 로디나 밖에서는 연주할 수 없었다. 바람이 푸틴의 영혼을 싣고 바실리 블로킨이 28일 만에 7천 명을 죽인 카틴 숲 위로 날아갔다가 야세네보의 소나무 숲 위로 날아가 나무들 사이에 있는 유리와 금속의 고층 빌딩(SVR 본부)으로 갔다. 그는 나무들 주위를 더 빨리 돌다가 속도를 줄여서 세일플레인으로 활공해 사무실 안에 오후의 햇살이 들어오지 못하게 블라인드를 친 유리창으로 들어와 실내를 펄럭거리는 날갯소리로 채웠다. 푸틴의 영혼이 찾아온 것이다.

영혼의 방문객이 찾아온 걸 의식하지 못한 신임 라인 KR 부장이 머리 한 가닥을 귀 뒤로 넘기면서 나탄즈 화재 보고서를 책상 모퉁이에 있는 바구니에 던졌다.

옮긴이의 말

한쪽은 러시아로, 반대쪽은 에스토니아로 이어지는 나르바 다리 위에서 스파이 교환 작전이 실시된다. 오랫동안 러시아 정보부 핵심에서 미국 정보원으로 활약한 마블과 천부적인 자질을 지닌 러시아 첩보원 도미니카가 미국과 러시아 양국의 이해관계를 위해 교환되지만 마블은 자유와 친구들을 불과 몇 미터 앞에 두고 저격을 당해 쓰러지고, 도미니카는 아무것도 모른 채 러시아로 넘어가는 것으로 『레드 스패로우 1, 2』는 끝났다.

이제 도미니카가 돌아왔다. 그것도 아버지 같은 멘토 마블이 자신의 목숨을 걸고 달아준 날개를 힘껏 펼쳐 더 강해지고, 성숙해지고, 독기를 품은 모습으로. 러시아와 미국 첩보원들의 활약상을 다룬 첩보 소설 『레드 스패로우 1, 2』의 후속작인 『레드 스패로우 3, 4_배반의 궁전』은 모든 면에서 '이제부터 진짜 이야기가 시작되는 거야'라고 외치고 있는 듯하다.

두 남녀 주인공인 도미니카와 네이트는 스파이 교환 이후 헤어져 있던 시간만큼 첩보원으로서의 기량과 실력은 더 출중해지고, 위험을 감지하는 감각은 더 날카로워졌다. 그리고 서로의 처지를 이해하고 그리워하는 마음 역시 더 깊어지면서 처음에 머뭇거리던 감정을 접고 과감하게 사랑에 뛰어든다. 한편 이들을 둘러싼 선배 베테랑 요원인 게이블, 포사이스, 벤포드 역시 더 노련해지고, 더 치밀해졌다. 전작의 등장인물들이 이렇게 전열을 가다듬어 업그레이드된 모습으로 돌아온 것처럼 새로 나타난 맞수들,

그러니까 정의롭고 멋진 빛의 세력에 대항할 무시무시한 어둠의 세력 역시 만만치 않게 강력하고 매혹적이다. 무릇 모든 스릴러나 액션 장르의 재미는 주인공만큼 세고 머리 좋고 악한 적의 캐릭터에 달려 있지 않을까? 그런 면에서 이야기의 전면에 등장한 악마 같은 난쟁이 주가노프, 주가노프의 오른팔인 킬러 에바, 그리고 배후에서 이들을 조종하며 잔인한 사건들을 일으키는 푸틴이 이 소설의 또 다른 재미를 선사하고 있다.

『레드 스패로우 3, 4_배반의 궁전』은 전편에 깔아놓았던 설정과 인물들을 토대로 소재, 캐릭터, 사건 모두 한층 발전했다. 첩보원들이 활약하는 무대는 더 커지고, 사건의 스케일 역시 웅대하며, 악당들은 더 잔인해지고, 악당들과 맞서 싸우는 스파이들의 액션은 더 치열해졌다. 이 책을 더 재미있게 읽을 수 있는 포인트 세 가지를 살펴보자.

첫 번째 재미는 미국과 러시아 스파이들이 활약하는 무대와 이들이 벌이는 사건의 스케일이 눈에 띄게 커졌다는 점이다. 『레드 스패로우 3, 4_배반의 궁전』은 마블의 정체를 알아내 대위로 벼락출세한 도미니카가 파리에서 이란 핵무기 과학자를 포섭하는 장면으로 시작된다. 이란 핵 과학자를 포섭한 도미니카는 이란의 미국 핵 공격 계획을 저지하기 위해 과거에 같이 일했던 CIA에 연락을 재개하고 오랜 연인인 네이트와도 재회한다. 이란에서 비밀리에 제조될 핵무기가 미국 한가운데서 폭발하는 아비규환을 막기 위해 노력하는 미국 CIA들과 그 거래에서 돈도 벌고 정치적인 영향력을 넓히려는 야심을 품은 푸틴의 수하들이 벌이는 전쟁이 시종일관 흥미롭다. 결국 이 핵무기 시설의 운명이 밝혀지는 마지막 장까지 손에 땀을 쥐게 하는 첩보전을 보는 맛에 폭풍처럼 페이지가 넘어간다.

두 번째 재미는 훨씬 더 독하고 무섭고 치밀해진 악당 주가노프의 등장이다. 전편에서는 도미니카의 삼촌으로 극히 이기적이고 출세욕에 불타는 반야가 전반적인 사건의 얼개를 짜는 한편, 푸틴바라기인 주가노프와 그의 지령을 받아 움직이는 음산한 킬러 마토린이 등장해서 소름 끼치는 장면들을 만들어냈다. 이제 반야는 숙청되고 정보부 실세로 떠오른 난쟁이 주가노프가 자신의 살인 본능을 마음껏 발휘하며 푸틴의 총애를 얻고자 여념이 없다. 이때 바람처럼 나타난 아름답고 영리하고 무시무시한 도미니카에게 주가노프는 위협을 느끼고 그녀를 암살하려고 끊임없이 시도한다. 주가노프의 음모에 빠진 도미니카는 매번 목숨을 잃을 위기에 처하지만 특유의 지능과 전직 발레리나로서 갈고닦은 체력과 실력으로 위기를 모면하고 오히려 주가노프를 궁지에 몰아넣는다. 그런 주가노프에게 찾아온 선물 같은 존재인 정체불명의 에바. 주가노프처럼 살인에 귀신같은 재능이 있는 이 흉측한 여자 괴물은 타인을 고문하고 죽이는 데 쾌감을 느끼며 난쟁이 주가노프와 환상의 2인조로 활약한다. 이들이 프랑스 대사관 직원들을 단숨에 도살한 직후 거실 소파에 앉아 다정하게 렌즈콩 수프를 먹는 장면은 그야말로 압권이라고 할 수 있다.

세 번째 재미는 도미니카에게 마음을 둔 푸틴이 주가노프와 도미니카를 동시에 요리해가며 자신의 야욕을 실현시켜가는 이야기다. 소설 속 푸틴과 실제의 푸틴이 너무나 흡사해 읽다 보면 금발 머리에 종종 웃통을 까고 유도와 수영과 사냥을 즐기며 남성미를 과시하는 푸틴의 다양한 사진들이 떠오른다. 소설 속 푸틴은 도무지 속내를 알 수 없는 신비로운 인물이지만 동시에 아침마다 수영을 즐기고, 자신의 궁전으로 불러 모은 손님들 앞에서 유도 시범을 보이며 자신의 힘을 과시하고, 자신의 목표를 방해하는 적들(기자들, 올리가르히들, 정치가들)은 인정사정없이 제거하고, 과거

소련 제국의 부활을 꿈꾸며 위대한 러시아의 재건을 향해 몸 바치고 있다는 연설과 이미지로 러시아 국민들을 사로잡고 있다. 그런 한편으로 주요 요직에 과거 KGB 시절 동료들과 친구들을 앉히고 자신의 통장 잔고를 살찌우는 데 여념이 없다. 1퍼센트의 족벌 패거리들이 나라를 털어먹는 동안 러시아의 대다수 국민들은 굶주리고 있다. 이런 그들만의 리그에 푸틴의 호의를 등에 업은 도미니카가 들어가 아무도 빼내지 못할 특급 정보를 빼내서 위험한 작전들을 성공시킨다.

이렇듯 화려하고 박진감 넘치는 첩보 소설이지만 동시에 그 안에는 또한 절절한 인간의 이야기가 있어서 더욱 더 매력적이다. 조국을 배신할 수밖에 없었던 충직한 러시아 노장군의 비애와 슬픔, 자신의 이익과 사치에만 몰두하다 나라를 팔아버리고도 아무 양심의 가책을 느끼지 못하는 앙주빈, 조국을 위해 CIA에 들어와 눈부시게 활약하면서도 선배인 네이트에 대한 연정에 가슴 아파하는 젊은 신입 요원 한나, 도미니카와 네이트의 불장난 같은 사랑에 조마조마해하는 곰 같은 선배 게이블. 이들의 갈등과 고민과 선택을 보면서 비단 첩보의 세계가 아니더라도 사람 사는 곳엔 언제나 끝나지 않을 이런 문제들을 다시금 곱씹어 보는 계기가 될 수도 있다.

더 이상 무슨 이유가 필요할까. 이제 책장을 펼치고 도미니카가 슈퍼맨의 여자친구 로이스 레인처럼 차려입은 드레스를 나풀거리며 이란 핵 과학자를 미행하는 장면을 읽어보자. 어느새 당신은 파리의 삼류 호텔에서 숨을 죽이게 될 것이다. 그다음은 이 이야기의 결말이 궁금해 며칠 불면의 나날을 보내게 될지도 모른다.

박산호

레드 스패로우 4
배반의 궁전

초판 1쇄 인쇄 2016년 9월 6일
초판 1쇄 발행 2016년 9월 13일

지은이 | 제이슨 매튜스
옮긴이 | 박산호
펴낸이 | 정상우
주간 | 정상준
편집 | 이민정 김민채 황유정
디자인 | 박수연 김인경
관리 | 김정숙

펴낸곳 | 오픈하우스
출판등록 | 2007년 11월 29일 (제13-237호)
주소 | 서울시 마포구 동교로13길 34(04003)
전화 | 02-333-3705 팩스 | 02-333-3745
openhousebooks.com
facebook.com/vertigo.kr

ISBN 979-11-86009-68-0 04840
ISBN 979-11-86009-19-2 (세트)

VERTIGO는 (주)오픈하우스의 장르문학 시리즈입니다.

*잘못된 책은 구입처에서 교환해 드립니다.
*값은 뒤표지에 있습니다.

이 도서의 국립중앙도서관 출판예정도서목록(CIP)은 서지정보유통지원시스템 홈페이지(http://seoji.nl.go.kr)와 국가자료공동목록시스템(http://www.nl.go.kr/kolisnet)에서 이용하실 수 있습니다.
(CIP제어번호: CIP2016020799)